松竹兩依依

——一個村童的回憶

儲砥中　著

謹以此拙作
紀念儲彭兩府死難的親人

脫稿後，隨筆書懷，爰成七絕三首

其一

年華老去卷初成，愧我難申鞠育情；記憶惟從追憶起，今生不必等來生。

其二

祖澤蔭分待我深，松風竹露兩關心；天涯豈必頻煩問，感激親恩自古今。

其三

戰亂兵聲動夜過，魂驚襁褓恨干戈；死生何忍從頭語，家破人亡兩姓多。

卷前語

我幼時分別生活在兩個大家庭，一爲板橋儲氏本家，一爲龍山彭氏外家，兩家在行政區域上，仍同屬一個龍山鄉，兩地相距也只不過二十多華里的路程，但圍繞兩家的自然環境，卻有極明顯的差異：本家位於崇出峻嶺之間，縱目所及，處處是蒼松翠柏，芳草連天，傾耳所聞，也都是滔滔河聲，涓涓泉響，靜立門前，可以觀賞白雲悠然出岫，再一轉身，又見山間嵐氣冉冉初回，有看不盡的群岳搖風，也有看不厭的雲海幻化，使我終日沉浸在水之湄，山之畔，自幼習聞了泥土的芬芳，也看慣了山月的盈虛，遂養成了對大自然的深深眷愛。

外家則位於龍山盆地，一般人習稱「塔畈」（有一座古磚塔聳立在盆地中央，因而得名），因無山岳險阻與雲霧屏障，放眼望去，都是綠野平疇，蹊徑交錯，往日走訪外家，要縱貫廣闊的塔畈，因沿途景物始終單調如一，殊無變化，走了半天，仍不出塔畈的範圍，母親遂稱之爲「慢腳路」，意思是說，腳已走累了，而眼前所見景物仍是老樣子，路也似未前進，一旦「慢腳路」走到盡頭，忽然出現一道隘口，叫作「千門口」，由隘口沿著一條斜坡路往裡走，左邊有一大片竹林迎面而來，外家就在眼前了，綠竹猗猗，先似乎帶給村莊一個頗爲優雅的命名——「大竹園」，其實，還有一大片茂密的竹林，是在靠近村子左邊的轉角處，那才是眞正得名的由來。

古人以松竹梅稱歲寒三友，松姿的清麗、灑脫、剛健、無邪，是我幼時愛物的最初印象，故鄉山野的松林，都是自然生長，藹藹成林，從未聽過有人植樹。鄉人對松，情有獨鍾，舉凡房子的梁柱，連接大河兩岸的橋梁，橋板，及各類家具等，都非松材莫屬，甚至作柴火的，也都是腐朽的松枝、松葉（針），一些勤快的村人，悄悄地撿拾林間自然乾枯的松蘿，以備寒冬燒火盆取暖。松樹（老松）根部多油脂（俗稱松香），有的經過長年累月滲出後，逐漸凝結成黃色塊狀，堆積在根旁，有的仍正在滲出，它帶有一股天然樹脂的芳香，形成了松獨有的特色和物性，家中父祖輩把露在外面的老根連著松香一起砍下，作成火炬，夏夜到田間捕捉黃鱔時，用以照明，由於油脂豐富，火力旺盛，風吹不滅，唯一的缺點，就是油脂太多（其實，也是優點，照明度強，持久性長），在朗月的照耀下，遠遠望去，熊熊烈火的上空，是一團騰耀的煙霧，一個晚上過後，人幾已被熏得「面目全非」了。

山中的各類飛禽，都好選擇在群松間築巢，因爲樹高可以躲避災禍，遠離塵氛，又可以逍遙度枝，自由行止。松，一年四季綠意盎然，春天，它先得春風流盼，華茂爭先，冬天，它變作不凋的代表，抗懷冰雪，因爲它生來就有耐寒的傲骨，照眼的青春。老松的枝椏都遒跡在樹巓，凜凜然，與青雲高風爲伴，剩下一大截碩壯的軀幹，就格外顯得卓絕而堅強，再披以厚實而粗糙的樹皮（即杜少陵在古柏行詩中所謂的「霜皮」），任憑風欺露襲，雨打冰摧，也絲毫不能奪去那出群的節概，難怪陶淵明愛「撫孤松而盤桓」（歸去來辭）。

松濤是故鄉山林中，最雄壯、最感人的樂章。春天，它帶著山野的清新之氣，顯出一片乾坤初動的祥和，慢慢地，盪著宜人的綠波，卻還聽不出它的聲音，好像是另類的天籟，給村人的感受，是視覺多於聽覺。夏天，松風徐來，是山村獨有的清涼劑，它不沾惹塵埃，不牽動俗累，讓村人忘記了夏日的可畏。秋天，蕭瑟之氣，悄然而至，尤其向晚時分，山風乍起，大地雷動，木葉搖落，這時只剩下奔騰澎湃的松濤，一波接一波地自我推進，平常纖細的松葉（針），看似軟弱無力，一旦接應天威，鼓盪風潮，就勢不可擋，幾乎要移山拔木，再轉頭一看，沿著河岸紛披的垂柳，再遠一點，還有不少的楓樹，當晚風拂過，就是激不起橫空的濤聲，縱然也隨風搖曳，擺出獨有的物態，總嫌少了那股撼動河岳，威驚萬類的陽剛之氣。

一般鄉居生活，白天忙於工作，已經與大自然爲伍，入夜後，暢敘天倫，一家人在靜坐談笑間，在餐桌旁，在燈前，靜聽屋外磅礡的松濤，可以想像群山飛動的神態，無疑地，是人間的快意事，它可以盪胸滌塵，物我兩忘，父祖輩往往帶著在田野間一天工作的倦意和汗氣，扛著沉重的農具，緩步歸來，斗笠上藏著農家特有的日味，背後的身影，也正映著剛升起的新月，扯下搭在疲憊的肩上早已滿布汗水的手巾，習慣性地，隨手擰一把，濕重而渾黃的手巾，竟不停地滴下渾黃的汗水和伴著汗水而來的酸腥味，父祖輩早已聞慣了，擰乾的手巾，拿在手上，再抖落掉卡在衣服破縫裡的松葉（針），把松風明月一起留在屋外，靜靜地，今夜暫別田畝。

若說松是堅毅不拔的象徵，竹，就是節概凜然的代表了。外家的竹林和村莊毗連，地勢平坦，但由於竹是根節上長筍，根延伸到哪裡，筍就長到哪裡，因爲竹有這種特性，於是外家的竹林，就賦予根以「開疆拓土」的任務，改變了「疆域」的舊觀，不變的，仍是我幼時和玩伴嬉戲的地方，繞著茂密的竹林互相追逐，有時也試著作爬竹比賽，奈何年幼，竹滑，且不諳技巧，常從半途滑落下來，轉身望著林梢，令我憤憤不悅。因爲盛產竹，村裡就很自然產生了一位篾匠（後文有較詳敘述），這位篾匠姓朱，村人叫他「朱蔑匠」，經常一個人進出竹林選材，製作各種竹器，在鄉下，日常用物，除了木器外，就數竹器爲大宗了，因爲竹的用途廣，對竹筍就多加愛護，我在外家多年，沒有吃過竹筍，就是這個緣故。

竹，貞幹有節，膚理圓潤，偶遭風雪帶來的困頓、橫逆，而正直的物性不移，幾經奮勇、屈伸，又恢復了它昂揚的生姿，林間雜草不生，土不揚塵，襯托出竹的高潔、澹蕩，春雲夏雨，從林間拂過，或因雲飛，帶動竹影的交錯輕移，或在雨後，竹葉間仍可聞到間歇的滴答聲，萬變的綠竹清姿，爲人間添了幾許佳境，也爲日後的我對外家留下了無盡的回憶。

竹，是一種獨特的物類，大自然賦予它獨特的生命力，它，不畏蟲，不腐蝕，內涵空靈無欲，而外在潔淨無塵，綠葉自珍，不隨俗飄零，托根不深，而風搖不拔，肥料不施，而骨瘦有味，雖系出同根，但不互爲攀附夤緣，相親並步，節尙風高，君子愛它，畫家寫它，音樂家藉絲竹歌頌它，蘇東坡說：「寧可食無肉，不可居無竹，無竹令人俗。」外家的竹林爲我留下不少的足跡。冬天，在一片白雪覆蓋的林間，穿著棉鞋，以隨意尋筍自娛，看著黃綠色嫩頭的冬筍，不畏春寒料峭，偷偷地冒出雪表，令人驚歎另類物種的活力，只顧遵循自己生長的時序，該「出頭」就要「出頭」，不因冰雪而畏縮。夏夜在竹林裡，和玩伴揮舞著竹扇，邊納涼，邊捕流螢，或靜下來依偎冰涼的綠竹，靜聽林梢傳來悅耳的竹音，直到風清露白，涼意漸濃，才爲外家的長工道三喚回家去。

松竹不僅爲儲彭兩府的親人分別營造了特有的生活環境，也在長年累月的潛移默化中，涵養了親人們的人生觀與道德觀，松竹不言，但取法有象，感應有情，在以後遭逢世變的苦難裡，不論榮辱關頭，或死生大節，仍如寒松之貞固，如風竹之自在，都不改其行，不喪其志，正像松竹含章秉節，剛正不阿，我爲親人的含恨死難而揮淚，也爲親人的義勇不屈而高歌！

由於我生長在山村，對松竹自幼就有無限的鍾愛，對儲彭兩府的親人，我也有無盡的孺慕與哀思，當年茹苦含辛，撫育我，愛護我的親人，早已紛紛謝世，本拙作所引述的資料，大部分都是根據母親的口述（也有極少部分參考「儲氏宗譜」），她老人家於一九二六年（民國十五年）嫁到儲家，直到二〇〇四年辭世，在儲家整整生活了七十九個年頭，在這漫長的歲月裡，對儲家早年家運的興隆，乃至後來的家破人亡，這一幕可歌可泣的血淚歷史，她都是親身的經歷者，參與者，當然也有部分是曾祖母的親身經歷，她老人家也一點一滴的告訴了母親，補足了母親尚未嫁到儲家之前的那一段空白。母親早年雖體弱多病，但其超強的記憶力及敏銳的反應力，領悟力，都絲毫未受影響。晚年依親住在倫敦中流弟家，我多次去倫敦省親，中流弟夫婦忙於工作，白天只有母親和我在家，她先泡壺茶（母親一生在飲食上無特別嗜好，平常只好飲一點清茶），分斟母子兩人各一杯，她吩咐我先準備好紙筆，然後，她慢條斯理地回憶往事，凡是她轉述曾祖母的，一定事先說清楚，她說：「曾祖母聲音爽朗，記憶力也很強。」她一邊講，命我一邊記下來，並說：「我慢慢講，你慢慢記。」有時忽然停下來，喝口茶，要我把剛才講的，覆述一遍給她聽，如發覺記得有遺漏，或錯誤，她立刻糾正，並加上一句：「我講的，你要聽清楚，不能記錯！」確認沒有問題了，再往下講，我也當場答應她，將來根據口述資料，撰寫成書，因此本拙作中，有關家難的記敘，都是當時母親的口述，有時同一件事，第一次，她提到發生的時間，第二次又附帶提到，卻沒有提到時間，我知道她講的是同一件事，故意提出來「考」她，問她發生在民國哪一年，結果她講的時間和第一次相同，由此證明，她對年月日記憶的清楚、確切，眞是超乎一般同齡老人的！

我離開外家是一九四七年的春天，似是回板參加清明節掃墓、祭祖，一九四七年以後，外家所遭遇的劫難，要特別感謝海平表姪爲我提供了詳細的資料，當然，幼時外家捨不得母親除了操持繁重的家務，還要費心力去扶養兩個幼兒（抗戰期間，父親正在西北的甘肅、寧夏），爲減輕母親的負擔，就特別把我接到外家，中流弟年幼，需要留在母親身邊，由母親自己照顧，因此，我在外家的生活時間多，有些事是我親身經歷的，有些事是母親口述的。

儲彭兩府是我血脈的所承繼，感恩懷德，愼終追遠，是作爲一個兩姓子弟應有的天職和情懷，在我八十之年已過，此生歲月即將終了的時候，努力完成我的心願，也好償了我對母親的承諾，親人的血淚辛酸，倘若湮沒無聞，也是作子弟的永遠的遺憾和愧疚。拙作僅據實行文，不敢故作鋪張渲染，以免親人本來的事跡遭到奪眞之譏，也不另立子目章節，以示本拙作前後一貫，輕重一致，僅以數字按內容，概略區分段落，時代在變，已經過去的事不可變，寵辱可忘，思親念祖的心志不可移，這是我下筆的初衷。

最後要附帶說明，我採用「依依」二字的意思，向來有兩種解釋；詩經小雅：「昔我往矣，楊柳依依」，這裡是形容柳姿輕柔的樣子。另一種見楚辭九思：「志戀戀兮依依」，是形容不忍離去的樣子，本拙作「依依」，屬後一種意思。

一

故鄉是一座風光明媚的山村，村後憑依的，是層巒疊嶂，氣勢磅礴的群山，鄉人統稱爲「高峰寨」，遠看長天就好像架在群峰頂上，除了冬季爲冰雪覆蓋，雄姿潛隱外，其餘季節都裹著墨綠色的外衣，顯得無比的神祕與威重。山，高得可以上達「天聽」，是大自然賜給村民的一個氣象觀測站，在這個世外桃源的勝境裡，村中父老由於累世經驗的傳承，更精準地掌握了氣象變化的潛規律，清晨，只要站在門前的稻場上，一雙手交疊在背後，再舉目向遠處的群峰一望，只要看到山頂上雲霧繚繞，睛光乍現，就知道天要變了，夏天雷暴雨季節，最爲應驗，遙看遠方烏雲的陣勢，在乾坤兩氣的撼動下，加速地推移，演化，挾著風雷，一座山峰掃過一座山峰，從長空直撲而下。

山，興雲雨，純樸的村民，終日與山、與雲雨生活著，他們從認識自然，到適應自然，利用自然，從來既不能也不敢去征服它，改變它，所謂「人定勝天」，那是一句冒犯天威，強奪自然的話，他們並不認同，只對天，從內心深處，存著一份敬畏，隨意褻瀆或破壞，是違背自然法則的，最後一定遭到災難性的反撲，因此，原始的自然景觀與和諧的自然生態，才得以完整保存到今天，所謂「天地與我並生，萬物與我爲一」，鄉人可能不懂這些宋儒的哲理，可是他們在日常生活中，確實做到了，使我幼時在故鄉，也能享受到山林的樂趣，見識到風雲的變幻！

山，是雄偉的，永恆的，有山之處必有水，山水結緣，所謂「山高水長」，國畫以山水爲取材，是文人靜觀萬物的結果。山，它默默地涵養了水源，由水源培養了萬木，放眼望去，都是茂密的樹林，不必問那些是棟梁之材，那些是木柴，但都是大自然的產物，在故鄉，從未聽過人工造林，也從未聽過水土保持，鄉人對大自然採取「垂拱而治」，任萬物憑其物性，就地自然生長，繁衍，不以人的私心私欲左右天意，「扭轉乾坤」，尤其是那一年四季常青的松樹，沒有人知道它先前的來歷，也無人去關心它生長的過程，當然，更無人也不注意它的病蟲害，很奇怪的，我在故鄉走遍山林，從未看到自然枯萎的松樹，只見到它的生長，它的成林，數量多了，知道它是山林的主角，高出物表，知道它已成材了，可爲世用。

從深秋以後，到寒冬季節，大地一片蕭瑟、沉寂，對景生情，人的心境自然也隨著幾許沮喪、淒清，但一看到青春永駐的長林，似乎卓牢的松，又爲人帶來了生命的活力與希望，手指著那些帶著霜皮和節骨的松群，陪著人間經過無數的風霜雨雪，自然養成了高聳而穩健的軀幹，或昂揚山崗，或獨立危崖，或隱跡山阿，或拔俗荊棘，各自過著寂寥艱苦的歲月，既無花飛以招引蜂蝶，也無香飄以邀賞遊人，山雪紛飛，壓不斷蒼勁有力的枝條，青青松葉

（針），迎接著朵朵雪花，塑造另類的青白結緣，在一片冰封雪裏的世界裡，松，爲萬物展現了千秋的傲岸，它不凋殘，也不瑟縮，在寒風中，依然還可聽到平時的松濤聲，一樣的壯闊、雄渾，不作無謂的哀鳴，冰雪堆積在它的周圍，似是有意挑戰它耐寒的物性，無意間，一陣強風過去，又送來另一堆的積雪，雪，越積越多了，寒氣也越來越重了，但貞固的松不避横逆，仍然默默地卓立不移，風搖不拔，展現它堅忍的本色。

幼松是山中的寵兒，象徵山林的生生不息，鄉人對它賦予無比的愛護與期待，幼時常隨祖父上山砍柴，看到幼松，祖父總不厭其煩的提醒我：「小松樹苗不能砍！」在漫山遍野的雜木中，只有小松樹苗是挺拔的，可愛的，其他的都是七歪八斜，枝椏紛錯，祖父指著這些雜木說：「這些可以砍回家當柴燒！」說的也是，這些雜木生長得快，數量也多，使家中柴火整年不虞匱乏。松，生長的速度，比雜木慢多了，它一步步地從堅硬的土壤裡往上掙扎，由於成長艱辛費時，造就了它特有的木質與風姿，祖父特別指著大木說：「現在不用心愛護小松苗，將來怎會有大木可用，要知道，百丈高材，起於寸苗，大木不是一年或一個月可以長成的，它是幾十年，甚至上百年的生長累積！」我對松樹的維護與喜愛，是受到先人的啓迪與告誡，至今那份「愛物」之情，仍未從心頭淡去。

入夜後的群山，又是另一種姿態，在銀色的月光下，蒙上一層夢幻般的陰影，模糊了它雄偉的輪廓，縱然不停地有野風飄過，但吹不散也吹不動那看來不十分緊密的外衣，眞像佛家說的「如如不動」（金剛經語），讓群山憑添了幾許神祕與安詳，又好像一位工作累了的老農，欣慰自己偷得一時的安閒與自在，隔著露色凝重的長空，與天地共長久，不必問，它有多少峰巒，也不必問，它本來的面目，就讓它與周邊的萬物共生共榮吧！夏夜，仰觀天際，偶然看到一道光芒萬丈的流星，從萬山頂上劃過，忽又墜入那虛無而深邃的山之境，心神也跟著起了一種莫名的起伏，頓時拉近了心境與物境的距離，忘記了身邊的暑熱，忘記了身在夏夜，「心靜自然涼」，「心遠地自偏」，是村人對山居的體驗，也讓人了解到流星耀眼的刹那，所帶給村人激動的驚呼，但終究不及松風明月帶給村人心神的寧靜！

楓樹是山中的「配角」，一般高度不及松樹，相對而言，數量也較少，由於受本身自然條件的限制，從來沒有人視楓樹為有用之材，但它也有生來的「特色」，每到秋天，茂密的綠葉，經過幾番霜風之後，並不立刻凋謝，反而褪去象徵青春的綠裳，換上美麗動人的紅裝，那特有的「易容」，為蕭條寂寞的秋山，添了畫筆，塗抹了畫彩，帶來了異樣醉人的美景，也帶來了襲人的初寒，村人忙於生活，只知道節氣的變換，只關心收成的盈虛，久已習慣了日出而作，日入而息，從楓樹邊擦身而過的生活，誰有閒情停下腳步去「賞楓」，因為那不關秋收冬藏，更無關春耕夏耘，誰有精神去管草木的變色，誰又有雅興去愛它的紅妝，任它無聲無息地作色生姿，或任它「色衰」，而委棄於塵泥，甚或有人，把稚嫩的楓樹，初次穿著明豔可人的紅妝，和周圍的灌木一起砍去，回家當柴燒，這或許是山野之人，另類的「暴殄天物」吧，我為楓樹的不材而歎惋，也為它不遇惜物者而哀憐！

草蘭是山中的百花之魂，香含天地，它是多年生的植物，以前文人雅士，以它和梅蘭竹菊合稱「四君子」，因為四物拔俗塵氛，而獨草蘭幽香清遠，枝瘦無邪，且好生長在林間暗暗的陰濕處，不好招惹眾人目光，以謙卑含蓄自處，每覺尋芳無處，其實它就在草叢邊，荊棘裡，有的枝高，就露出草面，有的枝矮，就藏身草間，一簇蘭草裡，往往只有兩株或三株花蕊，但物性相愛，互吐芬芳，老遠就聞到它的幽香，花姿溫潤、秀雅、群芳譜說：「蘭，幽香清遠，馥郁襲衣，彌旬不歇」，稱爲「香祖」，可見草蘭（家鄉習稱蘭草花）在花中地位之高，尊崇之重，每到春天，冰雪初融，整座山城，就開始隨著春風的吹送，籠罩在它陣陣的幽香裡，無論人走到那裡，那淡淡的香氣就跟到那裡，揮不去，也尋不著，被「熏」一天，既不厭倦，也不醉人，只感到神清氣爽，無比快活，連牛欄豬圈邊的氣味，都被一片蘭香取代了。在整個春季裡，眞是名副其實的「香村」，春季過後，蘭花謝了，但留下那叢叢的草葉，依然翠綠地淺淺紛披，遲來的蝴蝶，繞著花謝後的蘭草，飛飛停停，似乎在尋芳，也似乎在怨芳遲，少了點幽香的陪伴，就像失去了花容，空餘蝶影，顯得幾許惆悵。有的草葉，懶散地，尾已墜到地上，莖仍是堅實的，我上山砍柴經過時，不自主地俯下身，伸手去扶正殘葉，心中暗許明年再來尋芳吧！

故鄉山林雖廣，但並非處處都有蘭草花，爲了尋芳，我和上山砍柴的伙伴們，跑過不少的山頭，但都沒有發現蘭草花，雖然也有同樣的自然環境，可能就是缺少那一點點地理的「靈氣」，大概就是所謂「鍾靈毓秀」吧！所以孕育不出幽香，只有我家菜園裡後面那片斜山坡上，是孕育蘭草花的溫床，斜山坡的前端，是母親妯娌三人的菜園，每人劃分一大塊，由自己整地，同時再分割成三或四小塊，栽種，除草、施肥，幼時常陪伴母親到菜園去「討菜」（家鄉土語，即摘菜，或採收的意思），往往趁母親不注意時，溜到山上去找蘭草花，順手摘下一兩株盛開的，放在菜籃的旁邊，那襲人的幽香，把菜籃裡還殘留著陣陣的糞味

（鄉下只有糞肥，沒有化肥）驅除乾淨，換來了高雅的幽香，母親常說，幸好有蘭草花的幽香，否則天又久不下雨，澆下的糞肥，得不到雨水的清洗，氣味久久不去，「討」一次菜，就要惹一身的糞味，那才眞不是味道呢！鄉下人對大自然的觀念，一切順其自然，對蘭草花也讓它自開自謝，沒有珍惜和愛護物種的觀念。幽香的蘭草花，是稀有的物種，故鄉群山環抱，竟無人爲其漫山移植，拓展繁衍，「領土」，始終局限在這片斜山坡上，這種名貴的物種，需要人細心爲其愛護、栽培，可是鄉人卻缺少此危機意識，他們只在意自己莊稼的豐歉，不在意山林物種的消長。不破壞大自然，只是消極的美德，但積極的，還要懂得「踵事增華」，不要以草木繁茂爲已足，其實，故山的花香鳥語，才是我對舊家鄉魂牽夢縈的主因。

蘭草由根部孳生，當時因母親和我都鍾愛蘭花，每隔幾天，便從山上挖來一棵，大半選已初開的，有時也選含苞待放的（蘭草花可以維持十天半月不凋萎），連根帶土移栽到臥房前面小天井的泥土地裡（那時鄉下不流行盆栽），受四周屋簷的限制，日照的時間不長，露水倒也恰如其份，適合蘭草花「陰濕」的特性，母親每從房間進出，總不忘低頭著看天井中的蘭草，並聳聳鼻子聞聞它的香氣，後來我問母親，還有空地，要不要再栽兩棵，母親說：「要注意凋謝的就拔掉，去一個，來一個就可以了。」又說：「花香不在多」。二〇〇九年，喪亂後，首次回板橋故鄉，土磚建造的老屋，幾已全部頹毀，只有母親的臥房仍在，但舊門深鎖，無法窺探房子裡面的原貌，當年我和母親就從這門逃出來的，臥房外面我爲母親移栽蘭草的小天井，依稀可辨，只是裡面累積的沉泥雜物，已經把小天井塡高了許多，快接近地面了，記憶中的小天井，是很深的，我每次都要很費力地爬上爬下，現在的深度還不到一步台階的距離，四周的石砌，也殘缺不堪，面前這一塊荒涼廢地，曾經是我朝夕相處的家園，破舊的天井，是我當年移植蘭草的地方，如今，蘭草消亡，蘭香無聞，六十年死生闊別，頃刻間，對景興懷，眼前湧現了舊日歡樂的一切，此情此景，像是很遠，又像是很近，祖宅、親情、蘭草，都成了追憶中的往事。

除蘭草花，還有杜鵑花（家鄉土語叫映山紅），更是漫山遍野，是春季最常見的花卉，有時在田坎邊，河岸旁，甚至牛欄外，也都有它的蹤影，只不過嬌小而已，似乎很容易生長，以紅白兩色居多，紫色的極少，屬於木本植物的杜鵑花，幾乎聞不出它的香氣，但卻一樣憑花姿豔麗，招引蜂蝶，和蘭花相比，呈現兩種截然不同的風情，花瓣甚大，色澤分明，令人一看，就有一種胸懷舒暢，坦然自適的感覺，但容易隨風吹落，尤其入夜後，山風怒號，次日清晨一看，遍地落英繽紛，掩蓋了周圍的芳草，造物主無情，忍使絢爛的繁花，還沒有完全邀到賞花者的青睞，就此匆匆香消委地，和草芥一樣，葬爲塵泥。鄉人把杜鵑花，視同野生的槎類（雜木類），無人欣賞，更無人珍惜，我小時上山砍柴，專找杜鵑花下手，一因爲花容惹目，極易辨識，二因爲它枝幹不大，且很脆弱，容易砍斷，還有一個重要原因，其他的槎類（荊棘類），多半有刺，防不勝防，那時鄉下幹任何粗活，一律都是徒手，沒有工作手套，我怕傷手，弄得血淋淋的，既不方便，又要挨痛，自然就挑選杜鵑花樹，把太長的砍成兩截，用野藤捆成兩小捆挑回家，當然，枝頭上的杜鵑花，也跟著一路搖搖擺擺的帶回家了。在烈日下曝晒兩三天後，美豔的花朵枯萎了，即可用刀砍斷，入竈，但杜鵑花樹塞進竈中燃燒的時候，拖在竈門外的那一段，不停地從砍斷處冒出微溫的白泡沫，同時還發出「咨咨」聲，似在呼喊，在掙扎，前面的一半已在熊熊烈火中，發光發熱了，母親說：「別的樹現砍的燒不著，只有杜鵑花樹例外，它隨時可以燒著。」杜鵑花樹的燃點似乎很低。

從高峰寨發源的大河，經過很長的山間流程，沿途滙聚很多支流，到村莊前面，已經水勢大增，滔滔日夜了，除久雨山洪暴發，水裡挾著大量泥沙，泛黃渾濁外，其餘時間都清澈見底，水中的魚蝦，鼓浪推波，活潑可見，沿岸菖蒲羅列，綠葉晶瑩耀眼，散發出一種特有的水草腥味，參差不齊的葉影，散亂地映在水面上，有時一群河魚從菖蒲叢裡戲波而過，打動了平靜的水面，也有的岸草垂葉水中，隨著河風撩起淺淺的水波，使河水除了只顧忙著自我日夜奔流外，也多了一份岸草送別之情。河中大小石頭遍佈，奇形異狀，或像人面，或像牛伏，各憑想像，有的巨石，生來頭角崢嶸，傲岸不群，讓人幾無徒手攀爬的可能，如要「登頂」，恐怕只有依賴梯子了，沒有人知道它從何而來，又是怎麼來的，也有體積較小的石頭，重量不夠鎮住自己的「地位」，隨著河水的奔流而不由自主地跟著滾動，使它的行止不定，變成一個「流浪之石」，但一遇到大石阻擋，就依偎大石，結束了「隨波逐流」的命運，也有的巨石，橫斷水流，在巨石的周圍逐漸形成旋渦，使石下的「基礎」，不知不覺中潛伏了動搖的危機，雖不能隨波推移尺寸，卻可使巨石「基虛」東倒西歪，那形象就像一名醉漢不自在地在路邊出醜一樣，也有的大石，一半潛隱在岸壁裡，一半伸出河中，與河面保持約一人的高度，看似隨時可以崩落，但仍安穩如磐石，它俯視無數的滔滔山洪，帶著巨大的聲威和無比的衝擊力，從它下面奔流而去，但毫不能撼動堅固的岸壁「銜」著巨石的力量，大自然無比的神奇「天工」，豈是人所能奪，所能做得到的。一些倦鳥不擇枝而棲，卻偏好擇石而歇，呆在石上，收斂羽翼，兩眼注視水面，只要有游魚現身，立刻一躍而下，直對獵物而來，水鳥捕魚，比漁夫打漁，快而且準，捕到後，再飛回石上，有時魚頭已被水鳥啣在嘴中，魚尾還在擺脫，掙扎著，物類相殘，弱肉強食，在河岸邊每天不停地上演著。河中大部分是花崗石（鄉人稱作麻石條，因爲是黑白兩色相間而成），質堅而色美，是群石中的上選材，除採作石磨、砌牆基、築石壩、刻墓碑、建石橋、鋪石路外，只有安穩地躺在河裡，河中也有其他的石頭，由於質差，易粉碎，大半已因長期沖刷、撞擊的結果，早已粉身變成河沙了。大石成堆的地方，水流速度因受到不同程度的阻擋，石縫間往往變成暗流，偷偷地捲走河沙，自然形成水潭，是河魚和螃蟹藏身的地方，少時結伴到河裡去「鬧魚」（那時鄉人流行這句土語，實在是「毒魚」），用河柳的嫩葉和一種含有綠色毒汁的野藤（不知其名），摻些細沙，用石頭錘爛，撒在水潭裡，不久魚就自動泛著白肚，浮出水面，也有的還勉強載浮載沉地游，似已「中毒」，我們就趕緊用網撈起來，河魚體積不大，一般重量，不過二兩，但味極鮮美，可惜從來不知是哪一種魚類。對河蟹，這種毒法似乎無效，照樣在石縫裡來去橫行，了無影響，鄉里長輩警告，河蟹有毒，很少有人冒險去試。

久雨，山洪暴發（鄉人稱作「起嬌」），大概民間襲用河伯娶婦的故事，加以穿鑿附會，說是有美女坐在洪濤上，招搖而過，我小時也不懂向鄉里長輩，請問有關故事的來歷，只管姑妄言之，姑妄聽之），整座河沖裡，遠遠傳來轟隆轟隆的聲音，的確很壯觀，也很嚇人，平時碧波蕩漾的河水，這時一變而為滔滔的黃泥漿水，挾著上游的雜草、碎葉，和村民倒到岸旁的廢棄物，一起狂奔而來，還看到帶著綠葉的小樹苗連根拔起，被不由自主地推動或翻滾，在河面上忽隱忽現，如果在午夜更深人靜，忽然從遠方傳來天搖地動的河聲，那不僅擾人清夢，而且還帶來幾許驚恐和擔憂，最怕我早已熟悉的故鄉山川景物，一夕之間，被洪濤侵凌得面目全非，所幸小破壞難免，大災難從未發生。大河的兩岸，有些是天然的石壁，有的是大石一方，獨當一面，也有的是半天然，半人工累成的石壁，都堅固得恰如其份，都經得起浪摧波撼，因為故鄉處處都是原始的山川面貌，久經「考驗」，沒有破壞，也沒有斬斷所謂「龍脈」，保持千古以來的自然生態，也等於維護最原始的地利，一般所謂「久雨成災」，不是說對自然的破壞，而是指對農作物的影響，如棉花，或將要收割的稻穀，雨水多了，容易發霉或發芽，減少它的產量。

大河從村莊的右前方經過，小河從村莊的左側過來。小河發源於不遠的鄧家沖山谷，全部流程大約不超過四華里，比起大河短促得多了，由於高低落差很大，不要一小時就流到板橋了，流經的區域，兩岸都是狹窄貧瘠的梯田，除了「田缺」（田埂上放水的缺口）放水流到小河，似乎沒有其他的支流匯入，水量始終不變，縱然久雨，也絕不可能產生驚濤駭浪，水聲雖不嚇人，但自然景觀極美，兩岸婆娑的雜樹，帶著枝頭上的紅白花開，透露著蓊鬱的香氣，由綠葉陪襯，伸展到小河中間，在上空交織成一片綠色的「棚架」，使下面的河床，終年不見陽光，如果不是靠著淺淺的流水聲，幾乎就不知道它的存在，棚架下的一切，都變成天然的「祕密」了。夏天，是乘蔭涼的好去處，由於上不見天日，下有清涼的河水可以濯足，可以消暑，隔著那層碧綠的棚架，可以聽到陣陣的河風從上面輕輕滑過，爲棚架帶來慵懶似的抖動，似乎不願擠出一點孔隙，讓懸空的旭日，一窺棚架下的隱密，這裡沒有巨石，可以供遊玩的村童坐臥，他們只有疊石爲凳，讓自己歇會兒。綿延小河兩岸的，是那種帶有一股清香氣的菖蒲，有的根半截伸展到水中，在洸漾的波光前，不停地上下浮動，淘盡塵泥，還它純淨的枝葉和微黃而柔嫩的根鬚，看似就要隨波而去，但實在盤根在石縫裡，在水草叢裡，未曾帶走一葉一根，每年端午節，母親吩咐我們兄弟到小河裡採菖蒲，因爲這裡生長的菖蒲，受到小河特別的孕育，葉片厚重肥大，較大河的清瘦爲優，似乎色澤也比大河的青綠濃豔，時間也較耐久，我們專挑肥而大的連根拔起，隨手抖一抖根鬚帶起的細沙，灑脫的跟著我們走了，沒有一點羈絆，眷戀，回家後，加上艾草，扎成一把，倒掛在門旁邊（根部朝上，葉部朝下），據說可以避邪，要等到葉枯枝乾了才可拋棄。小河沒有魚可以「鬧」，但有小蝦可以撈（小蝦，鄉人叫「糠蝦」，意思是說像米糠一樣的小蝦，只有蝦皮，沒有蝦肉，食之無味）。大半都藏身在菖蒲和水草叢裡。

　　由於小河的上空不透陽光，時間久了，河的兩旁在陰濕的環境裡，就容易孳生大量的，碧綠的青苔，不僅僅附著在石上，有的還牽扯出很長的「綠帶」，在水面上晃漾不定，碰到了就交織在一起，又忽而不經意地分開，但不傷彼此輕柔自在的情態，由於「根」羈絆在菖蒲或水草裡，不可能「晃」走，那種終日逍遙在清澈的水中，偶爾藉上面透進來的一線陽光，追尋它只沿波但不逐流的蹤影，我在一旁凝神欣賞著，突然一條帶有花紋的水蛇，不知從哪裡竄出來，劃破了欲行欲止的水波，很快地，就近衝進菖蒲叢裡，過牠「潛隱」的生活。小河裡的水蛇，似乎特別機警，也特別多，有天下午，我在小河邊放牛時，看見水蛇正在戲波游動，告訴在附近犁田的祖父，他老人家淡淡地說：「不要怕，水蛇沒有毒，樣子有點怕人，你不打牠，牠不會咬你。」接著祖父又指著水田說：「水田中也常見水蛇滑過，輕輕地搖動波紋，犁田時，水蛇從牛腳邊悄悄溜過，物不相害，插秧時，水蛇藏在秧苗堆裡，沒有聽說水蛇咬人。」

小河兩岸都是很深的芒草，有的長在岸邊，有的長在岸壁的斜坡上，也有的就直接長在陡岸上，儘管位置不同，但芒草的枝幹都特別強韌、高大，毫無二致。枝頭的芒花，雖大小不一，色澤也有別，但都娉婷多姿，是做掃把的好材料，每年深秋，祖父都到這兒收割芒草，扎成一大捆，再就地抖落枝頭上還沒有完全飄零去的芒花，免得日後作成掃把時，一邊掃地，一邊掉芒花。祖父說：「竹掃把和芒草掃把各有不同的用途，竹掃把適合掃院子、掃稻埸，比較粗糙的地方；芒草掃把，性質比較柔軟，適合掃屋內，掃得比較乾淨。」祖父治家就是這樣處處細心謹慎。小河兩岸的芒草，依著地形高低起伏，遠看似有「尊卑」層次，尤其當晚風輕拂，形成一層層無聲無息的「浪花」，活潑輕盈，恨不得攬物入懷，與芒花共舞，只要風靜止了，浪花也就立刻跟著靜止了，不再起舞，不像松竹，風停了，還看到「餘波」蕩漾，還聽到尾音餘韻。

小河上面有一座獨木橋，不知是哪一年，哪一位先人所建（鄉下向無為橋命名的習俗，當然更不知立碑，記載建橋的經過及年月日了。）年輪的溝槽，已隨著歲月的推遷，腳步的踐踏，消磨得淺深不一，溝槽裡累積了很多塵泥，吸納了多少汗水，當然更累積了無數親人的足跡，也見證了親人身負重擔過橋時的戒愼恐懼。獨木橋沒有護欄，左右兩側自然成了最危險的「邊緣」，親人的足跡不到，方便了青苔的孳生，也延緩了年輪溝槽的出現，使一座狹長而古老的橋面，出現了兩種「面貌」，大概某一時期不下雨，青苔乾枯了，但仍緊緊貼服橋面，也有一些是暗綠色的，似是剛枯萎不久，這是某一種青苔的特性，雖枯而色不變。這一棵大杉木，樹節特別多，形狀也各異，或小如桃杏，或大如牛蹄，都象徵當時生長過程的艱辛、不順，受到某些因素的「挑戰」，形成了「阻力」，因此，從「節」的深度來觀察，似乎從樹心長出，不是表面的，這種異乎尋常的生長過程，在一棵大木中，變成最堅固的一塊，在以後獨桃「大梁」的「任務」中，經過長年累月來往的磨損，一般的木質磨去了，而「節」卻反而突出，踏上去雖有高低不平的感覺，但初霜時刻，倒可以防滑。

這座獨木橋，是村莊對外主要通道之一（另一座是大河上的大木板橋），尤其往來陳彎的紅薯地、玉米（玉蜀黍）田，和村莊對面半山坡下的菜園，都要經過獨木橋，小時常和母親抬糞桶去菜園澆菜，要過獨木橋，因爲我身體矮小，要走在前面，母親爲減輕我肩膀上的壓力，就把糞桶的重量三分之二移到她這一邊，我只負擔三分之一的重量，過橋時，她特別用手緊抓糞桶上方的篾環，因爲竹槓高低不平衡，重量很容易完全滑到我這一邊，過獨木橋時，母親一再問我：「肩膀上重不重？」其實重量都在母親這一邊，我只是搭配，肩上感到有一點重量而已。我和母親抬糞桶過獨木橋，也不知抬了多少回，由於慈母的細心愛護，顧慮周全，從沒有發生意外。母親是小腳，獨木橋（約一尺寬）是窄橋，糞桶是重物，勇敢地，她一肩負起愛子和抬糞桶的重擔，我從未聽到她發怨言或歎息，過了橋，她鬆了一口氣，照例，在橋頭邊歇一會。獨木橋，不是大木長材，僅僅只有幾步之遙，一個腿長壯漢，可能只消三兩步就跨過了，但對我和母親卻不是易事，這段母子抬糞桶過橋的艱辛事，雖已過了七十餘年，但留在我腦海中的，仍是當年的親恩親情帶我度橋啊！

獨木橋的前方，就是一座高約六、七丈的天然大峭壁（整片花崗岩的石壁），非常雄偉、壯觀，幾乎成九十度的垂直，峭壁的上方，是一條不深，但很寬的大山溝，它滙聚了很多山泉，成了一條終年不枯的山溪，沿著石壁上方的缺口，不停地傾瀉而下，形成一道瀑布，峭壁的底下，是一大叢約一人多高的粗茅草，茂密地遮蓋了奔泉墜地時激起的水花，但奔騰轟隆的水聲，不因茅草的無端阻隔，仍然從茅草縫裡，送到村人的耳畔，尤其午夜萬籟俱寂，除了河聲，就是飛瀑聲了，它不停地送走了村中的歲月，也催老了我過去歷代的親人，眞是如孔子在川上說的，「逝者如斯夫，不捨晝夜！」（論語子罕篇）。夏天，穿過茅草叢，站在一道白練的前面，不必怕濺濕衣裳，讓擋不住的濛濛的霧氣，撲面而來，頓時有一種清涼和潔淨的感覺，不，應該是一種脫盡塵俗的舒暢，我不自覺地想抖落沾在衣上的水珠，但忽然又興起惜物的念頭，乾坤之大，景物之多，又有哪裡山水對我如此鍾情，又有哪裡山水使我躁動的稚氣，化爲眷戀故鄉山川的靈氣。久雨，山洪暴發，又立刻變成一座水勢磅礴的狂瀑了，這時一改先前的節奏，變爲奪崖而出的洪水了，夾雜著一路「收繳」來枯枝敗葉，再伴著一些「失根」的草木，帶著「風華」正茂青綠色的枝葉，無奈地混在飛奔的洪流裡，一起淪落到那堆草叢深處，拱衛著瀑布奔騰的，是兩旁的竹林，水花濺在竹葉上，細微得聽不到聲音，只看到竹葉輕輕地晃動，也似乎趁便擺脫山間氛埃的侵擾，呈現在村人眼前的，永遠是那一片翠綠欲滴的美景。冬天，就近一看，整座瀑布已經變成銀裝素裹了，山溪裡的清泉，是從山谷石縫中竄出來的，水面上還漂浮著一層白乎乎的熱氣，爲一片冰天雪地的家山，帶來了一條暖洋洋的溪流，但畢竟抵不過嚴寒的襲擊，很快地，熱氣消失了，當流到峭壁邊時，就和瀑布口下方的冰層，匯成了一條長長的白練，從半空垂掛下來，當先來後到的冰交融在一起時，遠遠望去，「白練」似未壯「行色」，仍是原來的舊模樣。清晨，這一片銀色的山壁，靜靜地，因爲旭日的投射，特別發出一片閃閃的寒光，似乎要人睜眼去審視嚴冬初晴後的河山，只見它映照這古樸的山村，看到早起的村人，從村門前進進出出，有的扛著耕田的農具，有的剛從大河裡挑水回來，都在爲一天的生計開始奔忙，誰有閒情管這道只有在山城的故鄉才能欣賞到這特別的一景。

從峭壁右邊這一條陡峭的，蜿蜒的山路往上走，到了山頂，名叫陳巒，從陳巒崗頭上可以看到整個山村，由於山勢較高，秋冬之際，常爲霧氣籠罩，這時就看不到山腳下的村莊了，雖隔著一層濃霧，仍可清楚聽到牛鳴、犬吠、雞啼，也可聽到父母呼喚兒女的聲音，山村的寂靜、清幽，縮短了空間的距離，也減少了人間的紛沓。陳巒實在是一座地勢較高的台地，沒有山峰，也沒有森林，幾乎遍地都是大大小小各類的灌木，疏密不一，是成群野兔藏身的地方，附近的紅薯常遭牠們偷吃，或許是我們的縱容，助長了野兔的膽量，竟自由自在地公然出現，似乎還「忙碌不停」，根本無視於我們的存在，甚至還和我們「爭道」，野兔的體型不大，但行動機敏，掘洞的速度也極快，因爲這裡的土質比較鬆軟，紅薯往往自行從土裡撐破一道裂縫，露出半截在外，野兔一發現，先張望四周，就利用牠們天生長於掘洞的本領，稍微用腳爪掘幾下，埋在土裡的紅薯，就很輕易地掘出來了，隨便咬了幾口，等於「嘗新」，就丟到一邊（野兔從不吃完），再去找另一個「目標」，整片紅薯地，這樣被野兔蹧蹋、破壞的不少，母親叫我把這些野兔吃過的紅薯撿回家作豬飼料，我一邊撿，一邊看野兔從我籃邊經過，幾次拿牠吃剩的紅薯擲過去，一籃子擲完了，也沒有打中一次，還要自己費力再撿回來！

野兔只能沿地跑，紅薯是牠的「獵物」。栽種的玉蜀黍（家鄉土語叫包穀），則是能飛善跳的野雞（山雉）的食物了，我們種的玉蜀黍的面積和紅薯的面積幾乎相等，所不同的，紅薯多種在平地，玉蜀黍多半種在斜坡上，野雞破壞了玉蜀黍，多半在玉蜀黍半成熟時，先用銳利的喙，把玉蜀黍幾層包裹著的殼剝開，咬裡面半帶漿的玉米，被牠破壞咬過的玉米，雖然還留在枝上，但「生機」已遭破壞，生長就此停頓了，就先將它摘下，把沒有吃完的玉米粒子剝下來也作豬飼料，同一棵其他沒有被啄到的，希望能等到我們最後收成。野雞是陳彎的「特產」，其他的山區尚未發現過，野雞的羽毛五彩繽紛，而且尾羽特別長，在禽類中，除孔雀外，應算最美豔的飛禽了。牠的棲息地也是灌木叢，但膽似乎很小，只要遭到一點驚嚇，就驚鳴驚飛不已，有幾次我擾動了灌木叢，不知裡面藏有野雞，牠帶著哀鳴，一飛沖天，也把我嚇了一跳，牠很少高飛遠揚，宏亮的鳴聲，往往響徹整座山谷。

野兔和野雞，對我們的農作物，雖多所損失，但從來沒有人要去獵殺牠，最多驅趕而已，沒有想到幾十年前的一個念頭，竟然符合幾十年後保護野生動物的新觀念、新潮流，這是我始料不及的。

母親說，我的一個哥哥和一個姊姊，出生不滿周歲，就匆匆離開人世，死後都埋葬在陳彎山崗上，由於是家裡長工去埋的，當時沒有立碑，或許限於傳統禮法習慣，嬰兒夭折，不能越禮立碑，後來也就不知確切的位置了，每次一到陳彎，我就想起不幸早夭的兄姊，很想以手足之情，到墳前去行禮、追思，但對著眼前一片荒煙漫草，欲尋無跡，徒增惆悵而已。母親說，那個年代醫學極不發達，何況是僻陋落後的鄉下，只要嬰兒發燒不退，生命就不保，很多無辜而可愛的小生命，就這樣輕易斷送了。陳彎，除了是我祖業的一部分，也是我兩位早夭的兄姊埋骨之處，更是我和母親足跡踏得最勤，汗水滴得最多，豐收希望寄託得最高的地方，我永遠依戀著這塊故土的一草一木。

二

中國農村的舊傳統，千百年來，都以「耕讀傳家」作為治家及教育子弟的指針，意思是要歷代子孫肩負讀書和耕田的雙重任務，我的祖上似乎是「耕」多於「讀」，不知是哪位先祖，大概讀書得了功名，清朝皇帝（我已記不清是哪位皇帝）曾頒贈「眉壽鍾祥」匾額一方，黑底，厚重，斗大正楷，顏體金字，高懸廳堂正梁上，只要走進廳堂，抬頭一望，就耀然在目，我初識字時，就常常大聲念那四個大字，所以印象特別深刻，至今不忘。幾年前，亂後初回故鄉祭祖，目睹板橋祖屋幾已遭到片瓦無存，只殘餘久已長滿雜草的荒涼地基，面對舊日故居遺跡，屋毀人亡，一時興感萬端，幾欲墮淚，遂問姪輩那塊極有歷史價值匾額的下落，無奈年輕的姪輩根本沒有見過，年長的姪輩告訴我，當年「文化大革命」時，遭到紅衛兵無情的破壞掉了，先祖留給後代子孫象徵崇高榮譽及兼具紀念價值的榮匾，至此，就只好留在像我曾經親眼見過的人的腦海中了。祖上歷代務農，在以勞力為主的時代，養成了勤勞節儉的習慣，財富也就因此逐漸累積，在那個農業社會，鄉下還沒有現代工商企業投資理財的新觀念，有了餘錢，就到處買田置產，自然也就有人主動上門「介紹」某人出售某處田地的訊息，何況中國傳統儒家教人「有土此有財」（語見大學第十章）的觀念，早已深植人心，奉爲圭臬，於是在潛山本縣，則有浪袈山、蓮花形、方沖等地，在鄰縣岳西，則有天堂鎮、毛尖山鄉等祖地，都是包括祖墳山、水田和旱地，且每處還附帶村屋，供佃農安家、居住。先祖輩辛勤工作，所累積的家業，範圍之大，在當時的確是獨步的，沒有哪一個姓氏可以和儲氏相比，也自然成了一般人心目中所謂的「大地主」、「大土豪」、其實，「創業」背後，所遭遇的痛苦、辛酸，又豈是一般人僅從表面上，所能想像到、看得到的！

由於歷代先祖生前對「疆域」的辛勤開拓，百年之後，大半就安葬在開拓來的墳山上，因路途遙遠，又無交通工具，甚至還要走狹窄艱險的山路，每年清明節，我們後代子孫，都要克服路程的困難，帶著祭品和愼終追遠的心情去掃墓，我幼時曾以長孫的身分，隨祖父先到岳西天堂鎮去祭祖，祖父的意思是他年紀大了，要帶我去認識祖墳山的所在地，免得以後，年輕的一代要掃墓祭祖，找不到祖墳山，是多大的不孝啊！母親特地爲我做了一雙新布鞋，鞋底特別加厚，經過幾天山路的長途跋涉，回家時，鞋底只剩下一層薄薄的皮了，母親看了我的鞋底說，還好，你沒有光著腳回來；下一年的清明節，祖父又帶我去潛山縣的浪袈山去祭祖。這一段山路，是沿著很長的河谷前進，兩岸山勢峻拔，山路高低落差很大，一會兒下到河谷，一會兒又登上山脊，河中大石遍布，比板橋家門前那條大河要雄偉多了，由於石多阻礙，水流聲不大，也不湍急，但非常清澈，那時正逢暮春三月，兩岸山壁上的杜鵑花和桃花盛開，奼紫嫣紅，爲充滿陽剛之氣的河谷，憑添了幾許嫵媚，沿路石多於土，幾乎很難看到春草，偶爾在石縫邊看到一點，那正是春雪去後，所留下的一點生機。我們一路沒有遇到牧童、野老，也很少看到山村，河山往往就在沉靜自然中，見出壯麗，在紛沓忙碌中，見出庸俗。祖父輩挑著祭品的擔子，傴僂著身軀，只注意腳底下高低不平的石頭路，懷著一副永遠虔敬的祭祖心情，哪管道路的多艱，又哪管雲山的靈秀，只有我幼稚好奇地在後面沿路東張西望，不管是山是水，是鳥語，是鶯飛，對我這個初臨此境此景的村童，都有無比的吸引力和好奇，對於此次祭祖的任務，似乎已暫時「卸下」了，祖父在前面走得好遠，我還留在後面瀏覽自然風光，幾次看到祖父卸下擔子，站在路邊等我，還不停地提醒我，路上都是石頭，慢點走，不要跑。

浪袈山的祖墳山，山勢不陡，好像整座山都是墳山，雖然已是春三月，山區仍處處積雪未消，寒氣逼人，那天清晨天剛亮，祖父便把我叫醒，說是要上山祭祖掃墓了，佃戶也陪著我們。大概由於年代久遠，很多墓碑都長滿了青苔，有的還下陷，顯得歪斜，碑文幾乎都很模糊，或許當時鐫刻的石匠就刻得不深，加上墓碑的本身風化，辨認更爲難了，祖父當場爲我大致說明了我們屬於哪一大房的後裔，無奈「孝衰於代遠」，對先祖譜系的牽繫，的確是後代子孫的難事，親情愈遠愈疏，是古今所同感，恐怕也是時代變遷無可迴避的結果。由於浪袈山交通極不方便（七十多年前），才得以保持原始森林的面貌，綠陰蔽天的松樹，一棵比一棵挺拔、高大，既無人破壞，也無人維護，一切隨著自然生成，自然茁壯，完全是一座遺世而獨立的深山、野林，沾不到現代文明的「福」，恐也受不到現代文明的「害」，開山築路，輪不到它的重要性，闢爲觀光風景區，也嫌缺少吸引遊人的特色和魅力，這一塊天賜的「樂土」，先祖將永遠安魂在此，任由俯仰乾坤，靜觀萬世了。

田地多，而自家勞動力有限，很自然地，需要就地招請佃農代爲耕種和維護，猶如現代工商業社會，一個工廠的主人，不可能自己兼辦一切業務，必須招請工人代爲工作，一個公司的負責人，也不可能統攬一切事務，必須招聘各類員工爲其效勞，因工作內容性質不同，他們或憑一己的勞力爲東家工作，或憑一技之長爲東家服務，形成主僱關係，其間的權利和義務，在訂合約時，雙方議定清楚。在農業社會，土地就是資本，佃農就是員工，僱人代耕代作，也是另一類的商業交易行爲，所不同的，商業社會，主僱來往的，是鈔票和股票，而在農業社會所來往的，是稻米，是實物，交易的「物」雖不同，而交易的實質是相同的。

小時在板橋老家，常聽到有人順道傳口信，或親自上門告訴祖父，某月某日佃戶繳租。秋收後，有次祖父帶我去浪袈山認識佃戶和佃戶耕種的田地，在那裡佃戶依循往例招待我們一頓酒席，席間，佃戶找到很多理由，如蟲災、乾旱等，要求減租，祖父說：「我自己也是種莊稼的。」說時伸出一雙粗糙的手，十個手指幾乎都粗糙得變了形：「我當然知道種田的辛苦，也知道天災的損失。」浪袈山的不動產是屬於「四和堂」（祖父兄弟四人）的公產，當年分家時保留不分，「四和堂」對佃農的發言，三兄弟都一致尊重大爺（我的祖父）的意見，祖父說了算，當然，祖父私下和老弟兄們商量討論過，不過由他一人代表發言罷了。二祖父因個性爽朗，說話聲音宏亮，話也多，速度也最快，三祖父文雅沉靜，四祖父和我們同住板橋祖屋，和祖父既是兄弟，也是鄰居，得居住之便，常和祖父閒話家常，因此，佃戶知道祖父是「四和堂」的大家長，有權作主，遇事好商量，好講話，他老人家是忠厚長者，慈悲心重，從不苛求佃戶。浪袈山的稻穀收穫，除了佃戶扣租和繳國家的田畝稅，每年依例「四和堂」後裔清明祭祖大會餐外，我沒有看到有稻子挑回家，大概都就地「讓租」和繳田畝稅了，只落得一個「大地主」的空名義，因爲每年六七月糧荒季節，家裡都要到百里外的市集——青草堝去「挑米」（家鄉土語，上街買米叫挑米），因爲青草堝的白米非常昂貴，不忍也不敢多買，爲了度過艱難的糧荒，就用自家生產的大麥磨成粉（小麥產量較少，要磨成粉製作掛麵出售），添加大量野生的「毛香」（一種山野生長的野菜，約一寸高，葉脈厚實，正面有一層呈現粉綠色的絨粉，洗淨以後，晒乾，送到石碓舂成泥狀。）把已成泥狀的毛香和大麥粉攪拌在一起，爲了省大麥粉，毛香占五分之三，大麥粉僅占五分之二，因此毛香粑經過蒸籠蒸熟後，表面呈現玉潤的淡粉綠色，摸起來非常光滑，完全蓋住了大麥的粗糙，聞起來還有一點草藥的香味，很可口，無人嫌棄，雖屬貧賤食物，卻填飽了我們的饑腸。毛香也是母親帶我去認識的，她老人家認得很多野菜，只有毛香夏季盛產，它救了我們的糧荒，如今，七十多年過去了，跟著母親後邊「討」毛香的往事，和毛香隱含的況味，仍歷歷在目，點滴在心。

遠處的田地，由佃戶代耕代管，自家附近的田地，則由祖父四兄弟自耕自種，田於四兄弟的勤勞合作，除了忙於農事外，還創辦了其他副業，家財的累積致富，有一半實得益於副業所賺來的錢，在當時方圓百里之內，幾乎是「獨家生意」，沒有人和我們對抗、競爭，從祖父四兄弟的立身行誼上，我深深地體會到農業社會流行的，勤儉可以致富的道理，不求錦衣玉食，只要求粗茶淡飯。祖父四兄弟身體都很結實魁梧，剛健有力，只有三祖父稍矮，大概只有一百七十公分左右，其他三位祖輩都在一百八十公分以上，二祖父可能接近一百九十公分，因為他每次到板橋老屋來，進門都要彎腰低頭。四兄弟合創的副業，以現代眼光來看，可稱作「農業社會的工商業」，生產的方式完全靠勞力和經驗，沒有機器可以操作，也沒有工商管理的理論可以依據，全憑自己的勇氣和想像，一年到頭都在為致富創業在努力「打拚」，別人只看到財富的累積，卻沒有看到財富累積的辛苦過程。

粉絲坊：

在板橋祖屋對面的山邊上，建立了一座粉絲坊，隔著大河和祖屋遙遙相望，實際上，因世亂，已歇業，但粉絲坊之名（簡稱粉坊），直到我一九四七年秋離開故鄉時仍在沿用。大概當時不讓閒雜人等隨便進出，干擾粉絲的製作，與維護產品曝晒時的安全。粉坊的建築有異於一般民居的形式，它只有一進，四周有土磚砌的高牆，牆頭上還蓋著灰瓦（土磚的圍牆，需要在牆頭上覆蓋茅草或瓦片，以防受潮濕崩塌），前有門樓，兩扇厚重的朱門對開，但為了安全，「門雖設而常關」，圍牆裡安裝一排排晒粉絲的木架。

粉絲的基本原料是綠豆，由自家大片種植，磨成綠豆粉之前，先要仔細淘洗泥沙數遍，再經烈日晒乾，經石磨磨成綠豆粉並篩去碎皮，然後倒進大鍋裡，熬成綠豆漿，調好適當的濃度，再倒進一個滿布細孔的漏斗，一邊擺動，一邊趕緊用手往下搥壓，晶瑩剔透，細長不絕的粉絲，就從無數的小孔，爭先恐後地「鑽」進下方盛有冷水的木桶裡，柔軟帶有溫度的粉絲，遇到冷水立刻穩定，變成細絲狀，負責撈粉絲的人，把握適當的長度，從桶裡截斷，並撈起，趁潮濕而互相不糾纏，分成一小把一小把，放在太陽下晒乾。純綠豆製成的粉絲，有閃亮的光澤，彈性特佳，久熟不爛（家鄉習俗：過年後，依例要「請春酒」，粉絲是「壓席菜」，擺樣子，大家都知道不能吃，誰吃了，誰就是失禮。下次春酒，經鍋再熱後，端上桌，依規矩還是不能動筷子，幾次春酒席後，粉絲仍清爽如初，毫無碎爛。）極滑溜，順口，筷子往往不易夾住，包裝好，由家人或長工挑往青草墘去賣，有時也有外地來的行商，憑著過去的商譽，來家收購，雖然無品牌，無商標，但貨眞，有口碑，這種土法製作的粉絲，銷路又快又廣，因爲是農閒時的「副業」，產量不多，家中也無多餘存貨。

麵粉坊：

設在板橋老屋裡，產品範圍包括製麵粉和製掛麵兩項。主要的材料是小麥，也是自己家種植的。兩人合抱的大石磨，分上下兩塊，由石匠自己在大河裡選好花崗石後，就地鑿成大石磨，完工後，由叔伯們合力運回家，安裝在磨坊裡，又爲了節省人力，飼養了一頭耐勞的毛驢，專門負責推磨，但仍需要人在旁看管，以防隨時有問題發生，毛驢推磨時，爲了使牠集中精力工作，就用一塊黑布蒙住毛驢的雙眼，使牠在長時間機械式地轉動時，無法隨口偷吃石磨上的小麥，有軛扣在毛驢的背上，另一端搭在石磨的推把上，使毛驢自動繞著石磨轉，不疾不徐，太快了，小麥匆匆進出，粉磨得不夠精細，都成了麥麩，太慢了，又妨礙工作的預定進度，有時甩甩垂下來的尾巴，有時又無奈的，好像低頭在打盹，有時扭轉身軀，好像要擺脫扣在背上的軛，外在的環境牠完全看不見，一切都憑感覺，只要有人吼一聲，就把牠嚇一跳，我在一旁靜觀物態，賞玩物性，越發增加愛物惜物之情，毛驢性情溫馴，好駕馭，很少表現焦躁不安，甚至哀鳴，工作一段時間之後，解除眼罩，讓牠恢復「光明」「重見天日」，牽著到稻場去休息，並給以食物和飲水，最後牽到一堆野草邊，讓牠去排泄，毛驢似乎很通人性，養成習慣後，不隨意給主人添麻煩。

大石磨非常重，不是一般人可以推動的，我試著去推，動也不動（還有一個小石磨，安裝在走廊邊，專供磨米粉，或玉米粉、大麥粉用的，我也常幫助長輩們推磨，很容易操作，不費力。）毛驢一推幾個鐘頭，把整擔的小麥磨成細白的麵粉，所幸有毛驢的勞力，如果完全靠人力推磨，眞不知要把人累成什麼樣啊！也不知一擔小麥要多久才能磨成粉啊！

麵粉磨成後，因爲裡面雜著大量麥麩，妨礙纖維的拉長，不利於扯掛麵，必須用羅篩（這是製作麵粉最重要的設備，用絲線織成極細密的網，外加一個長方形的木頭做的框架，安裝在一個長方形的大木箱裡，兩端用麻繩懸吊，框架的下方用繩子吊住一塊踏板，用腳一踩，即來回晃動，發出「夸打，夸打」的響聲，踩得越快，晃得越快，響聲也連著來，細白的麵粉，就紛紛落下，麥麩就留在羅篩裡，（鄉下的土語叫「打羅篩」。）這動作無技巧可言，但是要有體力，尤其是腳力，我幼時即自動幫家人操作，基於好玩，也是好奇，最少比讀書「有趣」，故其運作細節、技巧，親身經歷，至今不忘。

麵粉加鹽水後，慢慢調和，反覆揉成一個大麵球，然後鋪平，切成約一尺多長，如筷子樣的細條狀，兩端各繫一尺多長的細竹竿（鄉下土語叫麵竿，一種很細的實心竹。）分別地掛在一個約半人高的，長方形的大木箱裡，上面覆以專用的棉被，等待它「醒」（即膨脹發酵），「醒」夠了，再移到超過一人多高的木架上，木架的上方有一大排小孔，專門用來插麵竿用的，插穩後，再細心逐一檢查是否穩妥，接著就要趁麵「醒」透了，把握時間，抓牢下方那根細竹竿，有「節奏」地往下「頓」，由於麵已經很有彈性、韌性，這種「頓」的動作，鄉人叫作「扯掛麵」，原來僅尺把長的細麵條，經過一鬆一緊來回的「頓」，最後「扯」到和木架一樣的高度，因爲掛麵全部上架了，一大排要趕緊一個一個地「頓」過去，「頓」了這個，又去「頓」那個，要把掛麵的長度「頓」到位，符合長度一致的要求，才能算是「完工」，難怪叔伯們忙得汗流浹背，這眞是叫作分秒必爭啊！最令我難忘的，在金色的陽光下，當微風吹起那一排排悠揚自在的白浪，沒有聲音，縱然「千絲萬縷」，但擺盪不羈的姿態，卻只有一個，但卻可以隨時聞到空氣中的麥腥味，這種美味的掛麵，家中很難有機會吃到，只有過陰曆年時或許可以吃到一次，都是挑到青草塥去賣錢了。

造紙坊：

分成兩部分：造紙和晒紙，各在不同的地方。先說造紙，造紙坊設在板橋老屋對面的山邊，到粉絲坊去要經過它的前面。造紙的原料有兩種：一種用半成材的竹子，即已長枝，但尚未長葉的竹子，由於竹的產量少，原料有限，且竹成材後，另有其他製作竹器的重要用途，用來造紙，竹紙價錢就要貴了，銷路也有限，就我記憶所及，只造過一兩次竹紙，以後就一直改用稻草了。竹紙光潤皎潔，但易碎，易撕裂，紙也較薄，是它的缺點。稻草是極普通的原料，隨處可得，秋收後，在田間就地把脫穀後的稻草捆成一百多斤一捆，浸泡在一座由稻田暫時改成的水池裡，上面撒些生石灰粉，一方面預防在浸泡期間產生雜草，一方面漂白，約經過兩個月後，水池裡的水變成黃褐色，再經過烈日的曝晒，污濁的水，不時冒出泡沫，還發出一股刺鼻的稻草腐臭味，並產生一種「逐臭」的小飛蟲，在水面上飛舞，父祖輩用長柄鐵耙站在岸邊逐一翻動，大捆的稻草泡水後，體積膨脹，重量倍增，翻動非常吃力，爲使每一捆都浸泡透澈，換一個岸邊再翻動下一捆，等每一捆草的形狀，都快成一堆土黃色的爛泥了，便送到石碓裡去舂成「草泥」，變成了紙漿，父祖輩抓起一把在水裡輕輕飄浮晃動幾下，根據經驗，來測試紙漿搗細所呈現的纖維情況，是否已達到造紙需要的標準，然後才倒進紙漿槽裡（紙漿槽是造紙的主要設備，一個約兩尺多深，七八尺長的一個長方形的大木槽，安裝在一個就近山泉源頭而搭建的茅草棚裡，用打通竹節的粗竹筒，把山泉引到大木槽裡，水流滿了即移開，這座茅草棚，四周無牆，遮日蔽雨有餘，擋風不足。）用長竹竿慢慢地把紙漿揮散開來，調勻，原來澄澈的山泉，這時也全是紙漿了，再加進一小桶羊齒滑水（一種野生的藤類植物，有青綠色的汁，極滑溜，經石碓搗爛後，倒進紙槽裡。）因羊齒滑有離析不黏的特性，爲使「撈」起來的紙胚，經榨乾水後，可以輕易逐張揭開、分離，不致於前後糾纏、拉扯、損及紙胚。

從紙槽裡「撈」紙，既要講求技巧和經驗，也要靠體力，每「撈」一張紙，要不停地伸臂、縮臂、彎腰、低頭、抬頭、轉身等幾個不可少的動作，而且每個動作都要正確，否則這張紙就出不了「貨」，前一張紙「撈」起來後，這時要憑眼力順帶研判槽內水面上的紙漿是否足夠繼續「撈」下一張，如果紙漿沉到槽底，不夠一張紙所需，就用長竹竿滿槽划動一番，讓紙漿再浮上水面。紙成正方形，是家中造紙的一個特色。「撈」紙用的簾網，是一種用極細的竹絲編織成的，簾網的框子也是竹製的，寬度以人的兩臂自然張開爲準，高度和寬度相等。操作時，用兩手緊握兩邊框架，爲使紙漿易於附著簾網，斜著、以四十五度進紙槽，然後平著在紙槽裡前後左右晃動，目的是要讓簾網上的紙漿，能鋪散均勻，不致於有些地方厚積，有些地方開「天窗」，平均每一張紙胚要兩三分鐘左右才能「撈」成，紙胚「撈」起後，更要很技巧地將紙胚輕輕地「拓」下，並要很準確地疊在前一張上（這是個關鍵技術，疊得不整齊，無法揭起重來，只好夾在中間「充數」，等著「作廢」。）由於有羊齒滑的作用，紙胚並不緊黏簾網，只要稍微用點巧力，輕輕地震動一下，簾網上的紙胚，就很自然地剝落下來，如果不懂技巧，不僅簾網上的紙胚損壞，也可能連累到架上已經有的，熟練的老手「撈」起來輕而易舉。

紙胚集到一定的數量、體積，送到木製的壓榨台，榨乾水後，第二天早晨天剛亮，烘焙房（設在板橋老屋，靠近邊門口，鄉人叫晒紙房，實在，紙是不見日光的。）即生火。烘焙房是一座用青磚（一種特別的耐火磚，久燒不裂），在屋內砌一長方形的烘焙壁，壁的前端是竈門（在屋外），供添柴火，其他在屋內的三面，都是光滑的黑色磚壁，以伸手可以碰到壁頂爲其高度，爲便利「晒紙」的人好操作（晒紙是鄉人的習慣用語，即烘乾紙張），烘焙壁三方各向後約十度的傾斜（形成一個底部寬，上端窄的金字塔形），由於壁內烈火不斷，磚壁表面的溫度很高，「晒紙」的人，小心翼翼把紙胚輕輕揭開，用兩手提起最上方的左右兩個角，然後對紙胚吹一大口氣，紙胚就很自然地貼到熱燙的烘焙壁上了，接著用細軟的蘆葦刷子，輕輕刷平，使它服貼在烘焙壁上，幾分鐘後就烘乾了，揭下來先從四個角開始，也有極少數自動從烘焙壁上脫落下來，由於「晒紙」的人，幾乎都是經驗豐富的老手，他們的操作十拿九穩，所謂：「熟能生巧」，從來沒有損壞過一張。

造紙坊一到嚴冬，大雪紛飛，就自然停止運作了，紙槽裡的泉水失去溫度，就開始結冰了，紙漿被冰裹住，成一堆一堆的，簾網雖可勉強下去，但「撈」起來的，已不是紙胚，而是大大小小的冰塊了，一年的大半工作時間，都集中在春末到冬初，外地來收購的人，也大半在此時間下鄉，他們喜歡這種土法造的紙，韌性好，纖維多，不易破，也較厚，作包裝紙最適宜，常有供不應求之感，家中出產的粉絲、掛麵，都要挑到青草塥去賣，只有所造的紙，還不夠供下鄉收購的人所需，可能是價廉，也或許天候影響，產量較少有關。

初冬季節，稻作收成完畢，有一段較長的農閒時間，編織草鞋、斗笠、蓑衣就成了另一種忙碌的「副業」，父祖輩對這些傳統的手工藝，都非常熟練內行，製作出來的產品，既耐用，又耐看。

父祖輩非常節儉，一年穿布鞋的天數很少，大部分時間都是穿草鞋。編織草鞋的稻草，先要經過一種類似梳子的工具加以爬梳，篩選，作初步的淘汰，剩下來的，還要再加挑選，一定要粗細均勻，不能有折斷的，黃枯老草也要避免，選妥後，在水裡浸泡片刻，增加草的柔軟度，便於編織，草鞋中間的經線，是一種從山中採來的野藤（我已不知其名），有時剝去外皮，只用裡面的「細骨」，有時連皮骨一起用，它是攀緣樹木而生，有根鬚，先要在手上盤繞一圈，試試它的韌性，一雙草鞋是否耐穿，或是否會從鞋掌中間折斷，這根擔任經線的藤，關係最爲重要。在冬天，野外一片冰天雪地，野藤難覓，麻繩也可代替。編織草鞋（鄉下俗語叫打草鞋）時，人坐在長板凳上，板凳的前端臨時安一個鉤子或木製架子，繫住草鞋的經線，另一端就繫在編織人自己的腰上，兩端要扯緊，如果感覺鬆了，編織的人身體往後移，間距拉長，自然就緊繃了，我常站在祖父身邊看他編織草鞋，只見他粗糙的一雙手，熟練地來回編織，也不抬頭望望身邊的天井，光線已經沒有先前的明亮了，灰暗的天空正飄下片片雪花，灑落在天井的花崗石邊沿上，我說：「爹爹，下雪了！」他只「嗯」了一聲，似乎都不關他的事，他只管專心地「打草鞋」，伸手從身邊抓來幾根稻草，沒有仔細看，就憑著感覺，突然抽掉一根，嫌它太脆弱、易斷，因為要搓成繩狀，才能經得起編織時的拉扯，編到一定的長度和寬度，要取下來試試腳樣，看看合不合腳，要是走樣了，還來得及改正，由於編織時，要用力層層擠壓，使其緊密、結實，往往就造成鞋底高低不平，要用木錘打平。草鞋無鞋幫，無後跟，只有鞋底，構造看似簡單，卻要有技巧和經驗，否則一穿上腳，不是腳磨破皮（這是穿草鞋，最普遍，最容易受到的傷害），就是不能走路，或是不要一兩天，就報廢解體了。我小時也穿過草鞋，是祖父教我自己編織的，但沒有多久就散了。

草鞋，吸汗、透氣、通風，是它的長處，永遠不會得所謂「香港腳」。對日抗戰期間，我看到暫時駐紮在本村莊附近的士兵，他們一有空，就忙著為自己編織草鞋（鄉下處處都是稻草堆，原料幾乎垂手可得），看他們編織的手法，非常熟練、內行，一定都是在農村學會的「手藝」，有的除了腳上一雙，還有「備用」的一雙繫在背包帶上。當年國軍的裝備，恐怕不是今天穿皮鞋的士兵所能想像的，他們除了犧牲奮鬥，徒步行軍，還要利用時間編織自己腳上穿的草鞋（據說那時軍中發的也是草鞋），在二次世界大戰，各參戰國中，只有中華民國的國軍有此艱苦卓絕的精神和經驗，作為當時一個村童的見證，眞是難為了他們！

製作斗笠，也是一門農村技藝。無師授業，也無徒弟學藝，都是家中晚輩看長輩製作的程序，跟著學，跟著做，有時長輩也加以指導或糾正，沒有艱深的理論，只要注意步驟，在潛移默化中，不知不覺地就學會了，我小時也學著編織斗笠，但剖篾時，因不懂技巧，常常割傷手。斗笠是農人的主要「裝備」之一，原則上，是一人一頂，但也有互相借著用的，它是以竹子爲材料，竹子剖分成很薄的竹片，以舊斗笠爲「模型」，先在舊斗笠上，編織成一個大概的圓頭形，「輪廓」有了，然後再修正，以符合所需求的尺寸。還有一種編法，先估量頭形的大小，決定頭頂凸出空間的大小，這兩種編織法，都是先從斗笠的「頂」開始，然後放在腿上，逐步細心向四周編去，但要隨時注意依循竹片的斜度（這是「造頂」的主要方法），縱橫交錯，慢慢編成一個寬度適當的邊沿，一頂斗笠就告成了，這種竹編的斗笠，較草帽重，戴在頭上有「壓頂」的感覺，但比草帽堅固耐用，抗日晒，不碎裂，不須特意愛護，極通風涼爽，不像草帽戴久了容易藏汗味。它不生霉、不變色、不聚水，晴雨兩用，斗笠內繫一條帶子，扣到下顎，就可以安心工作，不必顧慮被野風吹走。夏天戴上斗笠，使頭頂產生陰涼舒適的感覺，在烈日下，額頭的汗輕了，兩頰的汗也少了，搭在肩上，準備擦汗的手巾，用的次數也少了，難怪國畫裡，常見到清矍野老，戴著斗笠在田野漫步，悠閒自在的神態，永遠令人嚮往。

編織蓑衣也是農村必學的技能，蓑衣的原料是老而乾的櫻樹皮，從樹幹上層層剝下，加以整理修剪，以適合自己所需，再用細痲繩把一片片櫻樹皮編織起來，由下而上，一層疊過一層，如同屋頂蓋瓦一樣，用料的厚薄多少，要看櫻樹皮本身的密度而定，假如結構是稀稀疏疏的，舉起一照，透光透亮，甚至還可以看到對面物象的，就要疊得厚些，厚度增加了，重量也跟著增加。蓑衣是大概形象的「衣」，無袖無領，只能披在身上，要身材高大魁梧的人穿，才見挺拔有神，因爲它是蓬鬆的，如果體型瘦小的穿上蓑衣，就只見蓑衣不見人了。雨雪天，外出工作的人，一律離不開它。蓑衣的特性不吸水，可是外表一沾到水也不輕，農人收工回家，都先把蓑衣上的水在戶外大力抖落乾淨才進家門，否則掛到哪兒，哪兒就淋成一灘水。冬天，蓑衣最容易積雪，別看它表面平整有序，實則內藏很多小孔隙，冰雪一陷入，就不易抖落掉，甚至還在下襬結冰，父祖輩的蓑衣回家後，掛在長廊的牆上，次日早晨一看，蓑衣的下襬掛著一周亮晶晶的小冰凌，好像一種民族舞衣的下襬，掛著一排銀色的小鈴鐺，非常耀眼，我想把它敲下來，祖父說：「只能讓它自動化冰，不能猛力敲打，否則，冰敲下來了，蓑衣上的櫻毛也跟著一起斷落下來了。」草鞋是量腳做的，蓑衣沒有量身做的，也沒有尺寸大小之分，在鄉下，不見兒童披蓑衣，就說明了蓑衣沒有兒童的尺寸。蓑衣透氣性極佳，穿一整天，也不產生悶熱感，不像一般農人穿的桐油布雨衣，既是硬繃繃的，又不透氣，很不方便工作，尤其是彎腰的工作，更感到不便。一般的蓑衣雖長可及膝，但對下半身的防水仍嫌不足，好在父祖輩的長褲管，在田間工作都是捲起來的，所以影響也不大。

父祖輩，戴著斗笠，披著蓑衣，穿著草鞋，把褲管捲到小腿肚附近，肩上扛著農具，一年絕大部分的時間，不，應該說一生的時間，都是這樣自在的「打扮」，我從小在農村的每個角落，所看到的父祖輩都是這樣，他們以勤勞貫穿了生活的每個細節，以節儉固守了歷代傳下來的家園，最後塑造了樸實無華的家風，也爲我此刻提供了下筆的素材！

三

中國幾千年的傳統農村，所歌詠的是風調雨順，國泰民安，所相沿的舊習，是男主外，女主內。耕田種地，肩挑背負，一切靠體力的勞動工作，都是父祖輩的事，由於故鄉地處深山曠野，一出門，不是懸崖絕壁，就是崇山峻嶺，幾無寸步開闊的平地，稻田都是層次分明的梯田，一層高過一層，為了水稻生長，利用最高處的山塘水（就泉水源頭開鑿的一個大水塘），依梯田的高低位置，逐一灌溉下來，尤其陰曆六七月的乾旱期，山塘裡的泉水出水量，也跟著減少，不敷大面積的灌溉所需，而此時的水稻，正依賴豐沛的水量生長發科，為了解救水荒，就要利用水車去牽引地勢低的河水灌溉了，這種把低處的水牽引到高處的水車，從陸放翁的詩裡，知道宋代的農村已經普遍使用了，至於是哪一位「工匠」的偉大發明，文獻記載不多，考證為難了，但這一大發明，的確造福了以農立國的廣大農村，使辛苦的農民受惠無窮。一般來說，一個村莊最多只有一部水車，我家那部水車，平常不用時，拆卸成兩截或三截，「堆」在廳堂的一個角落裡。水車的長度沒有定規，最長的可以超過三四丈（可以分解，可以結合），需要幾個體壯的人去抬。水車是木造的，是木匠的技藝之一。前端裝有滑輪，滑輪連著兩塊踏板，踏板的上方是單槓似的木架，車水的人手扶在上方的木架，腳用力踩踏板，帶動滑輪，水車裡裝設了幾十塊方形的「水跑子」，即咕嚕咕嚕不停地轉動著，第一塊「水跑子」負責把水從池塘或河裡抽引上來，第二塊接著又來了，如此「前仆後繼」輪流迅速地推著水往前進，第一塊「水跑子」過後，一定會從兩旁隙縫或底部漏掉一些水，由第二塊「水跑子」接住，第二塊漏掉的，由第三塊接住，依此類推，在六七十度的高斜坡上，不停地把水運送到終點，雖然一邊漏，一邊接，到終點的水勢，仍然是「衝」出來，不是「流」下來的，水勢的大小，踩踏板的人速度和力道關係最重要，「車水」實在等於「搶水」。水車內分來去兩邊，水送到盡頭，轉到另一邊回去，如此往返不停，來去中間用木板隔開，「水跑子」與「水跑子」由活動轉軸互相銜接，不用一根鐵釘，不管如何快速運轉，絕不鬆脫，我國古代的工藝巧匠，運用智慧，發明器物，眞令後輩欽佩至極，可惜在傳統的「士爲國之寶」的觀念下，把這些不世出的技藝才華橫壓下去，沒有得到應有的重視和傳承，他們忽略了這些「奇技淫巧」非常重要，照樣也能造福邦家，由於價值觀和時代風尚所造成的偏差，嚴重阻礙中國現代科學教育的起步及科技的研究與發展，我走筆至此，不由得浩歎不已！

我小時在農忙季節，常幫助送午飯到田間，父祖輩爲爭取時間，不回家吃午飯，多半都選在田間的樹蔭下用餐，我就趁他們吃飯休息的時間，跑去試著踏水車，以爲好玩，平常在一旁看父祖輩，腳一踩踏板，「水跑子」就「呼嚕，呼嚕」地在水車裡不停地滑動前進，我來一試，眞是應驗了「事非經過不知難」，身體矮小，手幾乎抓不到「單槓」，由於上半身無牢靠的著力點，腳就無法像跑步機一樣快速「奔跑」，動作一慢，所抽引上來的水「不進則退」，想「留」也留不住。操作水車，旁人看似極簡單的動作，在固定的位置做固定的動作，不必彎腰，不必肩挑手提，但腰部以下，卻要不停地用力，一點也鬆懈不得，否則，「車」到盡頭，可能前功盡棄，一滴水也沒有，難怪父祖輩在外辛苦工作一天之後，回到家裡，腿也提不起，腳也走不動。用水車搶救農田乾旱，在六七月是常有的事，我也從小在農村見慣了此龐然大物，在幼稚的腦海中，也早已留下了難以磨滅的印象。

那個年代的農村，無任何機械動力，一切勞力操作，完全靠人力和獸力（耕牛），犂田是人和牛的「合作」，牛在前面拖犂，人在後面扶犂，達成另類的「默契」，在漠漠的田野裡映襯了農村特有的情境，無長鳴聲，無叱喝聲，共同爲「莊稼」付出各自的勞力，犂旱地（如麥田、玉米園、紅薯地等）較輕鬆、較易使力，因爲土壤是乾的，只要犂一下去，土就自然紛紛鬆開，容易破土前進，犂水田就完全不同了，因爛泥帶水，相互混凝結合，產生很大的阻力，而且犂的深度，也似乎超過旱地，且耕牛因體積龐大，在爛泥田裡，起步投足之間，不易保持身體的平衡，就連帶影響後面扶犂的方向和姿勢，但爲了犂田工作的順利進行（犂田的目的，就是土地利用了一段時間之後，要恢復它的生息，激發起再耕種的「地利」，犂田地，就等於振作土地的再生效益。）犂時要一隻手控制住犂柄，維持適當的傾斜度，目的要把土壤翻過來（右手扶犂，犂向右傾斜），因爲斜著切進、既較省力，而且犂過的泥土，也有一定的深度與層次。人工作累了，手在不知不覺中，鬆懈了對犂的控制，牛並未發覺主人的「疲乏」，照樣地拖犁前進，一時上演牛自動犁田的場景，看了既酸辛又有趣，等父祖輩頓時警覺過來，空手跟在後面，竟不自覺地搖搖頭，快把歪在田裡的犁扶好。如果牛犁累了。「場景」又不同了，先是步伐蹣跚，時快時慢，碩大的身軀，不自在地有些搖搖晃晃，但仍勉強前進，突然間，兩條前腿無預警地跪倒在爛泥田裡，腹部沾滿了污泥，本能的機警奮力掙扎脫困，終於跌跌撞撞，勉強站起來了，又無怨無悔地拖著犁前進，父祖輩愛物之心油然而生，牽到山溪邊的樹蔭下，讓牛喘口氣，飲口水，並隨手摘下帶葉的槎枝，沾著溪水，刷下一些牛身上的污泥！

犁田是農夫必須歷練的重要工作之一，我也嘗試過。祖父在一旁指導，先要學習如何扶犁，這和力氣大小關係不大，和是否懂得技巧關係大，我碰到最大的困難，是不能控制犁下去的深度，尤其是栽秧之前的水田，水是渾濁的，無法目測深度，只有憑感覺了，犁淺了，牛拖犁很輕易地從水面上滑過去，等於沒有犁，犁深了，犁好像被泥卡去，拖不出來，牛也好像在努力掙扎脫困。想維持一個適當的深度，只有憑經驗了，祖父說，犁頭很貴，是生鐵鑄造的，如果鑽泥太深，扶犁姿勢又不正確，讓犁頭一直往泥裡鑽，最後一定折斷犁頭（犁頭是農家重要農具，一般農家為防意外斷折，都有一個備用。）犁田看似簡單，其技巧、門道，眞不是一般外人可以想像的，領悟到方法，犁田也是一件樂事，人和牛徜徉在冰雪初融，風光駘蕩的春三月，位在群山之間的田野，處處透露生機，芳草從山邊綿延到田坎上，綠成一片，靠近山陰遮住的角落，還有一層似有若無的薄冰，輕輕地，自在地，浮在田間的水面上，當犁經過時，撞個粉碎，無聲無息地隱沒水中，結束了這春來的一幕。翦翦春風，輕拂著牛背，飄來淡淡的牛腥味，不必揚鞭，就讓牠邊拖犁，邊搖尾在春風裡吧！牛在前面濺起帶著水響的波紋，湧到犁的四周，扶犁的人踏破無數的波紋前進，也踏遍波紋覆蓋下的春泥，這種山野的清趣，由於親身經歷，只要一回首，就恍如在目前。

春天，田整好了，就在預備專供培育秧苗的田裡撒下稻種（家中歷年稻種，都是祖父精心挑選的，他選種的標準，恐怕只有小叔父知道，別人無從得知。）秧苗田最重要的，要控制適當的水量，太多或太少，都不利於稻種的發芽、抽苗，爲了照顧秧苗，祖父幾乎每天都要去「望水」（家鄉土語，就是察看水量）一兩次，隨時作水量的調控，祖父說，現在秧苗沒有培育好，會影響將來的收成，的確，秧苗田現在望去一片碧綠，找不到一根枯黃的苗，祖父的話，只不過強調幼苗的重要，將來收成的豐歉，還有諸多因素，如蟲災、水旱災等。秧苗長到三四寸高，就要「分秧」了（把秧苗一塊一塊地剷起，分栽到各個水田去，想起小時塾師彭仁溥先生，曾以「分秧記」爲命題，要我們作文一篇的往事。）秧苗分兩種，糯稻和秈稻。家鄉的秈稻是一種稀有的稻種，它的米粒是肉紅色的，圓潤飽滿，經石碓舂去外皮後，呈現半透明狀，形色具美，煮熟後，散發一種特有的飯香，非常可口，即使無菜佐餐，也可大吃幾碗，這種歷代祖傳名貴的稻種，我離開故鄉六十餘年來，從未在他處再見過，二〇〇九年，劫難後，初回故鄉，問表弟，很想再吃到往日家鄉的紅米飯，他說，家鄉已沒有紅米稻種了，頓時令我失望，感歎此生已無此口福了，他說，因紅米稻，單位產量少，栽種不合算，在一切講求經濟效益的今天，算盤打得緊，同樣消耗勞力和地利，花同樣的時間成本，而產生的結果卻有極大的懸殊，在得失衡量下，自然遭到淘汰。但在科技發達的今天，任何物種（包括動植物），都可從基因改造來提升它的質與量，紅米稻種，傳種至今，特別對我們儲家來說，有一種割捨不掉的深厚感情。歷代先人辛勤務農，所「務」的，就是紅米稻種的傳承與收穫，自家吃的是紅米，繳納的「官糧」也是紅米，雖然也知道有白米（荒月到青草塥去挑米，所挑的就是白米。）但卻獨鍾情於紅米，不知有關農業專家們，是否也曾經對紅米產量少的原因，作過徹底的研究與探討，畢竟改良品種與挽救物種危亡，是當前人類展現智慧的關鍵時刻。達爾文的物競天擇，使我們隨時警惕物種瀕臨危亡的可怕，不要使萬物並生，萬種並傳的地球，最後只剩下孤單無助的人類，那將是莫大的悲哀！

紅米是珍稀的稻種，我有幸在家鄉吃了十多年的紅米飯和紅米粥，至今仍懷念不已。唐朝駱賓王在「討武曌（武則天）檄」的一篇大作中，有「海陵紅粟，倉儲之積靡窮」的話，「紅粟」即指紅米，可見唐朝就有此稻種，由於紅米受產量少的限制，它的名聲就不如白米的普遍了，有人從未見過，對「紅粟」產生極大的誤解，說「紅粟」是「倉儲過久，發霉靡爛之米」，實際上，傳統農村只有「穀倉」（稻倉），沒有米倉、米是餐餐要用的，爲求方便，從來不倉儲，舂好以後，存到「米缸」（陶瓷大缸，上面加蓋），以供隨時取用。

插秧是很辛苦的工作，低頭半彎腰，如果身材較高大、碩壯，除了彎腰，還要屈膝，手才能把秧苗栽到田裡，手不停地分栽秧苗，腳也要不停地往後倒退，栽下去的秧苗，不論橫列直行，首尾都要保持成一條線，不能歪七扭八，有時只顧注意前面的「美觀」，「整齊」，後退時，重心不穩（在爛泥田裡要穩住身體重心，不是易事），一屁股跌坐在水田裡，由於彎著腰，背朝著烈日，一屁股濕泥，不久也就自然晒乾了，我小時插秧，就有此經驗，不過那不是不小心，而是突然遭到螞蝗的「攻擊」，螞蝗叮住小腿肚後方，而且不止一條，不知是何時叮的，驚惶失措之餘，忙著去抓螞蝗，一轉身，腳底下失去重心，就跌到泥田裡。螞蝗又名蛭，極滑溜，要從腿上一把抓下來，非常不容易，好像牠有極強的黏著力，費了一番功夫，總算把牠從腿上抓下來了，不知不覺間，卻又纏到手上了，眞不堪其擾，螞蝗的主要威脅是吸血，被吸過的地方不紅不腫，似無多大毒性，初咬到人時，並無痛感，時間久了，才有點感覺腿上似有東西纏著，父祖輩從經驗中，學會了對付螞蝗的「絕招」，是從自己吸的黃煙筒裡，掏出一些深咖啡色的老煙泥，味道既辣，黏性又強，塗到螞蝗身上，大概老煙泥裡有尼古丁刺激牠，不多久，螞蝗到底熬不住了，就帶著攻擊來的血，一起變成黑色，縮成一團，人還來不及抓牠，就自動從腿上滾到田裡，這方法極簡單，極有效，而且隨手就有，不費力氣。螞蝗形似蚯蚓，但比蚯蚓瘦小多了，感覺敏銳，在水中來往無聲無影，讓人防不勝防，初次遭到攻擊，心裡的確比較緊張，因爲牠不易抓掉，知道有對付「妙招」，也就不怕了。

稻作除了水旱虫災的威脅外，雜草也是威脅之一，一季稻作，平均要除草兩次到三次，那時鄉下沒有除草劑，也沒有除草器械，完全靠人力，家鄉俗語叫「耗草」，即手拄一根粗木棍（功同拐杖），站在稻田裡，一雙腳左右輪流用力把草踩進泥裡，表面上草被「消滅」了，但根仍留在泥裡，豈不知：「斬草不除根，春風吹又生」，可爲耗草的寫照，也等於說明了除草次數多的原因，是因爲表面的「敷衍」，沒有作徹底的根除，也有例外，如果遇到長草超過稻苗了，就隨手拔除，拋到田坎或田埂邊。「耗草」極需要腿腳力，但腳力使用的幅度要絕對準確，不能傷到旁邊的稻根，如稻根受損或搖動，一兩天就可看到後果，不是枯黃萎縮，就是生長較前後左右的為慢。除草是辛苦的工作，早在民國四十年代，我常看到台灣鄉下的農民，三五個人並排跪在田中間徒手除草，把稻棵中間的雜草，逐一連根拔除，雖然比家鄉的用腳「秏草」絕對徹底，但也辛苦萬分，不知道他們一天在田間勞苦工作之後，回到家還能移動寸步？稻行間的雜草，種類不一，最常見的莠草是稗子，形狀很像稻子，也結穗，但極細小，和黍類似，世人常說：「良莠不齊」，混在稻米中不易發現，我在田中初次認識莠草，是祖父教我的，他拔到一棵莠草給我看，叫我「秏草」時，碰到莠草一定要拔掉，不要留，並一再叮嚀我，要仔細分清楚「稻」和「莠」，就怕我拔錯了。

小時候家鄉常來算命先生（幾乎都是盲人，穿著長袍，舉止斯文，黑布袋裡放著一把胡琴，為表示以眞「面目」示人，不戴墨鏡，只靠一根拐杖探路，一年總會有兩三個。）根據生辰八字——出生的年月日時，各配以天干（十個字）地支（十二個字），如甲午年，癸酉月，丁亥日，辛丑時，共八個字，故俗稱「八字」，根據八字以推定一個人的智愚禍福，及一生的行運，每位算命先生，幾乎眾口一辭，算定我天性重外務，意即長於體力活動，善模仿，不是讀書的料子，我那時也不懂什麼叫做「外務」，只要和讀書習字無關的，都非常喜歡，尤其對種莊稼等「外務」更有興趣，每當把各種種子播到土裡，慢慢等待破土發芽，抽條生長，似有一定的心得和興奮，小時祖父隨機隨時，教導過不少務農的常識和技巧，只要他一教，我就懂，就記得，如傳統的二十四節氣（每半個月一個節氣），告訴農家哪一個節氣，該作哪些事，或該作哪些準備，祖父根據他的經驗，都一一為我解說，我專心聽，也有興趣學，這些幼時庭訓，垂老仍記憶如新，也可見我幼時受環境的影響與祖父的親身教導，心中早已埋下了要務農的種子，一心要繼承祖業，維護祖產，可惜時移事易，遭逢家難，改變了祖父對我的期望，也改變了我一生的「布局」，讓一個重外務的我，偏要走上所謂「知識分子」的路，每天與「文房四寶」和典籍為伍，事與願違，我已無緣繼承先祖的緒業了，祖父在天之靈，應諒解我不是有意背叛明訓，辜負厚恩，一切後來的變化，也不是一個十幾歲的孩子，所能左右、掌握的。

在鄉下，我成長的過程中，似未見過走山沖毀田畝的洪水之災，夏季旱災卻常發生，除此之外，最不可預料的，就是蝗蟲之災，那時鄉下無農藥可撒，事先亦無法預防，突然蝗蟲成群結隊而來，既擋不住，也趕不走，只好聽天由命，任其摧殘、破壞了，我記憶中，最深刻的一次，是在稻子初開花的時候，一天上午，一陣朝雨過後，剎那間，天空一片黑暗，接著只聽到嗡嗡的聲音，舉目一望，赫然發現一大群蝗蟲不知從何方遮雲掩日而來，先在稻田上空稍作盤旋，停留，然後一「鬨」而散似地，改以低空方式飛走了，眼見前一批剛飛走，後一批又接著飛來了，可憐嫩蕊的稻花和綠葉，遭到連番的肆虐、摧殘，已由碧綠立刻變成一片焦黑，似被一把野火燒烤過，農人希望所寄的稻作，頃刻變成一片廢墟，父祖輩帶著滿面的愁容，望著自己辛勤耕作的莊稼，突然間，遭此浩劫，眞是欲哭無淚，一年只有一季的稻作，沒有想到，就在幾分鐘之內，完全化為烏有了。

除了蝗蟲之災，還有一種蟲災，是稻子尚未結穗，在稻葉上產生一種害蟲，青綠色，還能結像蠶繭一樣的東西，體形也像蠶，但比蠶稍短小，蔓延得非常快，因無農藥可控制，那時農村爲對付這種蟲害，用竹子作成一個約七八尺長的大「篦子」，兩頭繫著繩子，由兩個人斜揹在肩上，看稻苗的高度，來調整所揹「篦子」的高度，兩人步調一致，一行一行地慢慢從稻葉上爬梳過去，把稻葉上的蟲害及所結的繭一起剷除乾淨，然後找一塊空地，卸下「篦子」，核視「成果」，那長長的「篦子」，完全布滿了碧綠色的蟲屍和繭，稍微一聞，還可聞到一股特有的刺鼻腥味，由於除害的動作溫和，不傷及農作物，這種蟲害幾乎每年都發生，可惜我當時未問祖父害蟲的名稱，只記得牠的形狀、氣味，和剷除牠所使用的工具方法等。

每年到中元節前後，是早稻的收割期，這時就可以開始「嘗新」了（第一次用新米煮飯叫「嘗新」，是農家的盛事和喜事），嘗新的第一碗飯，依例要先祭告竈神，表示新米已來到家中了。新米由於還沒有經過烈日曝晒，乾燥度不夠，吃水量有限，新舊米同樣的量，煮出來的飯，新米較舊米爲少，但飯味有新鮮感，異乎陳米的飯香，令人胃口大開，不必佳肴佐餐，也可以吃得津津有味，意在嘗新，不是正式收割期，量當然很少，正式全面收割，要到中元節以後，由於家中沒有太大的板倉（爲防糧食受潮，自古都用木造，在五行上，木生火，屬乾燥的意思，極少用磚造），就在收割的當時，預估板倉的容積量，先在田間用「打稻桶」（一個四方形的大木箱，上寬下窄）把稻穗甩打下來，空餘的稻草，隨手丟在田間，稍後捆紮好，就是造紙的原料了，打下來的稻穀，雜著碎稻草，挑回家，用「風車」把雜草雜物「過濾」乾淨，再把粒粒金黃色的稻子，攤在稻場上晒乾後送進板倉作「存糧」，其餘剩下來的稻子，連著稻草，在田間就地捆成一捆一捆的挑回家，在稻場上選一個角落，堆疊成直徑約五六尺一個圓形大「草盤」（據說也有其他形狀的，但我未見過），有稻穗的一頭，對著草盤中心，爲了防雨露的侵襲，草盤的形狀成錐狀，這種頭大腳下的草盤，堆疊時要特別小心，每一捆要嵌緊、穩當，維持草盤的平衡、結實，並逐步稍向外沿延伸，以便逐漸形成錐形，但爲了穩固安全，一般的草盤寧可增加直徑，不增加高度，這種暫「存糧」於戶外的作法，在農村很流行，但要預防鼠害與火災，不必擔心有人去偷糧或破壞，鄉下民風淳樸，無人幹犯法亂紀的事，一個農村的貧富與否，只要看稻場上的草盤，多少大小，就可推估一二了，這也可算是農村一種特有的「文化」，等家中板倉的稻子消耗完了，趁著天氣晴朗（多半都在開春以後），再拆卸草盤打稻，我家草盤有一年沒有做好防雨雪的工作，引來草盤頂漏水，等到要拆草盤打稻時才發現，上面幾層稻穗，不是霉爛，就是發芽了。

草盤中心的稻子，究竟情況如何，祖父很想知道，他用一根約兩尺多長的細竹筒，前端削平，留竹節，戳進草盤裡，鉤帶出來一些稻子，根據這些出來的「樣品」，可以推斷草盤中間的稻子，有無產生霉爛，爲了保證「抽查」無誤，再換一邊試試，這一堆草盤沒有問題了，再去「抽查」另一個草盤，也要得到同樣的結果，他才滿意、放心，祖父一生行事，往往就是這樣耐煩、耐勞苦！

農村的勞動力，一般的只有人力和獸力（牛），前文已提到。牛是農家最重要的幫手，依田地的多寡，決定飼養的頭數，每逢過農曆年，有人挨家挨戶分送木刻的黃紙印的「春牛圖」（照例要給賞錢），大家都把它貼在自家的門上或牆壁上，也有人貼在牛欄的柱子上，表示對耕牛的愛護，從沒有聽說農家屠牛買肉的事，不僅不能屠牛，而且愛之惟恐不及，有次我家耕牛呼吸有異聲，還不時打噴嚏，似是「感冒」了，祖父憑經驗判斷，牛太勞累了，要休息了，特別讓牠在牛欄裡「休息」兩天，暫時停止耕田，愛物之情，如此可見。我只有小時在外家吃過幾次牛肉，都是在冬天，因爲冬季牛不耕作，而且鄉下人認爲牛肉火氣大，很燥熱，只有在寒冬吃最適宜，既可保暖，又可「進補」，他們挑選的都是黃牛，水牛似乎逃過屠宰的命運，是不是水牛肉味不美，我無法比較。鄉下耕牛完全吃草，春夏吃青草，秋冬吃枯草（多半是稻草），因此肉帶些腥羶，烹飪時，略加辛辣佐料，用文火燉過夜，做成帶湯的牛肉麵，味道之美，令我懷念到如今。另一個屠牛原因，是詹家沖製作大鼓的人，需要牛皮製作新鼓、牛皮先有了買主，牛肉也要尋求買主，在幾天之前，大家口耳相傳，某日某地要屠牛了，有的先前預約，有的臨時去買，在鄉下能吃到牛肉，畢竟不是一件易事，因爲屠牛的機會太少，而且「物以稀爲貴」，售價比豬肉高過一倍多，有些鄉下人連豬肉都捨不得買，還捨得買牛肉嗎？

牛的辛勞，有時也不亞於人，農忙時，先在牛欄裡用草料餵飽，好準備牽去工作，只有在農閒時，每天下午才是放牛的時間，我也經常幫助放牛，當牛在牛欄裡站立不安，搖來盪去，或昂首長鳴，或故意以鼻觸地，發出「噗嗤，噗嗤」的聲音，祖父說：「該去放牛了。」他有時把牛牽出來，調好繩子的長度交給我，牛有牛脾氣，放牛的人要知道牛脾氣，當饑渴時，牠的耐性最差，千萬不要強制牠，繩子放長一點，輕鬆地牽著牠，讓牠邊沿田埂的老路慢慢走，邊走邊吃周圍的青草，這一帶青草，多屬嫩綠的「狗尾草」，牛吃得快，也長得快，偶爾轉頭去飲田邊的水，有的田埂不寬，不適合牛步，雖有較嫩較密的青草，爲了怕牛「失足」，牽著快速通過，但牠偏要多吃兩口，我怕犯了「牛脾氣」，也只好遷就了，牛似乎也有某種警覺性，不輕易踏出「險步」。山澗兩旁搖搖擺擺鮮嫩的長茅草；也是牠的最愛，不論草的高矮，永遠只貪吃矮的草，牛有「反芻」的生理特性，先是吃得很快，過一會兒，再慢慢細嚼慢嚥，牠吃草時，只斯文地吃草葉草莖，不拉動草根，遇到茂盛的草，先吃一遍，忽然回過頭再撿剛才漏掉的，似乎不「浪費」一根青草，牛吃過的草，不消兩三天，得甘露的滋潤，又是一片綠草如茵，紛陳在眼前了，放牛的人，永遠希望除草不除根，讓牛隨時有青草可吃，也好盡了放牛的人應盡的責任。

當牛正忙著吃草時，牛體特有的腥臊味，引來了不知從哪裡鑽出來的牛虻，牠的體積比綠頭蒼蠅大得多，灰黑色，翅膀像青蜓，透明的，好在牛的周圍纏繞不去，使牛不勝其擾，牠以吸牛血為生（也吸人血），當吸到牛身，牛就不停地搧動一雙大耳，以為驅趕，吸到哪，就忙著驅趕到哪兒，或甩尾，或踢腳，或擺動身軀，有時甚至回過頭來，狠狠地，對背脊發出「噗噗」的怒聲，大概叮在背脊上的牛虻，正忙於吸血，不肯飛走，惹惱了牛。這種牛虻，攻擊性很強，有次我拿一把帶葉的樣枝幫牛驅趕，其中一個牛虻，竟然發狂要攻擊我，我跑得快，牠追得快，我用樣枝在身體四周亂掃，竟沒有料到把牠打到地上，沒有死，正在掙扎，原來其中一翅，遭到「折翼」了。牛虻毒性似乎不強，飛行時有聲音，很刺耳，令人生厭。牛虻，顧名思義，以牛為騷擾中心，牛不到的地方，牛虻也絕跡，所以牠的活動範圍也是有限的，活動時間也以夏季最盛行，其他季節也幾乎不見蹤影。

父祖輩除了忙於耕田種地以外，挑水砍柴也是日常固定的工作，尤其在冬天，村前大河早已結成厚厚的冰層，要到河裡挑水，必須帶一把大斧頭，先把厚厚的冰剖開，打一個大洞，冰下的河水，這時仍然在流動，然後趕快用大木桶下去取水，麻煩的，等第一擔水挑回家，再去挑第二擔時，先前的破洞早已又被封得無無影無蹤了，又要重新再破冰，要挑滿一大缸的水，不知要來回破幾次冰，從家到河邊，有一段很長的路，下到河邊還有十多級的台階，平時走起來，倒不覺得難行，但到了冬天，全部雪裹冰封，台階石級全部變成一個亮晶晶的大斜坡，幾乎分不清層級了，父祖輩挑著沉重的水桶，在雪地裡，在台階上，一步一步地艱難摸索前進，所幸是熟路，大形象還能準確掌握得住，忍著肌膚凍得通紅、僵硬，早已麻木了的雙手，還要努力扶著肩上的扁擔，預防它在沒有感覺的情況下滑落，有時慢一點到家，桶裡原先跳動的水，這時竟耐不住酷寒，早已結成一層薄薄的冰了，浮在桶面上，連帶鎮住了桶裡的水，使它晃不出來，這也算是結冰意想不到的「好處」了。

上山砍柴，回家劈柴，使父祖輩經年累月忙得無暇休息，記得有一次黃昏時刻，祖父在側門外的空地上準備劈柴（松樹、杉樹以外的雜木，一律都當作柴火），在他正要下斧之前，大聲叫我走開，怕碎屑飛來打到我，而我最喜歡在一旁看祖父運氣揮斧的神態，心想我將來劈柴也要像祖父那樣，同時勉強後退了一兩步，眼睛仍看著背已微駝，滿頭飛霜的祖父，雙眼有些凹陷，腹部幾已貼到後背，一件無袖對襟唐裝上衣，好像掛在身上，風一吹，全身晃動，一條棉布做的汗巾（鄉下沒有毛巾，我十四歲初見毛巾是在安慶，鄉下叫「織絨巾」，兩端印有「祝君早安」四個大紅字），搭在耳朵下方的肩上，早已因汗水的浸染，變成土黃色了（原來是白色），不時隨手拉著拖在胸前的這一段，擦擦額上和頸子上的汗水，又怕等一下彎腰時，汗巾滑落，妨礙工作，於是再往背後那一邊推一下。劈柴之前，先選好一塊厚實的大木作「枕木」，把要劈的木柴的一端搭在枕木上，舉斧時，眼睛瞄準靠著枕木的這一端，一斧下去，大木柴應聲一分爲二，這要靠運斧的經驗和手法，因爲樹木是圓滾型的，重心在最上面那一點，新手力氣再大，就是劈不準，不是斜到左邊，就是歪到右邊，最多只削下一塊樹皮。有一次，祖父一斧下去，柴是對剖開了，他立刻丟下手上的大斧，拿下搭在肩上的手巾，勉強對手巾瞄了一眼，找一處比較乾淨一點的，立刻按住他的眼睛（我已記不清是那隻眼），我問：「爹爹（家鄉在口語上稱呼祖父），你的眼睛怎麼啦？」他說：眼睛好像剛才不小心被碎木片打到了。他回答時的神情非常痛苦，彎著腰，拿下手巾，要我看一下他的眼睛，祖父痛得緊閉著眼，眼淚帶血不停地往外擠，顯然傷勢不輕，我扶著祖父走回屋裡，他的視力本來就不好，這次更是雪上加霜了，家中大人用清水幫他洗去了血漬，祖父忍痛勉強睜開眼，是眼睛內層受傷了，那時鄉下沒有眼科醫生，也不知究竟傷了眼睛哪一部分，又傷到什麼程度，祖母不幸早年過世，他一直過著落落寡歡的日子，藉著不停地辛苦工作，讓自己疲勞到忘憂忘懷，平時和三位同胞手足見面，也從未聽到縱情高聲談笑，永遠是輕聲或沉默的時候多，晚輩不聽話，或打鬧，令他心煩，最多也只是斥責幾句，從不表現怒不可遏，晚飯，正是一天的快樂時光，輪到主廚的媽媽們，在廚房裡忙著，祖父經過廚房到他的房間，也不留神鍋台上準備的飯菜，整天工作下來，恐怕疲累早已奪去了他的饑餓感，只想趕快回到房裡，得到片刻的休息，祖父的房間和廚房僅一壁之隔，鍋鏟的緩急聲，切菜刀的起落聲，都可聽得一清二楚，本來可以隔牆說聲請祖父出來吃晚飯，但爲了對他老人家的孝敬，從不敢隔牆叫人，媽媽們把菜飯端上桌後，由孫子們去請祖父出來吃飯。一走進房間，一盞昏暗的桐油燈掛在床邊的牆壁上，竹做的燈架，似是傳家的舊物，竹的紋路早已被時間抹去了，陶瓦燈盞的邊緣，盡是桐油的沉澱物，累積得只剩下中間還有一點空，燈掛在牆壁上，可以省去安燈的台子，而且也照得遠些亮些，已經很短的燈芯草，幾乎已全部浸在燈油裡了，桐油燈火力強，照明亮度大，但油煙也大，映照著祖父蒼老乾癟的臉龐，他獨自一人坐在那張老舊木床的邊沿上，背倚靠床柱，一隻手按著床沿，另一隻手托著銀絲散落的下顎，對著閃爍不定的燈火，似是關心燈芯的將盡，又像是在回憶什麼，是的，此刻他坐的就是當時象徵喜氣和幸福的朱漆床沿，有的已黯淡了，有的斑駁了，但堅實的木質依舊不變，對著當年他和祖母兩人所共同擁有的「新娘床」，他有太多的記憶和不捨，粗糙的手來回撫摸著床沿的裡裡外外，在那個短暫相依的歲月裡，如今只有這張木床陪伴祖父度過每個孤寂的晨昏，白天，他辛苦工作忘記了一切，晚上，靜下來了，無邊的舊事一一回到眼前，就像手上的皺紋，越老越深，越想抓也抓不掉，他不時用手捶著後背，間歇性地，低聲呻吟，我問：「爹爹，你哪裡不舒服？」他一本不多言的個性，只搖搖頭，不回答，我猜到他的痛，不只是身體的疲累，還有埋在內心深處，對孫輩無法說出的痛，只有自己默默地承受，一位飽經風霜變故的老人，要以最大的毅力與勇氣去接受各種苦難的挑戰，尤其祖父自眼睛受傷失明以後，神態突然老了許多，走路的姿勢失去了平衡，尤其雨雪天更難邁步，但他堅持不用拐杖，要自己獨立行走，遇到熟人反應慢了，話也少了，但對家中的粗活，仍如往常一樣的辛勞、負責，他常說：「我只是瞎了一隻眼，另一隻眼還是好的。」這就是祖父勤勞不息的人生觀。

母親妯娌三人，互相約定好，每人輪流主廚三天，除米油鹽等公用外，蔬菜要從自己種的菜園裡來供應（每人分一塊「領土」作爲菜園）。當年農村生活貧苦，一年到頭幾乎天天「吃素」（不是有心吃齋念佛，而是無葷可吃，只有吃菜園裡種的青菜，按季節不同，生產各種蔬菜，冬天受氣候影響，青菜較少，只有佐以醃菜了，醃菜種類很多，有豇豆、黃瓜、蘿蔔、芥菜等。）我從小也不懂什麼是素，什麼是葷，只要有得吃，且吃得飽就滿意了，幾乎不敢挑，也不懂得挑食，幼時養成「有什麼就吃什麼」的習慣，到老未變。家中豬圈裡餵養的豬，要等到農曆年宰一頭，除少部分豬肉供過年吃，剩下五分之四放進大陶瓷缸裡做醃肉，預防臨時家裡有客人來，或農忙時請臨時農工，都要加菜（葷菜）。抗戰期間，由於交通斷絕，貨物運輸停頓，大後方的鄉下，有錢也買不到鹽，醃肉只能酌量加一點，鹹度不夠，難阻止細菌滋生，首當其衝的，蛆就產生了，只要發現了就隨手挑掉，鑽進肉裡看不見，也就隨口吃了，反正鄉下流行的俗語：「菜裡青蟲，肉裡蛆」，是很平常的事，不必在意，都是本物自己產生的，不是外來的，吃了也無大礙，誰知道我小時有沒有吃過，但我一來順便翻動一下醃肉，是否還有蛆躲在裡面，板橋老家地處山間，沒有商店可以買到新鮮看到醃肉缸裡有蛆在蠕動，就驚喊母親去抓，母親不慌不忙地，用筷子把蛆挾出去，回過頭肉，這種陳年醃肉，需要用到時，一開缸就有，是最好最方便的「出手貨」了，孔子三月不知肉味，就已嫌長，我一年有十一個多月不知肉味，早已習慣，便不嫌其長了。由於沒有葷菜，完全以蔬菜爲主，又因缺少油鹽，難以促進飽足感，因此蔬菜的消耗量就相對較大，家中幾乎都是勞動人口（兒童除外），靠體力勞力工作，體能（熱量）的補充，就變得非常迫切、重要，爲求供應菜類不缺，菜量不少，媽媽們平常的時間和精力，就完全用在自己的菜園裡，俗語說：「一分耕耘、一分收穫」，種菜也是如此。播種、除草、施肥、澆水、除蟲，這一序列的工作，都要親力親爲，有些藤類蔬菜，如絲瓜、南瓜、黃瓜、扁豆、豇豆等，還要搭架牽藤，周而復始，忙碌不停，當然，妯娌之間也因某一些蔬菜，播種時間不同，生長快慢不一，造成青黃不接，妯娌之間就需要互相支援供應，形式上分伙三天，實際上，仍不分彼此，以免家人帶饑工作。母親生來「手氣」不旺，同樣的地利（妯娌三人菜園地相連，中間劃溝爲界，「地氣」應是相通的），同樣的雨露，同樣的菜種，她種的菜，生長的速度總慢一些，有時小媽二媽（應稱小嬸二嬸，但家鄉在習慣口語上稱小媽二媽）種的黃瓜、絲瓜，已經開始結瓜了，母親種的黃瓜，正忙著開出嫩嫩的小黃花，在那綠葉的遮掩、保護下，似乎既怕風吹，又怕雨淋，其實她的時間精力也不少，就是得不到相對應的結果。我印象最深刻的，分家以後，母親初次養的一頭豬，用紅薯藤和菜葉等熬豬食，日夜不停地餵，過了半年，仍和一條狗差不多重，她常叫我趕過來稱稱看，究竟長肥了多少，豬被趕得東躲西閃，一陣追逐後，終於捉到了，一把抱起來，母親很驚訝地說：「你怎麼抱得動？」捆住四條腿，吊起來稱，根本沒有「長進」，母親氣急敗壞地說：「豬食餵到哪裡去了，是鐵打的豬！」這頭「鐵豬」，母親辛苦餵過，我也趕過、抱過、稱過，一九四七年十月，我和母親倉皇逃難離家時，仍是「鐵豬」，如果那時養成肥豬，落到打家劫舍的土匪手裡，那才是無限的悔恨！

雖然表面上，妯娌分伙三天，但米油鹽等基本主食品，都存放在一間倉房裡，主廚的時候可自行提取，快消耗完了，要提前告訴祖父，他當家作主，讓他好作準備補充，實在說，祖父能掌控的，只有米一樣，油，過年時殺的豬，幾大片板油就是整年全家吃的油（那時鄉下尚無現代醫學健康觀念，雖也有芝麻油、菜子油等，但不為鄉人所重視，大家都以豬油為首選。）經過鹽醃後，顏色由原來的白色，變得有點黃，味道也有點怪，有臘油味，每天切下不到一寸見方的一小塊，在鍋裡熬出油，油渣成焦黑狀才放手，等菜快炒好了，滴下一兩滴，最後在菜湯裡，要耐心去找，可以找出幾顆比芝麻稍大的油珠，有氣無力地在碗裡互相追逐、滾動，似乎都很「自愛」，彼此保持相當的距離，絕不滾成一團，走筆至此，使我想起吳敬梓儒林外史，寫范進中舉的那段故事，范進的老丈人胡屠戶說，他的女兒嫁到范進家，不知可曾嘗過一兩滴豬油。以前鄉下把豬油當作珍品，吃得起豬油是富貴人家的象徵，范進的老丈人可以作為代表（雖然他的社會層次不高，是屠戶），這種對飲食認知的偏差、錯誤，在那個時代認為是對的，現代人看起來，覺得既愚昧又好笑。祖父對各類食品的消耗速度，卻從不追問是否浪費，他知道出苦力的人食量大，有一次，吃晚飯時，小叔父舉起筷子，感歎青菜的鹽分太少，簡直味同吃草，他出苦力流汗多，需要大量鹽分補充體力，可憐的小叔父，在那個苦難的時代，連這一點飲食的基本欲望，都變成奢求，對日抗戰期間，青草壩也無鹽進來，家人試著為買鹽而去，最後只好買些南北雜貨而歸，後來不知從哪裡得到一小包鹽，珍貴如金，幾乎是逐粒數著下鍋的（家中日用的鹽，不知是哪裡生產的，顆粒很大，形似冰糖或明礬），無鹽無油的菜（倒適合現代人飲食養生要求，可是在那個時代卻是難以下嚥），不管如何新鮮美味，總是遜一籌的。民生的一項基本要求，在烽火連天的年代，迫於形勢，縱然有錢，也無法達到目的，那段艱苦的日子，難爲母親妯娌三人，眞是巧婦難爲無「鹽」之炊啊！

四

原先祖父輩兄弟四人，號稱「四和堂」，同住板橋老屋，一個四代同堂，二十餘口的大家庭都由曾祖母統領一切（曾祖父可能以健康原因，省卻操勞），據母親說，曾祖母身材高大，聲音宏亮，舉止嫻雅，治家極有威嚴，兒孫後輩都不敢違逆，直到民國十七年（西元一九二八年）冬，大家庭一分爲四，祖父及四祖父（習慣上稱小爹）分到板橋老屋，可以原地不動，二祖父（習慣上稱二爹）分到鄧家沖，離板橋老屋約一個多小時的山路行程，海拔也略高於板橋，是一棟經過設計的磚瓦房，大概是爲準備分家而新建造的，只有一進，無天井，分東西兩廂房，正中央是廳堂，比板橋老屋的廳堂要小，不供奉祖宗牌位（兄弟分家不分祀，祖宗牌位仍留板橋老屋），完全屬二祖父一家，沒有外姓鄰居，諸事省去商量、牽絆，山路不好走，只有拜年和家中長輩一起去，平常很少去，只知前面是一座很深的溪谷，在溪谷的半壁上有很多野生的綠竹和其他帶刺的灌木，隱藏著谷底淙淙的流水聲，它是板橋門前小河的發源地，這裡的自然環境要比板橋更雅潔、寧靜，有一點近乎世外桃源的味道。

三祖父（習慣上稱三爹）則分到粉絲坊老屋（習慣上簡稱粉坊），與板橋老屋隔大河相望，到粉坊去要經過大河上的大木橋（故居地名板橋，大概即緣此而來），或小河上的獨木橋，以大木橋直通粉坊，路較近。在抗戰期間，屢遭山洪暴發沖毀橋墩，因地方人力物力困窮，經常幾個月只見殘破的岸壁不見橋，小河上的獨木橋就成了往來粉坊的唯一交通要道，但要經過一段終年泥濘（山泉滲透到路面上）兼碎石的山路，往來雖很方便，但痛惜我腳上穿的布鞋，不是沾水，就是沾泥，常累母親爲我洗淨、烘乾（用冬天燒木炭取暖的小火爐）。

粉坊有一塊黑竹林及一棵大花椒樹，都是在屋的右前方轉角處，黑竹，都是細瘦形，不高，榦黑葉綠，異常堅實，是做手杖（拐杖）的好材料。黑竹是稀有物種，世不多見，不知當時是如何傳種於此，我離家鄉六十多年，萍蹤東西，從未發現此類黑竹，不意西元二〇〇九年，亂後初回故里，途經徽州，在一家私人花園牆外，忽然發現一叢黑竹，猶似他鄉重逢故人，歡娛無已，雖明知是他人的「愛物」，我卻當作是自己的「舊物」，帶著意外的興奮，觀賞良久，不忍匆匆離去。粉坊的花椒樹，不知是野生的，還是人工栽培的，一樣散發著特有的香氣，老樹枝葉繁茂，四周有灌木和雜草拱衛著，想接近必先要「披荊斬棘」，樹有一丈多高，但分枝很多，伸手可以摘到短處的花椒，高處的要把竹竿的前端剖開，作分叉形，對準要摘的細枝，用力扭斷即可到手，枝上都是極尖銳的刺，如不小心，不是傷到手指，就是刮破手肘，每次摘花椒時，三祖母一再叮嚀，不要刺到手，那些小刺眞是防不勝防。過年時，母親要做粉蒸肉，在蒸肉粉裡要添加花椒粉（家中有一個花崗石鑿成的小石臼，專門研磨花椒粉、胡椒粉等），以增加香氣，或許是剛摘的花椒，香味特別濃郁。舊時的粉坊，現在是昭紅姪的家，二〇〇九年初回故里，昔日粉坊的地形樣貌，完全變了，變得我認不出來的一個陌生地，我問他黑竹林和花椒樹，並指向原來生長的位置，他順著我指的方向看了一下，然後遲疑地回答：「樹，早就沒有了。」不知他是否曾看到過，這兩類物種，在家鄉也不多見，過去，大家只顧忙於自己的莊稼，關心自己的收成，只管和自己生活有關的，這雖是稀有物種，但和實際生活無緊密關係，也就沒有人特別留心了，但它生機旺盛，依照一定的自然時序，或長筍，或結實，從不失信於人，如今，我萬里歸來，不見兒時景物，難掩心中無限惆悵、依戀之情！

祖父輩分家時，三祖父（習慣上稱三爹）分得歇業後的粉坊，當時爲製作粉絲而獨立建「坊」，既無左鄰，也無右舍，環境顯得寂靜、空蕩。只聽到從後山岩石縫裡引來的山泉，流到廚房水缸裡，發出清脆叮叮噹噹的響聲。三祖父家就四和堂來說，算是男丁不旺，只有一位堂叔在安徽貴池讀書，一年難得回家幾天，三位堂姑都已先後出嫁，三祖父在祖父四兄弟中，個子最矮，他唯一的兒子，在四和堂十位堂兄弟中也是個子最矮的，父親在我們面前常誇獎八老（堂兄弟大排行，依年齡順序他排第八）的書讀得最好，大概是從八老寄給父親的書信中，看出他的程度。粉坊和老屋靠得很近，三祖父常到老屋走動，和老弟兄敘敘家常，三祖母來的次數較少，她很喜歡母親常到她家走動，陪她閒話家常，我去的時候，三祖母總要給我一些糖果餅乾，偶爾也留下來吃飯，我家的小嬸和三祖母在丁家山汪家是堂姑姪的關係，由於在儲家不是直接的婆媳關係，大家平常相處得都很愉快。三祖母家三位堂姑，除二姑沒有印象，大姑對我們母子有救命之恩，容後敘述，小姑出嫁時，三祖母要我以四和堂長姪的身分參加小姑的婚禮，汪府並以專轎抬我，待以上賓之禮，緊跟在新娘轎子的後面，開酒席時，要我坐首席大位，我那時年幼無知（大概十一歲），並不覺得禮節的隆重，只覺得被他們「胡弄」得很不自由，回家告訴母親，母親說，你是長姪「壓轎」（即陪轎的意思），送小姑出嫁，他們應該這樣待你，我小時沾小姑的光，在汪府出了一次風頭。

祖父輩分家後，遇到重要的事，不論是和四和堂有關的，或與個人有關的，仍回到板橋老屋，四位老弟兄共同商量、研究（晚輩似不參與討論，四位老人家也無徵詢晚輩意見的習慣，仍然是大家長式作風），尤其二祖父路最遠，但每次到得最早，當我們清晨還在被窩裡，就聽到他和祖父在飯廳裡談話，他的聲音最高亢、宏亮，往往蓋過祖父的聲音，四兄弟中，身材最高大（約近一百九十公分，進出板橋老屋家門，彎腰再低頭，可以想見他的身高），說話速度也最快，要聚精會神地聽，否則，就無法接腔或答話，是一位快人快語，個性爽朗的長輩，三祖父在四兄弟中，身材最矮，他的身高只到二祖父的肩膀，幾乎很少聽到他高談闊論，只有在徵詢他的意見時他才說話，是書生型的，不像莊稼漢，四祖父（習慣上稱小爹）住板橋老屋，和祖父朝夕相見，閒暇時，聊聊田畝事，忙時各忙各的（四位長輩不親自支援田畝事，多半差晚輩去），在我記憶中，我從未聽到四位老弟兄任意臧否他人，誇耀自己，他們總是誠誠懇懇，不固執己見，不感情用事，對事對人一團和氣，所以爲公堂命名叫「四和堂」，他們從不爲共管公堂財產，或分家不公平，而鬧得面紅耳赤，甚至口出惡言，都深深了解輕財重義的做人原則，和勤儉愛物的傳統家風，彼此見面時，都借子姪輩的口氣，以「大爺」「二爺」相稱呼，連「大哥」「二弟」這些一般習慣上的稱呼都不用，可見祖父輩弟兄情誼的深厚，他們都沒有高深的學問，我想最多只念過一兩年私塾，嚴格地說，應算是半文盲，但都深刻了解做人處事的道理，孔子教人懂得做人處事，就是有學問，他在論語學而篇舉例說，懂得尊敬賢能，忠愛國家，孝順父母，友愛兄弟朋輩，就是有學問的表現，說話講守分寸得體，雖說不出文雅的語句，但粗鄙無文的話也不會出口，歷史上，兄弟之間不懂得骨肉相連，血脈相親，互相爭產爭權，反目成仇，自相殘殺，妄顧親恩親情，這種家門恨事，在儲家是絕不可能發生的。古人說，兄弟和而家不分，四位老弟兄在形式上雖分了家，而在精神上，行事上，仍是和睦一家，「兄弟一心，其利斷金」，明辨是非邪正，才能繼承祖業，從潛山縣跨越到岳西縣，儘管大地主的名聲在外流傳，但仍過著「自耕農」的生活，沒有一點奢侈浪費，坦白說，根本既不想也不懂過奢侈浪費的生活，我小時也隨著環境學習了過那種貧寒生活，也適應了那種貧寒生活，如今八十之年，仍不改當年舊習！

曾祖父春森公，生於清同治元年（西元一八六二年），卒於民國十八年（西元一九二九年），享壽六十八歲，曾祖母彭氏，生於清咸豐八年（西元一八五八年），卒於民國二十六年（西元一九三七年），享壽八十歲。曾祖母較曾祖父年長四歲，在那個時代，作興這樣婚配，記得我大概十歲左右，龍山的表親江演歐先生，他在私塾教過我的書（時間很短，後由彭仁溥先生繼任），要把他的親妹託媒許配給我，在龍山江彭兩姓是地方上的大姓旺族，講求門當戶對的年代，一般人惟恐攀緣不上，我是彭家的外孫，自然也沾光，她比我年長一歲，她屬猴，我屬雞，母親說：「雞見猴，把眉蹙」，生肖相沖相剋，母親不顧表親關係，加以反對，江先生的好意也就因此告吹了，可見已經到了民國的新時代，鄉下仍然流行女長於男的舊風氣！

就我根據儲氏族譜所載，詳查儲彭兩姓結爲姻親，要溯源到最高曾祖母、高曾祖母、曾祖母、祖母，直到我母親，可謂累世姻緣，喜結通家之好，在那個交通不便，風氣閉塞，人際關係單純的時代，是很自然的，恐怕也是唯一的嫁娶之路，當然，也是因彼此易於了解及信賴的結果，老親結親，就像買老牌商品，前面已經有了很好的「商譽」，省了後來追蹤、探訪、評估、觀察等「手續」的痲煩，「品質」和「信用」都有一定的保證，因此，就爲一般人所欣慕和追攀，「父母之命、媒妁之言」，正好也找到了著力點，至於嫁娶後，彼此名份的改變，心理的調適，乃至於現代醫學上最重視的遺傳學和優生學兩項基因的考量，都不是當時的人所注意、所了解、或所重視的，同一譜系的婆媳關係，在娘家可能是遠房的姑姪，一嫁到儲家，就變成極親密的婆媳關係，名分改變，利害關係也跟著改變了，常聽母親說：「姑作婆，耐人磨」，換個名分，換個環境，同樣的人，同樣的親，對話的語氣和態度，就變調了，事情也就變得複雜了。世人常說：「清官難斷家務事」，尤其對親上加親所組成的家庭，既有先天上共同血統的糾纏，又有後天各人性情上的好惡，誰是誰非，眞不是清官所能判定的！

祖母比祖父年長三歲，祖母嫁到儲家，連生父親兄弟三人，儲家是一個三代同堂，二十餘口的大家庭，每餐飯後，僅收拾鍋台碗盞，清洗瓢盆，就不是輕鬆的事了，祖母在娘家排行第二，可能自幼受到父母特別疼愛、照顧，及兄弟的小心呵護，一切都省去自己獨立思考或應變的能力，可能就因此喪失了早期自我成長及自我學習的機會，在單純的環境中生活慣了，突然加入這個人多嘴雜的大家庭，恐怕是她從未想像到的，一時不知如何應對才好，同時還要日夜不停地去撫育三名幼兒，這已夠心力交瘁了，而最麻煩、最苦惱的，恐怕還是在那二十幾口家人之間的「人際關係」，尤其婆媳關係，妯娌關係及姑嫂關係（我有七位姑祖母，早夭了四位，在世的還有三位，兩位嫁與彭府，一位嫁與徐府）等之間的進退周旋，每個人有自己的立場，有自己的個性，遷就了這邊，可能就得罪了那邊，所謂「順得姑來逆嫂意」，這句鄉間普遍流行的古諺語，正說明了要使每個人都滿意，眞不是易事！何況每天還有忙不完的例行家務，她是長媳，承上起下，動見觀瞻，是指標性的角色，一切言行舉止，要格外謹愼小心，不能有任何輕忽違逆，大家庭等於小型社會，有各色各樣的人，就有各色各樣的作法和想法，有各色各樣的事，就要扮演各色各樣的角色來承當，凡此，都要仔細觀察，小心應付，面面俱到，一位世故不深的二小姐，突然要面對來自各方面的壓力與挑戰，而應付這些挑戰，恐怕又不是她的所能或所長，妯娌之間，三天一輪流的分伙，按時供應二十餘口飯菜的重擔，要自己挑起，要自己安排，其他妯娌最多在一旁協助，「主廚」的責任是無可推諉或放棄的，那種痛苦的心情，就不是在娘家作二小姐所能預料到的。

祖父身爲長子，處處以身作則，謹言愼行，勤勞節儉，鄉里戚鄰形容他，平時出門都要用雙手護著頭，生怕飛來的樹葉打破頭，意思是說，祖父是一位多麼小心安分，怕惹是非，怕多事的好人，一切都以低調對待，事實也證明，他一生行事以和爲貴，以忍耐爲重，不與人爭，不與人搶，但從我懂得觀察和記憶以來，就看到祖父經常穿一件對襟唐裝上衣，肩膀因爲挑重擔，左右肩要常常互換，竹製的扁擔在左右兩肩上磨來磨去，磨破了就補，補了又磨破，補帄疊補帄。面容乾枯，沉默的時候多，可能是天性使然，也可能是承受大家庭過多的壓力或約束，養成他謹小愼微，他好像也不要求別人的同情和諒解，只顧憑自己的良心，盡自己的責任，不自欺，不欺人，既不吹捧對己，恐也不善了解他人，祖母在大家庭中所處的境遇，可能也不知如何去觀察，去探究原因，當然更不知如何去安慰、去化解了，他是一個表裡如一的尊長，祖母可能看到祖父在大家庭中，不敢表現恩愛相助，仗義執言，心中恐已有了某些無助和無奈，但又不忍心對一個稟性善良的丈夫有過多的責備與要求，畢竟他是自己的丈夫，有一定的尊嚴，自己又年長三歲，對世故人情的冷暖，應比祖父體會得深刻些，見識得多些，在那個家長權威僅次於皇權的年代，家長決定一切，當然包括兒女的婚姻在內，奉父母之命的婚姻，表面上說，是爲兒女的終身幸福著想，能說沒有一點緊抓自己權力的私心，作子女的，不能違抗，也不敢違抗，縱然心裡有清楚的是非，也只是埋在心裡，沒有勇氣爲妻子向父母、向妯娌、向姊妹討公道，論是非，評公理，這種「隱忍」的目的，一則怕引起兄弟姊妹和妯娌間的公憤，破壞感情，大家同吃一鍋飯，同一門進出，不但沒有增進感情，反而猜忌更多，隔閡更深，日久天長，彼此更難相處了，祖父對這些極複雜的大家庭情結，我想他是感受到的，祖母很可能期盼祖父伸出援手，助她解圍，替她申訴，但祖父怕引起父母的不悅，甚至遭到不孝的罵名，這些嚴重的後果，又不是祖父所願見到的，當然更不是他所能承擔得起的。祖母內心深處的抑鬱、痛苦，和對婚姻的悲觀、失望，只有埋在心裡，這種淚盡的沉哀，自然與日俱增，已到無法且無力掙脫的地步，娘家雖在，那也只是精神上的嚮往，與兒時快樂時光追憶的地方，不能引爲後盾和退路，因爲自己已是嫁出去的女兒，再回到娘家，不僅敗壞娘家的「門風」，也是自己拉不下的面子，定會遭到鄰里親朋的指指點點，自不在話下，祖母心裡知道，退回娘家的路絕了，現在面臨的選擇已不多，祖父對祖母內心深處的變化，我想從表面情緒上，從言語舉止上，應可抓到一些蛛絲馬跡，但是他似乎沒有意識到，也沒有預料到，祖母最後的意圖，一個稟性善良單純的人，對人對事往往缺乏機警，陷於疏忽，不懂得從反面、從側面去思考問題，去剖析問題的複雜性和嚴重性，祖母的處境，在大家庭中，或許需要一個有擔當，有決斷的丈夫相挺，替她擋「子彈」，抗批評、辯誣謗、止流言，甚至仗持無私無畏的大勇氣，匡助家長處事的偏頗，觀察的不周和獎懲失衡，一個強勢的子弟或丈夫，與家長的權威相牴觸，當然不爲一個大家庭所接受或容忍，當抗壓力消失了，希望之火滅了，就是悲劇的開始了，祖母不幸的結局，就是在這種情形下演變成的，由絕望而走上絕路，只有藉投水而自求解脫了，造成儲家開宗以來，一個永遠的痛，一個永遠無法撫平的痛，這場悲劇發生於民國元年（西元一九一二年）的陰曆六月，祖母！我此生永遠沒有見過的祖母，竟等不及我親口喊一聲「奶奶」，就這樣在塘坳的山塘裡，匆匆結束了她三十歲的短暫人生，正當二十七歲青年的祖父，伴著漫長的喪偶餘哀，從此過著形單影隻的生活，終其勞苦感恨的一生！

祖母謝世時，父親剛滿六歲，二叔父三歲，小叔父才周歲，祖母如果不是精神上、心理上遭受極大的痛苦和絕望，怎忍得下心，嚥得下氣，一把丟下二十七歲的丈夫及三個嗷嗷待哺的幼子，她知道此去，是自己逃出了無邊的苦海，解除了纏人的夢魘，但卻害了丈夫及三名幼子，使他們在以後的人生歲月裡，過著無妻無母的生活，心靈的孤寂與創傷，將因祖母的遠去，一定在各自的心靈深處，留下一層外人看不見的陰影，左右了一生的哀樂！祖母去後，對三名幼子，祖父名義上父兼母職，但事實上，祖父幾乎都把全部的時間和精力，投注到莊稼上，那時「四和堂」還沒有分家，二十餘口的大家庭，耕田種地，四位老弟兄分工合作，祖父自不能因為身兼母職，而減少分內工作，何況每天收工回家，早已精疲力竭，實在無法去照料三名幼子的日常生活，或關心他們日後的教育，尤其小叔父還在襁褓之中，舉凡日常的吃穿拉雜，都還不能自理，隨時需要人在旁照料。曾祖母就毅然一肩挑起三名失去母愛的孫子養育責任，環顧二十餘口的大家庭中，也只有曾祖母是適當「人選」，當然，祖孫相處，有異於母子相處，觀念決定態度，前者溺愛多於教導，後者教導多於溺愛，這種祖孫之間的隔代教養，在中國歷史上最成功，也最典型的例子，是晉朝的李密，生下來六個月，父親即過世，母親接受兄弟的意見改嫁了，祖母劉氏親自養育他成人成材，後來晉武帝司馬炎授官洗馬，他懇辭不受，要回故里為祖母盡孝。一般的隔代教養，都是憐憫孩子失去母愛，為了補償母愛，放任孩子為所欲為，這種以姑息放任，取代教養，誤以為這就是對孩子的愛，其實在他幼稚的心靈中，根本還缺乏對是非黑白的正確認識與分辨的能力，曾祖母就在不知不覺中，給了些錯誤的信息和觀念，這種對價值觀的混淆和顛倒，對錯誤行為的縱容和袒護，驟然一看，好像沒有什麼，但潛在中，已不知不覺讓孩子埋下了誤入歧途和不求進取的種子，說得具體一點，根本就不懂什麼叫「進德修業」，什麼叫「自強不息」，一句話的誤導，一個手勢的誤指，就好像不交叉的兩條路，最後將愈走愈遠，一個無可彌補的缺憾，往往就是如此產生的。

據母親多次親口告訴我，曾祖母（她生前曾和母親相處十二年）非常疼愛這位失去母愛的長孫，本於愛屋及烏的心理，對長孫媳也就無話不談了，父親年輕時，在家鄉就已嗜賭，而且每賭必輸，由於他是大地主的後代，不愁沒有賭本，也不愁輸不起，但是賭場上無形而又極重要的「賭本」——機警，他卻完全沒有，一些機靈狡詐的賭友（客），看準了父親必輸的弱點，就利用他的弱點，不停地邀他，鼓勵他去賭。賭，是有癮的，叫作「賭癮」（其他的如「煙癮」「酒癮」，讀書也有癮的，叫作「好學」，蘇東坡說：「三日不讀書，便覺言語無味，面目可憎」，他已經上了「癮」，我也似乎有「癮」，每天不讀書，不提筆，好像活得很空虛，沒有意義。）上了癮，成了習慣，要改是很難的。曾有好心的賭友私下告訴母親，父親每賭必輸的原因，他們（賭友）常在牌九上互相動「手腳」（鄉下有麻將及牌九兩種賭具，麻將牌數量太多，有一百三十六張，分三大類，較複雜，牌九只有三十二張，父親賭的大概都是牌九，牌九有兩種賭法，小牌九，每人兩張牌，一翻兩瞪眼，大牌九，每人四張牌，牌九賭法，去整取零，如天地牌共十四點，其中天牌十二點，地牌兩點，去十點，算四點，以九點爲最大，故稱「牌九」。）那些反應快的賭徒，卻私下偷偷互相換牌、亮牌，最後往往變成三家贏，一家輸，對他們的作弊欺詐行爲，父親卻毫不察覺，而且牌九輸贏快速，嚴重的，可以傾家蕩產，這種在家鄉養成的嗜賭習性，後來竟也帶到了安慶，在安慶讀書時，本家的德長大伯早年在安慶經商，非常成功，在安慶城內幾乎買了半條街的店面，一九四七年冬，遭逢家難後，母親帶我逃難到安慶，曾蒙大嬸母親切接待，其時德長大伯已謝世多年，大嬸母陪我們母子參觀她在安慶城內已租出去的多家大型店面，使我這個沒有見過世面的鄉村牧童，極似劉姥姥進了大觀園，感到無處不新奇，無處不宏偉，以前到青草塥，就認爲青草塥很「繁華」了，現在到了安慶，又覺得安慶更比青草塥「繁華」了。母親和大嬸母本來就很熟，可能她常回板橋，我卻是初次見面（以前在家鄉可能見過，但沒有一點印象，大概太年幼了。）德長大伯本屬商場中人，生意上來往的人既多且雜，家中設賭局，就自然地成爲交際手段之一，父親因此就到德長大伯的行裡賭錢（家鄉稱店號和公司都叫行），令我不解的，一位兄長明知鄉下出來的兄弟，是來安慶讀書的，不是來參加賭錢的，爲何不以兄長之尊嚴詞斥責，勸他注重學業，甚至不准他進門，竟縱容他去賭（我不敢說邀賭），這又豈是爲兄長之道，父親是儲家幾代以來，送子弟進所謂「洋學堂」讀書的第一人，恐怕也是上幾代切身嘗到自己沒有接受正式教育的苦果，僅只念了幾年鄉村私塾而已，也可能開始憬悟到雖有錢財，還必須靠人才來「輔佐」，因此對父親期許之殷，栽培之切，就可以想見了，衷心希望他將來能有一番成就，宏揚家聲，匡扶家業，很可惜的，他在安慶讀了三年書，也賭了三年錢，一些從家鄉到安慶去的鄉親們，回來都爭相告訴母親，看到父親在德長大伯行裡賭錢，由於他賭的是每場必輸的「屎牌」（母親評語，她晚年在倫敦，只要一提到父親當年賭的「屎牌」，就臉色沉重，餘恨未消。）因此就積了大筆的賭債，賭友們當然事先都查訪清楚了他是大地主的後代，不怕他輸不起。母親對父親的「濫賭」雖然痛恨，但由於有曾祖母在，她又能奈何，討債的人，居然不畏山路難行，從安慶到了板橋家中，正式登門討債了，我初聞此言，眞覺得不可思議，討債者表明身分，言之鑿鑿，曾祖母當然相信，不必盤問追根，就把錢偷偷交給母親，以避其他家人耳目，由母親自己親手交給討債人，這是隔代教養的弊病，曾祖母竟無一句責備警告的話，託討債人轉告父親，當年的縱容護短，令我這個不孝的曾孫，想到當時的情景，直覺得曾祖母的作法絕對不是明智的，甚至是錯誤的，摧毀了父親一生的進取心，也助長了一般所謂「土財主」子弟嗜賭的惡習，曾祖母晚年悔悟了，曾一再對母親說，她害了德海（父親譜名），也害了你（指母親），事後的悔悟，與既成的事實又有何補!?

祖母葬身的水塘，在塘坳山嶺旁邊，塘的面積本來不小，它是用來灌溉下方一大排稻田用的，西元二〇〇九年，回鄉拜謁祖父母墓時路過塘邊，發現四周都是雜草荊棘，幾乎看不到昔日的塘面了，百年滄桑，這口當年爲儲家橫添恨史的山塘，如今竟也抵不過歲月的推移，早已邁入頹廢不堪的「老境」了，那條沿著山邊挖出來的坡道，是我幼時到塘坳讀書必經過的路，母親爲了我上學不孤單，邀來附近村莊的孩子一起結伴而行，有時還送他們一些糖果零食（多半都是外家給的），要大家和我和睦相處，從不肯讓我一個人經過這條冷靜而少陽光的山路，也從不曾說明原因，當然，我也從來沒有遇到什麼，或聽到什麼，至於陰森，是附近山高背日的結果，在我童稚的心靈裡，並不感到有什麼可怕，可是母親很在意，後來我似乎零星耳聞塘坳有鬼，原來祖母就在這裡離開人世的，鄉下相傳的迷信，冤死的魂在這裡徘徊不去，要尋找下一個替身（也就是一般人所謂抓交替），塘坳悲慘的忌諱，齒緊唇封，我在故鄉生活了十四年，包括家人、親戚和鄰居，從無一人公開正式透露半個字，人人對這段痛史，都不敢碰觸，也不忍碰觸，直到祖母過世六十多年後有一天，我從政大教書回來，因回答學生問題，未能趕上校車，就想到住在附近的姨祖父母，好久沒有前去問候起居了，便順道走了一趟，姨祖父母兩位老人家都年逾八旬，但思慮敏捷、清楚、記憶力好，很健談，無意間，姨祖母談到祖母不幸往事的經過，至此，我才完全明瞭在家爲什麼從未見過祖母（可能小時問過，不知道是怎麼回答我的）。後來父親過世，母親好像解除了一切禁忌，首次對我詳細談到祖母的不幸，這一不能講的秘密陰影，籠罩儲家已超過一甲子了，在諸尊長都已先後離開人世，我才能緬懷儲家這一頁痛史，本著母親的口述，試作追憶，讓祖母的自我犧牲，對儲家的後代子孫，應該深切認識到，無論輩分的高低，年齡的大小，都要學會互相尊重，彼此包容，「人心不同，各如其面」，沒有兩個人的想法和作法是完全一致的，以自己的觀念和態度苛求於人，是家庭失和的肇始，也是家中每個成員痛苦的起因，祖母是不和的犧牲者！

以前每逢清明節和過年，祖父都親自準備了香紙和祭品，帶著孫子們到村莊對面的山排上去祭祖母，他自己扛著鋤頭和一捆茅草去整修祖母的「柩基」（家鄉傳統習俗，人過世後，不立刻下葬，找一塊臨時墓地，將靈柩暫厝地面上，棺外用茅草覆蓋，用篾絲交錯編成網狀，以爲固定，免得因風把茅草吹落。）家鄉還有一個習俗，不是自然壽終的人（包括爲國捐軀，或因公殞命的人），一律不能歸葬祖墳山，大概是要勸戒或警告子孫，要珍惜生命，不要任意輕生，但此條陋規，不知起自何時，實在有違孔子「殺身成仁，捨生取義」的明訓，歷代竟無人對此提出異議，實令我不解。祖父每次到祖母柩基前，神情顯得特別哀戚、肅穆，他先用鋤頭把周圍排水溝的淤泥、落葉和雜草碎枝等，一一清除乾淨，老人家往往清除到一半，忽然勉強撐直駝了的背，乾枯的一雙手拄著鋤柄，對著柩基發呆，那神情不像是疲倦，似是觸景傷情，又回憶起什麼，忽然雙手輕輕地放下鋤柄，彎下歷盡風霜的身軀，再用手按按剛加上去的茅草，是否厚薄均勻落實，好像不放心，怕已離世三十年的祖母，受凍受涼了，又再添加一些，他的一舉一動，雖是短暫的，但發自內心的情和意卻是始終如一的，雖然結縭僅八年的夫妻，卻有永遠訴不盡的追憶，對祖父而言，短暫即永恆，八年的風晨雨夕，過去的是時間，留下的是終生的懷念，祖父對祖母的深情厚愛，他不忍心，也不願意和孫子們談祖母的往事，我們那時年幼，不懂得作有技巧、有系統的問，縱然會問，也必定得不到眞正的答案，這一幕諱莫如深的悲劇，知道的，幾乎沒有一個人敢提，祖父是一位感情內斂的人，事無巨細，一律藏之於心，絕不輕易表露自己情緒的變化，喜怒哀樂，只有自己知道，他也不擅於爭取別人的同情與諒解，只管盡心盡力地去做，默默地，只想無風無雨度過自己艱難的餘生，忠厚善良的天性，使他平生吃了不少的虧，也吃了不少的苦！

一九四七年冬，我家正式慘遭匪徒清算鬥爭，那年的農曆十月初二日（正好是我十四歲生日，依照故鄉的習俗，母親早晨煮了一個白水雞蛋，要我躲在門背後偷偷吃掉，據說能增長記性，到吃午飯時，還在想早晨吃雞蛋的「妙用」，不料下午就遭到匪徒抄家、封門，這突如其來的巨變，剛好發生在我生日那天，令我終生難忘！）下午兩點多，山鄉雖是初冬季節，太陽依舊朗照乾坤，氣溫不冷不熱，母親還在廚房裡忙著清理一切，我聽到外面稻場上人聲鬧烘烘的，趕緊跑出來看「熱鬧」，這時有人大喊：「抄家的來了！」原來對面的山路上已經出現了一大群烏合之眾，從吶喊聲來判斷，都是一批年輕的匪徒，從塘坳直奔板橋而來，一路敲鑼喊口號，說是要到板橋鬥爭儲某某，帶頭的喊一句，那些嘍囉跟著大聲喊一句，我們早幾天，從丁家山的鬥爭大會上，就已經得到一些風聲，但就是不知是哪一天。

掃地出門的災難到底臨頭了（這時父親三兄弟早已分家，父親和中流弟在南京，只有母親和我留在老家。）母親催促我趕快離家（就這樣倉皇一別，離開了朝夕進出的家門，再回頭探詢舊時的家門，已是六十二年之後的二〇〇九年了。）我依她的吩咐，一個人跑到屋後深山的大樹林裡躲難，祖父揹著柴簍，僞裝上山砍柴，母親則躲到離家稍遠的關廟後山，慌張中，沒有站穩，不慎墜下山崖，那兒剛好是德起堂叔家的後面，蒙他仗義相救，又躲進他的床上僞裝「打擺子」（瘧疾），這才逃過一劫。以前逃紅軍綁票，都是雙親帶我一起逃，還沒有感覺到存亡危機的緊迫，今天剛過十四歲的我，竟然就要和大人一樣，作生死關頭的掙扎與奔逃，苦難！我初嘗到了，匪徒的大肆抄家，一陣猖狂之後，我遠遠從樹林的隙縫間，看到匪徒們都空著手，吹著哨子，又搖旗吶喊而去，因樹林離家路近，我先回到家中，當時年幼無知，不懂匪徒詭譎多變，萬一再回來，一定被匪徒抓到，必鬥爭至死。眼看熟悉的家門，已交叉貼上兩張白紙黑字的大封條，西鄰的何家看到我回來，匆忙警告我，不能撕封條，國共兩黨政權尚未正式易手，而敏銳的鄰居們，似已經聞到成敗的味道，我對他們的警告，只好無奈地說：「這是我的家，我爲什麼不能進去，我要進去！」他們七嘴八舌的一把拉住我，說：「從今天起，這裡已經不是你的家了，你不能進去！」我聽到他們爲匪徒幫腔式的警告，很想大哭：「這分明是我的家，我爲什麼不能進家？」以前母親常帶我們兄弟到西頭何春懷家（豆腐坊）看他們磨豆漿、做豆腐、豆乾，有時送來一碗豆腐腦，母親自己先回家，把我們兄弟留在豆腐坊，家事做完了，母親再來接我們，對我們的態度非常和氣、友善，稱呼母親不是稱「彭大娘」，就是稱「大師娘」，現在對我的態度，竟是如此的冷漠、敵視，我「有家歸不得」，只有在他們暗中看管、監視下，坐在走廊裡的石磨上，不久，母親回來了，她神色緊張，看到我坐在石磨上，大聲責問：「你爲什麼要先回家，不怕土匪回過頭來把你捉走！」我只想到土匪走了，可以回家了，沒有想到「回過頭來」，我指指家門已經上了封條，母親驚慌未定地只望了一眼，西頭那些人又圍上來了，說：「大師娘，你千萬不能撕封條！你一撕封條，我們都要連帶一起鬥爭！」母親只好悻悻地看了一眼圍繞在她身邊的「鄰居」，人，仍是原來叫她「大師娘」的「人」，心，已經不是叫她「大師娘」的「心」了，母親是一個反應非常敏銳的人，立刻察覺到他們立場和態度的悄悄轉變，過去是鄰居關係，不是主僕關係，說不上是「叛離」，只能說他們基於自身的利害關係和冷酷的現實，作對自己最有利的選擇——靠邊站了，母親不爲難他們，知道形勢已經變了，無可挽回了。眼看祖父也回來了，母親要祖父和我們一起離家逃難，他老人家也不肯，帶著痛苦無奈的神情說：「你們母子走吧！」他肩負著歷代祖父先辛苦開創的基業，豈能爲自己一人的安危，完全棄之不顧，決心要保護家產家業！祖父是一位深於情，重於義的人，他生於斯，長於斯，故園的一草一木，一蹊一徑，他都留下了濃濃的感情，深深的足跡，如何能忍心捨去！愛家念祖的心，早已因歲月的久遠而根深柢固，母親無法說服祖父，他老人家催我們快一點離家，他說，自己年紀大了，不想離開家，「熱心」的鄰居越聚越多了，大家搶著問：「彭大娘要到哪裡去？」態度似乎還是以前的「親切」，母親卻冷冷地回答：「家都沒有了，只有走到哪裡算哪裡，『河裡洗澡，廟裡歇』（這是家鄉形容流浪人一句流行的諺語）」，她以「四兩撥千斤」的方式，回答了他們的「關心」，母親當然清楚他們想要「掌握」我們母子的行蹤，在此禍福生死時刻，絕不能落入他們的「陷阱」，他們應該認清楚了，「彭大娘」有和藹可親的一面，更有處變不驚的一面！

禍從天降，黃昏也從天降了，夕陽的餘暉已慢慢斜到秋山頂上了，爲身邊的稻場送來一大片陰影，淒涼的山風，對我們平常玩得渾身是汗的村童來說，並不覺得它有多少「涼」意，現在卻反而感到一種陣陣的驚寒襲上我的心頭，撲向我的衣角，在沒有送別，只有含淚悲憤的心情下，丟下了祖父，也丟下了熟悉的一切，向茫茫天涯開始逃難了。

祖母過世三十六年之後，萬沒有料到我可憐的另一位至親尊輩——祖父，竟也不幸和他的同胞手足四弟（我們孫輩習慣上稱小爹），同於一九四七年十一月二十六日，分別慘遭泯滅人性的匪徒們在鬥爭大會上，輪流以竹鞭活活毒打致死，如此天性善良，處事待人非常謹愼寬厚的長者，如何忍受得了如此慘絕人寰的凌虐！祖父一生忍痛（心靈和肉體）、忍苦（生活和工作），一位年近七十歲的老人，身體已隱藏著很多的疾病，他是如何熬竹鞭的毒打，他呼天，沒有聲音，他喊地，沒有力氣，他皮破肉綻，打斷了筋，打碎了骨！「爹爹（我們平常在家都這樣稱呼）！你究竟犯了什麼罪！全部家產已被沒收了，還要遭匪徒們這樣的毒打，你的血流乾了，你的淚流盡了，你已經不曉得呼喊，你已經不曉得痛，可是匪徒們的竹鞭仍不停止，爹爹！你是如何嚥下這最後的一口氣離開了人世！」我讀老子：「天道無親，常與善人」（老子七十九章），不僅司馬遷在報任少卿（任安）書中憤而有此疑問，千載而下，我也不僅懷疑這位大哲人的話，善人眞能得到天佑嗎？祖父一生勤勤懇懇，與人無怨，與事無爭，還遭到這樣的慘死，祖父死難時，我已逃到南京，後來得知小叔父在家鄉將祖父母合葬在塘坳崗頭上，兩位先後離世的老人家，帶給我們無盡的不捨，無限的景仰，更有無窮的哀戚。父親生前一直關心祖父母的葬地，可惜當時因兩岸情勢阻絕，未能親自返鄉謁祖父母的靈，在他心中也留下永遠無法彌補的遺憾，我們兄弟謹遵遺命，於西元二〇〇九年，返回板橋老家，代他完成了心願，並告慰父親在天之靈！

祖母嫁到儲家，僅僅只生活了短短八年，就發生了不幸的悲劇，對儲彭兩姓累世姻親戚誼的打擊的確太大了，太重了，畢竟人命關天，悲劇發生的剎那，就是永遠鑄成恨事的開始，死者已矣，生者背負的自責、愧疚和來自各方異樣眼光的對待，也是極大和極重的無可逃避的心理負荷，事後謝罪千萬，終不敵當時一件小事對祖母的善待，一句好話，對祖母的尊敬、溫存，留住希望，留住家庭溫暖，才能留住祖母於人間，留住祖母於儲家，艱辛的八年歲月，給祖母帶來了無窮的痛苦和無邊的絕望，最後逼她走上了自我殞滅的絕路，畢竟生命只有一次，且是無價的，儲家對祖母的驟逝，在義，是無可推諉的，在情，是無可原諒的，娘家此時的氣憤，也是情理之常，要求討公道，還原事實眞象，都是理所當然的，儲家有責任把悲劇的前因後果，據實交代說明清楚。由於祖母不是自然壽終（家鄉叫非命死），不能在正廳舉行大斂禮（入棺封棺），以免褻瀆祖靈，只能在戶外大稻場上，臨時搭棚，充當靈堂，在戶外，當然沒有正廳的莊嚴隆重，這種場地內外有別的規定，也不是一人一時定出來的，是行之很久的傳統習俗，祖母娘家爲替祖母伸冤，爲表達娘家人的萬般不捨，爭取應有的地位與尊嚴，堅持要移棺正廳入斂，顯然是要觸儲家的霉頭。板橋老屋的正廳，是儲何兩姓共有的，大家都不犯禮儀，遵守傳統，不須口頭說明，大家早有默契，從無例外，娘家另提出要隆重安葬祖母於儲家的祖墳山，這些都是要有意打破傳統的難題，其目的要使儲家難堪，祖母靈柩，一直暫厝地面上，直到我一九四七年離開家鄉，已經暫厝三十六個年頭了，沒有入土爲安，原因在此。

祖母謝世，娘家親人從楊彎（屬龍山鄉）兼程趕到板橋，祖父率領三個失去慈母的幼兒，披麻戴孝，一起跪在大門口，哀求謝罪，家裡其他成員，知道祖母娘家的人快要抵達板橋，都早已紛紛躲避，不敢面對娘家的親人，他們都好像自知祖母之死，他們都脫不了牽連，都沒有勇氣和理由面對彭家親戚的興師問罪，但當楊彎的外家，一眼瞥到三個稚齡無辜無母的外孫，默默地跪在他們的面前，原先的滿腔悲憤，也就立刻化爲一陣辛酸，不忍心再說什麼了。

祖母過世後，父親與楊彎外家還常常保持往來，畢竟血肉相連，祖母雖去，外家對外孫還是疼愛的，其他兩位叔父可能當時太年幼，對外家無任何印象，也就沒有聽說有頻繁的往來了。祖父，這位彭家女婿，青年喪偶，是人生的大不幸，從此無人再爲他提親了，也可能是他終身絕意再娶，以示對祖母的永遠感念，爲他生了三名幼子，悲痛之情，實在也沒有勇氣再走訪楊彎了，所謂人在人情在，人已不在，再多的上門拜謁，徒然牽引傷神的恨事了。

五

民國十年七月（西元一九二一年），中國共產黨正式宣告成立，九年之後（即民國十九年，這一年對我家極重要，是我家痛史的開始）農曆四月初八日，紅軍首先來我家綁票、打劫（即現代所謂「擄人勒贖」），在綁票前幾天，已間接或直接，從鄉鄰或親友口中，得到風聲，那天早晨四五點鐘左右，初夏時節，天亮得早，位於海拔較高的山區的家，戶外還有幾分春寒的餘意，祖父扛著扁擔、籮筐等，僞裝早起趕去上工的人，父親則僞裝裁縫，帶著針線、剪刀及一把已用得發亮的篾尺（家鄉的尺，一律篾製，無銅尺、鐵尺、捲尺及木尺），趕往東家工作，因那時鄉下沒有照相術，無相片可以與本人對照、查證，縱然擦肩而過，仍然陌生不識，可以從容逃脫，所以祖父和父親都能以輕鬆的態度，順利矇混過去，二叔父體格壯碩，年齡既輕（時年約二十二歲），行動又果敢、敏捷，匆促翻牆逃逸，等紅軍發現時，已經遲了一步，眼看二叔父絕奔而去（紅軍當時爲何沒有開槍示警，我未問母親，她也沒有主動說明），僅扯下他的一個衣角，沒有逮著人，狠狠地看了自己手上的衣角一眼，摔到地上，猛用腳踐踏洩憤，並用「三字經」大罵一句「他媽的」。小叔父時年二十歲，年紀雖輕，但行動似不如二叔父敏捷驍勇，不幸被紅軍抓到，據人勒贖，立刻開出「價碼」，就是三擔袁大頭（那時銀元都鑄袁世凱的頭像，俗稱「袁大頭」，是當時通行的貨幣），一擔約一千塊袁大頭（對金屬品多稱「塊」，如金塊，銀也是金屬品，為五金之一，袁大頭是銀的，面值就我過去所看到的都是一元，所以「塊」就是「元」，習慣上，稱「塊」不稱「元」，此習俗沿用到現在，我們口語上稱一塊錢、五塊錢等。）那時一位大學教師一個月的薪俸不過一百塊袁大頭，兩個袁大頭可以買到一頭豬，由此推算，紅軍綁票價碼之高、之狠，可以想見，後來幾經討價還價，最後勉強減為兩擔袁大頭，家裡的袁大頭全埋藏在地窖裡，挖出來時，都因時間埋得太久，上面生了一層很厚的銅綠，用米糠加稻殼混合擦揉，立刻就恢復原來的銀色光芒。兩擔袁大頭，由祖父和西鄰的何春懷各挑一擔，送到離家很遠的岳西縣。祖父在日常穿的舊衣中，特別挑選一套補屻疊補屻的破衣，從我有記憶起，除過農曆年幾天外，很少看到祖父穿沒有補屻的衣服，他的衣服都交由兒媳為他縫補（正在輪值三天主廚的除外），所以他的衣服打補屻的多，頭臉手腳，由於經年累月在烈日嚴寒裡工作，風裡來，雨裡去，皮膚本來就很粗糙，不必偽裝了，再加上一路奔波趕路（紅軍命令要限期送到，何況小叔父正「抵押」在他們手上，那裡敢慢），沾染了一身土灰沙塵，紅軍看到祖父自己挑著贖金，同情他一臉憔悴、疲憊，行動老邁，完全是一個辛苦操勞，善良安分的老農夫，不像是一個他們（紅軍）所想像的大地主，不忍心全數收下，挑來的兩擔袁大頭，自動減掉一擔，只收一擔，並平安放回人質，他們還開具一張路條，讓祖父一路通行無阻，由此可知，中國共產黨成立還不到十年，勢力發展之快之穩，在一些落後的縣份，幾已很輕鬆地完全在他們掌握之中了，從灊山縣到岳西縣，這一段不短的路程，說客氣一點，表面上好像有兩個黨政府在治理，而實際上，國民黨政府的「治權」，早已無聲無息地被紅軍「接管」了，民眾通行，要紅軍發「路條」，兩個縣政府的官員通行是否也要請紅軍發「路條」呢？原來堂堂縣政府，已經只是個掛牌子作樣子的建築物罷了，這才是民國十九年，國民黨政權在地方上就已經是個空架子了，不知主政者是無知還是無能，在地方上沒有掌握到統治基礎，不了解民之所好所惡，難怪不用幾年，整個國民黨政權就摧枯拉朽，土崩瓦解了，現在冷靜回首前塵，成功或有僥倖，失敗絕無偶然。祖父臨離開前，紅軍還招待一餐伙食，處處在拉攏人心，示好人民，表示紅軍是講情理的，但打家劫舍，擄人勒贖的土匪行爲，是永遠無法否認和磨滅的。

從民國十九年（西元一九三〇年）以後，我家就沒有太平日子好過了，每天只要看到太陽一下山，夜幕漸漸低垂，一頓晚飯在焦急與不安的心情下，匆匆結束，只要聽到外面有狗吠，就想到紅軍來綁票，這種恐懼的陰影，形成了精神上極大的負擔和心靈上揮之不去的夢魘，尤其家中男性成員（紅軍綁票，似乎也略懂所謂「盜亦有道」，不抓女性，專挑男性，且不分老幼，當我還在襁褓中，不是慈母奮勇爭奪，就差點作了小人質，後文當提到經過情形。）對一切風吹草動，都特別提高警覺，絕不敢在家過夜，不管是風雪交架的寒夜，或月明星稀的良宵，都要「外宿」，準備今晚要投宿的地方，先和鄰居講好，專挑選髒亂的地方，越髒亂越安全，紅軍越不會想到，一般人想到髒亂，不衛生，就不敢接近了，鄰居的牛欄邊，豬圈旁，是我們夜晚「安身立命」的地方，擺上一條長板凳（家中的長板凳，既寬且長，墊上枕頭，就可以度過漫漫長夜了。）比較乾淨的地方，當然是柴房了，把雜亂的柴堆稍作整理，就可以勉強坐臥其上了，此情此景，使我油然想起越王勾踐臥薪嘗膽的故事，所不同的，勾踐是爲了復國而臥薪，我卻是爲了避難而臥薪，臥薪相同，動機則異，這兒沒有牛的腥臊味和豬臭，空氣較「單純」，也沒有豬牛在深更半夜隨時發出的呼吼聲，令人心驚。冬夜的寒氣襲人，夏夜的蚊蟲煩人，但爲了躲避紅軍抓去當「肉票」，只好忍受「天敵」的欺凌了。

來台灣後，父親有次無意間和母親談及當年帶我（中流弟尚未出生）晚上躲紅軍的往事，由於母親不是紅軍綁票的對象，她可以「留守」家中，父親帶我每晚「外宿」，他說最怕我夜裡吵著要吃奶，母親又不在身邊，只要說紅軍來了，就安靜不敢吵了，原來紅軍有「嚇唬」小孩吵鬧的「妙用」，眞是太「絕」了，其實，我那時根本不懂紅軍是什麼，大人說怕，我也跟著怕，可見這個對紅軍「怕」的陰影，在我幼小的心靈中，早已留下了多麼深的烙印啊！

我天性痛恨綁票、劫財，這類無恥喪德的土匪行徑，在中國歷史上，前後朝代的革故鼎新、崇尚的是所謂王者之師，以誅暴靖亂，弔民伐罪爲號召、爲職責，而紅軍走的是黑社會不見天日的路，打家劫舍，這種惡行惡狀，就在民風純樸、民心善良，而生產技術落後的農村，恣意橫行，如需籌款用錢，何不師法當年中山先生爲國民革命，向海外奔走募款，他所用的龐大經費，沒有一分一毫是在民間綁票來的，昭昭日月，光明磊落，我幼時只曉得紅軍綁票，從未聽過紅軍募款，如果當時在鄉間，對民眾動之以情，說之以理，言之有故，我想或明或暗，都會慷慨予以相助，無奈不此之圖，竟走不仁不義的路，對中國人民解放軍的前身，實在是留下一個難以磨滅，罪行深重的污點！

在曾祖母過世前一年（民國二十五年，西元一九三六年），一個涼爽的夏天深夜裡，寂靜的山村，沒有朗月，只有幾顆疏星高懸，無邊的空域，顯得有些黯然，那些心無掛慮的人們，早已紛紛進入夢鄉，外面的狗又在狂吠了，母親說：「狗不吠白，不是吠鬼，就是吠賊」，這意思是說，狗不是無緣無故的狂吠，一定是看到什麼，或感覺到有什麼，狗停了一下，又狂吠起來，家人根據狗吠的緊促，知道又是紅軍來綁票了，早已紛紛躲避，只有父親最後一個逃跑，雖然外面昏暗，由於是自己的家，每天進進出出，來來往往，閉著眼睛都能摸到家，知道哪裡是路，哪裡是水溝，甚至於哪裡是稻田、高坎，心中一清二楚，不必依賴星月光輝的指引，村莊的自然環境早已印入腦中，步步都能行動自如，絕不受暗夜的限制或迷惑，等紅軍發覺時，父親早已逃到陳彎山上了，他們用強力的手電筒，照到遠方似乎有人影，知道逮捕的大勢已去，自恨對村子的地形既不熟悉，又是暗夜，幾乎寸步難追，也就不敢冒然行動了，便氣急敗壞地站在稻場上，盲目地對著父親逃走的方向連開了好幾槍，聽著槍聲，有的打到山坡上的竹林裡，有的打到土坎上，有的好像對空鳴槍，家中的狗也隨著槍聲大作，而狂吠不已，似乎也在提醒主人「快逃啊！」如不是家門熟路，在黑夜裡，真不知往哪兒逃啊！天時地利對紅軍不利，他們也只好知難而退，不敢猛追了，後來父親告訴母親，他以前在學校是賽跑選手，這次他有幸跑得快、跑得遠，既沒有被抓到，也沒有被槍打到，證明當年的賽跑是有益的。槍聲響徹了整座山村的夜空，驚醒了正在夢鄉的村人，但更驚嚇了逃命的父親，他說，他一邊奔跑，一邊聽槍聲，很奇怪，一般人聽到槍聲，腿可能發軟，跑不動，父親沒有這個感覺，莫不是當年賽跑訓練出來的腿力和定力。父親說，從紅軍的槍法看來，大概都沒有經過嚴格的訓練，否則，這麼多子彈出去，對一個逃跑的人，還是構成一定程度的威脅，可是父親吉人天相，安全逃過一劫了！

曾祖母於民國二十六年（西元一九三七年）正月謝世，按照家鄉傳統習俗，親人過世不滿百日，不能翻動他睡過的床草（家鄉傳統的大木床，床座很深，如用現在的彈簧床墊，恐怕要疊三個，那時家鄉無此物，只有用幾捆乾稻草墊在底下。）據說亡魂在百日內，隨時回家認他的床，一旦翻過了，他認不得了，將會痛哭，一定要維持原貌，方便他回家認識舊物，因此沒有一個人去睡過，就讓它一直空在那裡。這一年的端午節，午夜，約有四、五名體格強壯的紅軍，左壁膀上方纏著顏色鮮豔的紅布條，作爲紅軍的標誌，操著外地口音（不知是哪一省），揹著「鋼槍」（家鄉土語，即步槍），每個人都有雪亮的手電筒，發出刺眼的強光，堅實的槍托，加上蠻橫的腳力，等不及我們開門，就一路踹倒好幾道厚重而堅固的木門，帶著一臉兇惡之氣，直接衝到屋裡，家人早已紛紛躲避，二叔父來不及逃，就潛入曾祖母遺留的空床草裡，結果不幸被紅軍發現了，拖出來殘忍地毒打一頓，竟打到肛門失禁（脫糞），還不肯罷休，繼續再毒打，紅軍的暴虐、兇狠，由此可見，擄人勒贖，是紅軍一貫的強盜伎倆，最後還是以袁大頭（銀元）贖回人質。父親也剛好於端午節這一天的上午，提著簡單的行李離家，跟隨姨祖父遠赴甘肅省高台縣任職（姨祖父前去就任高台縣長），僥倖逃過紅軍的魔掌，但紅軍不相信父親已離家，以猙獰的面目對著母親，要她告訴父親的行蹤，母親說：「人早已離開家了，你們可以任意去搜、去找！」紅軍知道抓父親作人質已無望，轉過頭來要搶奪母親懷中的我作人質，他用手電筒怒氣沖沖地對著母親說：「你丈夫白天逃走了，我們抓不到，現在要抓你的兒子！」說著就伸手來搶奪，母親也顧不得腹中即將待產的中流弟（八月出生），拼全力緊抱不放，並清楚地說：「這孩子正發高燒，病得很嚴重，快要死了，你要死孩子，我把死孩子給你們！」嘴上雖是這樣不惜慷慨地說，手卻始終抱得緊緊的，頭腦也一直保持清醒、鎮定，母親為了愛子，臨危展現了無比的奮勇，透過精神和體力，也體現了母愛的光輝、偉大，護衛了兩個愛子的安全，中流弟平安來到這個世界，我才眞正見到了在娘胎中孕育的患難兄弟，也使我感覺到早在娘胎中就已經締結了患難手足之情的可貴，放眼當世，能有幾人!?母親屢經憂患，常很自豪地說，她和紅軍終宵奪子的一幕，不知哪來的勇氣和力氣，始終絲毫奮戰不懈，又說，不管和紅軍怎樣搶奪，我一點動靜也沒有，眞像是快死的孩子，母親的話，「配合」我的「表現」，使紅軍相信，眞是一個快死的孩子，否則在一般情況下，一定被嚇得嚎啕大哭，只有病危，陷入昏迷的狀態下，才不會哭。一個臨產的弱女子與強壯的匪徒，搶奪襁褓中的孩子，眞是驗證了西諺說的：「婦人弱女子，而為母則強」，當時，如不是慈母的智勇，我在三歲多就淪為紅軍手中的「肉票」了。

紅軍這次綁票，由於父親的提前離家出遠門，沒有完全達到他們的「目標」，心中還不甘願，就此空手而回，猶如闖空門的強盜，不能犯空手而回的忌諱，一定要額外獲得一些其他「戰利品」，於是發現板橋我家豬圈及粉坊三祖母家豬圈，都養了幾頭大肥豬，家中原計畫是養著過年的（過年有豬可宰，表示今年家中人旺、財旺、六畜旺），因此，特別加功夫餵養，幾乎日夜都在餵，希望長得快、長得肥，因爲豬圈是最骯髒的地方，從不引起紅軍的注意，這次是唯一的例外，肥豬變成他們的「掠奪品」，匪徒把兩家的幾頭大肥豬全部當場宰殺，看到他們純熟的動作，好像其中有人是屠夫出身的，最後把幾百斤的豬肉全帶走，在刀槍的威脅下，眼看匪徒無法無天地搶劫，沒有一個人敢去阻止、敢作聲，任由盜匪的猖狂，予取予求，紅軍——中國人民解放軍的前身，不就是這樣留給廣大落後的農村，一個永遠痛苦的記憶，和一個永遠無法愈合的傷口！

民國三十五年（西元一九四六年），中秋節後一天的八月十六日，抗戰勝利後，父親從南京首次回到板橋老家，我與父親不相見也已九年了，中流弟與父親才第一次見面，依稀記得，父親返家那天下午（他沒有預先來信通知家裡，說某月某日回來，大概也是要給家人一個意外的驚喜吧！）我們兄弟和鄰居的孩子正在稻場上玩，忽然來了一位穿黃卡其布軍裝的人，後面還跟著一個人提著箱子，我們以爲是龍山鄉公所來收稅的人，也就沒有特別注意，仍然繼續玩我們的，後來母親把我們喊回家，說是父親回來了，要我們趕快回家去見父親，原來剛才從我們身邊經過的，不是「鄉公所的人」，竟是我們相見不相識的父親！我們差一點沒有「笑問客從何處來」（唐朝賀知章「回鄉偶書」）。戰亂的親情是可貴的，是悲歡交織的，也似乎是天倫的血緣中，帶了一點生疏，父親在家只短暫十一二天，就匆匆返回南京工作崗位，誰知道這一別，就是他此生和故鄉的永別，以後再也沒有機會重回故里了，也永遠沒有機會再見到望子殷切的祖父了，他離家後的第二天；紅軍得知消息，就大膽來家捉人，那時才是抗戰勝利的次年，國共兩黨成敗易勢，竟然如此的迅速，眞是令人吃驚！幸好父親已早兩天離家，逃過一「劫」，那時祖父和母親多麼希望父親回京後，再告假回家過農曆年，尤其祖父，一生過著辛酸辛苦，形單影隻的日子，在他晚年，殷切期待父親在家停留久一點，好好敘敘父子親情，尤其早年，那一段父兼母職的日子，更讓他感受深切，很想藉過年機會，父子一起上香祭祖，愼終追遠，祖父是一位極念舊、重傳統的老人，誰知國事竟一天比一天惡化，紅軍在地方上的違法亂紀，處處公開挑戰國民黨的統治權，雖然在南京有合法的中央政府，有能征善戰的百萬雄師，可是在農村幾乎感受不到黨政軍力量的存在（征兵、征糧、征稅除外），想要安居樂業，家庭的再團聚，已經是不可能的了。

在中國的歷史上，對腐敗政治最敏感的，不！應該說，直接受害最深，感到最痛苦，最無奈的，是廣大的善良農民，大概民國三十五年初，雖然形式上，抗戰勝利了，舉國一片歡騰，可是落後而凋敝的農村，並沒有看到歡欣鼓舞，復興太平的樣子，當然，也沒有看到有關政府官員下鄉宣達政令、傳授新的農業生產技術和慰問農民，倒反而看到鄉間那些黃泥磚砌成的高圍牆上（包括新舊），白底黑字，或藍底白字，醒目地寫著：「打倒腐敗的蔣介石」，「反對蔣介石獨裁」，「救中國，打倒蔣介石」等大標語，抗戰期間，還有什麼「反對蔣介石賣國」（我只有一次親眼看到，兩個年輕人冒著大太陽對著圍牆寫標語，板橋老家在山區，沒有大圍牆，也就沒有標語了，龍山塔畈最多，只要有圍牆處就有這些標語，寬圍牆寫大字，窄圍牆寫小字，沒有一座圍牆是空在那裡。）標語的內容千篇一律都是反蔣的，寫的人從容自在地去寫，既無人破壞，也無人阻止，圍牆的主人也不反對，在我幼稚的心靈中，看到這些每個字都認得的標語，心中留下了奇怪不解的問號，我們每天不是喊著要擁護蔣委員長嗎（抗戰期間，蔣介石是軍事委員會委員長，後來選爲總統，才稱蔣總統）？還說蔣委員長是中華民族的救星，父親不是急著趕回南京，到國防部上班嗎？爲什麼又說要「打倒蔣介石」呢？我們不是有龍山鄉公所嗎？鄉公所有鄉丁，好像還有帶「傢伙」（長槍）的自衛隊，他們難道沒有看到這些「造反」的標語嗎？他們知道卻爲什麼不出來管一管，問一問，誰敢不怕死，要寫這些斗大的標語，誰敢公開大膽要打倒很有威風、很有權力的蔣委員長呢？我在龍山外家，只要一出門，就看到這些標語，我把標語念給兩位在地方上很有影響力、很有地位的舅父聽，大舅板著臉一罵：「不許念這個，你要多念書，小孩子不懂，不要管大人的事！」

國共兩黨早期的鬥爭，明的來，暗的去，共產黨是以農村包圍城市，純樸善良的農民，就是他們鬥爭的對象，和包圍城市的工具，可是農民們最怕捲入國共兩黨的鬥爭，因爲他們不懂政治，也沒有興趣，他們最祈求的，是風調雨順，最關心的是五穀豐收。種莊稼是他們的專長，也是他們終身的工作，對於這個黨，那個黨，他們眞不知道要如何去適應，尤其是共產黨公開宣稱，他們從事的是無產階級革命，要鬥爭的是地主，不是貧農，身爲大地主的我家，自然就是他們鬥爭的對象，祖父日夜憂心，一旦歷代祖先節儉勤苦所購置的廣大不動產，不幸被共產黨全部沒收了要如何是好，大概民國三十四年初秋，山城已有幾分涼意，我從外面回到家裡，祖父看我回來，立刻把我叫他的房間，那實在是一間很老舊的房子，四周牆壁，只有前面臨天井的那一方有一個小窗戶，高與屋簷齊，要過午以後陽光才透進來，靠前方牆邊擺了三口陶瓷大缸，兩個盛醃菜的，一個是酒罈（家釀的糯米酒，是不定期的，看消耗量的多少，一年一釀，或兩年一釀），米缸是靠門口，進出方便，祖父的大木床和前方的「高窗」遙相對，還有一張很有年代的方桌，桌面不大，但做工很實在，到現在仍四平八穩，一點也不動搖，當時的紅油漆，在時間的催逼下，已斑駁不堪、露出木材的本色了，祖父叫我到廚房去搬長板凳進來，我一轉身，沒有注意到他從哪裡拿出一疊泛黃的紙，用手輕輕地拍了一下，並拿出一本鄉下人記帳用的空白帳本，上面印有一行行的朱絲線，祖父說：「你先看這個」，他把剛才那一疊泛黃的紙交給我，隱隱地聞到一股特有的老紙味，前人所謂的「書香氣」，大概就是這個味道。然後又不知從哪找來了小楷毛筆，一條長墨和硯台，墨上還印有「胡開文製」的字樣，接著對我低聲的說：「現在外面世事（鄉下習慣用語，即現今所謂「局勢」）不好，共產黨要造反，宣稱要全部沒收我們家的田地，我們又無力保護我們的家業，契約要統統交給他們，我想教你抄一套留下來，由於田地和山數目很多，範圍也很廣，萬一共產黨全部沒收去了，我老了，將來有機會你們要討回來，也不明瞭哪些地方是我們家業，有一份契約抄本留在手裡，到時你們要討回來，就有根據了。」祖父繼承家產責任的重大，和他無計護產的痛苦，我當時一點也沒有感覺到他老人家用心的良苦，和憂時心情的沉重！

我翻開那疊泛黃的紙一看，祖父提醒我，要翻慢一點，時間太久了，紙張變得很脆弱，容易破損，契約內文，都是毛筆寫的楷書字，由字體的不同，可以看出是經過很多人執筆的契約，這是我生平第一次見識到民間的傳統契約，上面逐條記載不動產的位置（四界），多少畝，當時多少價錢，買賣雙方的姓名、中人（即證明人或見證人）姓名、買賣日期，前面好像還有幾句類似序言的文字，說明這筆田地前後買賣的經過和原因等，後面還有幾句不得有悔的誓言，契約是長卷多層折疊式的，攤開來很長，後面留有大篇幅的空白，大概每買賣轉手一次，都要經過同樣的程序，相關人都要署名畫押（即今所謂簽名）蓋章，另加一行年月日，契約的形式才算完備。我記得有幾份老契，買賣時間，好像都是前清道光咸豐年間，是當時曾祖父或高曾祖父置的產業，民國以後似乎沒有，大概把財力人力都投注到麵粉坊、粉絲坊及造紙坊等生產事業上面，沒有餘財再擴充田地產了。

當然，祖父所持有的這份地契，是他四兄弟分家後所分得的一份，其他三位叔祖父（二爹、三爹和小爹）他們所分得的地契我沒有見過，也就不知道它的內容了。

祖父要我照抄地契，並一再叮嚀，千萬不能抄錯，以我當時的國文程度來說，不是一件易事，對此能夠勝任愉快的，村子裡的其他晚輩很多，可是祖父不能把自己內心的祕密告訴外人，我是他唯一可靠的人選。契約上的字是楷書（即家鄉所謂「行楷」，行書式的楷書，並非字字工整，筆筆工整的楷書），遇到不認識的字去問祖父，他接過去看了一下，似乎也認不得，就教我依樣畫葫蘆（即照字的形象去描寫），話是不錯，可是寫起來總覺不像，全部契約我就這樣放膽照抄，抄完以後，祖父拿去正本和抄本，對照看了一遍，說：「我的眼睛不好，你沒有抄錯就行！」他把地契的抄本折疊好，裝進一個小口的陶瓷罎裡（從青草塥買回來的，原來祖父早有此準備），把剪裁好的三四片桐油布，牢牢地封住罎口（所有的大小罎，向來都無蓋子，由木蓋代替），趁著黃昏時刻，有點濛濛細雨和薄霧，村童和鄰人都已各自歸家，野徑無人，他拿出一頂斗笠叫我戴上，自己戴草帽，一手握著鋤柄，一手緊緊抱住那口小陶瓷罎，往屋外的竹林走去，我跟在他後面，選一個竹子稀疏的角落，挖了一個很深的洞，他一邊挖，一邊要我注意有沒有人來，他忖量已經夠深了，趕緊罎口朝下埋進土裡，等亂事（指紅軍為禍）過了，太平了，再挖出來，並問我：「你記得這裡嗎？」我點點頭，他再向四周張望一遍，實在是怕人看到，他老人家再用一些枯枝敗葉，掩蓋剛挖過的痕跡，埋契完成了，祖父的心情並沒有因此顯得輕鬆，「你不能和別人講，只有你我曉得！」祖父怕我這個黃口小兒口風不緊，怕我當作平常和村童埋死蛇一樣的好玩，隨興說出來，祖父一再囑咐：「這祕密，不能講出去。」祖父是個很拘謹嚴肅的人，從不和孫輩說笑話，我知道他是說真的，我說：「爹爹，我不會亂講。」「別人要知道，就是你講的。」他對我還是有點不放心，他敲敲鋤頭上的泥土，準備要走了，薄霧已籠罩了整片竹林，似乎幫我們祖孫隱瞞了那不足為外人道的心事！

祖父對地契非常愛護、重視，這是他的「寶物」，因為後面有歷代祖先當時買進地產時的親筆畫押和指紋，是先人的手澤，這既是擁有財產的憑信，也是祖澤長存的象徵，後代子孫有傳承的責任和義務，他知道共產黨要沒收的是原始的地契，不是抄本，他老人家萬萬沒有料到，共產黨不僅要沒收地主的財產，還要鬥爭善良的人命，民國三十六（一九四七年）十月家破人亡之後，當年我和祖父共埋的地契，不必要，也不忍，再去舊地尋找，再去挖掘了，就讓它從此陪伴祖父冤死的英靈，一起長埋於地下罷！

六

二叔父比父親年幼三歲，據母親說，在父親同胞三兄弟中，以二叔父的體格最魁梧、最強健，荒月（農曆六七月），家中舊糧接不上新糧，要到離家一百多里外的青草塥去挑米（家鄉土語，即買米），大半都由二叔父一人肩挑回來（一般都黎明出發，下午抵達青草塥，在青草塥過一夜，次日買好了米即返家。）有一年夏天，大概在青草塥投宿客棧時，被傳染了瘧疾（家鄉俗稱打擺子，昔日在鄉間是最常見的流行病），先是全身發冷，冷得不停地顫抖，也牽動了上下牙齒不停地「咬牙切齒」，他索性洗冷水澡，故意和「瘧鬼」對抗（舊時民間相傳，瘧疾是鬼在作祟，故有躲瘧疾的習俗，我幼時在外家患瘧疾，按時每三天發作一次，好像有時鐘控制，準得很，要發作的那一天，過了中午，瘧鬼就上身了，原來民間相信有瘧疾鬼的傳說，也是有來歷的，據楊倫杜詩鏡銓，引後漢禮儀志注的記載，說：顓頊氏有三子，夭折後，變作疫鬼，即後世所謂的瘧鬼，杜甫在寄給他的好友高適和岑參兩人的一首長詩中，曾提到他得瘧疾的經過和逃瘧鬼的情形，很生動有趣：「三年猶瘧疾，一鬼不消亡，隔日搜脂髓，增寒抱雪霜，徒然潛隙地，有靦屢鮮裝。」他被瘧疾纏著三年不放，的確痛苦，不過他說：「隔日搜脂髓」，瘧疾大概也有隔日發的，但似乎不多，我也沒有得過，楊倫又引朱熹的話，說：「避瘧鬼，必伏於幽隙之地，不爾，即晝易容貌。」由此可知，逃瘧鬼的習俗，唐朝就有了，杜甫和我，爲了遵從習俗，都作了同樣的僞裝，爲躲瘧鬼，我穿了一件鄰居小孩的衣服，好像還是一個女孩的，即所謂「晝易容貌」，故意讓瘧鬼不認得平常的我，一大清早，躲到離外家約兩里外的三外公家，說也奇怪，那天中午以後應該發作，居然無事，三外祖母受母親之託，一早接到我，就嚴格限制，只准在屋內活動，連大門口都不許我伸頭張望，就怕瘧鬼認出來，一天平安過去，黃昏時刻，三外祖母說：大概可以回家，沒有事了。我蹦蹦跳跳跑回外家，以後就再也沒有發作過，我此生得瘧疾僅止這一次，卻給我留下永遠難忘的記憶！）他憑著強壯的體魄，和自認年輕無敵，不顧家人屢次勸告，由於瘧疾是冷熱交互發作，他任性硬拗，最後是如何痊癒的，我已不知其詳了。不過二叔父終因經常往返青草塥挑米販鹽，又時當夏季，那時一般客棧和飯店的衛生條件都不佳，極容易染上流行病而不自知，很不幸地，二叔父傳染上痢疾（赤痢），那時鄉下既無抗生素，也無特效藥可治，中醫的湯藥碰到痢疾，也嫌療效太慢，不能立刻有效控制住病情，只見二叔父急速虛脫、消瘦，一位壯漢，終抵不過病魔的糾纏，不幸於民國二十七年卒世，年僅三十歲，我的兩名堂弟，一個三歲，一個才周歲，嬸母（家中習慣上稱二媽）也就從此孤單地陪伴兩個無父的幼子，爲儲家茹苦含辛默默地奉獻一生，在儲家以八十餘歲的高齡終老，當我把二媽在家鄉過世的消息告訴客居倫敦的母親，只聽到她在電話那頭嘆氣一聲：

「可憐的二娘（母親妯娌三人，平時習慣上互稱大娘、二娘、小娘），在儲家辛苦守寡一輩子，走了！」她對二媽的過世有無限的不捨！

二叔父為大家庭犧牲了自己，母親主張將預留給祖父的棺木（家鄉習俗，凡年過五十，上無尊長，可以為自己預留木材——即尚未做成棺材的原木，已經做成棺材的，則吉稱為壽材。）臨時請木匠來家日夜趕工製作，母親的意見是二叔父為家人奉獻了自己，身後子幼妻寡，應該給他一副大棺，讓他魁梧的身材，去後，不要受到委屈，也對他為家人鞠躬盡瘁，表達全體家人對他的哀傷與感念，母親提出來，請求祖父同意，祖父遭喪子之痛，已無心計其他，就完全同意了母親的意見。大殮那天黃昏（家鄉傳統習俗，大殮、蓋棺，都要看時辰，分秒不能犯沖任何親人。）我也按照喪禮穿戴了子姪輩的孝服，跟在人群中護送二叔父的遺體從臥房移到大廳堂入殮，誰知道我頭上戴的白布折成的孝帽，滑過額頭，遮住視線，過門檻時，被人群擁擠，跌了一跤，左眼角靠上眼瞼不到一公分處，撞到門檻上，當時血流如注，如果再向下一點，就要傷到眼球，母親趕快用乾淨破布為我止血，如今這塊傷痕仍清晰可見，就好像在眼角上方又劃了一道雙眼皮，雖然事已過去七十餘年，二叔父的墓木已拱，就讓它留著對二叔父永遠的追思和懷念吧！

二叔父歸葬岳西祖墳山，也是出自母親的主張，她說：「老二（指二叔父，母親習慣的稱呼）英年早逝，兩個孩子還小，我們要為老二撿骨，正式葬到祖墳山，不要再等到孩子長大，何況現在正逢祖墳山開議（祖墳山，祖規森嚴，不是隨時可以下葬新墳，要等到各大房代表開會決定，逢到開議那一年，才可以依葬禮舉行新墳下葬儀式。）不要輕易錯過這次機會。」清明節那天（新墳下葬依例都在清明節），全家天方亮就動身，護送靈柩往祖墳山出發。頭幾天在家用紅藍黃白綠等彩色的紙，剪成各種樣子的「墳標」，繫在小竹竿上，讓它在墳頭上隨風飄揚，以紀念新墳下葬，還用糯米粉搓成兩大籮筐的「弔墳粿」（形狀如桂圓大小，用蒸籠蒸熟），供當地來參觀葬禮的青少年取食，這大概也算是和當地人初結善緣吧！

二嬸母是我大姑祖母婆家的姪女，算是儲家的外甥女，再又嫁到儲家（家鄉稱作回頭親），以前農業社會，人際關係簡單，交往範圍有限，這種倒來換去的婚姻關係很流行，也很自然，雙方都知己知彼，絕對信得過，省了「身家調查」的麻煩，何況那時沒有人懂得血緣相近的婚配（即現代所謂幾「親等」以內），不符合現代遺傳學和優生學所講求的優生原則，只顧到幾代的「門當戶對」了。二嬸母的臥房與我母親的臥房僅一牆之隔，大概在我七歲左右（時父親已遠赴西北的甘肅、寧夏），半夜感覺尿急，喊醒母親，她伸手從床沿下方摸起尿壺（家鄉叫夜壺），叫我自己下床，站在床邊尿，母親睡在床上爲我提夜壺（她不放心怕我睡眼矇矓自己提夜壺，會把陶姿的夜壺打破。）母親放回夜壺，我也正要轉身回到床上，忽然眼睛一瞥，看到一個人的背影，正在翻母親的五斗櫃，我大叫：「媽媽！有人在翻你的五斗櫃！」我嚇得連拖帶滾回到床上，連蚊帳也一起跟著我滾，本來光亮正常的油燈發出綠火焰（母親夜裡帶我們兄弟兩人，怕臨時有緊急事發生，油燈幾乎每夜點通宵。）這時忽然變成細細的綠焰，在那兒一閃一閃的，要滅不滅的樣子，看起來非常詭異、可怕，更增加了房子裡陰森的氣氛，母親問我：「那個『人』走了沒有？」原來大人煞氣重，看不見鬼魂，只有幼童陰氣重才看得見，「還在翻！」我躲在床上，伸頭瞄了一眼，回答母親，她毫不考慮地，就隨手拿起放在床邊的柴刀（母親帶我們兄弟，爲求夜間壯膽，有「武器」可以用，每晚都把柴刀放在床邊。）沉著地站在房中間，奮力揮舞柴刀，我們兄弟嚇得躲進被窩裡，只聽到母親嘴裡大聲喊著：「砍死你這個妖怪！砍死你這個妖怪！」她一直沒砍向那個『人』，怕失手鬼還沒有砍到，卻把五斗櫃砍壞了，她越喊越起勁，約一小時之後，房門發出輕微的「卡察」聲，油燈也恢復了原來的亮度，「妖怪」終於走了，雞也初啼了，不料，次日清晨，天剛亮，鄧家沖二祖父家，即送來噩耗，他的長媳，即我的堂大嬸母劉氏，以肺癆病於昨夜過世，要請母親自帶針線幫她去縫壽衣，原來她的魂，就先來「通知」母親了，可惜母親看不到，我倒看到了，這位大嬸母，由於德剛大叔被抽壯丁，參加對日抗戰，從此音訊中斷，後來不知如何獲悉，說德剛大叔入伍不久，就在湖北老河口一役，爲國捐軀，忠骸一直未能歸葬故鄉，大嬸母心繫前方征人，每次到板橋老屋來，母親總和她閒談最久，故意轉移她的注意力，讓她的心舒坦些，樂觀些，雖是堂妯娌，卻情同姊妹，留她吃飯，也不推辭，個性非常隨和，在老屋往往一停留就是大半天，在她不幸離世之前，卻給了我此生唯一的一次親眼目睹靈魂的確存在的事實，那絕不是幻覺，不是假的，是千眞萬確的事，這種奇特的陰陽兩界的經驗，給了我終生難忘的回憶，母親並沒有看到，但是她的確看到燈火在變化，她也聽到門響，可惜那時鄉下沒有時鐘，否則，可以對照知道，她是生前來「顯魂」，還是死後來「顯靈」。此後，年齡漸長，我再也沒有遇到這些「靈異」現象了，這一夜母親的「作法」，讓隔壁房的二嬸母在更深夜靜，聽得更清楚，她說，她眞佩服大娘的勇氣，始終頭腦清醒，沒有被妖氛迷惑，要是她，手都嚇軟了，哪有力氣揮舞柴刀，二嬸母膽小謹慎，不僅夜間怕鬼，日間更怕惹事，母親說，鬼是陰間，人是陽間，只有鬼怕人，哪有人怕鬼的！

家中日常農務，非常繁忙，但勞力極有限，除祖父操作外，小叔父出力最多，二叔父不幸早逝，父親又服公務，遠在西北，記得小時候，母親忙於家事，每到黃昏時刻，母親就吩咐小叔父爲兩個姪兒（指我們兄弟）洗澡，在村子邊門（家鄉土語叫耳門，即正大門以外的門）內天井裡，趁天還未黑，蚊子還不多，就把我們洗好了澡，小叔父動作快，忙得滿頭汗，先替我們擦乾了水，再去擦自己額頭上的汗，當時情景，記憶猶新，爲母親省了不少事。小嬸母主廚三天，因爲她有三個小孩要照顧，顯得特別忙碌，好在有小叔可以相助。對日抗戰期間，靖平保（原名菜山保，抗戰末期不知何故改名）保長（我已忘其名）看到小叔父忠勤負責，特別遴選他爲甲長，因此每天除了忙自己的莊稼外，收工回來，拖著疲憊的身心，還要利用時間到他服務的十戶（其實不止十戶，取其整數而已）去宣達政令，如：征兵、征糧、征稅，或協助保長，製作各類表冊，以便向鄉公所呈報，這都需要十戶的合作，當然也招惹了十戶的厭惡，小叔父忍耐工夫極佳，很少與人發生衝突，甲長受保長指揮，只有義務，沒有酬勞，在地方上是「不上稱」（家鄉土語，即分量太輕）的「小官」。

七

紅軍早年爲禍我家，綁票、勒贖幾乎未曾停止過，在我幼稚的心靈中，早已留下難以磨滅的恐懼印象，那麼堂堂之師的國軍又如何呢？抗戰時期，給我印象最深的是安徽省主席李品仙（廣西人）所招募來的家鄉子弟兵，所謂的「廣西佬」，我那時是不到十歲的孩童，經常親眼目睹「廣西佬」過境，他們似乎沒有車馬（家鄉的山路極狹窄險阻，只能單人通行，不能並肩而行，偶爾看到馬匹通過，因路太陡，無人敢騎乘，但車輛絕無僅有。）大砲兩人抬著，彈藥由彈藥兵肩挑，他們是路過板橋，往後沖去（每次都是同一方向），有時也在板橋暫歇，要民間供應他們茶水，由於軍紀風評不好，爲他們端茶送水的，都是村中的老人家，怕他們強迫拉夫，家中一些年輕力壯的男性，聽說「廣西佬」來了，趕快從後門逃往後山躲藏，如果不幸被他們抓走了，運氣好的，隔日放回，運氣不好的，就從此一去不回了，家中有年輕的女孩，也在父母的催促下，無人敢留在家中，紛紛走避，怕被他們拐走，作妻作妾。「廣西佬」嗜吃狗肉，抗戰那幾年，附近所有大小村莊，幾乎狗類絕跡，最兇暴、殘忍的，竟連正懷孕的母狗也不放過，我家飼養的一條大黃狗「來福」，是祖父最忠實的「伴」，每天都跟著祖父一同到田野間，發現有野兔或田鼠經過，就緊追不捨，祖父一回家，牠也跟著回家，躺在祖父坐的那一方飯桌底下，體形壯碩，威武勇猛，吠聲如雷，警覺性特強，晚上餵飽後，牠自動回到側門外門樓下的窩（冬天則在側門內），對家人負起夜間「維安」的「工作」，尤其是紅軍深夜來襲，最不可少，「來福」對陌生人和紅軍緊「咬」不放，但牠極怕「廣西佬」，對他們似乎特別「敏感」，只要發現他們來了，不管你如何逗牠玩，牠立刻棄你不顧，趕快飆起尾巴快逃，有次「廣西佬」看見「來福」隱身在一堆黃草叢邊（牠似乎懂得藉同色障蔽物來躲藏），趕緊舉槍射擊，忽然發現是空槍，正要從腰間黃布子彈帶裡取彈匣時，我大喊「來福」！快跑！「來福」真的聽我的話，亡命似地往對面山上狂奔，頭也不回，「廣西佬」對「來福」連開兩槍，都沒有打中，一槍落在山邊的水田裡，激起一簇水花，一槍則不知去向，這時「來福」早已逃得無影無蹤了。抗戰八年，「來福」在槍口下，也逃了不少的「難」，練就了牠反應的特別靈敏和脫逃的特別迅速，「廣西佬」眼看快要到嘴的狗肉，竟飛掉了，氣急敗壞的回過身來想用槍托打我，並隨口罵了一句「五字經」：「X你老母嗨！」那時母親正在我身旁，說：「他是我兒子，你不能打他！」「廣西佬」看了母親一眼，接著也同樣以「五字經」不客氣地罵了母親一句。

「廣西佬」軍紀的敗壞廢弛，在我這個純樸村童的心裡，感受最深，記憶也最清楚，迄今垂暮之年，只要一閉上眼，那一幕幕廣西腔的「五字經」，和作威作福，蠻橫無禮的形象，就立刻映到眼前，尤其是農村的善良農民，往往是他們容易欺壓的對象，他們本來就怕

「兵」，尤其是「廣西佬」，抗戰八年中，我只聽熟了「X你老母嗨」這句「五字經」，其他的我似乎沒有聽到過，有幾次「廣西佬」過境（家鄉叫「過兵」）時，不知是剛入伍不久，還是不習慣軍中生活，或是戰勝凱旋，有功邀賞，也可能是兵敗初回，士氣不振，態度極粗暴無禮，幾乎句句都離不開「五字經」，要吃要喝，等不及家人應諾開門，「五字經」伴隨一腳就踢進來，有時再加「有力」的槍托，好好的木門，就這樣應聲倒下，「威武」地衝進來，若怠慢了一點，縱然年齡可以當他們的祖父祖母，也毫不客氣，「五字經」就破口而出，「廣西佬」給村民的印象，除了「五字經」以外，實在不知道還有什麼？他們的營長和連長的妻子，也跟著一起行軍，根本不顧，也可能不知古人所謂：「婦人在軍中，兵氣恐不揚」的古訓，戰陣行伍，國之大事，勇捷重於一切，死生定於一瞬，豈容女眷夾雜其間，不僅破壞嚴肅的軍紀，而且對士氣更是莫大的傷害，鋒鏑當前的士兵，目睹此情此景，不知他們心裡作何感覺？

使我想起這種女眷隨軍的怪現象，其實也不是現代的「廣西佬」獨有的，早在一百多年前的太平天國洪秀全就准許女眷隨軍，還爲他們組織一個什麼「女營」，專責管理這些女眷，洪秀全是廣西金田村人，「廣西佬」行軍帶女眷，似乎也「其來有自」，不足爲怪了，軍人行軍作戰，隨時有「後顧之憂」，這些「官太太」不管以前是什麼出身，一旦當了「官太太」，體力就變差了，心態也跟著改變了，似乎已不能再走崎嶇的山路了，不停地喊累叫痛，最麻煩的，是跟不上部隊行軍的速度，萬一緊急軍令下達，限時開赴戰場，參與戰鬥，由於女眷的牽扯、拖累，耽誤戎機，豈不是敗壞軍國大事，因此，沿途就強拉民伕（丁），替「官太太」抬擔架、挑行李，有的擔架上，還用竹子編織一個遮陽篷，既可以隔烈日，又可以防小雨，「官太太」就很優閒自在地躺臥在裡面，有的「官太太」自己在擔架上撐起紙傘（那時鄉下沒有五顏六色的花布傘，只有清一色的黃油紙傘）與擔架前後身負重裝備的士兵，成了有趣強烈的對比，山區的山路，無人維護，雨水沖刷就成了遍地坑洞，路又很窄，彎道又多，平常徒步行走，都已經夠累人了，現在肩上還有幾十斤重的擔架，凡是抬過或挑過重担的人都知道，剛上肩不累，以後越走越久就越累人，但又甩不掉，尤其過很陡的山嶺時，最怕全部擔架的重量，一起滑落到後面一個人的肩上，強拉來的民伕，他們都只知道如何種田，可能都沒有抬擔架的經驗，雖然他們知道，抬的不是別人是「官太太」，不敢大意，旁邊還有特務長（即副官）和勤務兵，一起隨時監督護衛，要「官太太」在擔架上，坐得平穩，臥得舒服，碰到上坡或下坡，特務長命令抬擔架的人，歇下擔架，讓「官太太」下來，調整順序，即上坡時，頭要向前，下坡時，腳要向前，這些特務長，穿著軍裝，拿的是國家的糧餉，卻要伺候「官太太」，有時還故意狐假虎威，對辛苦忍耐的民伕，任意打官腔，肩上的皮膚都磨破了，還要快步奮勇前進；傷兵也要跟著部隊一起行軍，有的傷得較輕的士兵，拄著一根竹棍，走路一跛一跛的，揹著自己的重裝備，似乎無人替他代勞，只想一心跟上隊伍，無暇去計較足下的艱難了，有的大概傷得重的，用很簡單的擔架抬著（用幾條很粗的麻繩，在兩個竹竿之間，以人的肩膀寬度爲準，縱橫編織成一個「網」），上面沒有像「官太太」那樣特別製作的遮陽篷，任由烈日曝晒那裏著紗布的傷口，我就不只一次親眼看到不少的傷兵，年齡都很輕，那種極痛苦的表情，似乎已超過了他們能忍受的極限，就只差一點沒有呼爹喊娘，他們的傷口雖然我沒有機會親眼看到（事實上，他們也不准我們小孩太接近），但隱約地，藉風向的吹送，仍可聞到一些從傷口透露出來的腐臭味和身上一股刺鼻的汗腥味，偶爾還看到一雙手不停地在傷口附近驅趕前來騷擾的蒼蠅，和伴著動作而來的「五字經」，那些揹著醫療用品的看護兵或看護士，他們身上也受了傷，但仍然爲傷患同袍服務，大概他們所有的醫療用品很有限，不能每天換藥，致使傷患們的傷口，久久不能癒合，還時有異味，這也間接透露了戰時國家財政的困難，因此對於軍隊的救死扶傷，龐大的醫療支出，可能都受到一定程度的影響，我記得有次軍隊（軍旗插在稻場邊的地上，從旁邊的一行字看來，似是寫著第幾營）在我們附近幾個村莊宿營（不知何故），保長受命臨時向各戶攤派主副食，堂堂國軍，戰鬥之師，好像政府沒有編列預算，要沿途向老百姓乞討似的，實在有損國軍尊嚴，後來聽到從軍隊裡出來的叔輩們說，戰時軍紀很糟，排長、連長，乃至階級較高的營長、團長，都虛報員額，所謂「吃空缺」，似是公開的祕密，而實際上，這種空額的糧餉，都落入各級長官的口袋，知道的人多，追究的人少，這種敗壞的軍紀，變象的貪污，既削弱實際的戰鬥力，也影響善良的農民對軍隊的觀感。

八

我的啓蒙教育是私塾，當時家鄉根本沒有現代的小學和中學，地方上雖然也有一些號稱「明理」的人士，但就是不懂向政府爭取設立鄉村小學和中學，同時也沒有人熱心地方教育和關心地方子弟將來的前途，一直是「民不知教」，「官不設教」的局面，雖然已到了民國二十幾年的新時代，外面「洋學堂」的新式教育，早已風起雲湧，而鄉下的風氣，仍然絲毫沒有受到新潮流、新思想的衝擊，還是照樣地閉塞、落後，一般辛苦、安分的農民大眾，只知日出而作，日入而息，過著往古的農耕生活，謀求自家的基本衣食，嘴裡雖不明說「讀書無用論」，但在潛意識中，總認爲讀書是浪費金錢和人力的事，不主張送子弟上學，免得在農忙時少了人手，「讀書哪有種田重要」，親朋日常見面，常羨慕對方良田多少畝，瓦房多少間，他們只關心這種「現實」看得見的東西，而無人關心對方子弟有多少是讀書人。父親遠在西北，在每次家書中，總提到要我早一點拜師啓蒙，大概六歲多吧！本家的一位遠房晚輩翰周先生（不論輩分高低，鄉人都如此尊稱他），據說，他父親的書讀得很好，聲聞鄉里，鄉人都很敬重他，翰周先生在「庭訓」的影響下，自然贏得了家學淵源的美譽，有人甚至說，他們父子並美，鄉下雖不重視教育，但卻極尊重讀書人，這也是一件倒果為因的怪事。唐朝韓昌黎在其名作「師說」中，說：「無貴，無賤，無長，無少，道之所存，師之所存也。」鄉下把讀書人當作師道的代表，既尊之為師，就不問其貴賤長少了，師道的尊隆，僅次於君親，從使皇威當前，也不敢輕犯帝師，翰周先生輩分甚低，自屬晚輩，但大家都尊稱他為「先生」而不名，那時剛好塘㘭自寬堂叔要為他兒子誠貴聘請一位塾師來家教他，同時徵得先生的同意，再到外面替他「邀館」（即所謂招生，基於師道尊嚴，學生都是自動登門求教，根據朱子（朱熹）「語錄」的記載，歷史上最有名的例子，是宋朝的楊時和游酢，向當時的洛陽理學大家程伊川求教，伊川瞑目而坐，楊游二人站在雪深已逾尺的門外等候老師醒來，不敢驚擾他，這就是最有名的「程門立雪」的故事。塾師基於師道尊嚴，不能自己「邀館」，也不能自動提出「束修」，所謂「束修」就是學費，論語述而篇，說：「自行束修以上，吾未嘗無誨焉。」說明孔子也要收「學費」，「修」是肉脯，「束修」是很微薄的禮，孔子收的是學生拜師的誠意，不計較實物的多少，中國傳統的讀書人不貪圖物質，不競逐物欲，孔子開其先河。）他先到四處探聽哪些人家的孩子要啓蒙讀書，先到他們家裡和家長溝通，談妥一切「館約」（包括束修），為了尊師重道，不能當先生的面，談「價錢」問題，一切「物質條件」學東和家長私下議定了，再選定日期，學東（東家）親自陪著西席（翰周先生，按鄉間尊塾師為西席，此習俗沿自後漢明帝尊桓榮以師禮，坐西而面東，故又稱「西賓」）到我家作形式的邀館，母親代表遠在西北甘肅的父親為我訂了「館約」，言明爲先生年奉「束修」多少擔稻穀（大概可以折算現金，否則先生家裡，豈不是要準備一個超大型的糧倉了），我那時最怕讀書，對讀書沒有一點興趣，還聽說先生的管教很嚴，說什麼「教不嚴，師之惰」，先生更要認眞管教了，對不會背書的學生，毫不假以辭色，不會背就用戒尺（竹作的板子，厚而堅固）打手心，我聽到更害怕，更沒興趣了，母親在家裡還常常說一些令人喪氣的話，說什麼：「先生打了無人保，自作文章考秀才」，這類被先生打了活該的話，眞令人洩氣，也更增加了我對讀書的厭惡，依稀記得那年的元宵節剛過，大概就是所謂「選定的日期」了，學東就陪著先生來到我家，他凍紅了的手裡，拿著一本紅紙簿，還用一個很精緻的竹籃提著「文房四寶」，母親把我從外面叫到先生跟前，說是要送我到先生的學堂裡去念書，又說，「這是你父來信交代的」，我也只有俯首不語了。先生穿著藍布長袍，身材不高，梳著很整齊的中分西裝頭，很結實，滿臉紅光，不同於中國傳統的文弱書生型，和母親說了一些話，我從一旁聞到很濃的黃煙味，先生大概是吸煙的，學東爲先生攤開了紅紙簿，先生就當著家長和學東的面寫上學生的名字（館約早已預先寫在紅紙簿上了），至此，翰周先生就正式成爲我的啓蒙先生了（家鄉稱先生不稱老師），然後學東再把「館約」念一遍給母親聽，母親當然說了一些以後要請先生多費心管教，讓我聽起來很不喜歡的一些話，先生起身摸摸我的頭，說：以後就是我的學生了，在學堂要好好用功念書這一類的老話，訂「館約」的儀式就算完成了，我與翰周先生的師生緣就於焉開始了。

我的這個村莊，除了本家的一位堂叔外，還有兩位遠房的堂兄都成了翰周先生的學生，我已記不得，是我想逃學（坦白說，我小時候隨時想逃學），還是有什麼其他原因，塾館都已上課十多天了，母親才送我去「報到」，那天我也穿著藍布長袍，看起來很愉快，母親替我拿著「文房四寶」，一路上還不忘叮嚀我要聽先生的話，又說：不念書，不識字，就是睜眼瞎子，要我用心念書，我哪裡聽得進去，只想「用心」逃學啊！翻過塘坳的山嶺，再走一小段平路，就是學堂所在地了，這地方對我來說，並不陌生，到龍山外家，到深溪河小姨家，乃至於到馮家老屋，向聖嫂娘娘求籤問卦，都要經過它的前面，只是沒有機緣前去「造訪」罷了，但萬沒有想到，這棟似不相干的建築物，卻成了我此生啓蒙教育的「聖地」。

母親陪著我走到塾館門口，看到裡面已有四五位同學了，他們好像都在讀「四書」，已經過了讀「三字經」、「百家姓」的啓蒙階段了，年齡都比我大，母親把我親自交給先生，她自己站在門外和學東談話，先生把我引到教室後方「大成至聖先師孔夫子之神位」前，木質的牌位已經很舊了，上面的金字雖不閃閃生輝，卻很清晰，大概爲節省教室的空間，釘在牆壁上，所謂「供桌」，也是釘在牆上的一塊長形木板，有供品和香燭，我已記不清楚了，同學們想要到後面看我行祭先師孔子和拜師大禮，被先生大聲一吼，都乖乖地回到自己書桌上，又高聲朗誦起來了，心想：先生果然很嚴啊！先生先要我恭恭敬敬地肅立在至聖先師的牌位前，他口中念念有詞，大概是請求至聖先師幫助他教導這名啓蒙的學生，然後他指導我對至聖先師行跪拜大禮，接著先生自己端坐在至聖先師牌位的右邊（雖同一排，但與先師的神位約有兩張板凳的距離，以示尊敬），要我對他行拜師的跪拜大禮，我叩了頭，先生把我扶起，並替我拉平胸前簇在一起的長袍，說：「從今天起，你就是我的學生了，要用心讀書，聽我的話」，他一面說，一面吐出滿口的煙味，說完還摸摸我的頭，轉過身來又告訴其他的學生，不管年齡大小，大家要和睦相處，不可欺負新同學，並指定我坐在靠他近的那張書桌，這時母親仍在門外，看到我已經有座位了，知道一切都妥當了，先生走出門外和母親講了一些話，同時也把我叫到門外，一同送母親離去，母親在離去前，又一再拜託先生管教我，並要我聽先生管教那些老話，還交代放學時要和村子裡的同學一起回家，不要一個人單獨走，母愛就是這麼反覆嚕囌！

學堂的位置，是座落在一個很幽靜的山坳裡，三面丘陵環抱，前方是一座四方形人工開鑿的池塘，不知是否是當年建屋時，聽風水師的建議（鄉下極迷信風水），開一座池塘，好招財聚財，是否還有其他用意，我沒有問過學東，他在池塘裡養了鵝鴨，異類相處一塘，偶爾互相追逐。鵝類頸長善鳴，鴨類輕盈善游，各有先天特性，站在塘邊靜觀物類，也很有趣，塘裡既無水草，也無魚蝦，鵝鴨要完全仰賴主人餵食，無法在水塘裡自求生存，由於鵝鴨在水中的活動量大，泉水的出水量不大，不能立即變渾水為清水，山中飛來的野禽，常在塘邊啄飲這混濁的水，鵝鴨也不侵擾他們，似乎禽類較獸類易接納異類，一口方塘，春無綠波蕩漾，夜無朗月生輝，但卻為這山野帶來了另一類的遊賞佳興！

池塘旁邊有一棵梨樹，春天，滿樹雪白的梨花，在一片青山綠葉的陪襯下，顯得非常高雅拔俗，學東說，雖是酸梨，品級不高，但也很自負地說，據他平時走訪山村林畔，方圓五六里之內，只此一株，也算物以稀為貴了，此梨皮粗厚而堅實，水分少而酸澀，縱然掉落地上，也無損及皮肉，學東視為珍寶，為保護梨子不被烏鴉的啄食，他一天也不知要去「巡視」多少趟，山中的烏鴉體形大而嘴利，似乎特別貪食酸梨，有成群的，也有單飛的，學東常爲「護梨」而忙碌不已。塾館的自然環境極適合傳道授業，這棟磚瓦建築，只分兩進，第一進東廂房兩間，爲翰周先生的書房和臥室，由於先生都在教室裡隨時督教學生課讀，白天幾乎不踏進書房或臥室一步，我們學生也就無機會窺探先生的「內務」了。

一進和二進之間，是一座長方形的天井，中間有一棵高大的桂花樹，枝葉繁茂，從其蒼勁老健看來，樹齡應超過一甲子了，我們問學東，學東說，大概是他的祖輩或父輩種的，雖然種樹人早已遠去，但當年祖澤「流芳」異代，使我們這批後輩小子也能「分享」到前輩的芬芳，當微風拂過，可清晰聽到樹枝摩擦屋簷發出咯喇咯喇的聲音，由於力量微弱，並沒有摩損屋簷，倒使一些桂花應聲飄零，飄零到那天井的石板地上，前面殘香未盡，後面落花又到，使小小的天井，眞是「落英繽紛」。

花香、簷影、書聲，爲這個古樸的塾館，帶來了幾分風雅，也憑添了學子的讀書樂。二進的間隔，則是雕花鏤空的板壁，當年奪目的朱漆，任由歲月在美麗的壁縫中穿梭流轉，早已黯然無光了，但偶然在縫角裡還可以尋到一點昔日的風華，讓人們想像它本來的美。二進是正廳，面積不大，也是塾館的教室，光線有點昏暗，如果以現代教室的亮度來說，顯然是不夠的，那時誰又懂得照明的度數與視力的關係。先生棗紅色的大書桌安放在進門右邊的角落，平穩高雅，有助於先生的誨人不倦，它是學東的傳家舊物，已歷幾代了，但維護得很好，仍然光可鑑人。桌上左邊堆了一疊古色古香的線裝書，世人所謂「書香世家」，大概這就可以作爲代表了。書桌的前方擺了文房四寶，右邊是學生的作文簿，當然還有一個令學生望而生畏的「戒尺」（竹色顯得微黃而有光潤，紋理淺而清晰，先生改作文時，常停筆把玩片刻，大概此物可以助暢文思吧！）還有一個令我們學生很厭惡的水煙筒也放在另一角落（那時鄉下吸黃煙的工具有兩種：一種叫旱煙筒，細竹筒貫通其節作成的，長短不一，短的尺把長，長的約三四尺，前端安上煙嘴，裝進黃煙絲，短的可以自己點火，長的則有求於人了。一種叫水煙筒，黃銅製的，底部是一個長扁形的小水壺，裡面盛水，水壺前端有一個小煙嘴，裝塡黃煙絲，小水壺的上方有一根很細的銅管，上半截三分之一處彎成半弧形，煙絲點火後，嘴就啣住銅管口用力吸，水壺裡的水，由於吸力的鼓動，就咕嚕咕嚕地響，煙經過水的過濾後才吸到嘴裡，當時自認爲社會層級高一點的鄉紳，都捧著水煙筒，一般大眾都吸旱煙筒，擅吸水煙筒的人，只有淡煙入口，不懂技巧的人，連煙帶水一起吸進嘴裡，水因煙不停地「經過」，本來是清水，後來顏色漸漸染黃了，甚至變成咖啡色，味也變辣了，吸進嘴裡不僅不是味道，也極不衛生，翰周先生不在時，我們學生僅拿來把玩一番，沒有人敢去嘗試。）

上的第一堂課是習字——「描紅」，先生用硃筆在毛邊紙上寫：「上大人，孔夫子，化三千，七十子」，這幾個字，個個筆畫簡單、清楚，先生站在我背後，用他的右手握住我的右手，一邊用毛筆描他的紅字，一邊講解筆畫順序：從左至右、從上至下，還講解每個筆畫的名稱，如：橫、豎、點、鈎、撇、捺，又說：一橫要平，一豎要直，一邊不停地講，一邊嘴裡強烈的煙味不停地飛吐，我只想躲開難聞的煙味（家鄉土產的黃煙葉，葉片大而厚，味極濃，我幼時摸煙葉上的絨毛，還引起皮膚過敏紅腫，至今印象深刻。）根本不注意描紅，手也是自由活動慣了，但被先生控制住，動不了，眼睛卻一直瞄著其他的紅字，沒有對準正要描的紅字，先生發覺了，立刻用力糾正，並警告，描紅要眼到、手到，同時把我的手握得更緊了。

其他的同學，書讀熟了要求背書，先生回到自己座位，要背書的同學，自動把書放在先生的書桌上，攤開要準備背的那一頁，然後背對著先生，臉斜對牆壁，雙手緊貼背後，爲了增加「韻律」感，上身輕微左右晃動，朗朗地背誦起來，有時緊張忽然忘記下文，就在最後的那一句上來回重複，千萬不可呆立無聲，這時假裝閉目養神的先生，會勉強提示一兩個字（不提示整句），於是又接背下去，假如仍忘字或忘句，或背一句，想一句，或跳句，違背了先生「一背如流水」的要求，便毫不客氣地喝斥一聲：「念熟了再來背！」把書狠狠地丟給學生，學生從地上拾起書本，回到自己座位上，再埋首高聲朗誦，世人常說「讀書」，那不過是「看書」罷了，在塾館裡，才是眞正的「讀」書呢！

我開始讀的是「三字經」，由於沒有現成的讀本，先生用毛邊紙替我裝訂一個本子，他抄寫幾句（完全憑自己記憶寫出來），教我讀幾句，讀了要背，等背得很流利了，再抄幾句，一部「三字經」，就這樣先生抄，學生讀，先生教我讀時，他自己先搖頭晃腦，現出一種讀書樂的樣子，他大概想以此來引起學生讀書的樂趣，他要我跟著他一起搖頭晃腦，這是要按「節拍」的，左晃一句，右晃一句，嘴裡還要跟著一起「唱」（念），他偶爾發現「小和尚念經，有口無心」，我只是跟腔唱，並沒有注意看書，他忽然停下來，要我指出現在「唱」到哪裡，我似是而非地指，因先生的抄本字體大，書的篇幅不寬，胡亂地指，「雖不中，不遠矣」，「三字經」每三字一句，有韻調，「唱」幾遍以後，再接腔並不難，「三字經」雖讀完了，究竟每句是什麼意思，我不敢問先生，先生也從不講解，完全只是「讀」和「背」，「啓蒙」暫告一段落，接著讀「論語」，按理說，「論語」是經書，是「經館」的功課，先生主講的是「蒙館」，「蒙館」的讀本，一般的是「千字文」、「百家姓」、「三字經」、「弟子規」、「朱子家訓」及比較深一點的「幼學故事瓊林」這一類。先生卻要我讀「論語」，好在家中有一本銅版「論語」，紙雖泛黃了，字還清楚，大字中間有小字的句解，先生教幾句，我就背幾句，也從來不講解，一部「三字經」和「論語」讀完了，背完了，還不知道書中的意義，其實學生並不在意要求先生講解，而只要求自己背得很快，很流暢，大概以前的舊式私塾都是這樣教法，習以為常，也不覺得有何不妥，後來我在大學教書，和一位亦師亦友的先生，談及舊時的私塾，因為他也受過私塾教育，他說，童蒙記憶力強於理解力，理解力要配合豐富的人生閱歷，理解問題才徹底，認識問題才正確，童蒙何來豐富的人生閱歷，與其如此，就不如先利用單純的記憶力，熟背一些東西存在腦海裡，等到年齡漸長，理解力也隨著人情世故增長，再把當年囫圇吞棗的東西再「反芻」出來，就像牛羊等動物，把當時匆匆忙忙勉強吞下的食料，再慢慢「反芻」回來，細細嚼嚥，點點品味，我們常看到牛羊等，閒著無事，嘴仍不停地在嚼動，就是「反芻」作用，這話極有道理，當年翰周先生教我背誦的「三字經」和「論語」，雖已事隔七十餘年，配合現在的理解力，仍能隨口背出大半，前人把背書當作「打底子」（即現代所謂基礎），書背得越多，底子越深厚（專指中國的經史子集），我們讀前人著作，嫺熟於胸，引經據典，伸手即來，就是表示腦海裡有萬卷圖書在等著引用，我們常說某人「胸無點墨」，就是表示此人學無底子，很膚淺。

私塾沒有寒暑假，也沒有上下課的鈴聲或鐘聲，當然更無功課表。先生的規定就是「功課表」，規定上午讀書，下午習字，上午頭腦清醒，精神振奮，思路也敏捷，適合讀書，作文，下午一切都較渙散，懈怠，適合習字，這只是大概規定，其實讀書和習字，是私塾兩門重要功課，至於創作詩文，雖是經館的重要功課，蒙館也要練習作簡易的詩文，先生批改，按學生的程度下筆，目的是要鼓勵學生作文作詩，培養學生作詩文的興趣。書法重在描紅，根本沒有見過字帖，其他年紀較大一點的同學，他們不描紅，照「百家姓」上的字，自行反覆練習，也沒有字帖，先生也從來沒有提過習字要臨帖，我現在回憶起來，先生的字也只是隨意下筆，字體端正肥潤，是一般的毛筆字，談不上「家」，直到我十四歲初抵南京，父親知道鄉下沒有字帖，為我們兄弟買了柳公權的「玄秘塔」（大楷），王羲之的「蘭亭集序」（小楷），至此，我才知道習字不是隨意隨筆亂寫的，要臨帖，父親教我們臨帖先要學會看帖，看他如何運筆、下筆、收筆，我從故鄉逃難初抵南京，沒有趕上學期，無法上學，就在家裡天天臨帖，如果我有一點書法上的興趣和基礎，可能就在那時因緣際會練出來的，父親下班回家，要看我的大小楷，他說，字無百日功，意思是說，習字只要用功，就可短時間內看出成績，他又教我臨帖之前，先要學每個字的「形」，然後就要領悟它的「神」，又說：「形似容易，神似難，畫虎畫皮難畫骨」，「骨」就是「神氣」，是抽象的，也是最重要的，他要我把自己寫的字和字帖上的字，一筆一畫地對照看，從中可以慢慢悟出字的「神氣」來。先生的字，字如其人，姿態四平八穩，一點也不俊爽瀟灑！

中午有短暫的休息，午飯時，先生依約有學東招待，學生則自帶午餐，學東負責加熱，茶水也由學東供應，所供應的茶水，加上桂花一起浸泡，就成了桂花茶，特別芬芳有味，學東爲先生準備一把專用的小錫壺（那時鄉村流行錫壺，景德鎮的小瓷壺，鄉下並不多見，縱然有，也當作傳家寶一樣珍惜。）舉起來就直接對嘴喝，省去茶杯。學生則用飯碗（鄉下茶杯很少，流行用碗喝茶，前人所謂「牛飲」，就是指用碗喝茶。）學生的大茶壺，先生的小茶壺，都放在鍋台上的「燙井罐」裡保溫（鍋台上兩口或三口鍋之間，安裝兩個一排的「燙井罐」，生鐵鑄造，圓形，爲配合兩鍋之間的特殊位置，肚大而口稍小，形似葫蘆，藉炒菜或煮飯時所燃燒木柴的火力，順帶把「燙井罐」裡的水燒熱燒開。）所以隨時都可以喝到熱茶。學東家早餐煮的紅薯（地瓜），沒有吃完，留在鍋裡，學生到廚房喝茶時發現了，就順手吃一個，有次學東和先生閒談，學東告訴先生，他每天早餐剩下來的紅薯，有時剩得多，有時剩得少，剩得多時，有人吃一個，不覺得其少，剩得少時，就容易發覺了，不待先生追問是誰偷吃學東家紅薯，學東的兒子誠貴就一口承認是他吃的，「東家的兒子，吃東家的紅薯，這有什麼話說。」先生聽到有人出面「招供」，大概會作這樣想法吧！這位學東之子，有一點江湖義氣，很善待同學，替我們背了不少「黑鍋」，私塾裡每個學生都吃過他送的紅薯，他的慷慨行爲，頗有一點「少東家」的味道，學東自己識字不多，對這個兒子期望殷切，特地爲他邀了「蒙館」，希望能彌補自己少讀書的遺憾，他一再地請求先生嚴加管教「犬子」，先生很感激學東尊師重道的誠意，受學東之囑，對這位天資不高的學生，也的確多費了精神，多下了功夫，期望他能早日「開竅」，其實談何容易，但又不忍心告訴學東，怕他失望，這位望子成龍心切的父親，時常靜靜地站在雕花鏤空的板壁外邊，從小孔隙裡，隱約地，似乎又看到他的愛子被先生罰站，捧著書本，面壁朗誦，他偷窺了很久，又靜靜地離開，怕引起裡面師生的注意。散學後，先生碰到學東，總不忘主動地談到這位「高足」，說：「令郎還小，就讓我慢慢來啓發他，教導他，急不來的，先培養他對讀書的興趣，有了興趣，就會自動去念書，進步就快了，孔夫子說：知之者，不如好之者，好之者，不如樂之者，萬事不能操之過急，尤其是念書，一定要循循善誘。」

散學後，先生送走了學生，放下手中的水煙筒，獨自一人在山野間吟詩待月，或俯聽泉聲，或手指歸鴉，有時學東緊隨先生之後，共話畎畝之間趣聞軼事，學東也曾念過私塾，由於長年耕田種地，爲生活操勞，很少有時間去自修，偶爾難得有機會和先生聊些過去讀書的事，先生一天的嚴肅教書之餘，這時也可以放鬆心情和學東一起享受大自然的向晚風光，無疑地，也是一件人生樂事。

先生所教的學生，幾乎都是同宗子弟，但輩分也幾乎都比先生高一輩或兩輩，因爲先生是長房後裔，一般來說，長房比二房三房輩分低，年齡大，他們先結婚，先得子，學東是先生的祖父輩，我和學東之子都是先生的父輩，堂叔德早與德懷，也是先生的祖父輩，先生常說，離開學堂大門，你們全部都是我的長輩，但進了學堂，原先同宗的身分沒有了，輩分的高低也不存在了，你們統統都是我的學生，我是你們的先生，在學堂裡，要接受先生的教誨，服從先生的指示，甚至還要接受先生的體罰，在學堂裡，只有師道的尊嚴，沒有家族輩分的關係，本來家長和現生都有此共識，都認爲是理所當然，天經地義的事，後來不知何故，德早叔被先生體罰，竟然在課堂上大聲說：「你是晚輩，我是長輩，晚輩竟然敢體罰長輩！」憤而一氣之下，跑回家去，全班同學爲這突發的舉動傻眼了，也不知如何勸阻，只好眼睜睜地看他離開，先生轉身想要去攔阻他，已晚了一步，就我記憶所及，三老（兄弟排行第三，家鄉習慣上對父輩一律尊稱爲「老」，無關年齡大小）這一生，經過這一「怒」，再也沒有踏進學堂或學校了，爲三老自動「退學」，後來翰周先生，還親自專程到板橋向小爹爹小奶奶（在日常習慣上，我們晚輩都這樣稱呼四祖父祖母）陪禮，懇切說明，他基於教育的立場和職責，希望把學生培育成材，難免愛之深，責之切，他大膽地體罰了三爹（德早叔），這時先生完全以同宗晚輩的身分，對當初彼此所認同的「共識」，作了通情達理的自我改變，先生爲挽回三老再回到學堂，完全放棄了師道的尊嚴，眞是用心良苦啊！可惜三老卻堅持不肯，絕不回頭，小爹爹小奶奶，好像也沒有因此被先生登門陪禮的一番誠心誠意所感動，告訴三老應該接受先生的教導，跟著先生一起回到塾館，無奈兩位老人家不能體認教育的重要，竟然放任三老輟學在家，每天和父兄一起出外耕田種地做莊稼。今天，我走筆至此，對歷代先人因勤勞節儉而累積了豐沛的物力財力，自是感到驕傲與珍惜，但對這些財力，沒有「投資」轉移到對子孫的教育上，幫助後代子孫成就一番事業，只是爲「聚財」而「生財」，最後不幸都變成共產黨鬥爭或掠奪的對象，害得儲家人亡財盡！

鄉下民風純樸，極講究尊師重道，塾師在鄉間地位崇高，受人禮遇，照例一年三節（端午、中秋及農曆年）都要爲先生送隆重的「節禮」，禮品是以食品爲主，不送「紅包」（紅包有損師道尊嚴），鄉下沒有市集，就是有錢也買不到夠分量，更大方的貴重禮品，因此所謂「禮品」，都是自家製作的食品，嚴格說，算是「土產」，有一年端午節，和同學各提了一籃粽子向先生「賀節」，先生的家距離板橋不遠，但要經過兩座黃泥山崗，因爲平常很少有人走，幾乎被茅草占據了山路，從塘坳過去另有一條路，是先生回家必經之路，可能路況較好，但我們沒有走過。先生知道我們要來，特地頂著烈日在家門口迎接我們，他兩邊鬢角如銀的白髮，被照耀得閃閃發亮，已禿了的前額，布滿了汗珠，先生不停地用手去抹，矮胖的體形，在山岳間仍然襯托出儼然無犯的道貌，山風吹動他白夏布唐裝的衣角，在一片綠葉林中，爲山野帶來了另一類的興味與活力，再一轉頭，映入我們眼簾的，是一座很安靜雅潔的小村莊，戶數不多，大概只有三四家，磚瓦建築的平房，好像是一次整體建成的，外表看起來還很新，先生以午餐招待我們，師母和太師母作陪，太老師已過世多年，飯後，先生帶我們到他家附近的果園摘李子，果園很大，一半在山坡上，一半在平地，中間有一條約兩三步寬的山溪，溪中布滿亂石，溪水清澈，由於落差較大，可聽到清脆的流水聲，有同學想去玩水，先生說，到我家來，不要玩水，要去摘李子，他吩咐兩個同學共摘一株，一個提籃子，一個摘，眼看我們提禮物來的籃子都快要裝滿了，先生說，往年結的李子不多，今年大概受氣候影響，李子結得特別多，你們看，每棵樹上都長滿了，而且不酸，先生手指著一大片李樹林，神情顯得非常得意，有同學摘了幾個拿到溪水裡去洗乾淨，交給先生一個，剩下再分給同學，先生吃過以後，說：「很甜，你們再去摘一些！」他轉頭看看我們的籃子。高處遠處的摘不到，先生用長竹竿打下來，叫我們去撿，還特別叮嚀，破了的不要撿，摘完李子，抬頭一看，太陽已越過山崗，四周山色已漸暗下來了，師生的笑語聲，仍在溪谷底迴蕩，先生送我們走出山谷，步上山崗，在山嘴轉彎處，回頭看，先生還站在那裡，向我們揮手，在夕陽餘暉裡，我們各自回家了。

我跟翰周先生讀書，「三字經」讀完了，「論語」剛讀完上論（論語共二十篇，分上下論各十篇，現代通行本不分，合成一本），一向表情很自然的學東，有天早晨，看到我們幾個學生都來了（舊時私塾，規定嚴格，太陽尚未起山就要到館），表情忽然很凝重，語調更帶著哽咽告訴我們：「先生不再來教你們了！」說話時，眼眶不自主地泛紅了，幾乎是一個字一個字地「吐」出來：「先生昨天回家後，突然在他家果園上吊了！」學東說這句晴天霹靂的話，把我們這群學生嚇呆了，他的銅煙筒還在桌上，硃筆、墨筆並列在銅質的筆架上，疊得整整齊齊地，還沒有翻過的習字簿，正等著先生來此批閱，戒尺依舊放在那裡，這個令學生害怕的東西，可能還不知它的威嚴，已隨主人的遠去而消失了，先生一個人專用的小茶壺，常常捧在手裡，或對它憐愛，或藉它尋覓靈感，如今還剩下幾口的冷茶，讓它伴著冰冷的茶壺，度它失去主人的歲月。我把先生驟然去世的噩耗告訴母親，令她大吃一驚，說：這是怎麼回事！他不是教書教得好好的嗎？怎麼突然發生這種不幸的事?!為什麼沒有人事先去注意他，阻止他！後來母親打聽的結果，和學東了解的一樣，是家裡婆媳問題，逼得先生走投無路，在禮教神聖不可侵犯的年代，父母之命的婚姻，是終身之約，無人敢離婚，敢分居，在此壓力之下，他選擇了犧牲自己。先生是獨子，父親算是有學養的人，可惜過世得太早，由寡母獨自撐持家門，維護家聲於不墜，並辛苦教育孤子成人，師母，據說是他的表妹，婚後恩愛有加，先生除吸水煙筒外，無任何其他嗜好，既不賭錢，也不喝酒，穿著也極樸素、簡單，冬天，是一襲長袍，夏天，是兩件式短打唐裝，或長袍，個性比較急，說話也比較快，先生經常等我們散學回家後，和學東打聲招呼，晚上不在私塾過夜，趁著山間天還未黑，匆匆趕回家中，希望他回來，能給家庭帶來和諧，他當然了解寡母愛子的心情，先生是一位孝子，對寡母儘可能遷就、順從，他也了解妻子的委曲，兩邊拉攏，兩邊安撫，終究親情，愛情，不能同時得兼，是他最大的遺憾和痛苦，南宋大詩人陸游（放翁）也和先生遭遇到同樣的不幸，他和表妹唐琬的婚姻，原是一對神仙美眷，無奈唐琬的姑母，也就是後來她的婆婆，堅持要拆散這一對姻緣，不知唐琬，這位她娘家的親姪女，有哪一點令她不滿意，她也不管這將間接傷害了兄妹或姊弟之情，只顧愚昧地一意孤行，浙江紹興的沈園，是這一對相許終生的戀人，從小談情漫步之地，直到陸游八十歲重遊沈園，這時唐琬已經先離世，猶對當年這一段美麗的戀情，眷懷不已，觸景生情，寫出了他一往情深，相思不盡的兩首動人的千古絕唱：

城上斜陽畫角哀，沈園無復舊池台，
傷心橋下春波綠，曾是驚鴻照影來。

又一首

夢斷香消四十年，沈園柳老不飛綿，

此身行作稽山士，猶弔遺蹤一悵然。

這位多情的詩人，碰到親情愛情的衝突，他並沒有像翰周先生那樣，以死來「平息」婆媳的紛爭，反而以詩人的浪漫情懷，表面上順從了母親的偏見，而內心深處仍毫無動搖和唐琬相愛的初衷，陸游還有一首釵頭鳳的詞，也是寫他和唐琬不能相愛白首的感恨，同樣纏綿悱惻，令人動容，此處不抄錄了。先生和學東雖無話不談，可是家務事帶給先生的苦悶和煎熬，卻不輕易形於顏色，流於嘴邊，尤其他是一個讀書人，鄉下對讀書人的要求也特別嚴苛，「修身、齊家」是首要的事，怎可讓「家醜」外揚，因此，他只有在內心深處，獨自忍受一切精神上的折磨和摧殘，他不找傾訴的對象，也不謀求宣洩的管道，只是在絕望的漩渦裡打轉，當漩渦越陷越深，看不到希望和快樂，就是生命的盡頭，悲劇的開始，先生四十歲左右的人生，就這樣匆匆畫下句點，丟下了家庭，丟下了私塾，更丟下了對學生未盡的傳道、授業與解惑！

先生的喪禮，我們學生都參加了，爲了要超度亡魂，先生唯一的幼子（還有一個女孩，稍長），大概不到十歲，瘦小的身軀，披麻戴孝，手捧著先生的靈位，在道士誦經聲中，依照故鄉的傳統習俗，從一堆熊熊的炭火上跨越過去，據說，非命死的人，孝子要帶領親人的亡魂過火煉，嘴裡還要喊著：「父親不要怕，跟我來！」可以減輕死者在陰間的罪孽，但先生的孝子年幼，考慮到跨越猛烈炭火的安全，只準備一點微弱的火盆，略具超度的形式而已，太師母及師母，看到無辜的幼子（孫）這一幕，不禁悲從中來，頓時婆媳在靈堂放聲大哭，我們在場的學生，年幼無知，從來沒有看到過這種哀傷的場面，一時也不知如何是好，大家都低頭不語，愣住了。先生的忽然歸道山，我的私塾啓蒙教育，也就這樣匆匆結束了，留給我的也只剩一片回憶了。

大概民國三十一二年左右，靖平保忽然接到龍山鄉公所的通知，要村裡學齡兒童去上學，一紙公文只管奉命發下來，也不管學校在何方，課桌椅在那裡，師資又在何處，保長接到這種荒唐的命令，眞令人啼笑皆非（抗戰期間，這種莫名其妙，極不負責任，形似兒戲的即興「命令」常有。）就只好暫借板橋老屋廳堂作教室，好在爲了「辦教育」，也沒有人反對，把每家多餘不用的桌凳搬出來，充當書桌，輔華堂叔擔任教師，學生就是附近村莊的幾個兒童，由於年齡的限制，夠資格的也不多，上課時間只有半天，母親替中流弟報了名，我有時也去聽課，規矩比私塾鬆多了，當然也不必繳學費，課本不是傳統的「三字經」或「四書」，而是龍山鄉公所發來的新式教本（免費），紙張，印刷雖不能和現代的相比，在當時也算是「上選」了，圖文兼具，很能引起學習的興趣，尤其內文一律採用新鮮流暢的白話文，一教就懂，一念就會，不同私塾的一大堆的詩云子曰，之乎者也，令人乏味，新教材人人喜讀：「人手足，刀尺山水田」，一個字代表一個具體的意思，多簡單。「七月七，鬼子攻，盧溝橋，逞威風，飛機炸，大砲轟！」中流讀來朗朗上口，我也跟著念，覺得很像順口經，很好背，很好記，也很有趣。有一天，不知何故，母親和輔華叔起了衝突，輔華叔大聲指著母親說：「你在搗亂教育！」他說的其他的話，我已記不得了，他說的這句話，我聽得很清楚，也記得很清楚，因輔華叔重複了兩三遍，這句話在鄉間很「新鮮」，沒有人罵出這麼「文雅」的話，當時母親是如何回駁的，我已不記得了，她老人家到了晚年，還常提起這件事，只可惜我未能追問源起，還原整個衝突的來龍去脈。

輔華叔不知爲什麼，只有一隻眼睛，另一隻全瞎，他看書寫字，都是歪著頭的，樣子很吃力，但他不以爲苦，說話聲音宏亮，很有節奏感，長相舉止都像讀書人，頗斯文的，寫得一手娟秀的好字，每年寫春聯，就是他展現才藝的好時機，他弟兄三人，前面大哥二哥，身材壯碩，都是半文盲，是工作勤奮的莊稼漢，輔華叔的父親，就是我們晚輩口中的「有文三爹」，這位堂祖父，身體硬朗，是一位勤勞不息的長者，每天，晨曦初見，他就帶著蔑匠爲他定作的畚箕（前端有一個扁形的開口，後面是一個封閉式長方形的「斗」，中間安一個半弧形的環，方便提攜），到處收集狗糞作肥料，不問陰晴雨雪，天天如此，縱然身體有點小病，也忍耐著，從不間斷，也從不厭倦，他看到路上有石頭，也一定把它移到路邊，或拾起來丟到別處，他不爲什麼，只是不這樣做，他不心安，他眞是一位節儉兼具愛心的長者，這位堂祖父平生有很多忌諱，尤其農曆年，諸事要講求吉利，如大年夜團圓飯，幾時開始吃，幾時結束，要看曆書（家鄉俗稱黃曆），幾時關門，幾時開門，要看曆書，甚至新年元旦第一次上廁所，要看曆書（爲了把握吉辰，縱無屎尿意，也要到廁所去「蹲」一下），第一次出門（鄉下俗稱出行），往東南西北哪一個方向，要看曆書，諸事都要看曆書，無非選吉日良辰，討個吉利，可是就在正月初幾（確切日期我已記不清了），他從自己家的樓梯上下來，把最後兩步誤作一步，就這麼短的高低距離失足跌了下來，當場昏迷不醒而猝逝，村子裡的人都覺得憑他的健康，從跌下來的高度而論，應可以闖過，最多受點驚嚇，或是皮肉之傷，不該如此匆匆謝世，這恐怕是他自己所沒有料到的，禁忌太多，恐怕不如百無禁忌來得輕鬆自在！

輔華叔的二哥輔臣叔，其妻曹二嬸，賢良勤勞，在她三十多歲時，突然無故中了邪，整個人變了，包括輔臣叔和他的兒子誠松和一名女兒，都不認得，也不許接近她，她一手拿著菜刀，一手拿著大柴刀，在家裡一邊大聲吼叫，一邊雙手揮刀，把兩把刀交互摩擦，發出刺耳恐怖的聲音，對人怒目而視，發出陰冷的凶光，非常可怕，沒有人敢接近她，她也不要人接近，把家中所有的衣服，不問乾淨的，髒的，新的，舊的，價貴的，價賤的，全部翻箱倒櫃找出來，到處懸掛，說是掛綠旗，掛紅旗，對著「紅旗」、「綠旗」，口中念念有詞，只要母親一來，對著她叫一聲「老曹」，她就立刻安靜了，放下手中的刀，她吃飯要指定彭大娘（舊時鄉下以娘家姓稱呼，與現今流行從夫姓稱呼有異）端給她，母親端給她，她伸出乾枯的手抓住母親，忽然大哭又大笑，母親故意問：「你知道我是哪一個？」她說：「你是彭大娘。」我跟母親去看她，曹二嬸大喊：「我不認識你！」拿刀要追殺我，後來也要追殺她的兒子誠松。日夜不停地哭鬧呼喊，胡言亂語，亂摔東西，隨手推倒桌凳，很奇怪，全村子的人，只有母親可以叫她安靜下來，因此，村裡的人開玩笑地說，大概母親身上有一股鎮邪降魔的氣，見到她，「邪」就退了，「魔」也伏了，後來曹二嬸是怎麼好的，我已不知道了，不過沒有爲她請過中醫，這種怪病，依現代醫學分類，應屬於精神科，最怕外在因素刺激，只要治療方法正確，可以控制，鄉下沒有西醫，只有傳統的中醫，我不知靠湯藥是否可以治癒，曹二嬸的病似是「不藥而癒」，謝世時，已超過八十高齡了。

有文三爹的小女，我稱作小九姑，她借子女的口氣，尊稱母親為大舅娘，雖是堂姑嫂關係，由於母親平素善待人，善處事，在親人鄰里之間，人緣極佳，小九姑嫁到離板橋娘家不遠的反河，一九四七年十月我家被抄被封之後，初冬季節，母子倆孑然一身，望著眼前溫暖的家，帶著離恨，舉步向茫茫天涯，母親在危難之際，仍然保持鎮定冷靜，由於天色已近黃昏，正好藉作掩護，潛逃到小九姑家，我們母子此刻已是「有罪」之身，天下之大幾無藏身之處，小九姑義無反顧收留了我們，敢冒誅連的大風險，這種以自己生命來庇護我們母子，如此的膽識情懷，眞令人終生感激，在那種「過街老鼠」人人喊打的情勢下，都爭相避之惟恐不及，誰肯「仗義救人」，小九姑看到我們緊急到她家避難，立刻派她的姪媳到板橋探聽風聲，傳出匪徒在我們逃走之後，正在四處搜尋，要抓到我們母子，情況非常危急，於是她立刻把我們送到先幾天前已被抄得一空的金家去躲藏，這家已具「免疫」力，應是安全之地。原來金家也是當地一名大地主，如今，人去屋空，金家有一座大板倉，專門積貯稻穀，龐大的倉體，幾乎占去一間屋子的三分之二，小九姑知道這家大板倉後方及左右都是夾壁，從倉的正面看來，只覺左右兩邊和牆壁緊貼在一起，毫無縫隙，為了板倉不因稻穀屯積多，而使倉體崩解，板倉的外圍都加了許多大木條保固，好像形成梯檔，我和母親先抓上倉頂（倉頂和二樓樓板之間，可容一人爬進去），再由倉頂踩著「梯檔」，一步一步地慢慢往下探索，夾壁裡一片漆黑，還有一點霉味，如果不小心失足墜下，一定被卡傷，甚至還無法去「驗傷」，我和母親各站一面，可以輕聲講話，但不能互相來去，因為三面牆都是封死的，隔絕的，只能面壁似的直立著，不能轉身，當然更不能彎腰，或坐下了，我們忘記了飢，忘記了渴，也忘記了「拉」，心裡只是擔心害怕，萬一不幸，瘋狂的匪徒找來了，只有束手就逮了，平時母親多病的身體，不能久站，這時在板倉後面，竟然忘記了自己的病軀，而且隔著磚牆（牆與倉同高），還不時提醒我，把兩腳互相交換，踢一踢，甩一甩，免得站久了，腿和腳發麻，其實，我已經很麻、很痠了，有時背靠著牆壁，身體就不由自主地往下癱，但當雙膝一抵上牆壁，由於空間的局限，想往下癱都不可能了，於是又立即恢復「面壁」，母親不時低聲呼喚我，怕我打瞌睡，撞傷頭手，她一再提醒我，千萬不能擦傷或碰傷，這裡一片漆黑，傷到連流血都看不到，傷口也找不到，叫我要特別小心，流露出一片世間少有的患難親情，令我終生難忘。黃昏時，小九姑把我們母子從板倉後面接出來，送到三祖母的長女，我的堂大姑母家，她的家在大路邊，而且又經營客棧，進出客商非常複雜，大姑母接到我們母子，立刻和大姑丈一起連夜把我們送到一座大山中的一個天然大石洞裡，這座山洞離堂姑家約一個小時的行程，洞很大，但不高，無法站立，只能彎著腰進出，由於山勢陡峭，林木茂密，幾乎是人跡罕至的，不知大姑父當時是如何發現的，山險難行，來去一趟要兩個多小時，無盡的秋山，只有我們母子兩人，一到了太陽下山，山風乍起，萬木有聲，整個山區一片黑暗，心裡的恐懼感油然而生，母親從來不問我怕不怕，我知道她是勇敢的，我若是說怕，她一定說，有我在，你怕什麼？到了夜裡，忘了匪徒的追殺，那淒厲的鬼叫聲，好像就在山洞的上方，倒讓我聽了毛骨悚然，有時此起彼落，遙相呼應，母親說，我們是可憐的逃難人，又沒作虧心事，不要怕，過去在板橋家裡也常聽到鬼叫，那不在跟前，今夜卻在我們身邊，那如怨如訴的「調」，對它吼，不是，對它學，更不是，這種在深山裡，母子相依爲命的日子，大概過了三四天，大姑把三祖母和小姑母子送來了，小姑婆家在丁家山，也是當地大地主，幾天前遭到清算鬥爭，掃地出門，小表弟不滿周歲，常常不分日夜哭個不停。我們都怕他哭，哭聲又大，時間又長，尤其深山夜靜，就怕有人聽到，小姑餵他幾口奶，可以安靜片刻，過不久，又哭鬧了，小姑奶水不足，無計可施，就用手摀住他的嘴，讓他哭不出來，三祖母和母親都說不要把小孩摀死了，我有時逗他玩，可以緩一下哭聲，此時，小表弟不停地哭鬧，的確不是「好事」，我們就怕行跡敗露。山雖「野」，但沒有發現野獸，就連最普通的野兔都沒有發現，偶爾有蚊子來襲，山區氣溫很低，只有這種毒性特強的蚊子，仍然可以到處活動，其他的蚊子似乎已經絕跡了。初來的第二天，母親叫我到附近找一找有沒有山泉，很巧，離石洞不到十步遠，一座大石縫裡，有泉水湧現，我們挖了一個小水潭，充作盥洗用。

三祖母怕冷，山風直對洞口吹來，我們找了很多帶葉的樹枝，把洞口緊緊封住，只留了一個小洞門，供爬進爬出，下雨時，洞裡不滲水，但洞口上方，卻隨斜坡的地勢，一排地，不停地，往下滴水，好像形成一個稀疏的水簾掛在洞口，我們用粗樹枝當鋤頭，在洞口的前沿，掏了一道小水溝，把水引出去，不讓它倒流進洞，所幸洞居十日，都沒有下過大雨，只有時「微雨濛濛」。十天時間裡，大姑父每天爲我們送飯兩次，免得上下山次數頻繁，「壞」了大事，他說爲了「滅跡」，他儘量不走相同的路。眞是難爲了他，深山野地，荊棘載途，他要不停地找「新路」，而始終沒有「迷途」，眞不是易事，到了第九天，大姑父說：他得到最新消息，匪徒說，當初他們輕易地放走了大舅娘（借外甥輩口氣稱呼母親），現在他們要發動全面搜山去抓人，洞，不能久「居」了，又說，我已找到一位忠實可靠，又熟悉深山小路的人，準備明天夜裡送大家離開山洞，往高河埠和懷寧方向去逃。第十天（最後一天），大姑父和大姑母比平常送飯時間稍早一點都來到山上，表情很凝重，大姑父像往常一樣打開帶來的包袱（晚餐），大姑母說，這鍋新鮮的雞湯，從昨天燉到今天，應該爛了，大姑母說到最後一句，聲音有點低啞，她是一位堅強而又能幹的姑母，每次回到娘家來，母親總說她是儲家最能幹的姑娘，她用碗分給大家，由於氣氛的凝重，接到碗後，竟沒有人動筷子，大姑母催著：「趁熱吃，湯快涼了！」山中初寒的冬晚天氣，山風吹涼了「別宴」的雞湯，更吹動了大家今夜的離情別緒，洞裡的燭光，映著小表弟嬰兒的臉，紅通通的，他望著燭光，忘記了哭鬧，也忘記了飢餓，但他卻不知道自己比別的嬰兒多了一份「洞居」的「經歷」！

大姑父勸三祖母、母親和小姑，不要餓著肚子上路，一定要勉強吃一點，走通宵的山路很累人，也很耗體力，下一餐也不知在何處，儘管大姑父苦勸，逃難人的愁腸是苦澀的，是辛酸的，很難提得起胃口，母親說，既然大姑夫婦費工夫做了，又費力提上山，我們還是勉強吃一點吧！也不知道下次還有沒有機會再吃到呢！說得大家都含著淚光，勉強嘗了一點「別宴」，其實還有一個嘗不盡的「別宴」，將永遠藏在每個人的心頭，牽引著一生的苦恨！站在洞外的帶路人，好像一直在注視山間的星月，他是關心今夜的天氣吧！他說，天亮前要趕到高河埠，催我們早點上路。

十天來，大姑夫婦為我們做飯送飯，為我們的飢寒操心，更為我們的安危擔憂，在此危難時刻，只有親人才是最貼心的，才肯伸出眞正的援手，一個逃難的人，永遠只有承恩和受施的分，在山洞口和大姑夫婦的一別，是我此生追懷「洞居十日」的開始和別後感恩的起步，夜裡十點多，我們一行約十餘人（臨時又加了幾位親友，確實人數已記不清了），在帶路的帶領下，安靜前進，沒有一個人出聲，眞像以前行軍「銜枚疾走」一樣地肅靜，大姑夫婦把我們的安危託付給帶路人，他說，我們今夜要走的路，都是人跡罕至的荒郊野徑，「安全」沒有問題，從山洞出發，在月光下，我們走了一段不是「路」的「路」，後來不知怎地，竟轉到大路上來了，我夾在隊伍中，已成了半醒半睡狀態，似乎感到腳底下平坦了，沒有高一腳、低一腳，和先前經過的路不同，走到一座山崗上（後來母親告訴我，那叫蠶積嶺，幼時隨祖父到青草塥，來回都經過此嶺，地名記得，地形已無印象），藉山月清輝，看到一邊似是山谷，另一邊是高山，像是一座關卡，忽然聽到前方有人大喊一聲：「幹啥的！」並同時聽到扳動槍機的聲音，這突如其來的口令，在夜深人靜的山崗上，聽得非常清楚（這時還是民國三十六年的陰曆十月，重要的路口就已經失守，讓紅軍「站崗」了，在首都南京，選舉中華民國第一任總統的大戲還正如火如荼的在登場呢！後方的江山竟不聞槍聲砲響，在不知不覺的情況下，「和平」「移交」管轄權了，自認對地方「情況」很熟悉的帶路人，一句「幹啥的」口令，竟嚇得他感到「意外」，「前幾天還沒有站崗的，怎麼今天晚上就有了！」政權「易手」之快，哪裡是他所能想像到的。這一場政權的爭奪戰，在南京等大都市，恐怕有虛幻的盲點，看得不眞切、透澈，在我們的家鄉山區，應該從小可以窺大，從微可以知著了，以前有人問老聃（老子）治國之道在哪裡，老聃說：在泥裡，又問在哪裡？在尿裡。治國之道，何其淺近啊！就怕人不察、不行。）在此禍福關頭，「幹啥的」把大家嚇住了，嚇得來不及反應，這時只聽到母親緊接理直氣壯的回答：「開會的！」這一不經思索（實在也不容思索，不容遲疑）的回答，眞是太切時切答了，眞虧母親反應得快，又反應非常鎮定自然，這時每天都開清算鬥爭大會，往往開到深更半夜，回答「開會的」，衛兵當然相信不會懷疑，兩名衛名走近我們，在月光下，槍口旁刺刀的寒光，陰森得逼人不敢直視，手電筒的電光，把我們每一個人從頭到腳掃瞄了一遍，由於被匪徒「掃地」出門，沒有肩挑背負，沒有逃難的「行跡」，絕對是開鬥爭大會回來的，兩名衛兵沒有問第二句話，就藉手電筒的光照著前面的路叫我們離開，順利放行了，三祖母說，大嫂眞是厲害，她一聽到「幹啥的」，心都嚇得快跳出來了，腿也嚇軟了，大禍臨頭了，還能回答嗎？大嫂竟能像平常在家一樣，不慌不忙，有問必答，而且答得合情合理，非常自然，衛兵毫不懷疑，三祖母一再地說，大嫂的一句話，救了我們大家的命，可不是嗎？這一幕生死交關的答問，眞是間不容髮，母親到老未忘，我也清晰記憶到如今！三祖母的大女兒——我的大姑母，也救了我們母子的命，母親平常在家，對三祖母和三祖母家的三位姑母，都相處得極爲投緣融洽，我清楚記得，三位姑母常常帶各色絲線到板橋老屋，要母親教她們繡花，其中小姑來的次數最多，母親治事的膽識能力，應對的反應技巧，在儲家上上下下，都受到肯定。從這次蠶積嶺的「應變事件」，如果失敗當場被捉，我們母子除了原先「大地主」的罪名和「反革命分子家屬」的「大罪」外，還加一個「逃亡」罪，必鬥爭到死，我十四歲就成「冤鬼」了，這一段午夜遇險的經過，也就永遠湮滅無聞了，天佑童稚，讓我逃災逃難，偷生到如今！

過了生死交關的蠶積嶺，大家驚惶未定，誰也不願意，也不敢再回頭去望一望來時路，只想邁步前進，早一點從我們視線裡消失，說也奇怪，被嚇軟了的腿，似乎還沒有回過勁，就是提不起，走不快，小姑要我揹的一個小包袱，並不重，但常感到有點往下墜，母親替我往上推一推，挪一挪，好像輕鬆舒服些，小姑自己揹著小表弟，應該比我包袱重吧！我一面走，一面想著，好不容易從板橋老家逃出來，在板倉夾壁中躲過，在石洞裡住過，期待今晚正式逃脫匪徒的魔掌和死亡的威脅，正式逃到所謂「自由安全」的「外面」了，哪知在艱難山區，步步維艱，反而無事，步入「坦途」，卻反而有災禍了，帶路的安慰大家，從現在開始，大家要提起精神，每步要走穩，我們正向羊腸小道前進了，腳下的路雖是多艱，天上的一輪明月正高懸天際，一路陪著我們前進，有時不知從哪裡飄來一片白雲，遮掩了月光，山區昏暗了一陣，我們的步伐也跟著慢了，但不久月光又重現了，我們的倒影又無精打彩地在山間移動。午夜的山，是威重的，是肅穆的，看不清眞面目，只知道今夜它陪伴我們，繞過山嘴，它跑到我們背後，下到深谷，它又跑到我們頭頂上，眞像孔門弟子形容孔子：「瞻之在前，忽焉在後」，逃難人的心情是沉重的，是驚恐的，恨不能爲山留步，但今夜，它卻有些涼意，但並不淒寒，有夜鷹的怪聲，但不作鬼哭，袪除了夜行人對山夜的怕。白日下的山，我走得太多，也看得多，那是構成朗朗乾坤的一部分，午夜的山，是我平生第一次「親臨其境」，給了我難忘的經驗，這次登山夜行僅此一趟，天亮了就成過去，午夜的深山野露，我也是第一次體驗，沾在手背上、額頭上，這時忽然想起私塾的翰周先生說，露凝爲霜的話，在月光的映照下，草上晶瑩一片，如果溫度再低一點，不就變成霜了嗎？由於草深路窄，夜深露重，腳上穿的布鞋，掃到兩旁的野草，隨腳吸了大量的露水。路，越走越遠，鞋也越穿越重了，只要有人說想休息，帶路的就停止前進，也不問那個地方是否適合休息，大家立刻席地而坐，但沒有人敢叫腿酸腿痛，只默默地搥打著，希望得到一點舒緩，有土坡可以依靠的，就一屁股斜靠在土坡上，也不管「露濕衣衫」，我雖生活在山鄉，但平時沒有走過夜路，何況是深山夜行，三祖母膽小，可能也是嚇怕了，頻問帶路的，這山裡不會躲藏土匪吧？這正是逃難人心情的寫照。有一次休息時，大概眞的疲倦了，不到兩分鐘竟然呼呼大睡，被母親叫醒，說是要走了，我半睡半醒地從地上站起來，山風吹得我不停地打哆嗦，我說有點涼，母親說，快點走路就不冷了，拉著我快走，竟忘記了小姑要我揹的小包袱，裡面是小表弟的衣服和尿布，已經走了好遠，我的頭腦忽然清醒了，怎麼兩手空空的，還有小包袱呢？告訴母親，母親叫大家繼續前進，她陪我回頭去找，小姑說，小包袱不能丟，一定要找到，果然在原先休息的地方找到了，母親說，菩薩保佑，找到了就好，她說，大概是你睡眼惺忪，說走就走，忘記把小包袱帶走，以後起身要走時，一定要回頭看看，有沒有東西沒有帶走。失而復得，解除了我們母子的「壓力」，正加快步伐趕上前面的隊伍時，忽然有夜鷹從我們頭頂上飛過，急速的羽聲把我們嚇了一跳，也把附近草叢裡過夜的野雞嚇得驚飛驚鳴，到處亂竄，野雞午夜驚魂未定，夜鷹早已不知去向了，深山夜行，給我留下了回憶的另一章，在苦難中成了另類的經驗。這一路都是高山深谷，我們大部分時間都走在山崗上，由於山深夜靜，河谷裡的水碓聲，此起彼落，幾乎綿延整座河谷，唐詩裡常有「村墟夜舂」的詩句，正是此情此景的寫照，帶路的人說，這一帶的路他很熟悉，幾乎沒有平路，但也沒有險路，他說的是眞話，因爲我們沒有走錯路，也沒有人跌倒，先前聽到的水碓聲，下到河谷聽得更近、更清晰了，把朗月下的山村和河谷，烘托成一個勤勞不息的夜，我們是夜行逃難的人，希望不要驚醒了正在熟睡的山村，我們越過河谷，到了對岸，又開始爬坡了，爬上另一段山崗，水碓聲仍圍繞著我們，帶路的說，又要開始下坡，再越過山谷，這裡的水碓聲更響，更急了，但令我們緊張的，不知怎的惹起狗吠，我們怕驚動正在熟睡的村人，趕緊通過，又爬上另一段山崗，一整座河谷和山崗，就這樣一整夜轉來轉去，忽「登高」，忽「下地」，後來我才知道，以前在家裡常聽長輩們說：「三道河」，原來這就是「三道河」，今夜，居然親自走了一趟，是當時怎麼也想不到的事，出了「三道河」，天已大亮了，大家疲累不堪，倒在路邊，睡著了，三祖母正想「整裝」，低頭一看，怎麼腳上的布鞋少了一隻，「世亂難逢開口笑」，在患難中，大家笑了，三祖母也笑了，也不知幾時掉的，又掉在何處，三祖母是小腳，怎麼一點感覺也沒有，眞不知這一夜她是怎麼走來的，莫不有神助，當地好心人，看到我們的樣子，知道是山裡逃難出來的，提醒我們，路邊不能久留，常有紅軍經過，他們把我們分散到他們的家，暫作休息、盥洗，招待了一頓早餐稀飯，知道這裡已經是紅軍控制的範圍，我們只有往懷寧儲家享堂去逃了，至少目前還沒有「淪陷」，哪知享堂裡早已住滿了儲家的後裔，我們只有被迫流浪在外了。在懷寧十天，白天，三祖母、小姑和母親，她們都外出討飯，晚上分別借宿在當地居民家，懷寧民風純樸、善良，由於長輩們討飯的形象「不專業」，一眼被人識破，都說你們是山裡大地主，被鬥爭抄家出來逃難的，不是眞叫化子，自動請到家裡，以正式飯菜招待，三祖母和母親對主人的慷慨施捨，當場流下感激的熱淚，不好意思重複叨擾同一家，於是每天輪流換「主人」，但都是給予同樣的「接待」，據母親說，每餐都有葷有素，不像打發「叫化子」，我沒有參加母親她們的討飯「隊伍」，我被當地一戶種麥子的人家收留，這戶人家一對老夫婦和一對新婚兒媳同住，正逢大小麥播種季節，兒媳每天到地裡工作，他們要我和他們一起去種地，供應我吃住，兒媳兩人鋤地，我播種，這家人看我稚嫩可愛，待我很好，每天都可吃到雞蛋，見到母親就誇獎我，說我耕田種地都很內行，母親說，他在家裡就喜歡作莊稼，也和我一起去種菜，他們很「欣賞」我的「工作經驗」，因此，我有「飯」吃，不必討飯了，我非常感念懷寧這一家（當時幼稚無知，沒有問及他們的姓名）待我之恩，但也就因此缺少一點「討飯的經歷」，對患難的我，恐怕也有某一種說不出的「遺憾」吧！

九

在家鄉，從未看見過洋煙洋酒，當然也沒有人吸洋煙，喝洋酒，煙酒都是自家生產的，我小時就從未聽過煙酒不能私造和私釀，官府還要抽煙酒稅這一類的「規矩」，由於歷代先人經驗的傳承，製作工序都非常熟練老到，「產品」也都非常「到位」。當煙葉由青變黃，就是收成時期了，據說煙葉也有品種之分，我不知道家鄉種的是哪一種，我只看到葉片寬大而厚實，有的大葉披墜到地上，下雨後，就容易濺上塵泥，平時不管它，要採收時，才用清水洗淨，新採收的煙葉，有很重的刺鼻味，葉上的絨毛也極易刺激皮膚（鄉下無工作手套），又痛又癢，甚至還有些紅腫，煙葉洗後要晒乾（最好是陰乾，日晒的煙葉易碎），紮成捆，就請煙匠來家製煙（煙匠在鄉下是稀有行業，方圓幾十里之內，只有一名煙匠，忙時還需要預先安排時間，但畢竟需要製煙的人家極少，所以煙匠大部分時間從事其他工作。）煙匠的「傢伙」非常簡單，一副榨煙葉的大木架子和一個鉋煙絲的鉋子，煙匠先把煙葉攤在一個篾製的大篰籃裡，然後用嘴含生豆油或茶子油，一口接一口噴灑煙葉，雙手拌勻以後，再噴灑一次，要讓煙葉由於油的滲透，增加煙葉的柔性和彈性，這時如發覺葉的莖梗太粗，仍不「馴服」，不利製煙，就揀出來拋棄，經過一番噴油、挑揀以後，就把煙葉整理上架（架似是一種極堅實的上等木材作的，笨重而耐用，鄉人稱爲「煙床」，看起來油亮亮的，體積很大，他不許小孩摸，說是上面的煙油會髒到手。）爲使煙葉確實壓榨擠緊，煙匠用大木錘把楔子一個個打下去，在「煙床」的底部，幾乎可以看到有黃澄澄的油滴下來了，煙匠開始用鉋子鉋煙了，鉋出來的黃煙絲，和木匠鉋出來的鉋花一樣美，一樣好看，「煙」的味道也越來越濃了，鉋成一球球的黃煙球，愛吸煙的人，抓在手上，聞了又聞，欣喜極了，趕緊裝上一小撮在長旱煙筒上，吸將起來，算是「嘗新」了，剛新鉋出來的「煙球」，彈性很好，黃滋滋的，由於油的緣故，握在手裡，總有一點濕黏黏的感覺。煙匠的工錢，除依例照付現金外，還供應一頓葷素兼具的午餐（製煙需要一整天），另外還送些黃煙作爲對工作的獎賞。這些黃煙，祖父是如何處理的，是包起來的，還是裝在罐子裡，我已無甚印象。現代流行的香煙，在鄉下叫「紙煙」（用紙捲成的），抗戰時期，我在外家看到一盒十支裝的香煙（牌子似叫「前門」牌），每盒裡面附有一張印刷精美的彩色畫片（多半是三國演義和西遊記裡面的人物故事），大人吸煙，小畫片就送給小孩玩，我在外家曾收集過不少。

酒，也是自家釀造的糯米酒，我家也種了高粱（好像是紅高粱），產量不多，可是從來沒有釀過高粱酒，大概沒有人喜歡喝高粱酒，或不知高粱酒的釀造法，荒月時，高粱都先當糧食吃掉了。釀酒的糯米，先用蒸籠蒸熟，變成糯米飯，然後趁熱加入適量的酵母（酒麴），大力攪拌均勻，再倒進一個大口陶瓷甕裡，封緊甕口，過了相當時日，因糯米發酵，從甕裡滲透出，淺淺的，誘人的，酒的特有的香氣，最後經過蒸餾成酒，自釀的酒就這樣完成了。每次家裡釀酒時，每間房子都聞到濃郁的酒香，不必飲酒，都已經半熏半醉了，當時鄉下沒有酒的度數觀念，不知自釀的酒，到底多少度，凡是家中有重要的慶典，如年節，或婚宴（家鄉不作興祝壽慶生，沒有聽說，某人要過七十或八十大壽，家鄉流行一句諺語：兒生日，母難日，以前在鄉下因生產不順而危及母命的，時有所聞，故不言壽，有孝意在。）或是招待貴賓上客，就要開甕取酒了，平常家中是無人喝酒的，尤其家中有尊長在，晚輩更不敢恣意飲酒了。

已記不清是在哪一種節日，家中叔輩們好不容易得到機會，在大廳堂互相猜拳暢飲，狂歡忘我，各展現壓抑已久的酒量，我們兄弟也在桌上，看他們一個個在祖輩的開禁下，神采飛揚地捧著酒杯，提著酒壺，講些瘋言瘋語，那時中流只有四、五歲左右，年輕的叔輩們，看他天真可愛，都瘋瘋癲癲地紛紛爭著倒酒給他喝，不論小碗大杯，來者不拒，家鄉自釀的糯米酒，酒精濃度也很高，常有人喝醉過，叔輩們看到小孩喝酒，認爲很好玩，很新奇，根本沒有想到喝下去後果的嚴重性，甚至還有叔輩打賭，看誰倒的酒中流「乾杯」，誰倒的酒不肯「乾杯」，以決定勝負，在叔輩的慫恿「鼓勵」下，中流都面不改色的「乾杯」了，叔輩們起鬨鼓掌叫好，甚至把他當作「英雄」式地抱起來，但最後還是抵擋不過酒精的「發威」——醉了，有些坐不穩了，我回去告訴母親，她立刻從廚房衝出來，一把抱住中流，掃瞄了一眼在場的叔輩們，大聲責問：「是哪些人灌的！你們看！把孩子醉成這樣！」年輕的叔輩們，這時才知道事情嚴重了，看到平時待人一向溫和的大嫂，真的生氣發怒了，大家都不敢承認，後來有一兩位叔輩終於鼓起勇氣承認了，說是鬧著玩的，沒有喝多少，母親還是嚴詞厲色毫不客氣地大罵了一頓，回家後，中流吐了，吐出一股很濃的酒味，但神智仍很清醒，說：「是他們叫我喝的。」他的酒量也就從這次意外的「冒險」中「練」出來了，據他告訴我，前在台灣經濟部工作，長官逢到應酬場合，必帶他同去，要他代為接杯，幼時一醉，竟然練就以後千杯不醉，在親友行輩中，也成了海量的代表，由此可見，酒量是可以練的，當然也要付出某些「代價」。

他除了小時候莫名其妙的「豪飲」外，還有一件事也令我印象深刻，大概也在四、五歲時，忽然肚子劇痛，幾乎達一個多月之久，母親陪著他，也一個多月沒有安枕，我那時尿急，半夜醒來，一盞桐油燈仍然亮著，看到母親愁容滿面的抱著中流坐在床沿邊，他痛苦呼喊：「閻王爺，為什麼不把我收去！」一個四、五歲的小孩，痛得竟感到生不如死，令母親聽了心如刀割，還故意大聲罵道：「閻王爺說，他不要你這個病小孩！」我已記不得有沒有看過中醫。適逢對日抗戰期間，父親已在西北甘肅寧夏等地，因戰況危急，失土太多，音訊早已中斷，我們這一房，就只有母親帶我們兄弟，夜裡要照顧病中的兒子，不得休息，白天還要照常操持繁重的家事，其辛苦可知。後來不知母親從哪裡輾轉買來香港胡文虎的「甘積散」，說是可以清除腸內的蛔蟲，那時鄉下因戰事影響，日常生活用品都買不到，何況成藥，母親不問價錢貴賤，千託萬託，託人買來兩盒小長扁形的紙盒子，上面好像還有胡文虎的頭像，裡面裝的是粉末狀的白色藥物，帶有一般的中藥味，母親用一包調拌在溫水裡（我已記不清一盒有幾包），拿起藥碗（鄉下盛藥用碗），輕輕搖晃一下，大概看看有沒有藥粉沉澱在碗底，就用白瓷湯匙小心地餵瘦弱不堪的中流，母親一邊餵藥，一邊問藥苦不苦，不等中流回答，又哄著說：「只有一小口，快吞下去！肚子痛就好了！」中流吃藥很乾脆，無難色！母親看餵藥這樣「順利」，臉上頓時泛出久已不見的歡愉。藥，很快餵完了，是早飯以後餵的，這時中流已不再呼喊肚子痛了，安靜下來了，母親心裡知道，藥可能生效，對症了，她的焦急也減輕了許多，中午過後，中流忽然說要大便，母親一聽說要大便，心想是好「消息」了，趕緊抱著中流去往就糞桶，叫我在一旁注意看糞桶裡有沒有大便，這一看，把我嚇呆了，整個糞桶裡，像是一堆細如棉線的紅蚯蚓，在互相糾纏、掙扎、蠕動，看了除了令人噁心，也令人頭皮發麻，所幸糞桶很深，否則就要爬出來了，母親聽我說，這時表情就顯得很輕鬆了，雙手也忘記了疲累，趕緊把抱在手上的中流，挪到一邊，側著頭，對著糞桶仔細察看，喃喃自語地說：「原來就是這些禍根，害得我的兒子肚子痛，也害得我心力交瘁，寢食難安，好了，現在把這些禍根一起剷除到糞桶裡了！」

次日，第二包又接著喝下去了，母親說：「要把蛔蟲徹底打乾淨，要牠在我兒肚子裡斬草除根！」以後幾天大便裡，還偶爾出現一兩條蛔蟲，那已經是奄奄一息，不足為患的了。不僅我沒有見過那麼多蛔蟲，母親說，她也沒有見過，這些不知怎麼來的小蟲，居然害得中流痛不欲生，害得母親愁眉不展，這一劑成藥「甘積散」，眞是救命仙丹啊！此事雖已過七十餘年，當年救命仙丹的「長像」，我仍記憶猶新！

母親也是一個多病的體質，大概不到四十歲，就常扶著凳子或桌子走路，她不要人牽她或扶她，要勉強撐持自己走，有時走著走著，忽然慢下來，或停下來，頭暈、呼吸困難，嘴裡含一塊冰糖，或喝一口熱水，可以暫時舒緩一些，德盛家叔（字璵璠）是聞名鄉里的一位中醫，母親爲表示對他的客氣、尊重，不論人前人後，只稱字，不呼名，他家住浪袈山，常到板橋老屋來，每來一趟，必自動爲母親把脈治病，他知道母親身體不好，一面靜靜地按脈，一面皺著眉頭，然後輕聲對母親說：「大嫂體質太虛弱，脈跳得很慢、很輕，幾乎按尋不到，病根很深！」看到母親的表情凝重，又安慰地說：「心情要放寬點，樂觀一些，對減輕病情有幫助！」父親遠在西北的甘肅、寧夏等地，因抗戰交通阻絕，音訊不通，父親的安危常令母親牽掛，卻又無處可以探聽、求助，只有到附近的馮家老屋向「聖嫂娘娘」求籤問卦了，只要外地傳來日本鬼子又打到哪裡了，母親就很心急，要我陪她到「聖嫂娘娘」座前求一支平安籤，因此，一年也不知去幾趟。每次璵璠家叔安慰了母親，又轉過頭來對我們兄弟說：「你父親不在家，你們不能惹媽媽生氣，你們要聽話，媽媽就不生病了。」璵璠家叔態度很親切、和善，每次來都提一個藍布小包袱，裡面包著硯台毛筆等文具和一小疊開藥方用的毛邊紙，他藥方寫好了，還要把每味藥的名稱和作用（藥理，藥效）詳細對母親解說一遍，因此，母親聽了璵璠家叔每次的解說，幾乎也成了半個郎中。鄉下沒有中藥鋪，要趁家人「上街」（家鄉習慣上說到「青草塥」爲「上街」）之便，到中藥鋪去「抓藥」（家鄉買藥叫「抓藥」，中藥爲草藥，用手抓，再過稱，故名），煎藥是一門「學問」，不假手我們兄弟，都是母親自己煎的，水有一定的分量，並限炭火，小火，慢煎，藥罐只限陶土瓦罐，原土紅色，不上釉，罐口用原來包藥的棉紙，沾濕封緊。母親對煎藥、吃藥，經驗極豐富，每次只要走近藥罐一聞，就知道藥已經煎到什麼程度，不必揭開罐口的封紙查看，眞是吃藥的「行家」了，尤其每次拆開藥包，準備煎藥之前，她一邊細細檢查每味藥，一邊就能隨口說出每味藥的名稱及異名，世人說：「久病成良醫」，眞不是假的，母親說：喝藥要等藥水半溫，太冷太熱，都不適宜，所謂「良藥苦口利於病」，中藥都是苦的，而且汁濃，不能淺嘗、品味，一定要一飲而盡。只要煎藥，房間和廚房，都充滿了一股濃濃的中藥味，久久不散，聞慣了，倒很喜歡那一股特有的「藥香」，藥喝下去之後，除非重病不能起床，否則一定要多走動，古人叫「行藥」，這習俗相傳起源於南北朝，因爲那時一般人流行服「五石散」，服後要散步，以利吸收或宣泄，母親則在室內慢慢繞行，或自己扶著桌凳，或由我們在旁攙扶，那樣子看起來，的確很像風燭殘年，哪像還不到四十歲的人，我們勸她坐下來休息，她說，人有墮性，越不敢走、不想走，就越怕走，她好強的個性，凡事不退縮，勇往直前，儘管每次算命先生（家鄉算命的人都是男性，習慣上，尊稱算命先生，他們一般年齡約在四十歲左右，兩眼半瞎，不戴眼鏡，憑一根拐杖探路，一把胡琴裝在袋裡，掛在前胸，由於舉止斯文，身穿一襲長袍，開口索價不高，游走農村，幾乎無往不利，若有人問他，算得準不準，總是固定的回答：「靈不靈，照書行」，這幾乎成了他的招牌語、口頭禪，有時他答客問的時候，我們小孩在一旁戲鬧、亂插嘴：「靈不靈，照書行」，他只笑笑，也不生氣，倒被問話的大人罵了一頓。他根據客人自己報出來的生辰八字，推演出一個人一生的吉凶禍福，生死壽夭，先分析大概的行運，然後再細說每五年爲一個階段的運程，遇到有災難的那一年，強調要特別提高警覺，力求趨吉避凶，最後拉著胡琴，再把剛才講過的話，配合琴韵，演唱一遍，抑揚頓挫，十足展現了他的琴藝之美。算命先生心思縝密，口才便捷，記憶力強，世人說，上帝關掉他一扇窗戶，必定再爲他開另一扇窗戶，憑他另類的悟性和記性，找到了他的「人生之路」和「謀生之道」，他的話雖不能盡信，卻也不無聊作參考。算命先生曾不止一位推算我們兄弟的八字，幾乎都異口同聲的說，我命中重外務，對讀書以外的事，好學善記，說中流讀書望先生死，看牛望牛犯瘟。）按八字推算母親的行運，只算到五十歲，五十歲以後的行運推算不下去了，和璵璠叔常說母親「脈如游絲」的論點，幾乎相應，可是後來事實證明，母親謝世時加上閏年，已是一百零一歲了，已經超過另一個五十歲了，足證一個人的年壽，除先天因素外（即所謂長壽基因，或遺傳基因），後天生活條件（包括居住環境及現代的醫藥衛生觀念）及心境的開朗，心情的平靜都極重要，母親受外祖父母影響，樂觀豁達、處事圓融，易與人相處，尤其帶我逃難這一段艱危時刻，死生決於頃俄，禍福繫於一瞬，由於她的機敏從容，保我一命，今天我才能執筆爲文，回憶往事，能不感恩涕零！佛家說，相隨心轉，儒家說，誠於中，形於外，福壽不是天定的，是可修可期的，只在乎一念之間罷了！

在鄉下生病，因無醫藥設備，除重病久病，請郎中（醫生）來家診治外，沒有聽說病人到郎中家去就醫，也可能是抱病之身不能出門，如遇到突然的急症，命大的，可以熬到郎中來，病危的，一刻不能等的，臨時去請郎中，又因路遠，郎中尚未兼程趕到，病人已經回天乏術，先行離世了，千古以來，這種恨事在交通不便的鄉下，更是常有的，至於日常傷風感冒之類的小災小病，就喝些熱生薑水加些冰糖，不必請郎中，此種療法，似頗合乎現代一般醫生的要求，他們都認爲傷風感冒，不必看醫生，不必服藥，只要在家多休息，多喝水就可痊癒。但也有採用偏方治小病的（家鄉有偏方媲美良醫的說法），這些偏方，有些是累世經驗相傳承，驗之病症確實有效，也有的或到寺廟庵堂去求神問卜，向神明「討藥」，神明所發下來的「仙丹」，就是香爐裡的香灰，香爐有冷灰與熱灰之分，哪一種是自己求的，需要問一卦。小時母親常帶我們兄弟到離板橋不遠的馮家老屋向「聖嫂娘娘」（鄉下一般信眾，對道教佛教似乎不分，實在他們所信的是道教，爲求平安所作的「打醮」，或喪禮上的「作齋」，道士所誦的經都是佛經，「聖嫂娘娘」是道教，但是信眾卻把祂當作阿彌陀佛的菩薩。）求藥，母親先燒香叩頭，口中念念有辭，大概說明前來的用意，然後從香爐裡抓起一小撮香灰，放在黃紙上，再叩頭，再擲一筊，如果是「聖筊」（即一陰一陽），表示神明「准」了，就是此「藥」，回家後，放進碗裡，用熱水一沖，要我一口喝下，究竟有無治好病，早已記不得了，不過中流肚子痛，也曾向「聖嫂娘娘」求過「仙丹」，事實證明無效，還是「甘積散」治好的。「仙丹」是什麼味道，已毫無印象，只知道我喝過，很僥倖，從來沒有中毒過，也無其他反應。香，燃燒成灰（家鄉的香，完全是天然植物的香料製成，沒有任何化學成分，也不像現代的香，中間裏一根竹絲，它是結結實實用香泥作成（比現在的香稍短），極容易燃燒，且燃燒得徹底，依常理推斷，香灰裡應無細菌，是絕對安全的，否則，我早就喝出上吐下瀉了，或中毒死亡了，只是這種「仙丹」，從現代衛生常識來說，眞是太不衛生，太噁心，也太荒謬了，可是在那個民智落後，風氣閉塞的鄉村，既無現代醫院或診所，又無受過現代正規醫學教育的醫生，一個人的健康與病痛，就只好求助於神明庇祐了，所以「聖嫂娘娘」就成了地方上善男信女心靈和健康的所寄託，祂的香火的興盛，祂的威靈，也就無人敢質疑了。

「聖嫂娘娘」的威靈神聖，除了鄉民生病要求「聖嫂娘娘」「診斷」、「發藥」，夏天久旱不雨，農作物枯黃缺水，也要祈求「聖嫂娘娘」協助天意，普降甘霖，解救旱災，因此地方父老常發起「打醮」祈雨法會，由附近的村莊，組成莊嚴而隆重的打醮隊伍，扛著紅旗紅傘，敲鑼打鼓，狂呼口號的祈雨法會，從主辦人的村莊出發，由穿戴法衣法冠的道士，在前領隊，地方上相關的地主仕紳們，緊隨道士之後，頭上頂著烈日，浩浩蕩蕩地來到馮家老屋「聖嫂娘娘」神座前，虔誠地燃香點燭，道士整肅他的法冠法袍，開始作法，一會兒肅立祝禱，一會兒又跪下，揮舞著黃色道袍的大袖子，故作一副神祕的樣子，害得祭台上的燭火，忽明忽暗，要滅不滅，仕紳們也一直肅立陪著道士作法，最後道士帶著哀憐的哭腔，朗誦一篇寫在「黃表紙」（道士畫符，或寫咒語等專用的一種黃紙）上的「祈雨文」，我當時聽了想笑，但不敢笑，還是忍住看著道士把那篇「祈雨文」燒掉了，「聖嫂娘娘」神座前的「法」作完了，道士又領導求雨隊伍，向「聖嫂井」前進，位置約在一里外的一座山谷裡，是馬鞍山河谷的上游，那兒環境清幽，草木暢茂，有口天然的泉水井，井的四周，都是岩石雜亂堆疊，看不到一粒沙，淙淙的泉水聲，快要接近河谷時，聽得非常清楚，這口井，似乎是專供求雨時作法取水用的，平常不見人影，只有花香和鳥語，但要走到井邊，卻極艱難，由於終年不見陽光，到處都是厚厚的青苔，石壁陡峭，小松樹小槎，都長在石縫裡，可以當作攀岩的扶手，或踏足的梯檔，扛著紅旗紅傘，或敲鑼打鼓的人，這時要聚精會神注意腳下的安全，自動「偃旗息鼓」了，各人扛著自己的「傢伙」，爲表達求雨的虔誠，都如履薄冰似的，慢慢移向「聖嫂井」，沒有一個人口出怨言，或發出「唉唷」聲，到了井邊，道士先用雙手扶正法冠，再誦經作法，隨手摘下井邊的一根竹枝，伸到井中去沾水，一邊沾井水，一邊又念了很多旁人聽不懂的咒語，然後把帶有水滴和「法力」的竹枝，向長空揮灑，每個人都很誠心誠意地，帶著自己的「傢伙」，跟著道士繞井一周，由於遠處高山聳立，「聖嫂井」在群峰的隱翳下，幾乎顯得平淡無奇，是否就像李白說的「山不在高，有仙則靈，水不在深，有龍則靈」（春夜宴桃李園序），「聖嫂娘娘」藉著不打眼的「聖嫂井」爲人間呼風喚雨，來顯赫祂的威靈吧！

炎熱的夏天，這裡是另一個世界，不必寬衣，自然涼爽宜人，河谷裡習習陰風，帶著山野間特有的青草味，悠閒地飄蕩在峰巒亂石之間和松竹林畔，驟然聽去，彷彿無聲，側耳諦聽，才感覺到天機就在耳邊，它是「異類」，不與人間對話，只是讓人不自覺地浸潤在它的懷抱裡，讓人減去煩惱，擺脫塵氛，由內往外，驅散了「盤踞」額前的汗珠，但卻換來了些許睡意，如果不是怕冒犯「神威」，眞想以巨石作床，以井邊的天然梯階作椅，或躺或坐，寄情山水，但一看到「道貌」無邪的道士，精神又忽然振作起來了，他的八卦圖案的黃布法袍，雖然有點舊了，在一片青綠色的河谷裡，飄然自在，還眞有點「仙裡仙氣」，令人有接迎仙靈的感覺，法冠籠罩下的豆大汗珠，也不知幾時消失，自在的神情，看起來清爽多了。隊伍走出河谷，仰望群峰上面的天空，仍然晴光萬里，熱浪騰飛，毫無雨意，道士法袍寬大的衣影，從路旁的草叢邊，慢慢地移動，他也累了，沒有多餘的精力去理會烈日下的身影，對祈雨法會，他已盡了「法力」，是否會「變天」，還是回歸到千古以來「天有不測風雲」那句含有智慧的老話，直等著瞧吧！

十

我小時比一般兒童健康，很少生病，偶爾傷風感冒，也都很快痊癒，大概母親認爲我前面的一兄一姊，都不幸早夭，想來他們在娘胎裡，就沒有得到妥善的安胎、保胎及補胎，導致一出生不久即夭折（外家也如此認爲），輪到生我，一則以喜，一則以懼，就要特別記取「教訓」，不能再犯「前錯」了。體力好，就好動，要消耗體力，動刀弄斧，就變成我小時最喜歡做的事，前文提到算命先生對我性格的推論，還眞是「雖不中，不遠矣」，舉凡：木匠、鐵匠，篾匠、紙紮、磚瓦匠、乃至農事，都有興趣，自認一看就懂，一學就會，而且學起來，做起來都很容易。外家爲了寵愛我這個「難得」的外孫，諸事都順著我，想要得到的東西，除了天上的月亮摘不到外，其他沒有不答應的，那時鄉村兒童，既沒有兒童樂園可供玩樂，也沒有動物園，可供認識各類動物，更沒有任何玩具可玩，不過我還算幸運的，外家託人在安慶替我買一個「洋鐵」做的，彩繪鮮豔的「紅公雞」，只要用手一拉，兩隻紅公雞即抬頭，高聲對啼，好玩極了，母親嫌我在家裡玩，雞啼吵人，我拿到稻場上，逐著雞群玩，有的公雞被嚇跑了，有的置若罔聞，有的生性好鬥，豎起羽衣，擺去要「鬥雞」的樣子，我看了好笑，難道雞鳴聲，眞可以亂眞嗎？有的「呆若木雞」，不知要如何和我手上的雞啼聲相互「和鳴」，後來只剩下一隻紅公雞啼了，另一隻「死」了，不啼也不動。在玩紅公雞的同時，外祖母（因我無祖母，就改呼外祖母爲奶奶）特地請鐵匠師傅爲我打造一套玩具式的小型五金工具（包括鋸、斧、刀、錘及鉋子等），鐵匠師傅說，他打鐵這麼多年，從來沒有打造過這套「小玩意」，受外婆之託，鐵匠師傅只好勉爲其難了，打造好了，急差外家的長工道三，專程從龍山送到板橋，我接到後高興無比，村裡一些玩伴都知道我有這套新的玩具，都紛紛到我家來，爭著要看要玩，我每天拿著這些「工具」，這裡鉋，那裡鋸，儘管都是玩具式的，但卻都是眞鐵眞鋼，依然會傷到人，我的左手食指第二節，當時不小心就被小斧砍到，血流如注，母親立刻用竈台裡燒過的木柴，剛成黑炭（尙未成灰），捶成細粉末，敷到傷口上替我止血（當時鄉下無急救用品，既無紗布藥棉，也無藥膏藥水，新燒成的炭末，是最好的止血「偏方」），七十多年過去了，至今仍在左手食指第二節的關節上，留下一道約兩公分長的隱隱黑印，和我有同樣「嗜好」，砍砍削削的，是我的堂弟誠佳（乳名汪丫頭，故意從外家姓，我小時取名彭根，也是從外家姓，當時鄉下習俗，男孩故意顚倒陰陽，或暫從外家姓，無非都表示好養大，因爲那時嬰兒死亡率很高，都用這種方式逃避「劫運」），他除了好弄刀斧外，在我堂兄弟中，也是極有繪畫藝術天分的一個，並沒有人教他（親友中無此人），平常就很喜歡畫東畫西，原來在無意中已展露他的才能，家人忙於日常生活，誰去管孩子畫什麼，也就無以爲意了，有一年家裡建新竈台，連一座扁平的磚砌大煙囱也是新的，粉上白石灰，很美觀、整潔，一天上午他趁家人早飯後都外出工作了，他叫我幫他爬上竈台，居然很鎮定地站在大煙囱前作起「畫」來，他用毛筆，懸臂，畫了兩隻貓，上下午各畫一隻，極生動傳神，一隻坐姿，一隻立姿，他也沒有先「打樣」，提起筆來就畫，他那時大概四、五歲，對貓的觀察就如此細微，後來家裡養的那隻老花貓，竟把「牠」當作同伴，認不出眞假了，對著煙囱上的「貓」，睁大著圓眼，每天「喵」個不停，更有趣的，跳上竈台，還不停地抓爬煙囱，想爬上去同「牠」一會，由此可見，誠佳畫的貓，竟然能以假亂眞了！

可是有一天，誠佳要我到他的房間去玩（即小叔小嬸夫婦的房間，在家鄉習慣上，都稱小老小媽），他也非常喜歡外祖母送我的小工具，前文已提過，於是我們就在他房裡玩起來，他拿的是小錘，東敲西打的，我拿的是小斧，不知怎的，就隨手在床沿上砍了一下，小媽回來了，發現床沿邊的紅油漆有被砍的痕跡，她問誠佳是哪個砍的，誠佳用手指向我，小媽看到當年結婚的新娘床，遭到「破相」，當然很生氣，就告訴母親，母親一看，知道我闖下了禍，就責問我：爲什麼要砍小媽的床？話還沒有說完，氣急了，伸手要揍我，就趕緊往外跑，她隨手抓起牆邊的長柄竹掃把去追打，這一打下去，小命就沒有了，嚇得我不要命的奔跑，只聽到母親在後一面追，一面大喊：「你就是飛上天，我也要用火把燒煙把你熏下來！」母親一直追過田埂，遇到祖父從田間回來，就問什麼事情，母親告訴祖父，祖父奪下母親手上的竹掃把，說：「不要嚇壞了孩子！」並叫我快回來，後來小媽責怪母親不該如此讓孩子到處動刀弄斧，母親一向絕不護短，不問有理無理，人前教子是她的一貫原則，還是當著小媽的面，狠狠地「修理」了我一頓，並沒收了我所有的小工具，從此，我只有「徒手」去玩了，其實，那時大概只有六歲，還沒有進私塾，只是懵懵懂懂地好玩，哪裡知道哪些不能「碰」，有了這些好玩的小工具，愛不釋手，就怕沒有「用武」之地，哪懂得後果。祖父心疼他的長孫被嚇到了，特地把他罈裡的醃肉（過年時宰的豬，大部分的豬肉都醃在罈裡，將來家中農忙時，請臨時工人，或偶爾有親友來，才會開罈拿出來加菜待客，平時吃不到。）拿出一小塊，叫母親放在飯鍋裡蒸熟爲我「壓驚」，在祖父七名孫輩中，我是唯一吃到祖父特賞的醃肉，如今，祖父不幸遇難已七十年，這段往事，仍牢牢記在我腦海裡！

我除了不喜歡讀書，喜歡動刀弄斧以外，還有別的「外務」我也喜歡，經眼一看就懂，一懂就想試著去學、去做。在農村，每年正月十五元宵節，依例，要舉辦「龍燈會」，習慣上稱作「太平燈會」，意思是祝禱風調雨順，國泰民安，這是廣大農民最卑微的期望，也是傳統農村正月的大事、盛事。板橋老家，就我記憶中，從來沒有人領頭舉辦過，元宵節要看花燈，我聽母親說，近一點的要到後沖，但我沒有去看過，也不知它的熱鬧情形，遠一點的，就是龍山了，龍山外家，地處平畈，大小村莊，雞犬相聞，不必翻山越嶺，具備辦燈會的條件，每年正月初一到十五，幾乎都要舉辦龍燈會，由於正月還是農閒時間，一年到頭農村生活，無任何波瀾起伏，無任何娛樂活動，極單調，於是由鄉村的仕紳們輪流負責主辦，經費向各戶自由募捐，但大部分都由仕紳們分攤，有一年輪到外家，紮花燈的師傅江瀾波先生，他精湛的技藝，早已飛聲鄉里，兩位舅父把他請回家，在自家的大廳堂裡（外家的廳堂不小，可以同時開四桌酒席，外祖父過世時，在此開流水席，接待賓客），展開紮花燈的工作，江師傅由舅父供應三餐，有時也睡在外家的客房裡，有時回家，我每天就看他紮花燈，從剖竹、紙紮、糊燈、繪畫，全由他一人包辦，小舅父有藝術天分，有時也在一旁協助，江師傅很健談，他告訴我，龍山的傳統龍燈會都是滿堂的四十八盞，二十四種樣式，每種樣式兩盞，進到村莊廳堂後，每種樣式的燈，分立廳堂兩邊，提燈的人要注意自己的位置。江師傅身穿藍布長袍，一舉一動，都極文雅，很有藝術的才情和味道，可是一般鄉下人，不把他看作藝術家，把他看作「匠工」之流，實在很委曲了他，他紮花燈的步驟、技巧，我在一旁靜靜地觀看，並默記在心，可是他手法特別快，足證熟能生巧，我沒有看清楚就問他，他慢慢回答，有時看我很有興趣就自動教我，那時在我童稚的心靈中，認為江師傅不僅自己會紮燈，也很會教人，獅子和龍這種大型紙紮，結構比較複雜，我要緊盯著，看他每一步驟，獅子和龍是龍燈會的兩個主角，除了具有藝術美，最重要的，還要顯出威靈，也就是要「獸」的靈性化（首場「演出」之前，先要舉行「開光」儀式，由燈會的總負責人把公雞冠上的鮮血點在獅和龍的眼珠上。）這一切都在我腦海中留下了深刻的印象，也催生了日後我也要紮花燈的「決心」，和舉辦燈會的「抱負」。

大概民國三十三年前後，抗戰尚未勝利，我十一、二歲左右，在板橋老家和村中的玩伴們舉辦了一場所謂「叫化子燈會」（鄉下稱討飯的乞丐為叫化子），初春，氣溫還很低，竹林裡的積雪尚未融化，我獨自一人到屋外邊的竹林砍了一棵竹子，就地把竹枝全剖削光，一個光竹竿扛回家，前在大竹園外家，看過篾匠師傅如何剖竹、裁竹、分析篾絲，及如何避免竹刺傷手，舉凡篾匠師傅的種種動作，我都一點點牢記在心，再加上我從江師傅那裡學到一些另類的技巧，我用篾絲分別紮了十二盞花燈（比半堂又少十二盞，所以稱「叫化子燈會」），母親替我熬漿糊，並從小舅父和江師傅那裡，學會了用雕刻刀把紅綠藍黃紫等各種彩色紙鏤空爲各種花紋圖案，糊在四方形、六方形、八方形、扁形和圓形等各種不同形式的花燈上，鏤空的紙易被風吹熄裡面的蠟燭，或風助火勢，讓蠟燭燃燒得特別快，因此，在還未糊鏤空的紙以前，先要糊一層作襯裡的白而透明的紙（鄉人叫銀皮紙，一種高纖維，近乎半透明的紙），也就是說，花燈的每一面，都是兩層紙糊的，這十二盞燈，用細鐵絲分別繫在十二根長竹竿上，提時要注意保持一定的傾斜度，燈光下垂，以便照到地面上，還有雌雄兩隻獅子，一般習慣上，以糊的紙的顏色來區分雌雄，黑色紙爲雄，表威武，綠色紙爲雌，表溫馴。頭上有角（九隻角）的爲雄，無角的爲雌。這些紙張蠟燭，都是誠善向他父親的雜貨店賒來的，說明得到賞金以後再還清欠款，最重要的，也是關乎熱鬧氣氛的，是鑼鼓鐃鈸這些樂器，我和誠善商量，只有向道士胡傑書去借，他先有點爲難，似不願借，說：「兩位少爺，不瞞你們說，這是我吃飯的傢伙，萬一打破了，損壞了，我靠什麼替人家作法事，餬口呀！」誠善說：「這個你不要怕！我們只借三個晚上，會特別小心的！絕不會打破，請放心！」生意家的小孩，嘴是比較厲害，他最後還是補了一句：「萬一打破了，就照賠！」胡道士把鑼鼓和鐃鈸等樂器，小心翼翼地交到我們手裡，最後還很客氣地提醒我們：要不要喇叭？他以爲我們忘記提了，實在我和誠善討論過，吹喇叭要懂得換氣，肺活量要大，我們孩子群中找不出這樣的人，只有不借喇叭了。胡道士和誠善比較熟，和我沒有見過幾次面，因爲他常到誠善父親的雜貨店，去買爲喪家糊紙紮的用品。我們借他的樂器，是晚上用，不妨礙他白天出去爲人家作法事！

我和誠善就現有的玩伴中，慎選敲鑼打鼓的人，鼓既要打得好，鑼還要應得好（鑼鼓是相應的，現代話叫默契），尤其要緊的，要注意「力道」，千萬不能打破「傢伙」！

元宵節前後這幾天，天公作美，三個晚上都是晴空如洗，星月流輝，尤其山區裡的月色，更是光華奪目，前幾天剛下過的一場春雪，在月光的投射下，演化成晶瑩的寒光，雖影響了氣溫，但由於我們玩興正濃，情緒亢奮，忘記了春寒料峭，倒反而高興它彌補了我們花燈的不足，照亮了要經過的夜路。大家約好，天黑從板橋集合出發，每天晚上走訪兩三個村莊，因爲有的村莊距離較遠，且山路難行，雖然都是熟路，但晚上從未走過，我和誠善各提一盞「打前燈」（所謂「打前燈」就是紙糊的一般鄉村照明用的燈籠，預先通報「叫化子燈」將要來訪的村莊，請事先準備好迎接龍燈的爆竹，當然也有暗示，請先準備好要賞的「紅包」。）鄉村的父老長輩們，對我們這群孩子玩的「叫化子燈會」，從他們的晚輩口中，早已耳聞，等到龍燈來到他們的村莊，都燃放長鞭爆（家鄉叫千鞭），表示熱烈歡迎，並異口同聲的說：「玩得好！」「賞金」自然也就不少了。三個晚上結算下來，到最後除了還清「欠債」以外，剩下的，還樂器時，全送給胡傑書作「租金」了，他還問了一些「叫化子燈會」籌備及演出的經過情形，由於他的村莊太遠，還要翻過一兩座山崗，我們沒有去，他說很遺憾，沒有看到我們玩的燈會，最後還用茶點招待我們這兩位「少爺」，並問我們以後是否每年都要去玩，這是我十一歲左右和村童們所玩的一次「把戲」，母親到了晚年，曾不止一次問我，是否還記得玩「叫化子燈」的事，我說當然記得，並將經過情形告訴父親，他也很驚訝，怎樣「玩」起來的！我小時憑著「重外務」的天性，在板橋老家玩了一次空前絕後的「叫化子燈會」，娛樂了鄉里，以後內亂初起，忙於逃難，此生也就沒有第二次機會了，再想借胡傑書的樂器，也成了另類的「絕響」了。

我玩「把戲」給人家看，我也看過幾次人家玩的「把戲」，那是早在七、八歲的時候，有一次看到不知從哪裡來的幾個體形健壯的年輕人騎自行車，在大河邊的土地廟前，繞著幾棵大楓樹，互相追逐兜圈子，彼此談笑風生，狀極愉快，這裡地既不平坦，障礙物（大小石頭和野槎）又多，他們騎的速度很快，只有兩個「滾轆子」（家鄉土語，即輪子），且不會倒下來，眞是太神奇了，村子裡的人都沒有見過這新奇的玩意兒，大家放下手邊的工作爭著來看，他們發現來看「特技」的人越來越多了，於是爲滿足村民的好奇心，改用一隻手握住車把手，一隻手在空中揮舞和我們打招呼，就更神奇了，我們不懂得鼓掌叫好，只是報以大開眼界的驚喜笑聲，這是某一個盛夏的中午過後，楓樹林裡向來是村人乘涼的地方，可是這些青年人卻汗流浹背，他們最先大概路過這裡暫作休息，沒有想到竟引起全村的人來看他們的「表演」，所以更加要努力「演出」了，從他們的外表舉止看起來，不是附近村莊的青年，他們看起來很「洋」，我們這些「土」小孩，不好意思，也沒有膽量去問他們從哪兒來，只是看著他們很熟練地從自行車上下來，休息片刻，把包袱繫回車架上，很輕鬆、自在地騎向後沖去了，頭也不回，車子在鄉村的石子路上顛簸不定，山路難行，似乎也難不了過客，很快地，他們的身影就消失在山嘴的轉角處了，留給我們的是好奇與羨慕！

「西洋鏡」也令我開了「眼界」，那也是在抗戰期間，一個操著外地口音的中年人，個子不高，戴著一頂老舊的草帽，大概晴雨兩用，顏色顯得很灰暗，穿著帶有「日味」不大合身的灰布唐裝，皮膚粗糙黝黑，終年在外走他鄉討生活，刻畫出一副飽經風霜的樣子，還不忘面帶親切似地微笑——一副拜碼頭的神態，剷除了人我間的障礙，習慣地，肩負著生活的擔子；一頭挑著他的「道具」——「西洋鏡」，一個約半人高的四方形木櫃子，曾上過紅油漆，由於終年陪著主人闖碼頭，走天下，日晒風吹，油漆大半都已「老去」，一頭則是供客人坐著看「西洋鏡」的小竹凳子，約四、五個疊成一疊，都已磨得光滑發亮，說明了使用頻繁，生意不錯。擔子從體積看來，都不算小，但似乎都不重，或許習慣了，很輕鬆地上下肩，找一塊樹蔭茂密的地方，作爲客人看「西洋鏡」的場地（「西洋鏡」一詞，在家鄉寓有貶意，指一個人不實在，說謊、自誇，最後被揭穿眞相，叫「拆穿西洋鏡」），顧客從隔層玻璃的小視窗裡，可以很清楚地看到裡面被放大鏡放大的各種彩色的畫面，操作的人手要不停地撥弄畫面，嘴也要跟著配合說明畫面的內容，由於太熟練了，眼睛看著顧客，幾乎沒有「脫序」過，他的「西洋鏡」周而復始，嘴也跟著周而復始，從來不「清場」，只要有座位，顧客可以隨時加入，看到接上頭了，或自動離開，或繼續再看，他一概不管，似乎學會了跑江湖也要講究江湖道義，不能斤斤計較。畫面的內容，有的是自己編的故事，有的則是民間傳說甚久，忠孝節義感人的老故事，雖然是老故事，但經過他繪聲繪影的生動描述，的確賺了不少村童的錢。

「變戲法」（即今所謂的魔術），我幼時在鄉下也看過一次。鄉村父老本著勤儉實在，不欺不騙的樸實作風，遂對這種「巧妙、欺騙」的「戲法」，普遍都存有戒心，認爲是「障眼法」的騙術。爲了配合表演的需要，都是兩人一組，一唱一和，搭配默契得很融洽，他們的服裝似乎也經過設計的，比我們一般鄉下人所穿的對襟唐裝要長，舉止談吐，充滿「神秘」，不隨意談笑，故作一副「天機不可洩露」的樣子，反而增加鄉下人的不信任感。我的一位堂姑，她的髮髻上插了一根銀質的簪子，看到「設法」的人來了，大家都叫她把銀簪取下，以免被「設法」（鄉下人稱變魔術的人又叫「設法的」）的人「設」走了而不自知。這種魔術，鄉人無知，最怕，誤認爲它是「妖術」，心存戒心，不敢接近，一旦接近，家裡所有的金銀財寶全被他們莫名其妙地「設法」走了。可是村童卻非常喜歡這「玩意兒」，表演的人，故作神秘兮兮地，眼珠東轉西溜，以引起觀眾的好奇心，故意在這個村童的肩膀上拍一下，又在那個村童的手肘上碰一下，東西就忽然不見了，最後在另一個村童的口袋裡找到了，眞是神奇啊！

對日抗戰期間，我在家鄉還見過一種「奇人」，身體很結實，但身上的衣服既破又髒，儘管滔滔大河就在眼前，也從未見他到河邊去洗衣服，他似乎只討飯，不討別的（包括舊衣等），經常光腳，偶爾也穿人家丟棄的草鞋，不知他姓甚名啥，鄉人叫他「老尙」，實在是一名「叫化子」（乞丐），他的「窩」就自行選定在堂廳大門內左邊的角落裡，鋪一捆乾稻草，外加一條破棉被，裡面的棉胎是灰黑的，東露出一塊，西吐出一截，雖然有礙廳堂的肅靜、整潔、村裡的人可憐他，反正只是那一個角落的髒亂，沒有擴及其他地方，也就不忍心趕他，「老尙」在春天風和日麗的時候，坐在大門外台階的最上一層晒太陽，身上的味道，由於太陽的熱力蒸發，經過他的身邊，就很輕易地聞到一股老叫化子特有的腥臊汗臭味，實在令人不忍卒聞，身上的蝨子，也趁著暖洋洋的氣候，出來大肆「活動」，「老尙」視力不錯，不慌不忙，經驗老到的，隨手從手袖上捉起一個，習慣似地說一聲：「我吃掉你！」就往嘴裡一送，嘴唇連動都沒有動，就吞下去了，接著又趕快找另一個「目標」。

「老尙」非常和善，村童圍著他的身邊，幫他找蝨子，捉蝨子，村童沒有見過蝨子，對這種「小蟲」很有興趣，很好玩，大家搶著找、有的從他背上找，有的從衣領裡找，還有的從頭髮裡找（「老尙」花白的頭髮，分披到兩邊肩膀上），村童們捉到就「獻」給「老尙」，他伸出粗大的手去接，蝨子很靈活，他張著缺牙的嘴，往裡一丟，然後向村童攤開空手：「哪！」村子裡的人看慣了他的「吃相」，沒有人感到奇怪。他安穩而優閒地坐在台階上，天上的雲飛，地上的影移，都不關他的事，他只樂於和村童「合作」追蹤蝨子，只要有村童幫忙他捉蝨子，就是坐得再久也不嫌累，雖然沒有人看他洗過臉，但也不見眼屎模糊，反正一個飽經風霜世亂的「老臉」，洗或不洗，也看不大出來，有村人問他，全身都長滿了蝨子，難道夜裡睡得著，不癢嗎？他倒答得很輕鬆：「不是有人說過：『蝨多不癢，債多不愁』嗎？我就是不癢啊！」的確，我只看到他捉蝨子，很少看到他抓癢，只看到他坐在台階上，有時像廓然無慮，有時又像心事萬端，他說原先在家是務農的，被抽壯丁出來當兵，和日本鬼子轉戰各地，幾次負傷之後，行動受了影響，不能跟隨部隊行軍作戰，就離開了部隊，家鄉也被本鬼子攻占了，回不去了，就在外鄉流浪討生活，村子裡的人都說，從他的動作看來不像是傷兵（村人看慣了「過兵」，對眞假傷兵瞞不過他們的「法眼」），走路的姿勢也不歪不斜，雙手也非常「矯健」，連「活跳」難捉的蝨子，他都能輕巧地「手到擒來」，哪有這樣的「傷兵」，恐怕是逃兵啊！在那個國難當頭的年代，雖然救亡圖存，迫在眉睫，從廣大的農村強征出來的壯丁，有幾個能認識國族的危亡，又有幾個勇於「執干戈以衛社稷」，何況有些壯丁，在家早已結婚生子，「身在軍營心在家」，恐怕也是人情之常，何況烽火所到之處就是戰場，都是命輕鴻毛，只要不擾民，不生事，不傷風敗俗，所謂傷兵、逃兵，都是一命兩生死，看多了「過兵」，管他的，我們大家生活都是早上顧不了晚上，誰有心情去盤問他的來歷。「老尚」大約四十來歲，一身古銅色的皮膚，配合結實粗壯的四肢，一看就知是出苦力的，是一名莊稼漢，後來再加上軍旅生活的磨練，讓他從一名純樸的農夫，轉變成一名戰場上的戰士，外表的年齡比他實在的年齡的確要老許多，四十來歲就像半百之年，憂患促使一個人成熟，也加速一個人蒼老，生活的境遇，自然養成耐勞苦的習性，一切的苦事視爲當然，在心理，在觀念上，也就處之泰然了。「老尚」說話帶有鄉音（村裡的人，幾乎都沒有去過外省，聽來說去，都是自己熟悉的聲音，對「老尚」的鄉音，自然感到陌生，聽不懂了，藉助手勢，耐心聽他慢慢地說，還是可以聽得懂的。）有意思是：他說完以後，問大家懂不懂，搖搖頭說不懂，他再說一遍，還是鄉音老調，他哪懂「鄉音未改鬢毛衰」的「難度」。他還有一門「絕活」，有偷雞的「本領」，「偷雞不著蝕把米」，「老尚」偷雞連這個「本錢」也不花，他曾經不避忌諱地表演他的「絕活」給我們這群無知的村童看，當他選中了「目標」，即輕巧地拋去前端帶有圈套的長繩子，迅速而準確套住雞腳，雞越想逃脫，圈套就自動越拉越緊，最後只有被困倒地，他就趕快上前在雞翅膀和雞頭上輕輕拍兩下，雞就立刻像睡著了，乖乖地伏地不動，他就很輕易地把偷來的雞塞進事先準備好的舊布袋裡，往肩上一甩，背著就走了，動作純熟俐落，鄉人說，「老尙」手掌上有「妖紋」，不要讓他碰到。村童幫他捉雞子，交到他手上，也從來沒有人懂得去注意他的手掌有什麼異樣，不過雞被他抓到，就立刻服服貼貼的，倒是眞的，現在我才知道，他當時用的是一種催眠術，我曾在電視上看到，有人表演催眠術，不僅僅對人可以催眠，甚至對其他動物，如貓、狗、虎，乃至於蛇類，都可施以催眠，使其鎭靜不動，任人擺布，不知七十多年前，他在哪裡學來這一招，也有可能是在軍中學來的，那時鄉下根本不懂催眠術，總誤認爲是「不祥」的「妖魔邪道」，不要說去學，連聽到都怕。「老尙」在這個村子偷來的雞，隔天賤賣到另外一個較遠的村莊去，「老尙」常對我們村童「誇耀」他的「信譽」，由於他「出售」的「貨」價格很低，有些人不明究理，只顧貪便宜，爭先恐後，向他「訂貨」，讓他有時「忙」不過來，這可能是眞的，爲了分散村民的注意力，爲了擴充他的「貨」源，他儘量找山野間兩三戶的小村莊下手，他說，一個村莊，十天半月之內，不來第二次。「老尙」很識「貨」，專挑肥雞下手，那些瘦小的雞他不碰，鄉下愚夫愚婦，看中了他的「貨色」，無形中成了他固定的「客戶」，等於幫他拓展「市場」，打開「銷路」，他們絕不會想到這是替他「銷贓」，鼓勵他繼續幹這種不法的行爲。「老尙」「運氣」好，一直沒有「失手」過，「信心」和「膽量」也跟著大增了。他落腳在我們這個村子，我們每家都養了很多的雞，全部都是野放著養的，即早晨打開籠子放出去，黃昏時候雞群自動回籠，從來沒有聽到鄰居們說誰家的雞少了，「老尙」從不向我們「推銷」他的「貨」，有次母親故意試探他，說：「老尙，最近有沒有『貨』？」他總是沒有表情地搖搖頭代替回答。對我們，他好像也懂一點所謂「盜亦有道」，村人知道他在外幹「偷雞摸狗」的行為，可憐他棲身無處，也就不忍心趕他走了。有一天，「老尙」又背著他的舊布袋，外出幹他的「活」，但幾天不見他回到大門裡的舊「窩」，平常他都是早去晚歸，偶爾走得遠一點，第二天一定回來，他是一個走「四方」，以乞討爲生的人，這次已經有幾天沒有回來了，他的破舊行囊和幾個黑得發亮的炊具都在，證明他沒有「搬家」，村人黃昏關大門時只是順便望一眼，免得眞的變成了狗窩。幾天後，有消息傳到村子裡，說「老尙」在某一個村莊偷雞失手了，人家在暗中監視他很久了，「老尙」沒有警覺到，仍然故技重施，這次當場逮個正著，人贓俱獲，痛恨他，村人你一拳，我一腳，狠狠地，毒打了一頓，最後奄奄一息中被活埋了，在那個無法無天的年代，戰亂與饑荒，降低了對別人生命的重視，也自我輕賤了對人性尊嚴的重視，因此「偷」是常有的，「打」也是常有的，「活埋」還沒有聽說過，不知「老尙」究竟是怎麼的，反正從此再也看不到他「髒兮兮」的身影了，只是他留下了的「窩」，沒有人去理，仍然冷清清地散亂在角落裡，似乎還等著主人回來呢！

「老尙」突然不見了，我最懷念的還是「老尙」煮的飯，他煮飯的鍋，不是一般傳統的生鐵鍋，而是「吊罐」，顧名思義，他的「吊罐」是懸空的，陶質（未上釉的土紅陶），圓形，上方有一個用鐵絲（裹以細藤條）做成的提把，煮飯時，用一根木棍穿過提把，兩端搭在架子上，看火力的強弱，可以隨時調整「吊罐」的高低，用「吊罐」煮飯，人不能隨便離開，要一直在旁看著，飯煮好了（時間與火候，要憑經驗判斷），便不能再任意添柴加火了，防「吊罐」炸開或裂開，所謂「吊罐」，我後來才知道，原來就是一般的「砂鍋」，不過那時鄉下只有「吊罐」之名，而沒有「砂鍋」這個名稱。現代人好用「砂鍋」燉肉燉湯，孰不知早在七十多年前，「老尙」就用「砂鍋」煮飯了，由於「砂鍋」是陶質，煮的飯的確比鐵鍋煮的可口、有味，當揭開蓋的刹那，就散發出特有的飯香，頓時令人胃口大開，不必配菜，也能大吃一頓，「老尙」就是這樣吃的。「老尙」行乞，也有他的「規矩」，他只討生米，不討現成的飯，他的用意好像故意迴避鄉下稱「叫化子」爲「討飯的」或「要飯的」，他要換一種乞討方式，用一條灰布袋去接受「百家米」，回來煮成「百家飯」，「老尙」煮飯時，我蹲在旁邊看，他煮好了，自動送我一碗，我看他煮的不多，推辭不要，他說：「吃百家的飯，託百家的福」，要我接受，我回去告訴母親，她立刻炒碗青菜叫我送去。「老尙」用吊罐煮飯，但無法用吊罐炒菜，我也從來沒有到他有炒菜的鍋，每次都是光吃白飯，也吃得很有味。叫化子煮的飯，雖無富人氣，卻有貧者香，令我至今難忘！

除了「老尙」，還有一個「老佑」，「老佑」初來我家，才只有十幾歲，故事發生也是在對日抗戰期間。一個夏天的午後，空曠的稻場上，突然出現了一個陌生的大男孩，體型瘦削，從他的舉止望去，很顯然不是附近村莊的（閉塞而落後的鄉村，外來的人幾乎無法藏身遁形，跟四周的「氛圍」格格不入，很容易被認出來。）他全身透露著一股汗腥味，好像多日沒有洗澡換衣了，肩上背了一個看似不輕的包袱，壓著他的肩膀往一邊傾斜，似乎也連帶影響了他走路的姿勢，腳上穿的是舊布鞋，看上去不太合腳，走起路「夸達、夸達」地響個不停，滿頭茂密的亂髮，也好像很久沒有剃頭了，前額的「垂髫」夾著汗水緊貼在額頭上，任山風也吹不動，站在稻場上東張西望，是對初到新環境的好奇，又好像是徬徨無助，他卸下肩上的包袱，放到自己的腳邊，覺得輕鬆多了，太陽已逐漸西移，整個山城已呈現半明半暗，少年離開了腳邊的包袱，在空曠的稻場上隨意地走著，少年每移動一步，曳長的身影也跟著移一步，他好像沒有感覺到，時間也正在一分一秒地向他告別，離開親人的日子，也正在一分一秒地拉長，莫非他真是「少年不識愁滋味」。祖父從田間收工回來，經過稻場，看到少年和我說話，祖父就問：「他是什麼人？你認識嗎？」我一時說不清楚，祖父就親自來問少年，他說，他是湖北黃陂縣人，和家人外出逃荒，不小心逃散了，只曉得他的名字中有一個「佑」字，於是大家就叫他「老佑」，他也說不清他究竟姓什麼？在家鄉沒有讀過書，也沒有離開過家門一步，只有這次逃荒才初出遠門，由於鄉音很重，他的話很難懂，從他的手和腳，可以知道在家鄉是吃過不少的苦，透露出一副農家辛苦的本色，可能是初到異地，話不多，做事很勤快，他對祖父說，他可以幫著耕田種地。又說，過去在家就是跟著家人一起下田的。他看到大家都待他很好，他不想再繼續逃荒了，要求祖父收留他，幫著祖父作莊稼，祖父不肯，摸著他的頭勸他：「你年紀還小，還是趕快去找逃散的家人吧！恐怕家人也正在找你呢！」他摸摸頭，露出一副無奈的樣子！「我不曉得往哪裡去找他們，我已經逃散很久了，經過的路很多，再回去的路，我也記不清，認不得，叫我往哪裡去找他們！」堅持要祖父收留他，願意陪祖父一起耕田種地，他人很勤快，很善解人意，討人喜歡，看我對祖父叫聲「爹爹」，他也立刻跟著叫：「爹爹！我跟你！」由於我家和小爹家，兩家都住在板橋老屋，名義上，老兄弟是分家了，但生活上、精神上，仍是一家人，「老佑」是祖父首先從外面帶回家的，很自然地，他吃住都在我家了，小爹家臨時要人手幫忙，可以隨時一叫就去，他把兩家都當作自己的家。

「老佑」很靈活，適應能力強，很快和家人上下打成一片，農村的孩子，養成了勤勞的習慣，他從不讓自己閒著，當然更不要別人吩咐他、催促他，祖父編織草鞋，他很用心地在一旁靜靜地去看每一個步驟，每一個要領，默默地記在腦中，很快就學會了，沒有問祖父一次，學會後，爲自己編織第一雙草鞋，祖父接過來一看，滿口誇獎他很聰明，完全懂得「打草鞋」（祖父用語）的技巧。對家中在荒月，新舊糧接不上，用一半米和一半菜搭配煮成的所謂「菜飯」，他也吃得很有味，用大麥粉和毛香（一種野菜，山野間，田坎畔，俯拾即是，葉脈略呈灰白色，正面有細細的絨毛，背面則呈粉綠色，肉質厚，有中藥草味，採摘時，只用指甲從莖部掐斷，清水洗過後，送進石碓裡舂成泥狀，再和大麥粉調和，作成「大麥粑」，放到蒸籠裡蒸熟，蒸熟厚的「大麥粑」，呈溫潤的粉綠色，不僅味道美，顏色更美，是荒月的「美食」。）混合做成的「毛香粑」，他也很喜歡這種「新鮮」口味。冬天，紅薯（地瓜）煮粥（稀飯），他同樣能適應，他說，紅薯是甜的，帶甜味的粥，是最好吃的。無鹽無油，白水煮青菜，他也照吃，從不挑嘴，只要家人吃什麼，他就跟著吃什麼。白天大半時間跟著祖父種莊稼，後來長大了，身體也壯了，成了一名強壯的青年，祖父才讓他分攤粗重的活，祖父一直把他當作兒孫輩看待，他好逞強，祖父告訴他，做事要穩重，不要傷到身體，再問他想不想湖北老家，他說，家裡本來就很窮，是個大家庭，田地也不多，要吃要穿的人不少，逃荒了，家人都各奔東西，找自己的生路，也不知道家裡還有沒有人，說到這裡，表情嚴肅了，聲調也低沉了，幾年下來，「老佑」的確成長了，只是他的鄉音未改，聽久了，習慣了，也聽懂了他無奈的思鄉思親之情。在對日抗戰末期，有一天，「老佑」從田間收工回來，剛好在村莊對面的山路上，碰到「過兵」（家鄉稱行軍叫過兵），其中有不少傷兵，看到「老佑」就強行拉伕，同行的祖父，眼看要失去他的幫手——「老佑」，想上前勸傷兵們可憐一位老人的分上，放了「老佑」，卻被廣西佬高聲地罵了一句五字經「×你老母嗨！」「老佑」就此從祖父眼前強行拉走，他不捨地還把肩上黏了泥土的鋤頭交給祖父，腳上穿的還是自己學會「打」的草鞋，臨別紅著眼眶，心情十分無奈地看著祖父，用我們早已聽慣了鄉音，好像是說，他們會很快放我回來的，故意作輕鬆狀來寬慰祖父，「老佑」的確懂事了，人情世故也通達多了，祖父就像慈祥的爹爹牽著要出遠門的孫子的手，說：「在軍隊裡，不像在家裡，要嚴格遵守軍紀，聽長官的命令，還要好好照顧自己！」傷兵不耐煩，又用「五字經」在催趕，那名走路一跛一跛的傷兵，毫不客氣地把他背上一個「裝備」交給了「老佑」，並告訴他，只有休息時，才可以卸下肩，「老佑」從來沒有揹過這種「背包」，連如何上肩都不懂，顯得笨手笨腳，傷兵不耐煩，又是一句「五字經」，幫「老佑」揹好「背包」，卸了「裝備」的傷兵跟在「老佑」的後面，並不因肩上少了負擔，走路還是一跛一跛的。「老佑」幾次想回過頭來和祖父道別，但「背包」似乎妨礙了他轉頭，只好再一次忍受罵聲，放慢腳步，向後舉起高高的手，和祖父揮手道別，「老佑」，一個和家人走失了的逃荒者，不！一個異姓善良而勤奮的家人，就這樣匆匆消失在山邊的大路上，消失在祖父的老眼前！

十一

我的二姑爹彭煥元老先生，是我二媽（二嬸母）的父親，二媽本是儲家的外孫女，再嫁回儲家作媳婦（家鄉叫回頭親），變成親上加親，我的祖父本是二媽的大舅父，現在變成公公和媳婦的關係（回頭親要依照現在的輩分關係，改變既有的稱呼）。二姑爹住在龍山粉壁牆彎，和我的外家大竹園，中間只隔一座小山崗，站在山崗上，可以遙望到大竹園，幼時母親回龍山娘家，順道帶我們兄弟走訪粉壁牆彎，記得那是一座很有隱秘性的山彎，房子倚山而建，是否是傳統式的三進院落，我已無印象，前面是梯形的稻田，灰瓦白牆，色澤潔淨，眞是名副其實的「粉壁牆」，由於山勢的屏障，顯得非常寧靜，有世外桃源之感，和外家大竹園的地理形勝，大異其趣。二姑爹有女兒嫁到板橋，使他有了雙重身分，既是板橋的女婿，又是板橋的丈人，故到板橋的次數，自然也就多了，據母親說，二姑爹身材高大魁梧，二媽受遺傳的影響，也是高個子，二姑爹個性爽朗，每次到板橋，既是拜候岳家，又是走訪女兒婆家，由於「身分」特殊，每次來了，大家都留他多住幾天。有一年秋冬之際，二姑爹要從板橋回粉壁牆彎家中，走到丁家山，忽然感覺身體不適，頭也昏，從板橋到丁家山，一路都在山林中跋涉，小媽娘家就是丁家山汪家，那裡是來往龍山必經之路，二姑爹向來身體康健，沒有聽說他有什麼宿疾，對板橋到龍山這段崎嶇不算短的路，也不知走過多少趟，哪裡是陡嶺，哪裡是斜坡，又哪裡是懸崖，他都一清二楚，瞭然於胸，不知爲什麼，這一天走到半路，突然感覺到實在走不動了，就到附近汪府親戚家去歇會腳，以前他不隨便叨擾親戚，總是快步過門不入，這次竟自動來到，令汪家親戚感到眞是難得，請也請不到，不知什麼風吹送來的，不等主人殷勤問候，二姑爹就說，他半路上忽然感覺不舒服、心慌，氣似乎堵住，呼吸不上來，兩腳走不穩，也提不起，走不動，身上一直冒大汗，龍山板橋兩地來去已經跑了多少年了，路都跑矮了，從來沒有發生這些現象，況且秋冬之際，山區氣溫已經很涼了，不該太熱，汪家親戚趕緊把他扶上太師椅，並且按照鄉下一般待病人的慣例，沖了一杯冰糖水增加體力，提振精神，後來太師椅上也感覺坐不住了，再扶到兒媳婦剛結婚的新娘床上，讓親家翁躺得舒服些，可以減輕病情，大家一面在床邊照顧，一面派人去請郎中，誰知郎中還沒有趕到，二姑爹就陷入意識昏迷，不能言語，竟然就在新娘床上不幸過世了，這個晴天霹靂的噩耗，頓時震驚了汪家、儲家和彭家。這突如其來的變故，就儲彭兩家對汪家親戚來說，負有無比的愧疚和無盡的感激，當時絕沒有想到會發生這種情何以堪的恨事，基於親戚關係和民間習俗，彭家把新人床上的枕頭、被褥、被單、蚊帳等全部換上新的，並請附近「玉皇庵」的道士來汪府作法消災，讓這場不幸的陰影晦氣，全部廓清掃除。二姑爹的突然過世，當時鄉下也沒有醫生的診斷報告，如果依據現代醫學常識來推斷，應是急性心臟病（心肌梗塞），或腦血管病變，可能早已潛隱某些危險因子，只是沒有發作出來罷了，那時在鄉下，想要提早診斷某些病症，幾乎是不可能的。從板橋到丁家山，先是一直上山，爬到雲霄，過了馮家橫排（山脊），又開始下坡，坡度也很陡，丁家山位處下坡地段，過此以後，又要爬另一座高山，不停地翻山越嶺，對心臟血管不好的人，是一大考驗，尤其上坡，我當時還是個十來歲的孩子，每經過此地，就已累得上氣不接下氣，何況年老的二姑爹，可惜當時鄉下沒有這種醫學常識，未能事先預防，才發生所謂「猝死」。

每次母親走訪龍山娘家，下了迴旋的「之」字嶺後（這座黃泥山嶺，最怕下大雨，或春雪融化季節，黃泥裹腳，不僅難以擺脫，而且越裹越大越重，很容易失去重心摔倒，眞是寸步難行。）就到了丁家山，由於路和村莊之間，隔了一條水清如鏡的山溪，山溪的兩岸都是野生的竹林和樹林，使村莊潛形在茂林的後面，顯得非常寧靜、優雅，如果不是偶爾可以聞到幾聲犬吠雞啼，外人幾乎不會發現有村莊的存在，有時候碰到汪家親戚來溪邊洗衣，或到菜園去，剛好看到母親經過，就親切地大聲打招呼：「那不是大嫂嗎？要回娘家了，請進來喝杯茶，歇歇腳，再走吧！」母親總是說：「路過這裡很方便，回數多，下次再來打擾吧！」邊說邊往前走，狗也跟著連吠帶衝，主人大聲喝斥，制止，狗就站在主人身邊，仍大聲狂吠不已，走了好遠，整條溪谷裡，仍聽到狗吠的迴盪聲。

汪府鄰近玉皇庵，村莊旁邊有一條古樸的小路直通到庵，母親就曾經由這裡到玉皇庵上香祈福還願，快要接近玉皇庵的那一段，忽然發現路幾乎就開闢在懸崖邊上，構成了另一類的名山之美——「險勝」，平常絕少人跡，沿途都是松蔭，遮蔽了驚險的視野，也可能妨礙了有心人欣賞「險勝」的機會。玉皇大帝所標舉的神仙境界，與傳統儒家所追求的聖賢境界，同爲人所嚮往。既要追求神仙，就先要力求「超凡脫俗」，在人間創設「仙境」，走在這條「險勝」的小路上，不在意的，就可聞到陣陣的竹葉清香，微風吹不走，也吹不散，卻吹走了朝山時奔波的汗氣，吹散了傷神的俗氣，清淨的自然環境，慢慢引入玉皇大帝的仙境，由仙境慢慢讓人拓展心境，映入眼簾的，是那宏偉莊嚴的玉皇庵，它落座在陡峭高聳的山頂上，背臨萬丈深淵，顯示玉皇大帝的威靈，來自遙遠的天庭，不同凡間的背景，蒼松翠竹，都生長在懸崖的石縫裡，周圍環繞青苔，受生長環境的限制，物類枝幹都不高，但都長於攀岩附石，卓牢挺拔，使一片生意盎然的物態，拱衛著玉皇仙靈，也使懸崖變成另類玉皇大帝的千秋基座，傲岸在群山之間，庵的前面，也是幽竹環繞，遠遠望去成了山門的自然屏障，由於香客都是步行登山（那時沒有公路，不通車，自然也就沒有停車場），心懷虔敬，沒有一個人說山路難行，相反地，都爭說此地是人間仙境，樂以忘憂忘返！

進了香以後，帶著舒泰自在的心情，在松竹林間徜徉穿梭，耳畔磬音方歇，庵外鳥語爭鳴，眼前淡淡的煙霞斜飛，它沒有絢爛的過去，也不必有輝煌的未來，只有不停地幻化在玉皇大帝的尊前，懸崖的這一邊，也就是玉皇庵的背面，中間隔著萬丈的深谷，是牛頭嶺，相較於玉皇庵的拔出雲霄，牛頭嶺似乎矮了一大截，這是到龍山來去必經之路，每次走到這裡，不由得在此休息片刻，眺望近在眼前的玉皇庵，雖然是它的背後，一方完整無缺的土黃色大牆，重壓在絕壁邊緣，深谷裡的長風，自相激盪，互爲聲威，沒有人問它何所來，又何所去，深谷兩岸的竹樹，應受夠了它的「折磨」，不停地跟著搖擺，挽著如帶的嵐氣，緩緩升起，又輕輕丟下，似乎在玉皇庵的牆外作「法」，畢竟是河谷裡的風雲，不能擅自離開它興起之地，奪走玉皇大帝的威神，空靈傳聲，陣陣鐘鼓聲，來回盪漾在河谷的上空，漸漸地，又沉寂了，然後又響起，受風向的影響，時而無聞，時而有聲，玉皇大帝藉天威行事，孕育自然之美，也庇佑了山野間的善男信女，更給我留下了對故鄉壯麗山河的眷念！

與丁家山遙遙相望的是馬鞍山，三峰並立，中間一峰稍高，形似馬鞍，故名，氣象雄偉，峭拔，但山上無廟也無庵，除冬季爲冰雪覆蓋外，其他時間都是一片墨綠色，山勢幾乎是垂直的，無登山隘口，由於馬鞍山土膚石骨，天然條件所限，無法培養棟梁之材，漫山都是荊棘雜木，雖無大用，但對維護水土的流失，也有功於自然生態。馬鞍山下幽深的河谷，是深溪河的發源地，母親的親妹，我唯一的小姨就住在那兒，由於很少有人經過，幾乎沒有「舊路」可循，只有自行邊找路，邊前進，因此每回拜訪小姨，來去都走不同的路，儘管放眼望去都是一片綠野，但只要把握大方向前進，任河谷之深之廣，最後都能殊途同歸，所困難的，是山路極陡，要手腳並用，邁步之前，手要抓住路邊的竹樹杈枝，逐步往下移，萬一失手沒有抓緊，或攀附的枝椏斷折，人即滑溜而下，也不必驚惶失措，下一步即被其他枝椏擋住，絕不可能直滾谷底，這種「冒險犯難」的「經歷」，至今記憶猶深，有時翻滾時，遇到成群野兔從身邊經過，大概久居深山不識「人」，還回過頭來多張望一眼，眞是「少見多怪」啊！

到了深溪河谷底，再抬頭望馬鞍山，看不到山頂，最多只能看到山腰間一股白色嵐氣，在那兒自由自在地飄忽移動，輕輕地，把高接雲霄的馬鞍山分成兩段，河谷的溪流，高低落差很多，產生了極爲悅耳的流水聲，由於兩邊山壁的屏障，美妙的回音，終日不絕，有時還傳來疑似庵堂的鐘磬音，原來是石縫裡的流泉落到下方水潭的清音，泉聲、竹影、松風、石色，構成了深溪河的一副天然美景，還有不知名的山禽，緩緩穿梭其間，聽不到牠飛行的羽聲，只偶爾聽到幾聲輕淺的流囀，牠習慣了在溪谷裡的閒情，也不想去領略「天空任鳥飛」的豪情，只想讓恬淡的自然環境，牽引牠的羽翼，既避免了弓箭的追飛，也省去了無謂的比翼。前面的河谷轉個彎，突然出現一道沿著山邊而來的大竹筒，就知道小姨家快到了。這些埋在路邊的大竹筒，有的很新，像是不久才換的，還可以看到青皮勁節，有的已呈現灰暗色，在表面露出淺淺的裂紋，這種鄉村的原始「自來水管」，都是經過精心挑選，沒有任何傷痕裂損粗壯的大竹，先用一根大木棍，打通裡面一道道的「關節」，有的「關節」因竹老而「堅貞」，不容易「一貫到底」，如果強行「貫通」，竹管可能因衝擊太大而破裂，又爲了避免長期暴晒在烈日下，損及竹管壽命，儘可能就近潛隱在草叢裡，如無天然草叢，也要另外挑些雜草掩蓋在上面，阻擋日晒，又爲了隨時檢查漏水方便，不埋管於地下，也可能因爲竹管埋於地下，容易腐爛，既不利水流的衛生，且增加更換的頻率。

小姨家的「自來水」，得山川靈秀之賜，經過天然的層層過濾，汰盡一切塵泥浮渣，湧現涓涓清泉，無慮飲水的安全，所費代價，只不過幾棵大竹而已，坐在家中，清澈的山泉即不分日夜地自動流進水缸，發出清脆悅耳的水聲，在廚房外就可以聽到那種不疾不徐，永遠無倦意的聲音，眞是「不舍晝夜」啊。姨祖父常捧著茶杯，笑指水缸說：「喝我們這口山泉水，不僅可以超塵脫俗，奮發精神，而且可以減少生災害病，延年益壽！」他老人常以此自豪，我也以此懷念至今。有了「自來水」，就可以省去挑水的辛苦，尤其在嚴寒山區，冬季來得早，去得遲，大河冰封，溪流雪裹，一片寒威載途，挑水眞是一件苦差事，小姨家坐在家裡，可以觀賞清泉汩汩地流著，不擔心水源枯竭，也不擔心結冰，流到水缸裡的泉水，經過漫長的「管線」，還冒著一些熱氣，足證厚實的竹筒有保溫抗寒的功用，因爲竹筒不同金屬的「導體」，無冷熱反應，是最好的「水管」材料，這是我生平第一次見到的「自來水」，後來我想在板橋老家也試著裝設「自來水」，但仔細觀察地形，板橋雖然也在山區，但村莊附近只有紙槽棚背後有一口山泉，但路線太長，要穿越小河和村莊前面的大稻田，再延長到廚房，天然條件告訴我，幾乎是不可能的，只有到大河裡去挑水了，雖同樣是山居，卻無相同的地利條件，只怪造物者厚此薄彼，不能等同一體了。

小姨家是一個只有兩戶人家的小村莊，我很少看到有人出來打掃，卻自然安靜，整潔，由於四周都是高山屏障，不在交通要衝，阻絕了閒雜人等的干擾，形成了現代的世外桃源，西鄰那一戶人家，也好像深居簡出，他姓什麼，家裡有多少人，我到小姨家很多次，仍然不清楚，也不懂得去當「包打聽」。小姨自家大門對應馬鞍山的餘脈，比起主峰當然矮多了，山勢雖然遞減，但「龍脈」卻依然潛隱綿延，處處可以感覺到氣象森嚴。西元二〇〇九年，我們兄弟初回故鄉掃墓、探親，並會見姨表弟，談到他的家深溪河當年的自然景觀，那時他大概只四、五歲，自然記不得，我把當年的天然美景向他描述一番，他大爲驚訝，說：現在深谷裡，早已建起雄偉的水壩，當年潺潺的流水聲，和不絕於耳的各種迴音，由於溪流的攔截，久成絕響，後代子孫已無機會再觀賞到這種大自然的原始之美了。人，往往自詡勝天，循一己之私意，違背自然規律，妄自改造自然，破壞生態環境，究竟是禍是福，是得是失，恐怕只有俟諸來日的事實證明了。

我最後一次到小姨家，是冰雪漸融的春末，溪谷裡雖有日色，卻有拂不去的凜冽，姨父看我們無所爲樂，卻又好動，就叫姨表叔（姨父之弟）帶我們兄弟到門前溪裡去捉魚蝦和螃蟹，我們和姨表叔同心協力去搬動一塊洗衣的巨石，來尋找螃蟹，因牠好藏身大石縫裡，我們捉螃蟹只是好玩，因家中大人一再警告，螃蟹有毒（其中蟹黃含有劇毒）不能吃，大家都信以爲眞，但也沒有聽說誰曾經中過毒。巨石下方因常年浸泡在水裡，長了大量青苔，非常滑，不好使力控制，我們兄弟不小心，砸破了姨表叔的食指，當時血流如注，我們在一旁驚慌了，不知如何止血，眼看把溪裡的水都染紅了一小片，他卻很鎭靜地停了下來，隨手摘一片初生的嫩葉，裹住傷口，另一隻手仍陪我們搬動石頭，找魚蝦和螃蟹，鮮血仍從葉片縫裡往下滴，我們說回家吧，他說不要緊，仍忍住痛和不便，繼續陪我們玩，展現出他的「堅忍」，並提醒我們要小心，那時姨表叔未婚，個性勤快，隨和，和我們兄弟玩得很投「緣」，姨祖父後來告訴母親，說：「兩位姨姪孫，眞是力氣不小啊！竟然搬動了我們已經三代沒有翻動過的洗衣石，今天竟讓儲家的兩姨姪孫搬動了！」大概姨表叔在他父親面前告訴他，因爲要找螃蟹，搬動了從未搬動過的洗衣石，似乎沒有提到自己的手傷，也沒有提到我們仍把洗衣石搬回到原位。

小姨臥房的後面是院子（這是唯一的例外，板橋和龍山兩家親人的臥房後面，都沒有院子。）左右兩邊是土磚砌的圍牆，後面倚憑山壁，直接對著臥房的後門，大概爲了防備後門打雨，順著門的方向，搭了一個草棚，後院是果園，春末季節，有的果樹，花開已過，正等著開始結實，有的還在開花，果樹林中散發出濃郁的花香，給我印象最深的，是結實累累的石榴，樹幹不高，隨手可摘，剖開石榴，果肉呈粉紅色，粒粒晶瑩，似透明欲破，這是我第一次認識石榴，可惜我對石榴眞是太無緣了，不想嘗試那種酸甜的味道，小姨摘了很多送給我們，母親說，如果你們不喜歡吃就不要帶，後來竟都送人了，她自己留下的，是樹影的搖曳，空枝的孤寂！

十二

我家歷代祖傳的不動產（包括水田、山林和土地）「疆域」，雖然橫跨潛山和岳西兩縣，是當年共產黨口中所謂的「大地主」、「大土豪」，更是佃農心中的「大東家」，但我小時並沒有感受到自己是「大地主」、「大土豪」家的子弟，照樣上山砍柴，下田栽秧，放牛餵豬，一切勞苦的事，要學著做，應該做，所謂「錦衣玉食」的生活，從來作夢也沒有想到過，生活的艱難，節儉的重要，從小就留下深刻的記憶與親身體驗，後來讀到司馬光「訓儉示康」的那篇家訓和曾文正公家書，對我就產生無比的親切感與眞實感，原來「吾道不孤」。在我十二歲以前，生活的足跡，方圓不超過二十華里，但有兩次例外，一次爲了要知道祖墳山的所在地，跟隨祖父到岳西縣石關鄉浪袈山去掃墓、祭祖，另一次，是抗戰勝利後，父親自南京匯款回家，那時金融匯兌業務，一律由郵局兼辦，鄉下沒有郵局，必須步行到百里之外的青草塥（潛山、桐城，和懷寧三縣交界的一個集鎭）郵局去提領，由於我沒有見過「世面」，平常在家常聽到大人們說：「外面」如何繁華、熱鬧，甚至還有叔輩們誇張地說，外面的馬路都比我們鄉下最講究的鍋台面（竈台）還要光滑、亮麗，更引起了我這個「鄉巴佬」的好奇心，一定要跟著「上街」見識一番，看看我心目中久已嚮往的「街」，究竟是箇什麼「模樣」，母親答應了，祖父也同意讓我隨行，爲了省錢，本來打算在青草塥只過一個晚上，等領到錢就回家，哪知抵達青草塥的那一天，剛好是星期六，次日是星期天，郵局不開門，領不到錢，我第一次聽到「星期天」三個字，問祖父是什麼意思，怎麼我們鄉下沒有，他縐著眉，愣了一下，還是沒有說出個所以然來，只說以前他來青草塥，也曾碰過「星期天」。

青草塥位於平原上，只有一條街，兩邊的房子都是青磚砌的，很老舊的平房，有些從外觀上看去，恐怕已接近百年了，但仍然很牢固，店招五花八門，有的懸在門楣上，像門匾，有的掛在門旁邊，也有的懸在門前一根柱子上，由於房子不高，以小巧形的居多。沒有電燈照明，入夜後，家家用煤油燈，自然也沒有電動的鐵捲門了，店家的門，最多的是兩扇門對開，也有很多是單扇門，都漆上紅油漆，就是所謂「朱漆」了，是傳統的吉祥富貴的象徵，街道是花崗石板鋪的，有的已爲川流不息的客商磨得很光滑，證明已經歷不少的歲月了，有時還看到牧童牽牛經過，初次上「街」的人，看著與「街」景似乎不搭調，這大概是以前留下的陋習，見慣了就不會感到奇怪了，遇到了只輕輕地，很自然地從牛和牧童身邊經過，有的牧童怕驚嚇行人，把繩子拉緊、縮短，讓牛和牧童都放慢腳步，好讓行人放心通過，還有更不「搭調」的，是那些「逛街」的兒童，竟在「街」角的空地上隨意便溺，「過路」的人都視而不見。至於我想要「見識」的汽車，卻沒有看到，只看到一個人在後面推的木製獨輪車（鄉下人叫雞公車，大概中間一塊較高的分隔板像公雞冠），中間是木製的車輪，爲防木製的車輪鬆散，外面包裹一層厚鐵皮，等於捆住了車輪，走在石板路上，老遠就聽到「喀嗤、喀嗤」的聲音，初聽非常刺耳，車輪左右是兩片平台，可以坐人（一邊只能容一人），也可以載貨，據說可以載重三百多斤，後方的兩個把手上，分別繫一條皮帶，或粗麻繩，套在推車人的脖子上，用以輔佐車子的平衡，眞正要維持車子的平衡，還是要靠雙手運作的技巧，這和騎自行車，維持車子平衡的道理有相通之處，由於推的人在車子的後方，視線要從車子的上方「遠眺」前方的路況，如果只注意左右兩邊，將影響車行的平衡，會推車的人「以小撥大」，嘴裡還可哼著不知名的小調。

順著「街道」往前走，沒有走多遠，發現青草壩似乎被沙洲和馬路一分爲二，成了前後兩段，郵局位在前面這一段，祖父指給我看說：「我們就在這裡領錢。」郵局是一棟很普通的磚造平房，位置比一般並排的店鋪向後縮了許多，門前有幾步台階，是怕淹水嗎？爲什麼左右的店家沒有，門右邊掛了一塊不起眼的木牌，上面用綠油漆寫的「郵局」二字，卻極清晰耀眼，旁邊還有一塊小木板，上面用黑筆寫了每天辦公時間，字很小，有些人盯著看，這便是一九四〇年代青草壩的郵局，也是我平生見到的第一個郵局。

在郵局的附近，有很多客棧，或許因爲這裡是青草壩的入口處，可以招徠很多住店的客商，祖父也選了一家客棧，他說：「以前到青草壩採辦年貨，都住這家客棧。」算是老主顧了，他不會亂開價，祖父爲愼重起見（街上的店家，常常對鄉下進「城」的「土包子」亂喊價錢，就是俗話說的「敲竹槓」），還是照例先問清楚，免得結帳時被「宰」，客房不多，但都住滿了人，盥洗和廁所在另外一間，全部住店客人共用，客棧的旁邊是飯店，吃住毗鄰，對商旅行人來說，比較省事，我第一次在「街上」吃早飯，很新奇，早餐是豆腐腦（祖父說：「街上人」不作興喝豆漿），拌以切得很細的生葱花，無糖也無鹽，搭配燒餅和油條，油條我在外家吃過很多回（只要有玩把戲，唱京戲的場合，必定有炸油條的攤位），燒餅卻是第一次吃到，這名稱也是祖父告訴我的，並教我燒餅包著油條一起吃，除了燒餅油條，還有稀飯。燒餅對我很新奇，在鄉下沒有見過，也沒有吃過，吃，嘗過「新」，見過「世面」了，「住」也有異樣的體驗，投宿客棧的兩晚，我幾乎成了臭蟲「攻擊」和「欺生」的對象，以前在家裡常聽到大人們提及「外面」的臭蟲，以為事不關己，也無興趣過問，這回臨到自己親身體驗了，我不懂，鄉下這樣衛生條件和衛生常識落後的地方，尚且沒有臭蟲，何以「街上」這樣「文明」的地方，還有臭蟲，難道就不消滅它，讓它滋生嗎？這種「異物」，最「喜歡」躲藏在床板縫裡，行動敏捷，很難捉到，被牠咬到，奇癢無比，我怪店家，難道不知道自己店裡有臭蟲嗎？祖父說，青草塥每家客棧都有臭蟲。據說，臭蟲「生產」速度極快，一夜之間，可以生出一兩代，前面還沒有消滅完，後面又生出來了。在昏暗的油燈下，順著癢處，隨手亂抓，就會抓到一兩個，捏成稀爛，立刻發出那特有的刺鼻臭味，所以才叫「臭蟲」。客棧投宿的旅客，被臭蟲「攻擊」得夜不能眠，半夜起來，紛紛在走廊裡聊天，大家互吐「癢」的痛苦，店東看到客人紛紛「起床」，也不知如何是好，只好以煮茶代替「謝罪」，這是我此生第一次住客棧的奇怪經驗，終生難忘，臭蟲讓我見了「世面」，奇怪的經驗也讓我這個山裡出來的孩子開了「眼界」，每次家人從青草塥採購回來，凡是身上所穿的衣服，擔子裡的雜貨，都要在烈日下曝晒幾天，臭蟲遇到高溫就自動竄出來，這時要發現和撲滅都比較容易，鄉下對臭蟲深具戒心，因此預先防範極嚴，板橋老家始終沒有發現臭蟲的蹤跡，沒有把外面的「貨」一起「運到」家來，也算是萬幸了！

要到青草墟的後一段「街」，必須經過一座乾沙灘（實在是一個河道），它把青草墟分成前後兩段，商旅經過乾沙灘，直接來去，下雨時，水漲了，乾沙灘淹沒了，就只好暫時「交通斷絕」。祖父趁著郵局尚未開門上班之前，帶我走了一趟後段青草墟，這裡的「街道」也較寬些，祖父說，最早的青草墟只有我們歇店的那一段，時間最早，店面也最舊，「街道」也最窄，後來生意慢慢向後延伸，店家多了，就有了後面這一段，店面較寬敞，南北雜貨也較多，市面也較熱鬧，入夜後，店家的大煤油燈也比較亮些，這裡有瓷器、五金，各類食品布疋等，一應俱全，祖父選購了家裡日用的鹽糖等雜貨，因路途遠，交通不便，上「街」一趟不容易，祖父本打算還選購其他雜貨，但考慮到自己年老，體力差，如果買多了，恐怕挑不動，又不能雇人挑，就作罷了，在回來的路上，祖父趁卸肩暫作休息的時候，為我指點一些沿途的風景名勝，給我印象最深的是龍井關，兩旁高山聳立，中間僅留一道隘口，形勢險要，山上奔騰的清泉，挾著風雷的聲威，從迎面的石壁上凌空而下，變成壯闊的瀑布，激起狂野的浪花，飛濺到周邊的草木上，山禽的羽衣上和來往行人的衣襟上，祖父面對山色泉聲，竟忘記了肩上的重擔和額前的汗水，讓勞苦的心情暫時投奔到物外，拿起搭在肩上的手巾，隨手抖了一下，抖去那一路帶來的風塵，老人家又重新肩起他的重擔，好像怕丟了他隨行的長孫，回頭對我說：「我們上路吧！」河山如有靈，應記得我們祖孫在此攬景之情！

西元二〇〇九年，我們兄弟初回久別的故鄉，昭紅姪把車停了下來，我們下了車，他說，這裡是龍井關，我們精神爲之一振，依據記憶尋覓舊山河，只是往日奔騰的水聲消失了，我問昭紅，是怎麼回事，他說，上面早已建成了水庫，攔阻了所有的源頭，千秋飛瀑，從此絕跡，萬斛濤聲，也從此絕響，「龍井」乾枯，「關」今何在？面對故山的劇變，亂後歸來，眞是心緒萬端，神傷不已！

幼時來往兩地最多的，是龍山的外家與板橋的本家，兩地之間，論地形，一在山區，一在平地，論距離，一般鄉人說，二十華里，由板橋到龍山，絕大部分都是下坡路，可以省時省力，約須半天就可以走到，但由龍山往板橋，完全是上坡路了，還有幾段大陡坡，走起來極耗時費力，來回同樣的遠近，所付出的「代價」就相差太大了，其中以險峻的牛頭嶺爲天然分界線，行人經過此嶺時，爲了保持身體重心的穩定，都是彎著腰低著頭前進，上坡時，如想「抬望眼」看「前程」，當面陡峭的地勢，逼得人有點「頭昏眼花」，似有站不穩的感覺，每走到此，母親總提醒要低著頭看路走，下坡時也一樣，如想「快哉乘風」，昂首望「前程」，立刻兩腿顫抖，幾乎不敢開步，但一過了牛頭嶺，往龍山的路就比較平坦了（但不能稱平原，最多只能稱盆地，因爲四周都是山岳雄峙），視野也較寬了，一眼可以望到很多村莊，在牛頭嶺之前也有很多小村莊，都是各依地勢而建，有的建在山谷，有的建在山腰，但都潛隱在層巒疊嶂之間，聽不到人聲，也聽不到雞啼犬吠，偶爾在青林中，可以看到離群的白鷺，緩緩飛翔，爲畫家筆下的湖山美景添了色彩。牛頭嶺之後的村莊，已到平地了，有的被青青的稻田包圍，在一片碧波中，那古樸的農家，似與外界斷了「路線」，看不到去徑和來路了，有的爲幽篁野樹環繞，顯示農家特有的田園清趣，沒有人修剪枝葉，其實散漫自然，就是農家的特色，愛物不如隨物性的好。農家也愛美，他愛的是不經雕琢的自然美，一陣清風，一陣稻香，只要敞開胸襟，隨時可以接納，是不必勞神苦思刻意去追攀的「風雅」，中國文人筆下的「田園派」，是把自然環境和自己的心境融合爲一的，「曖曖遠人村，依依墟里煙」和「採菊東籬下，悠然見南山」，野老田父自然也是此境界的分享者和見證者。牛頭嶺下方有一條河，河上搭建木橋，母親說，以前每遇山洪暴發就沖毀木橋，地方人士爲求一勞永逸，遂改建石橋，河中大石就在河床上，取材容易，當築橋墩時，白天築好了，入夜後就塌了，鄉人不堪其擾，也不明其故，這時恰好有一位通陰陽兩界，會「過陰」（這應該算是一種靈媒，幼時我曾親身經歷，後文將要敘到，此處從略）的婦人（靈媒都屬女性，我未見過或聽過男性充當靈媒，大概陽剛之氣太盛，阻礙通靈）經過此地，她說這裡曾經因山洪突然沖來，淹死一位來不及逃生的村婦，她抱著大石喊救命，最後仍難逃滅頂，如今你們把她當時抱著喊救命的那塊大石，剖開來移築成橋墩，害她無處棲身，所以你們的橋墩永遠築不成，爲今之計，你們要在河堤岸畔築一個石龕，還她一個永遠的安身之地，她就不會再來破壞你們的橋墩了，這已是久遠的不幸，「過陰」的婦人，爲了證明她所言不假，不辭辛勞地挨家挨戶訪問詹家沖的人，已經沒有人知道這段遺恨事了，建石橋的詹家沖父老，完全依照「過陰」婦人的「指示」，備辦祭品，招魂接引，行禮祝禱，說也奇怪，居然石橋就這麼順利建成了，母親每經過此橋，放慢腳步，不由得觸景懷想，又要提起這段淒迷故事，一九四七年初，我最後一次經過此橋，如今一個多甲子過去了，願河山無恙，石橋無恙！

由詹家沖繼續往前走，快要接近龍山塔畈，這裡又有一些不同景觀，平坦的路邊，出現了一排高大的楓樹，茂密的楓葉在空中相摩，發出陣陣的聲響，但沒有一片葉敗下「陣」來，樹下有十幾塊平整的花崗石，或繞樹排列，或散作一排，專供來往行人在樹下休息用的，綠葉清風，送走了行人的倦意，但卻帶來了再坐一會兒的「惰性」。秋天，經過這裡，初霜後的楓葉，眞像杜牧之的詩：「霜葉紅於二月花」，紅得豔麗，紅得令人醉，隨風的強弱，決定飄零的遠近。離這不遠處，有很多高矮不一的墳堆，母親說：那叫作「堆棺葬」，棺材安放在地面上，上面覆以黃土，形成一個大土堆，多半是死者生前要求這樣安葬的，龍山地方不大，境內竟有不同的喪葬習俗，一般的還是遵照傳統，葬入土中比較永久、正式，「堆棺葬」只有在此處可以看到，在故鄉並不流行，因爲墳塚很容易遭到雨水沖刷，或人爲破壞，很不安全，有些牧童還在旁邊放牛，把墳堆四周的青草啃個精光，甚至有些牧童還放縱他的牛，兩隻前腳搭在墳堆上（因墳堆較陡，無法踏上去），想吃到頂上的草，我眞擔心幾百斤重的黃牛（或水牛）會踏破裡面的棺木，由於外面少了一層草皮的保護，呈現一片光禿禿的墳堆，看了眞讓人爲久雨的「災變」擔憂不已。

每經過這裡，尤其是陰天，光線昏暗，看到那一個個的大土堆（想不看也難，因爲就在身邊），總似乎感覺到有一股陰氣正在到處飄移，流轉，催母親快步離開，她總是說，我們是過路的，又不驚擾他們，小孩子不怕！但母親就想在這裡歇下包袱，鬆一口氣，回一下精神，這裡又恰好是中途點，有時偶爾遇到附近村莊的人，像是很面熟的鄰居，好奇地說：「大娘是要回娘家吧！」看我們穿著整齊，一副出門的打扮。眼前已是平地了，遠望剛經過的牛頭嶺，此刻正籠罩在雲霧中，其實距離並不長，但可以想像山勢高低落差有多大啊！先前經過的那一條河，七彎八轉之後，流到那一排大楓樹的後面，由於地勢已漸平坦，河床也寬了，當然，沿途也接納了不少的小溪，水量增加了，雖有巨石橫亙在河床上，只是從兩旁迅速分流而去，缺少奔騰的衝力，自然激不起驚人的聲勢和壯觀的浪花了，一派平靜的流著，但水質仍清澈如故，不因在山出山而改其「色」，同樣的這一條河，剛下牛頭嶺，過石橋，到詹家沖界，現在要出詹家沖了，還是過這條河，它把我們引到左岸，走一段路，不知不覺地，又把我們帶到右岸，一路任由這條河「支配」、「擺布」，眞是人隨水轉，心從境遷，環境沒有永遠不變的啊！經過幾轉幾遷之後，來到龍山塔畈了，所不同的，最先走過的，是離河面很高的石橋，這回則是踏著河床中間羅列的大石頭過河了，雖然沒有河水的大力衝擊，當時安放的大石，應高高露出水面，但時間久了，一樣受到水擊沙移的影響，使踏腳石在不知不覺中，就原地下陷，以至於快接近水面了，河水就緩緩地從踏腳石旁流過。由於山路崎嶇，跋涉困難，到外家來去，幾乎都不帶很重的包袱，不論肩背手提的，一律是輕便的，母親是小腳，但步履穩健，一步一石頭，她說，這些踏腳石都是別人走過的，非常穩當，可以放心的過，不會滑動，尤其每步間距都很短，不必跨大步伐，過河更安全了。

到了塔畈，這裡的農人運用了智慧，在河床上築了一道體積不高，但很寬的石隄，把水位稍作提升，以便配合沿著路邊開的一條溝渠，引河水入渠，灌溉塔畈大部分的農田，也不知是哪一代人開的，溝渠裡的泥，早已經年累月隨流水盪洗走了，剩下的是細沙和小石，最令我不解的，是溝渠裡散布了很多如指頭般的小貝殼，不知從何處來的，河裡既無此物，陸地上也未見蹤跡，有的張口，有的閉口，沿溝渠一路徜徉看，由於水流緩慢，沒有衝擊力，就各憑「自由」，有的聚成一堆，有的分散，在清澈如鏡的水裡，有時似有若無地隨夕陽反射它背上的瑩光，有的潛隱在溝渠的水草裡，藉著水草的保護，不想力爭「上游」，事實上，也無上游下游，在我看來，要定睛去觀察，才能看出淡淡的波紋，顯示水流的方向。自然的環境讓牠無爭，人爲的環境讓牠沉隱無憂，眞印證了「水流心不競，雲在意俱遲」的詩境，從沒有人想去侵犯牠，捕撈牠，雖然在糧荒食缺的季節，也沒有人動牠的念頭，那時沒有環境保護的觀念，可是就有不侵犯自然的潛在意識，好像在那個時代，鄉人不作興吃這種野生的「水產」，沒有人敢冒然去嘗試，怕它有毒，所以牠的「自然生態」，才免於遭到人爲的破壞，這不是鄉人要刻意去保護它，而是順其自然而已，鄉人的著眼點，在乎農田用水的正常流量，因爲這關係他們農作物收成的豐歉。沿溝渠慢慢往前走，一路金黃色的稻穗，映帶左右，微風拂過，引起淺淺的金波，雖然沒有威動的聲勢，卻有稻穀的芬芳，偶爾飛來一群野禽，一面低空盤旋，一面啄食稻穗，老鳥刁鑽，叼走一枝稻穗，飛回附近的矮樹上去慢慢「消化」，小鳥逐粒啄食，往往爲微風所欺，輕輕「移動」快到嘴邊的稻粒，但不氣餒，「機會」又來到嘴邊了，農家知道野鳥之害，在稻田中間樹立了只「搖旗」（風吹旗動）不吶喊的「草偶」，由於草帽蓋住了它的眞「面目」，看不到它的「喜怒」，羽禽並不因此有所「畏」，依然「故技」一再重施，沒有產生嚇阻的作用，是草偶最大的「失職」，也是主人最大的「失望」，除稻田以外，塔畈還有一些地勢較高的田，無法引溝渠的水去灌溉，只好闢爲棉花田和地瓜地了，但面積不大，塔畈土壤肥沃，日照充足，是最好的農業地理條件，農家不忍任意荒廢，處處都要利用。

塔畈的村莊，爲了不破壞整片綠野的美，居民都自動地把房子建在極遠處的山邊，田間幾乎看不到一座村莊，這和先前經過的詹家沖不同，因此更顯出地形的開闊、平坦，氣象的宏偉、自然，母親嫌它「慢腳路」（不容易走到盡頭），我卻認爲這正是它大而美的象徵。塔畈的稻田，遠看好像沒有分疆畫界，似是整個一片，這是因爲其間的田埂非常狹窄，非常低，容易產生錯覺，目的只要僅供一人行走即可，尤其稻子長高之後，更「淹沒」了那些縱橫的「蹊逕」，待稻子收割完成，縱橫的「蹊逕」再現，間隔瀲灩的水田，又是另一幅的原野風光。

塔畈是一座長方形的盆地，圍繞盆地四周的山勢都不高，傾斜度也不大，很多農家就在自家的村莊前面開闢了一座大水塘，引附近的山泉，或集雨水入塘，水塘的周邊種植高大的垂柳，潔淨的塘水，柳絲倒映，微風襲來，婀娜生姿，有的輕拂塘水，牽動了淺淺的碧波，也洩露了塘柳的青香，憑添了農家生活的情趣，因爲村塘是爲觀光賞景用的，不養魚，也不養鵝鴨，使水質一直保持澄清、亮潔，就是水草和青苔，也幾乎絕跡。塔畈沒有竹林，圍繞農家的，都是參天的古樹，也不知是哪一代人栽的，或是原地野生的（鄉下沒有植樹觀念，從來也沒有人提倡植樹），古樹以外，桂花的脫俗清香，也是處處可聞，淺黃色的小花朵，靜靜的，點綴在枝頭上，不爭奇，也不鬥豔，由於姿態嫻雅，除欣賞外，還可採摘下來，做成桂花糕點，或做成桂花茶，故鄉土產的麥芽糖，摻些桂花，的確風味特佳，所產桂花，都是淡黃色，二〇〇九年遊杭州西湖，才初次看到丹桂，雖花容有別，飄香則一。

塔畈，是龍山本地人的習慣叫法，它正式稱呼，應該叫作「龍山」，但也有人連著一起，叫作「龍山塔畈」。只要一踏進塔畈地界，遠遠地就可以看到一座聳立的古塔，那座六邊形的七層青磚寶塔，坐落在龍山盆地的中心，一般的塔，都和弘揚佛法有關（按塔本爲埋藏佛骨的地方，譯名很多，如浮圖、浮屠，其實就是出家人的墳塚，最高十三層），建在寺庵的近旁，可是這座古塔，與宗教無關，卻和風水的傳說有關，似乎又牽涉到中國傳統的陰陽五行，據說，以前有位風水師來到龍山（風水師和通陰陽的人，都很少安靜坐在家中，喜好在外走動，以便隨時隨地發現「異事異象」），經他「靈光」一閃，看到塔畈地形是一條「龍」，「龍山」也就由此得名，只要「龍」一昂首翻身，地方上必有大災難，大浩劫發生，所幸險阻的梓柏嶺，已先壓住龍尾，使它不得任意「擺尾」，龍頭還是昂揚的，這位風水師建議地方父老，在龍頭的位置，建一座寶塔來鎮壓，父老們接受了風水師的建議，就集資建了這座塔，現在已成龍山地標的象徵。裡面有旋轉梯，可以上到頂層（雖年代久遠，木材部分，還沒有嚴重腐朽，但油漆已經剝落殆盡了），幼時我曾隨母親上去過，這座古塔，不知已經歷過多少年的風霜歲月，晦暗的塔內，充滿一股極強烈的霉味，令人難受，雖各層都有如洞式的小窗戶，可以透空氣，納陽光，但似乎無濟於事，外層磚壁上也長滿了青苔和爬牆虎（一種野藤），一副殘破不堪的樣子，但青磚的結構，仍極其堅固，整座塔身仍屹立不搖不斜，顯見當時人對風水師的「指點」和「建議」，和關乎龍山的「興亡」，對建塔的選材和施工，都是極其認眞，負責的，要讓這座古塔永遠肩負著鎭壓「龍頭」的重責大任，厚重而結實的朱漆塔門（兩扇板門對開），雖經長年的日晒雨淋，顏色早已頹朽，但由於木材的上選，木匠的「匠心獨運」，工與料的精心「結合」，使塔門還照樣開闔自如，所可惜的，地方上未設專人維護，塔門終年虛掩，任人自由進出，塔的四周環繞著水田，只留一點空地，供遊人繞塔行走，水田的主人對塔旁的雜草，似乎也很少盡義務去隨時清理，竟任它雜亂污穢，在夕陽的殘照裡，更襯托出塔影的凋敗、荒涼，或許他不知道這座古塔的來歷與經過，才會冷落以對。

梓柏嶺是構成龍山盆地的主要山脈之一，也是龍山塔畈對外交通必經的要道，要到黃柏區公所洽公，必翻越梓柏嶺，它是一座橫向的山脈，山上都是普通高度的松樹和一些灌木，是否有梓柏，當時年幼，並未注意，由於坡度平緩，遠看似乎不高，但走近仍覺雄偉，高拔，基於交通的需要，從山腰中間開出一條隘道，據說，當時還有人相信風水先生的話，說梓柏嶺正好壓住「龍尾」，不能「破壞」，堅決反對，於是白天挖隘道，夜裡就有人塡回去，這樣正反「拉鋸」，後來隘道還是如期完成，風水之說，也就無人再提了（那時無隧道開鑿技術，比開挖「陡峭」的隘道「壁」要安全多了，最少可以避免久雨坍方），對日抗戰期間，這裡是關卡，設置崗哨，由衛兵二十四小時輪流駐守，盤查來往行旅客商，靠近梓柏嶺是龍山鄉公所的所在地，幼時舅父帶我們母子到鄉公所裡去玩，第一次看到電話就是在鄉公所裡，舅父在鄉長辦公室（鄉長也是彭家舅父）撥一通電話到黃柏區公所（區長是彭象明舅父，後來發表爲安徽靈壁縣長），舅父先接通，講了幾句話，大概是說沒有重要事，是打來好玩的，就交給我們母子去聽，我第一次聽電話，既好奇，又緊張，支支吾吾，不知怎麼說，原來人說的話，可以經過「鐵絲」（那時只知有「鐵絲」，不知道還有「電線」），傳過來，傳過去，幾乎和對面講話一樣，眞是太神奇！太好玩了！我第一次「認識」電線桿也在鄉公所附近，抱住高高的電線桿，附身靜聽，似乎也傳來風吹電線，發出「嗚嗚」的聲音，那時眞感覺到板橋的孩子太「鄉巴佬」了，什麼「世面」也沒見過。

鄉公所是地方的小「衙門」，地位雖不高，可是在我幼稚的心靈中，威嚴卻很重，可以管到老百姓，門口還有武裝的鄉丁守衛，一般民眾是不准隨便進出的，事實上，也怕進去。記得民國三十五年（西元一九四六年）冬，四祖父因家中一時支出拮据，繳不出大額的田畝稅（除了徵收糧食，還要繳納現金，稅賦非常重），四祖父躲著不敢露面，由四祖母和他們周旋，不料催繳的鄉丁，竟不說二話，就把四祖母強行押走，當作繳稅的「人質」，龍山鄉公所，不要說，四祖母沒有進去過，四祖父也沒有去過，兩位老人家，一向是安分守己善良的農民，一生勤勞不懈，膽子小，怕見官，更怕進「衙門」，母親知道了，挺身而去，就把我們兄弟留在家裡，自己決定陪四祖母到龍山鄉公所去，一定要打贏這場「官司」，這天剛好是農曆「冬至」，是大節氣，鄉公所全體員工，依例要大吃大喝過「冬至」，鄉丁押著四祖母，母親隨後也陪著趕到，四祖母第一次進「衙門」，又逢冬至盛會，人多，神情自然顯得有點緊張，鄉長見到母親，感到很驚訝，就問：「大姊，你今天怎麼來了？眞是稀客！」母親把來鄉公所的原委訴說一遍，鄉長說：「今天是冬至，千載難逢，請也請不到。」並指著我的大舅說：「大哥也在那裡。」就請母親、四祖母和大舅同一桌，鄉長說：「繳稅的事，今天不談，要好好過冬至。」四祖母「因禍得福」，意外地成了鄉公所冬至餐會上的「特別來賓」，回家後，四祖母逢人就說，大姪媳陪她到了鄉公所，並吃了一餐豐盛的冬至酒席，母親到了晚年，每逢冬至，還會談起當年這段令她難以忘懷的往事。

離鄉公所不遠處，一個農家土磚砌的圍牆外邊，寫著白底黑字的斗大標語：「打倒蔣介石」！「反對蔣介石獨裁」，經過的路人有的偏頭望一眼，有的視而不見，逕直走過去，好像一副見怪不怪的樣子，最令我感到奇怪的，鄉公所的員工每天上下班，或外出所謂「公幹」，都要經過這些標語的前面，會看不見嗎？為什麼不追查是誰寫的，而且黑白對比的顏色非常鮮明奪目，證明沒有多久才寫的，況且，從粉刷白石灰打底到完成，是需要兩三天的，鄉公所裡的人，竟毫無所悉嗎？抗戰勝利才剛滿周年，國共兩黨在鄉間的鬥爭，你來我往，由先前的「地下化」、「偽裝化」，現在已正式撕開「外衣」，轉為表面化、公開化了，大家似乎誰也不在乎誰，誰也不怕誰，甚至說，誰也管不了誰，另一場中華民族兄弟鬩牆的苦難、浩劫，已公然從台下正式搬到台上來演了，只是善良的老百姓及幼稚的兒童，心中一直存著一個疑問，以前不是要大家高喊：擁護蔣委員長（那時尚未行憲，稱委員長不稱總統），打倒日本鬼子嗎？怎麼現在卻反而要「打倒蔣介石！」「蔣介石不就是蔣委員長嗎？」以前還要喊「蔣委員長萬歲！」現在不但不擁護蔣委員長，還要寫大標語要打倒他，怎麼這些「無法無天」的事，就沒有人出來過問或干涉，難過「打倒蔣介石」就不怕被抓、被殺頭嗎？大家不是口口聲聲說：「蔣委員長是中華民族的救星」嗎？救星被打倒了，誰來救我們呢？國共兩黨在鄉下的鬥爭，形勢似乎逼人要「選邊站」了，還有令我奇怪、不解的，在鄉下，既然共產黨要一心一意打倒蔣介石，相對的，我就從未看到擁護毛澤東的標語，這或許是共產黨宣傳的高明手法，只提打倒對方，不提自家，讓人們把目標全部集中在蔣介石身上，加強醜化腐敗無能的印象！

塔畈早年還有一所公立的「安身堂小學」，位置離古塔不遠，父親早年曾在那裡教過書，不過時間很短，不久他就跟隨姨祖父到西北的寧夏和甘肅去了（姨祖父發表甘肅省高台縣長）。我到龍山去，總是看到學生們身穿制服，在操場上，一面繞圈子，一面演奏「洋鼓洋號」，眞神氣啊！眞好聽啊！心中很佩服他們，也很羨慕他們，吹的會吹，打的會打，不必整天在課堂裡讀書、背書，還要習字，書不會背，字寫不好，還要隨時聽先生責罵，挨先生體罰，多痛苦啊！哪像他們那樣吹吹打打，多快活呀！心想：私塾爲什麼沒有這些。這所小學，不知是沒有經費（抗戰時期，地方財政困難），或是招不到學生（那時沒有義務教育，鄉下也不重視教育，多教孩子從小去務農謀生，不讓他們上學。）不久，就結束了，很遺憾的，我始終沒有機會親自去參觀過，只是路經塔畈時，站得遠遠地望著他們，現在那座校舍，早已弦歌無聞，孤寂得令人不忍回首。龍山鄉自「安身堂小學」停辦後，直到我一九四七年離開，中間再也沒有創辦新的學校，似乎鄉人寧願過「洪荒」的生活，也不想接受新式教育，辦新式學校，過現代生活，作一名現代社會的成員！

十三

鄉人對河流很少有命名的習慣，或許那些河流不夠資格命名，或不需要命名，如塔畂的一條大河，流到千門口，當地人就隨口叫它「千門口大河」，叫慣了，約定俗成，有沒有正式名稱，也就無人在意了。每次往來大竹園外家，必經過千門口大河，上游在崇山峻嶺的萬山之中，涓滴匯流，源頭複雜，自然還談不上「河道」，慢慢一路演變，一旦流到塔畂，由於地形突然平坦、開闊，雄偉河床於焉形成，每當久雨山洪暴發，狂野的洪濤，挾著渾濁的黃泥漿，推波簇擁而來，由於河床上既無巨石阻擋，又無急彎迴旋，無高低落差，無深潭吐納，自然就沒有搖山撼岳，雄壯逼人的河聲了，河床上平時架著浮橋（本來浮橋，以船筏排比連接兩岸，上面鋪以木板，方便商旅往來，這就是古代所謂「浮橋」），松樹做的兩足橋墩支架，每間隔五六步距離，埋一個在河床上，上面鋪以實而厚的整片木板；由於浮橋很窄，且無護欄，只能單向通過，如果發現對面有人先上橋，就只好站在旁邊讓對方先通過。這種浮橋是臨時「搭」的，每逢久雨，預料河水將要暴漲，或夏季午後，山區將有雷暴雨，就有負責的專人（大多是千門口附近村莊的人，或有人說，是地方上善心人士，爲鄉里盡義務，也有人說，是鄉里集體出錢，請專人來管理，我沒有問過外家，究竟誰在管理。）趁著洪水來臨之前，快把橋墩支架撤走（橋墩是「埋足」在沙石裡，只要搖動幾下，鬆動了，就可輕易拔出來），搬到不淹水的山邊，和橋板集合在一起。設浮橋，要選在河面開闊，水流緩慢的河道，因浮橋是臨時的，橋墩一般都埋得不深，如受急流衝擊，極容易歪斜，甚至倒塌，如兩岸陡峭，漩渦又多，則宜建築永久的石橋，一勞永逸，浮橋就不適宜了，但千門口河灘遼闊，如要建築永久的石橋，兩岸就先要建很長的引道，是一項大工程，恐不是戰時的地方人力物力所能辦到的，所以一直採用簡便的浮橋，否則一切行旅客商，人人都要涉水而過了。我在家鄉所經過的橋不少，浮橋只有這一座，如逢長久乾旱，河水幾近斷流，地方人士就搬些大石，代替橋礅，鋪上幾塊厚實的木板，就可以過河了。

如果遇到浮橋拆了，河水還很深，又無替代的便橋，這時就有體壯高大的義工在河邊不時走動，如婦孺要過河，他義務揹著過河，我小時就曾承受這種人情，但要碰運氣，不是呼之即來的，也不是隨意可以等到的。如果隨身帶了厚重的包袱，他先把人揹過去，再回來一趟提包袱，他們的「服務」的確很周到，因爲隨便幾句敘起來，幾乎都是「熟人」，有「淵源」的啊！

河水乾了，淺了，河床寬了，河沙就全部露出來了，立刻就有一些有經驗、懂技術的人來淘鐵沙了，鐵沙是黑色，混雜在沙中，他們用一種特製的網，一遍又一遍地在河床上淘沙，淘盡一切不需要的泥沙，最後剩下來的，是細而沉重，黑而帶點淺灰色的鐵沙，這種鐵沙多半用來鑄造鐵鍋，我的小舅父在桃嶺開的鐵鍋鑄造工廠，就是採用這種原料。千門口的河沙，面積廣闊，而沉藏很深，其中鐵沙的含量似乎不低，每年乾旱期，總有不少的人來淘沙，好像永遠有淘不完的「寶」，河床上所挖的大坑小洞，處處可見，一場山洪暴發，又立刻填平了這些「傷痕」，大自然的威力，修補人為的破壞，竟如此的輕而易舉！

這條大河的兩岸都沒有堤防，由於河面寬，容量也大，一邊是低矮的山壁，一邊是稻田，縱然是滔滔山洪，也從來沒有聽說河水淹沒稻田，實在是因為稻田離大河較遠，何況中間還有一條人行大路隔開，人們口中的所謂「千門口」，其實是兩山之間一道很狹的隘口，其長度約有二十多分鐘的路程，是到外家必經的路，除了約有三十度的斜坡外，還有兩處幾乎成九十度的急轉彎，很妨礙前進的視線，往往對方來人到了面前才看到，這種無法預見的「前方」，在心理上會產生一種無「預感」的恐懼，尤其山勢帶來的陰森提早降臨，只要太陽一偏西，「陽氣」退了，陰氣很快就加重了，籠罩著整座隘口。有一年秋末，外祖父很晚獨自一人從塔畈回家，他每次經過這裡，總不由得想起鄉里之間久已存在的傳聞，說千門口「陰氣」很重，可是他從來沒有碰到過什麼，但每走到這裡，心裡仍難免毛毛的，起雞皮疙瘩，故意把外衣敞開，表示他陽剛之氣旺盛，邪惡之氣不敢接近，實在也是無可奈何的自我壯膽，提振精神罷了，腳步仍暗中加快前進，近乎小跑步，快接近第一個急轉彎處，四周寂靜無聲，在這樣一個月黑風高的夜晚，似乎聽到背後有人在喊：「襪襪掉了！襪襪掉了！」外祖父心裡知道，他後面根本沒有人，如果有人，相距這麼近，一定會喊他一聲，因為外祖父在龍山是地方上的名人，沒有人不認識他，僅僅憑他高大的身軀，戴著禮帽，提著拐杖，踏著四平八穩的「官步」，縱然從背後一樣認得出來。他記著民間的傳說，今晚，眞不幸碰到「麻煩」了，只顧閉著嘴大步向前走，鄉里的老前輩說，走夜路，千萬不要隨便回頭，一回頭就墮入「陰氣」的圈套，外祖父告訴自己，「齷齪」（家鄉土語，暗指鬼魂等不潔的東西）就跟在我後頭，要保持清醒、鎭靜，前面有人氣和「陽氣」，不敢跑到前面，一直跟在後面喊，趕快出了隘口，聲音忽然停止了，家，就在前面了！外祖父鬆了一口氣。

外祖父回到家裡，神情不像往日的從容自在，顯得有些疲累、緊張，他告訴外祖母，今晚運氣不好，在千門口眞的遇到「齷齪」，一直在後頭跟著我，外祖母以爲外祖父回來晚了，故意說笑話嚇她，低頭一看，怎麼外祖父的腳上少了一隻鞋，襪子也磨破了，就問是怎麼一回事，沒有感覺嗎？外祖父這時才恍然大悟，剛才一直跟在後面喊「襪襪掉了」，原來是鞋子掉了，光著一隻腳走回家，在那崎嶇的山路上，居然沒有磨破腳，也不感到痛，似乎眞有神助啊！這是外祖父親身經歷的「千門口故事」，也是我十歲左右在外家親自聽外祖父親口說的「故事」。

其實，從千門口進來不遠，左邊有一個小村莊，約兩三戶人家，但村莊的前面是一大片茂密的竹林，每天有無數的鳥類夜宿林梢，稍受驚嚇，即群起飛鳴，鄉人也不知是哪種羽禽，統稱「竹林鳥」，由於竹林的阻隔，幾乎看不到村莊，村莊自然也看不到對面的路，「人氣」雖近在咫尺，但仍無法擺脫那纏人嚇人的「陰氣」，對於晚歸的人，「齷齪」的確構成嚴重的心理威脅。

千門口，就地理形勢上說，是河岸山脈的綿延，到了千門口，忽然斷了一個大缺口，就成了一座天然的「關卡」，走出關卡，迎面來的，就是龍山塔畈，舉目四望，一片綠野平疇，風光駘蕩，走進關卡，就是安詳閑雅的大竹園，也是我外家的所在地了，尤其陰雨連朝的時節，站在千門口高岸上，面對著廣闊的大河，聽上游洪濤湧來的河聲。受地形影響，產生山鳴水應，只有在千門口可以親身感受到，這種物理與人情交融在一起的忘我忘機之境。

我們到外家去，都從外家的側門進出，它遙對著千門口，幼時母親帶我們走訪外家，只要走到這裡，連蹦帶跳，就知道外家快到了。平時幾乎很少經由村子的大門進出，因爲那要多繞一大段路，況且進到大門後，還要經過兩三段黑暗的巷弄，以前鄉下的老屋，普遍都有採光不足的缺點，如果不是屋頂上的「亮瓦」（一種玻璃瓦）透光，幾乎寸步難行。側門外是一片沙土混合的平地，從水平線看來。「平地」的地基，似略高於屋基，從側門進來後，連下兩步台階，經過一座長廊，再下兩步台階，直到飯廳，可見屋基有相當的斜度，由於是平房，並不影響房屋的安全，當初建屋時，大概已考慮到高低地勢（斜度），除了建築物本身的鞏固，還要注意排水，並採用沙土混合鋪地，它的好處，含水量大，排水也快，所以下再大的雨，再久的雨，水也不會進屋，直接從地下滲透到暗溝裡去了。

這塊平地，由於沙的含量幾近一大半，影響所及，幾乎寸草不生，大風起時，還能揚起一些沙塵霧。夏天吃過晚飯以後，這塊沙地就了外家納涼的場所，沙善吸水，但也善吸熱，等熱氣散去，就把竹床、竹椅或竹凳搬到這裡（竹有助涼的功效，特別適合乘涼用），或躺著，或坐著，聽外祖父娓娓地講故事，他老人家在私塾裡教經館（私塾分蒙館和經館，蒙館是啓蒙教育，課本以三字經、百家姓和千字文爲最普通，但我讀蒙館則讀完了論語及孟子，經館主要課程是四書五經，並開講經義，習作詩文；程度較深。）對中國經史子集的典故非常熟悉，一面講著，還一面用大芭蕉扇替我們趕蚊子，他的故事眞多，從來沒有重複過（有時問我們有沒有講過，我們說聽過了，他就立刻換一個。）直到露水重了，竹床或竹椅用手一摸，可以感覺到涼涼的濕意，長空中的朗月，也已往西偏移了，投影到地上，仍然還是那樣的皎潔明亮，螢火蟲鼓其不倦的翅膀，在我們身邊還一樣地飛舞，發出忽明忽滅的寒光，舉起芭蕉扇一揮，螢火蟲不見了，外祖父說：「古人要『輕羅小扇撲流螢』（杜牧之秋夕：銀燭秋光冷畫屏，輕羅小扇撲流螢），我隨手大力一揮，也不知把螢火蟲揮到哪兒去了！」說著，拂一拂如銀的長髯，竟不由得自己笑起來了，話剛說完，外祖母從廚房裡送來一小杯「毛尖」（這是家鄉最高級的茶葉，茶樹初春新發的嫩芽，多在清明節前採摘，泡出來的茶，是淡淡的金黃色，在清香中略帶苦甜味，是茶中的上品，爲文人雅士所鍾愛。）他不停地講故事，道世情，嘴也乾了，外祖父捧起茶杯，對月抿了一下嘴，這種名茶，作興品味，不能大口「牛飲」，這回不是講故事，好像是在吟詩。夜，靜極了，他一直仰著頭，放下手中的扇子，捋著飄逸的銀髯（這是他的標誌，有人就在背後，稱他「彭大鬍子」），看斗轉星移，聽夜鶯清唱，他的神情似是陶醉了，露，沾濕了他的芭蕉扇，也沾濕了他的美髯，此刻，他似乎缺少了一位「文友」，可以談文論藝的朋友，我在外家的歡樂事，卻在這塊沙地上留下了不少回憶。

從外家的側門（習慣上稱後門）延伸出去的，是一大片旱地，一部分種麻，稱作「麻田」（根據李世珍本草所載，苧，一般稱作麻，是中國特產，約分爲兩種：一種叫紫苧，皮是紫色，一種叫白苧，皮是青色，外家種的是青色的白苧。）一部分種棉花和芝麻，好像沒有種過大小麥，芝麻和棉花，需要水分較少，麻和水稻一樣，都要靠充沛的水分。距離旱地稍遠處，有一條山溪，它的上游很短，緊鄰粉壁牆彎，但山溪平常是一條不深而寬的乾溝，被茂盛的野草和野槎覆蓋，如果不是本地人，根本不知道這下面是一條山溪，下雨時才有水流，在適當的低矮處，開一缺口，引短暫的溪流來補助麻田的水，但麻田所眞正仰賴的水源，還是山邊茅屋前面的水塘，但地勢有高低，有遠近，放水灌溉時，上層田地的水滿了，再從缺口依序流到麻田。麻的產量少，常感到供不應求，鋸齒狀的麻葉易生蟲，夏秋之交，如割稻般，把它從根部收割下來，要趁著麻桿水分還沒有流失，趕緊剝麻，從挺直的麻桿上，一片一片地把外面的一層青皮剝下來，由於麻的纖維不像棉花，沒有彈性，也沒有延展性，且不吸水，麻有看不見的鋒利，剝麻時，如不謹愼，極易割傷手，於是大家就想出一個保護手指的方法，鋸一小節細竹筒，套在手指的前端，這樣就可以放心邊剝麻，邊聊天了，不必擔心傷到手了。

麻線織成的布叫「夏布」，顧名思義，是夏天用的布料，以江西萬載出產的夏布最有名，其實龍山土產的夏布，質不差，但量少，它的特點是：不吸汗、不黏身、不縮水、不變形，優點很多，做成衣服穿在身上，永遠輕鬆自在，有點飄飄然的感覺，尤其臨風站立，眞覺得灑脫欲仙，對那些比較高級一點的夏布，先加一點石灰水，放進鍋裡煮片刻，變成所謂「熟夏布」，使原先泛土黃的顏色，變成雪白輕柔，織成夏布，就泛一點淺淺的螢光，在陽光的照耀下，更顯出它的華貴高尙、氣質不凡，做成兩件式唐裝，穿在身上，由於夏布天然

「卓絕」的特性，更襯托出身材的挺拔，氣質的灑脫，走在外頭，鄉人一看，不是「書香子弟」，就是「財主人家」，往往引來別人的刮目相看，鄉下俗話說：「遠看衣冠，近看人」，這就是一個例子。反過來說，如果大雪紛飛的嚴冬，還有人穿夏布衣服，那就是貧窮的象徵了。夏布雖然產量少，但它身價仍落在絲綢之後，冬夏「行情」不同，人情有異，也就無足怪了。麻的另一種用途，就是織成蚊帳，這是以前的農村，不問貧富，家家所必須的，但是其中有所謂「羅紗帳」，華麗美觀，夏夜在蚊帳裡捉蚊蟲，讓人一目瞭然蚊蟲的「行蹤」，由於潔淨的蚊帳，和灰暗的蚊子，形成明顯的對比，使蚊子無所遁形。

外家種的棉花，數量不多，但仍連帶供應我們母子三人的日常穿著，在那個生活非常艱難，物資極度缺乏的戰亂年代，解決了我們衣的問題，也就使我們沒有嘗過「衣不蔽體」的痛苦！令我不解的，板橋和龍山相距僅只二十華里，不知何故，板橋就不能種植棉花，是否高山與平地關係，影響了些微溫度的差距。摘棉花球也是一件樂事，初入棉田時，迎面而來的，是千萬朵綻開的花苞，露出一片片雪白的棉花，輕柔豐盈，摘到手上軟呼呼的，一把一把地塞進麻袋裡，偶一回首，整片麻田，卻黯然無光，不見先前的「白首弄姿」了。棉花摘下來後，趁烈日曝晒，使棉球鬆散、乾透，再送進軋棉機（木製手動軋棉機）分離棉籽後，接著就請專長彈棉花的「彈匠」來家，把棉花球彈成棉絨，分成預備紡棉線的棉條，日後紡成線，再織成布，有別於街上買的「洋布」，則稱此布爲「家機布」，另外一種用途，則作棉被的「棉胎」，剩下來的棉籽，送到榨油坊去榨成棉籽油，清澈的棉籽油，有一種獨特的芳香，母親常在冬天的晚上用來炒飯給我們兄弟吃，說是可以增加營養外，也可以減少夜尿的次數，由於棉籽產量少，棉籽油自然物以稀爲貴了。近年有研究結果顯示，棉籽油中所含的棉酚，確定爲致癌物，當時未有此醫學結論，或許因爲我們所吃的量不多，時間不長，似未影響健康，仍偷生到如今，且已邁進耄耋之年了。

芝麻也是外家的農產品之一，所產的幾乎都是黑芝麻，白芝麻極少，據外祖母說，黑芝麻味香，粒大，榨油多。芝麻成熟時，拿起細長而乾枯的枝桿一搖，即發出細嗦而清脆的響聲，芝麻收割後，攤在乾淨而平整的稻場上，曝晒一兩天，用連枷（農村一種打麥子用的農具，竹製，最前端用竹片編成約五、六寸寬的平板，繫以長竹柄，用力舉起，再用力打下，但要注意技巧，否則，即失去著力點，不能產生拍打的效果，只有不成節奏的響聲罷了。）劈里啪啦一打，芝麻完全脫殼而出，幾無「躲藏」的可能，但容易雜拌細沙，食用之前，先要經過一再淘洗的手續。芝麻在鄉下，算是名貴的「雜糧」，不是每家都生產的，它的用度極廣，除了榨油，所有糕點都離不了它，最常見的是芝麻餅（乾）、糕點及槓子糖（現代一般人稱作麻粩）等，小時在外家，我的長袍口袋裡，經常不斷芝麻類的糕點糖果，吃完了外婆又買給我，有次外家來了玩猴戲的擔子，在稻場上圍起一個圓圈，讓猴子作各種表演，大家賞得越多，主人要猴子越賣力表演，我看了一時興起，不自覺地順手把口袋裡芝麻糖和芝麻餅乾掉下來的芝麻，摸了一些，撒向猴子身上，本想逗著猴子玩，那知小猴子以爲是「蝨子」，忽然停止表演，趕快回過頭來在自己身上找「蝨子」，還不時睜大眼睛打量我，怕我再撒過來，但我沒有料到對猴子的「好玩」，竟引起戲班主人的生氣，指我不該如此惹猴子，耽誤了猴子的表演時間，看把戲的村人，也七嘴八舌攻擊我，妨礙他們看猴戲，甚至有人說要我賠錢，後來話傳到大舅耳裡，他把我訓了一頓。

走出外家的側門往右轉，就是周家的祖墳山，地勢不高，是丘陵的延伸，因與外家的房子極接近，中間用磚砌了一道超過一人半高的圍牆，隔開了墳山，但也只能勉強遮住一半，山腰以上仍可望見，既是祖墳山，爲了維護莊嚴，自然都禁止任意砍伐樹木，因此滿山都是聳立雲霄的松樹，坐在外家的長廊裡，可以靜聽松濤，一波未平，一波又起，任憑想像，如江海的奔騰，如萬壑的呼嘯，雄偉萬狀，由不得枯坐的心境，也隨之激蕩，舒暢，尤其秋末入夜後，天高氣清，松濤特有的狂野，怒吼，在強勁的風威下，濤聲似乎都撼動了外家的圍牆。次日上午，我和鄰居的孩子們，各自揹著柴籮，帶著耙子，到墳山上去耙滿地的松針（即松樹細長的針葉，鄉人習稱松毛），由於一夜強風過後，吹落了漫山枯黃的松針，把地鋪蓋得厚厚地，還可以聞到松樹的油脂味，踏上去，腳下有一點滑動不穩的感覺，耙回家去當柴燒，既容易著火，火力也強，是廉價且易得的柴火，有時和他們畫地爲限，每人分幾棵松樹，大伙累了，各坐在自己的松樹底下，耳朵貼著松樹，樹梢上的風聲，好像順著樹幹傳到耳裡，直覺那樹幹在耳邊震動，耳朵也不自覺地感到聲音有遠近強弱之分，這種大自然帶來的樂章，不必問它的譜，也不必問它的調，它是村童獨享的天籟，它永不失傳，也永不變調，只管把這冷靜的墳山，袪除陰森和寂寥，帶來了清秋另類的活力，也引來了天眞村童們的嬉鬧聲。

這座號稱周家的祖墳山，不知何故，卻落在彭家的地界，幾乎也是彭家人就近負責管理，最明顯的例子，禁止村人放山雞（鄉下養雞不問多少，一律野放，不關籠子裡餵養，號稱放山雞。）與放牛，以免褻瀆地下英靈，難怪我們每次上山去耙松針，都沒有發現任何動物的排泄物，可見村人遵守得很徹底，雖然地勢是斜坡，也從未看到洪水從高處沖刷下來，那時不僅村人不懂水土保護，就是一般稍有知識的人也不懂，而所禁止的任意放牧，其實就是水土保護，不過那時沒有這些名詞罷了。從墓碑看來，也有彭家的先人，在抗戰期間，大概民國三十年前後，彭周兩家，爲了祖墳山，發生了一場形勢緊張的「械鬥」（鄉下稱作「打大架」，這是我平生唯一親眼所見到的械鬥），那時鄉下沒有警察，也無所謂治安，自然就無所謂「公權力」的介入了，周家人認爲祖墳山是他們的，他們有權利下葬過世的親人，但彭家人認爲這是他們的地界，不許周家擅自下葬，各有堅持，互不退讓，有一天下午，周家人抬棺要來下葬，原來彭家事先已經獲悉周家某人過世，準備要葬到這座祖墳山，彭家由兩位舅父負責，把此消息告訴族裡各房後裔，共同商量對抗周家的「對策」，於是號召彭家各房年輕子弟，挑選了約二十多名體格強壯的，並給以「陣前誓師」，爲了維護祖墳山，個個要「敢鬥」、「敢死」，他們頭綁紅布巾，腰纏紅布條，一個個精神抖擻，一副英勇無前，視死如歸的樣子，每人手持長木棍，封鎖村莊附近各大小路口，舅父要他們隨時提高警覺，堅守自己的崗位，矢言要與周家一決生死，兩位舅父不停地巡視各崗位，同時探聽周家「進攻」的準備，那時好像還有一位頗孚眾望的地方士紳，爲了愛護地方，不傷地方上的和睦氣氛，自動出來奔走於兩方之間，傳達訊息，所以兩方的動向意圖，彼此都很清楚。周家分別以白布巾裹頭和纏腰，家鄉傳統習俗，喪禮尚白，表示誓言爲維護祖墳山，子孫有不畏犧牲的決心和勇氣，在天黑以前，周家以鳴槍（自製的土槍，裝上製作爆竹的火藥，只有聲音，沒有彈頭）爲衝鋒陷陣的號令，彭家則以敲鑼爲「應戰」的號令，那時我們母子三人恰巧都在外家，我想開門去看「熱鬧」，被母親阻止，在家裡聽到遠處雙方喊「打」的聲音震天，過了片刻的沉寂，周家喊「衝呀！」的攻勢又來了，彭家當然要「誓死」抵抗，舅父從外面回來，外祖母拉著他，焦急地問：「他們當眞的會打過來嗎？」「他們只是大聲叫喊，不要怕！」舅父說。這樣雙方擺著陣勢的「械鬥」，似乎持續了兩三天，奇怪的是：雙方聲勢都各不相讓，基本上，周家採攻勢，彭家採守勢，周家一天總有兩三回發動攻勢，當他們遇到彭家的人馬，僵持幾分鐘，作勢要攻過來，嘶喊的聲音比動作大，但不見得眞有視死如歸的行動。周彭兩姓是龍山地方上的兩大旺族，還有親戚關係，表演一場「械鬥」的鬧劇，是始料未及的，最後官司打到潛山縣政府（那時司法未獨立，由縣長兼理司法），縣長裁決周彭兩姓自此以後，都不准再下葬新墳，直到我一九四七年離開外家以前，這座風水平淡的祖墳山，都沒有再動過土。幸得縣長的裁決，救了這座祖墳山，讓它永遠只有幾座舊塚，否則無限制的破土下葬，超過土地的負荷，不僅嚴重破壞了這座山的原始面目，而且最受榮枯威脅的，恐怕還是那些漫山盤根錯節高大的松樹，一旦深伏在地下的根本，因開挖墓穴，而遭到牽連，斷送其生存根基於地下，使常綠的青山，變成一片枯林，死者何辜，讓他揹破壞環境的罪名，英靈有知，也恐難安臥於九泉之下，又豈是孝子賢孫所願、所樂爲！

周家爲祖墳山不惜和彭家「械鬥」，可是我在外家不要說平時就沒有看到周家子孫來祭奠，就是清明節也極少有人來，或許這就是代遠情疏的結果，有的墓碑早已陷入土中，外面只看到一小截碑帽（即橫在墓碑上的一塊石板），再過些年代，恐怕連碑帽也一起埋入土中了，後代要慎終追遠，也就更困難了。

與墳山爲鄰，冬季大地一片白雪皚皚，陰陽兩間一律爲白雪所蓋，無區別，但最令我感到不自在、困惑的，是春秋兩季，春雨綿綿和秋風蕭索，望到近在眼前的墳山，心裡總不由得會引起一些無端的思緒，我常拿來去問外祖母，她總是說：「小孩子又沒有做什麼虧心事，怕什麼鬼！」在外家，到了晚上，我就不敢一個人經過長廊，有時逼得勉強經過，還是要一眼望著圍牆外面，我沒有見過「鬼火」飄移游動，但我卻聽過無數次的「鬼哭鬼叫」，那如泣如訴，哀怨悽戾的聲音，非人間所有，不由得令我心驚駭怕，儘管舅父舅母們說，哪有什麼鬼！並一再說那是貓頭鷹在夜間「變聲」，不是什麼「鬼叫」，叫我不要隨便嚇自己，我反問，貓頭鷹白天爲什麼不變聲？一定要在晚上變？他們卻都答不上來。

翻過這座墳山，再下一座山谷，後面接著就是原始的野森林了。一九四〇年代，由於父親遠去西北，母親早年又體弱多病，在妯娌三人中，還要按時分攤繁重的家務，同時撫養我們兄弟，每天公私兩頭忙，確實很辛苦，中流弟年幼，需要留在母親身邊，方便自己照顧，因此外家爲心疼母親，減輕她的操勞，就常派道三（外家的長工）三不五時把我接去過一段時間，因此，我在外家的生活時間，就比較長，比較多了，這也是爲什麼外家給我留下太多清晰而永恆的記憶的原因了。小時在外家，經常看到兩種野生動物出沒，很令我不解的，板橋老家是在山上，原始森林近在咫尺，反而沒有看到豺狼和黃鼠狼，外家在平地，卻反而常常看到。豺狼常在黃昏後，出沒在後門外，早晨和中午，從未出現過，鄉下養雞鴨等家禽，整天都是野放的，很少爲家禽費精神、費飼料，讓牠們自行覓食，自謀「生路」，早晨開門放出去，黃昏時呼喚回家（家禽有群性，一隻回家，其他也跟著回家，不必驅趕、尋找。）只有在剛生出時，要人工餵養，時間很短，其後就交給大自然了。豺狼體形似狗，行動矯健敏捷，山中尋不到野食（肉食動物，山中野兔野鼠是主要追捕對象。）就潛行到農村，我第一次在外家看到豺狼，誤以爲是野狗，因爲牠見到我並沒有奔跑，等我撿石頭擲過去牠才跑，農家養的小豬或雞鵝鴨，常遭到豺狼的追捕，縱然跑得再快再遠，也要追到嘴，絕不輕易放過，鄉人稱豺狼爲「毛狗」，有次我親眼目睹，似餓虎捕羊的凶殘和敏捷，把一隻雞活活地「抓」走，會高飛的，居然被一個只會沿地走的逮住了，可憐的雞還在豺狼嘴邊掙扎，我隨手拿晒衣服的長竹竿在後面追趕，等我越過山溝，爬上陡岸，豺狼早已從墳山松樹林逃得無影無蹤了。但也有一次例外，一個初夏的午後，一陣雷暴雨剛過，一匹似乎是體形瘦小的豺狼，不知是餓瘦了，還是幼狼，突然出現在外家的後門口，可能是從墳山上下來的，以牠尖長的嘴和利牙，刁走了正在草叢邊覓食的大公雞，我沒有聽到大公雞的哀鳴，但只看到一點最後掙扎的身影，我照樣拿著晒衣服的長竹竿在後面奮力追擊，當牠帶著「獵物」逃向周家祖墳山，正要跨越墳山與路中間那道大排水溝，平常我都要運用跳遠的姿勢和技巧，才可一躍而過，豺狼只顧奪命，忘了自身的體力，何況還帶著「重大」的「獵物」一起逃，當跨越大排水溝時，嘴中的「獵物」竟掉到大排水溝，豺狼頭也不回，只顧逃命，如果牠再跳下去拾回「獵物」，必死在我們竹竿和亂棍之下，算牠知道「取捨」，丟了「獵物」，逃過「死劫」，我下到排水溝去撿起那早已死了的大公雞，我發現豺狼的確很精靈，很狡猾，牠一口便咬住雞頸子，使「獵物」一開始就失去了聲音，失去了抵抗力，任由豺狼「宰殺」，那一條大山溝，原是爲墳山排水用的，沒有想到變成豺狼啣著「獵物」跨越時的障礙。黃昏出現的豺狼，都是安靜而偷偷地，很少聽到「狼嚎」，入夜的豺狼，大概都在飢餓的狀態，我在外家常常於午夜聽到很淒厲的哀嚎聲，一聲接一聲。狼好對嚎，初聽不易分辨，聽多了，聽久了，從聲音的起落，就可以分辨出是兩匹豺狼的對嚎，尤其在寂靜的鄉村午夜，聽來更令人難以安枕，外祖母說：「外邊的毛狗，餓得沒有東西吃，又在嚎了。」有天黃昏，「毛狗」突然出現在村子的籬笆邊，東張西望，像在尋找「食物」，最後垂著尾巴空口而回，我隨手拾起一截大樹枝在後面追殺，牠跑了一大段距離後，突然停下腳步，轉個身，回過頭來，露出野獸兇猛的本性，要向我反撲的樣子，我趕緊丟下樹枝，撿起一塊石頭狠狠地擲過去，嚇得牠拔腿飛跑，豺狼和狗一樣，都很機警。

家鄉的一切山川景物，千百年來都保持原始的自然風貌，歷代人所見殊少變化，後代人自不必費盡心思去追溯、探討曾是什麼樣子，他們不是有意去保護什麼自然環境、自然景觀，只是在日常生活上，耕原有的田，種原有的地，實在沒有必要去牽動它，宰制它，甚至破壞它，就如宋代理學家們說：「天地與我並生，萬物與我爲一」，把人生和大自然融爲一體，珍惜自己的生命、身體，也就會珍惜大自然的一切了。中國自古以農立國，土地是農家的命脈所寄，也等於間接保護了大自然，「愛屋及烏」，也對同時生存在大自然的各種羽禽走獸，待之以仁，不忍獵殺了。豺狼明知是野獸，擅「偷雞摸狗」的，就讓牠在村莊附近，明目張膽地來去，村人看到了，最多嘴裡一面喊：「毛狗來了！」一面拿竹竿追趕而已，只要跑得無影無蹤，也就罷了，從沒有人邀眾去圍捕、追殺，這並非故作「仁慈」，也非懶散，而是認爲野山，就是有野生動物的，何況在鄉下，根本就沒有現代打獵觀念，更沒有人爲貪求口腹之欲（野味），而故意追捕野生動物，所以這些野生動物的出沒隱現，就非常自然，幾乎到了「目中無人」的地步，也就不知什麼是生存的威脅了，繁殖的速度和數量，由此大量增加，大自然是各類物種的「大自然」，如果人類憑其「萬物之靈」的特殊「權力」和「地位」，站在自私的立場，肆意打壓或滅絕其他物類，將是人類極大的愚蠢和悲哀！

我在外家，常因賓客太多，客房要讓出來給客人（多半是通宵的麻將客），我就暫時借宿在同村的一位堂舅家，他家位於村子最遠的那一頭，白天穿越外邊的稻場，很方便也很快，夜晚要秉燭穿過屋內（尤其是百年老屋）七彎八拐的巷弄，一個人獨行，還眞有點怕，堂舅家的房子是很舊的平房，沒有天花板，頭頂上有兩根空梁，梁上釘了幾個大長洋釘（即鐵釘），空在那兒也沒有掛東西，靠牆壁堆著一些種田用的農具等雜物，有一張脫了漆的木床，是堂表哥睡的，他比我大幾歲，中等體形，但很結實，在我們還沒有睡的時候，就在昏暗的桐油燈下，有一個暗黃色的東西從我們腳邊一閃而過，我還沒有來得及看清楚，堂表哥就說那是黃鼠狼，不是貓（我誤以爲是貓），叫我不要怕，每天晚上夜裡都來，牠不咬人，話雖是如此說，但是我第一眼看到屋裡有黃鼠狼還是很緊張，堂表哥一再安慰我：「看到牠，不要堵牠的路，讓牠去，不要理牠，不要嚇牠，尤其不要打牠、追牠。」我一直不敢睡，因爲黃鼠狼就在屋子裡，堂表哥把燈熄了，一片漆黑，說：「沒有光亮，牠就不會跑了！」我相信他的話，也就上床準備睡了，那知燈一熄，整間屋子就是牠的天下了！堂表哥呼呼大睡，這時黃鼠狼不停地到處跑呀跳呀，從打鬥和追逐的聲音聽來，最少有兩隻，「幾時又冒出一隻？」我正在疑惑。那刺耳的聲音，害我毫無睡意，也不敢睡，正當黃鼠狼在空梁上追逐奔跑時，不知怎的，似乎有一隻跌落到我們蚊帳項上，堂表哥似乎未被驚醒，繼續發出有節奏的鼾聲，我被嚇得不敢動，蚊帳頂在感覺上越來越下墜了，黃鼠狼（似是幼狼）急得一時不得脫困，在帳頂上不停地掙扎，既跳不起，又爬不動，還發出輕微的哀嚎，我耐不住性了，把堂表哥搖醒，他很有「經驗」，不慌不忙地在蚊帳裡用兩隻手交替運作，幫助黃鼠狼脫困，堂表哥善待黃鼠狼，可是黃鼠狼卻不善待他，有次夜裡，黃鼠狼站在空梁上撒尿，我們的木床剛好就在空梁的下方，透過蚊帳，只聽似有斷斷續續的「東西」落下來，落在我們腳的那一頭，由於黃鼠狼的尿臊味特別重，知道黃鼠狼又在「捉弄」我們了，所幸我們這一端頭上沒有梁，否則，我們睡在床上，就莫名其妙地直接承受黃鼠狼的騷尿「灌頂」了。

後來，一九四七年冬，我初到南京，又碰到令人厭惡的黃鼠狼，父親在水西門外城牆邊瓦廠街租到一位鍾姓人家的房子，這位房東在對日抗戰期間，南京失守，曾逃難到安徽鄉下避難，故對安徽的風土人情知道很多，常和我們談他過去的往事，初聽南京話不太懂，聽久了，自然也就懂了，這位房東老先生，身體很好，在家作帆船繫纜的纜索生意，他家裡到處堆著大捆小捲的，尚未扭成纜索的鐵絲，有粗有細，有新也有舊，門口除門牌外，也沒有店招，顧客不多，我們和房東共用一個廚房，言明先後錯開使用，因廚房不大，免得擁擠，那時一般民間沒有電冰箱，吃剩的食物，就留在飯桌上，用綠紗罩罩住，南京人奉「黃鼠狼」爲「大仙」，視爲神聖不可侵犯的「靈物」，房東老太太三不五時，還要點香膜拜，黃鼠狼似乎已感覺到自己的「身價」不凡，很得「寵幸」，遂大搖大擺地自來自去，人見了都要讓牠，沒有人敢惹牠，我們兩兄弟不知道牠是「大仙」，要合作去捕殺牠，房東太太知道了，一臉驚恐的樣子，說：「娃兒（南京人對兒童的稱呼），你們不能叫『黃鼠狼』，要叫『大仙』，你們不能犯『大仙』」，她一本正經的說。「那明明是黃鼠狼，怎麼變成『大仙』，實在叫我們不服氣。」我們兄弟口氣一致，房東太太看到我們滿臉狐疑，她又繼續強調：「你們要冒犯了『大仙』，『大仙』會在剩下的菜飯上拉屎撒尿，對『大仙』要像敬神一樣，不能輕賤牠，怠慢牠！要很虔誠地待牠！」難怪晚間有好幾次，我到廚房拿水喝，在明滅的洋油燈下，看到房東太太傴僂的身影，在廚房裡對著每個角落叩頭（大概是「大仙」常出沒的地方），原本是怕「大仙」「找麻煩」。儘管房東太太信她的「大仙」，我們趁她不在家，看到黃鼠狼來了，拿起掃把追打，把牠嚇得東竄西逃，有時還發出淒慘的叫聲，樣子很狼狽，一點也不像「大仙」，可是就在第二天，房東太太早晨起來到廚一看，紗罩四周，果然全是黃鼠狼的屎尿，臊臭難聞，房東太太知道我們兄弟又「得罪」了「大仙」，她把此事告訴母親，母親叫我們以後不要再惹「大仙」生氣了，免得再遭「報應」與「懲罰」。

外家有一位遠房的表親，我稱呼她「表姨媽」，年約四十多歲，住在另一個村莊，一頭黑髮往後面梳了一個髻，左手臂經常挽一個小花布包袱，穿藍布（民國初年就流行的陰丹士林）的長旗袍，一直拖到小腳的後跟，說話慢吞吞地，打扮得很乾淨嫺雅，她到外家的次數不多。有一天下午，她到外家，方一坐定，就對身旁的大表弟說，有一位白髮的老爹爹，剛從外面走進來，我們這些人都在座，就只對你微笑，爲了證明她所見不假，叫大表弟走到她跟前，立刻舉起右手遮住他的額頭，大表弟頭一暈，立刻走進了另一個情境，似乎看見了什麼，表姨媽說，小孩子過了十二歲，陰陽氣易位，陽氣盛而陰氣衰，就看不到陰間的現象了，這很奇怪，我以前在午夜，曾親眼看到鄧家沖劉大嬸娘過世前的現身，也是十二歲以前（當時七歲），我們要求表姨媽把她的右手掌讓我們看一下，究竟藏有什麼「玄機」，她堅持不肯，平時她的右手，不是握緊，就是掌心永遠朝下。她的神態，尤其眼神，似乎和平常人不一樣。後來她問外祖母，當初建圍牆，築牆基時，有沒有挖到「古塚」，這應該是某一代古塚的「靈」，由於年代久遠，「墓」雖沒有了，「靈」還在，是自家先人的靈，很平安的，不會主凶，只要以後家裡祭祀燒香時，另外多燒一份香紙，多叩一個頭就可以了，平時你們看不到的，不必害怕。這個「靈」，後來有無再出現過，已無法得知，不過這位表姨媽有次黃昏時回家，和往常一樣，經過一座孤僻而冷靜的山坳，突然遭到一群小鬼糾纏不放，向她要求什麼，或理論什麼，結果不幸被嚇死，累死了，死時全身發紫，鄉里一時傳開來，說：見鬼的人，卻被鬼打死、嚇死了。

這類「靈異」事件，除了前文提到我親眼見過我逝去的嬸娘外，在我身上還發生過別人看到我失落的「魂」的「靈異」事件。那年我在外家，大概五、六歲左右，還沒有入學啓蒙，有一天和同村的玩伴（其中一位叫雲來，大小事都讓我，比我大兩三歲，個子比我稍高，在輩分上，是堂舅，會唱山歌，他的父親待人熱心謙和，外祖母私下叫他『三木匠』，他在自家一間很大的工作坊裡，專門爲遠近的鄉人製作被指定的各式家具及壽材，他的手藝極精湛，但不傳徒弟，也不傳子，從選材、製作到油漆，都一手包辦，從不假手於人，由於他的令譽飛聲鄉里，也讓他終年無休，我有時去找雲來玩，這位堂外公就叫我不要進去，他正在上油漆，最先我不知道自己對油漆過敏，直到有一次我進去了，聞到一股帶有異酸而刺鼻的油漆味，立刻臉腮發紅，奇癢無比，眼睛腫得也睜不開。鄉下沒有人工合成的油漆，都是貨眞價實的天然油漆，原漆是從漆樹上用小刀割破樹皮，充沛而帶有漆酸的白色樹汁，就從刀口處不停地流出來，這個動作，習慣上稱爲「割漆」，經過一兩天，漆酸和空氣的氧接觸，於是由原先的液體變成固體，且因酵素的作用，再變成黑色，漆酸也就變成含有揮發性的毒酸了，採收的人，帶著大木桶，逐棵去「刮漆」，用小刀把附在樹上的漆刮進桶裡，由於安徽是中國四個產漆的省份之首，龍山的漆樹園不少，小時雲來帶我到他家漆樹園去「割漆」，一刀砍下去，白漿就出來了，常引以爲爲樂。生漆要用火熬成「熟漆」，同時添加桐油和顏料，由於鄉下的習俗，一切以紅色爲正色，因此油漆也只有紅色一種，不作興其他顏色，這種天然油漆，特性極多，不怕烈日，不畏雨水，可以抗潮濕，防腐爛，漆成家具，可以流「光」百年，漆成壽材，可資「不朽」。）到水井邊去撈蝦，這裡有兩口泉水井，中間築一道不寬的小隄隔開，分爲飲水用的和洗滌用的，位置在村莊的轉角處，地勢似比村莊稍低，因爲通往水井的那條小路有一點斜坡，即可看出地勢高低，步行約兩三分鐘，不算遠，井的四周是水稻田和芋頭田，井底和內壁，砌以花崗石，但留出泉水的出口處，井不深，飲水井，水極清澈，可從井口窺到井底，洗滌的井，井口較大，村中主婦們或蹲或跪，在井邊石板上用棒捶擣洗衣服，井的周圍不大，人多了，還要等候空位，有時她們邊等，邊聊家常瑣事，水井邊一時變成她們的社交場所了，擣過了的衣服，往井中脫水，擺脫乾淨，由於每個人的力道不同，擺水的聲音有大小，棒捶的聲音也有強有弱，有急有緩，一時笑語聲，水聲，棒捶聲，交織成一片，一個寂寥的井畔，頓時變得熱鬧非常。

雖然洗滌井的水，不停地有衣服進出，由於泉水流動量大，並沒有使井水渾濁，始終維持一定程度的澄清。兩口水井內壁石縫裡，都長出形狀不同，顏色不同的青苔和水藻，很多小蝦就藏身其中，不管是挑水或洗衣，都無人理會，任其優游自在，由於使用方便，井邊沒有裝設欄杆，無人時，我和玩伴常蹲在井邊伸手去捉小蝦，有時甚至趴在井邊，有天下午，看到一隻較大的蝦，游向井中央，想伸長身體去抓，那知伸出太多，身體失去平衡，突然栽進飲水井裡，時值寒冬，井邊稻田初雪未消，我穿著棉褲和棉長袍，一身棉衣泡水後，其重量可知，雖想浮也浮不上來，井壁的花崗石既平整又滑，無法踏足，一雙手又被嚇得無力，只顧仰著頭在井裡掙扎，雖然水早已淹到腮下，呼吸感到有點「悶」，玩伴們仍然齊在井邊拉住我無力的手不放，想拚命合力把我拉上岸，但我卻使不出一點自助自救的力量，所幸井裡微溫的泉水，不停地冒出輕輕的熱氣，使井水始終維持一定的溫度，否則我的小命早就被凍僵凍死了。冬季，天黑得特別早，遠處濃密得逼人透不過氣來的夜幕，漸漸地，向水井四周合圍過來，陷在水井中的我，越來越疲倦無力了，帶刺似的寒風，一陣緊過一陣從井邊吹過，吹得我頭和頸子，感到陣陣冰涼，著急的情緒也愈來愈重，最後還是雲來又找了幾位玩伴，大家輪流齊力，把我從井裡硬拉上來，我嚇得不敢回家，只管站在井邊啜泣，身體也一直冷得發抖，啜泣聲也跟著發抖，低頭看看自己長袍的下襬，正在不停地滴水，像是一圈水簾，棉褲管邊也跟著滴，腳上穿的棉鞋也灌滿了水，走一步，就「勃茲」地響一聲。玩伴們陪我一起回家，母親接到，問我怎麼掉到井裡，我說蹲在井邊捉蝦，蝦往井中間跑，我想伸長身子去追，眼睛只顧追蝦，忘記身體已大半懸空了，就這樣不小心栽進井裡，母親替我洗了澡，換了衣服，本想好好地「修理」我一頓，外祖母說：「孩子突然掉到井裡，已經嚇到了，現在還在發抖，不要再打他了。」外祖母邊說邊伸手把我拉到她的身邊，並要我以後不要再去井邊捉蝦了。

大約一星期之後的一個黃昏時刻，一位路過此地的陌生婦人，年約四十歲，行經井邊（水井靠近大路），忽然看到一個五歲左右的小男孩，身體很結實，留著小平頭，穿著棉袍棉褲，好像掉到井裡才爬上來不久，一身濕淋淋地，在那裡又凍又怕，不停地發抖，還不停地哭，她問擔著水桶，正往井邊挑水的村鄰，說：「你們村裡最近有沒有一個落井的小男孩？大約五歲左右。」這位村鄰立刻回答：「彭家的大外孫。」因爲這位朱姓村鄰，是外家的隔壁鄰居，整座大竹園村莊，就是朱彭兩姓的「天下」，但朱家人行事低調，他家的小孩，也是我的玩伴之一，那天他也合力把我從井裡拉起來，大概回家把我掉進水井的事，一一告訴了家人，所以那位陌生人一問，他立刻回答，於是把水桶和扁擔暫時放到井邊，一同陪著這位陌生的過路客到外家，她先主動說出，當時在井邊所親眼「看」到的那「一幕」，母親說：「就是我的孩子。」把我拉到陌生婦人的面前，她一見到就說：「一點不錯，我所看到的就是他。」摸摸我的平頭，並問我怎麼掉進水井，又怎麼爬上來的，拉著我的手又問：「是不是把你嚇到了？」我點點頭。她問母親有幾天了，母親說：「五天了。」婦人說：「孩子當時落井的剎那，受到了極大的驚嚇，不是幼小的心靈所能承受這突發的事故，因此，驚魂還停留在井邊，沒有跟著回家。「難怪最近這幾天，常在半夜做惡夢忽然驚醒。」母親回答。「該怎麼把驚魂收回來呢？」母親聽了那位婦人的話，又「驗證」落井以後的這幾夜惡夢連連，急於要請示婦人要如何把井畔的驚魂喚回家，婦人從容地說：「方法很簡單。」她問母親：「你的兒子平時最喜歡吃什麼？」母親說：「他最喜歡吃掛麵。」婦人說：「那太好了。」外家終年有現成的掛麵，準備隨時招待客人，也有現成的燉牛肉，母親立刻到廚房燒水準備下麵，婦人說：「現在請帶著兒子回到井邊。」母親依照吩咐牽著我的手走到井邊，婦人在前面呼喚一聲我的名字，母親就叫我快接腔答應，然後她又呼喚地說：「家裡的牛肉掛麵，已經下好了，快回家去吃吧！不要再站在井邊了！」就這樣一路「叫魂」、「應魂」，立刻引來村中一大群好奇的孩子跟著我們走到井邊，又從井邊走回家，好不「熱鬧」，他們跟來跟去，從來沒有見過「叫魂」，來到大門口，彭家的「門神」上前阻擋，不讓「我」進來，這位婦人指著我，對「門神」說：「他是彭家的外孫，不是別人，我請你們快點讓他進來吧！」失落的「魂」在井畔「遊蕩」了幾天，終於進了彭家大門，到了外家的飯廳，母親趕快下廚，並端出熱騰騰的牛肉麵，回頭給這位婦人倒了一杯茶，一路「叫魂」嘴也叫乾了，雖是冬天，她仍滿頭大汗，不停地用她的毛巾擦汗，她說：「一路上，有很多的小鬼跟著，纏著，擋住她的路，要不停地推開，嘴裡還要不停地『叫魂』」，她坐在板凳上，帶著喘息的語氣，說明一路的「經過」和流汗的原因。

這位通「陰陽」的婦人，外表看起來和普通人一樣，只是顯得異乎平常人的機警，母親想要酬謝她，卻一再懇辭，不接受任何形式的酬謝，她說：陽間人不能到陰間去賺「見鬼」

的錢，否則，「鬼」會給更多的「報復」。她的舉動都只用右手，不隨便使用左手，顯示左手藏有「特異功能」，若要問她，只淡淡地說：「習慣了。」左手保持半握拳的姿態，若說「易於反掌」，對她來說，絕無可能，她的表情和語氣中帶點嚴肅，也可以說是冷漠，聽不到開懷而爽朗的談笑，不是一個很豪爽熱情的人，鄉里的人，實在說，都怕和這種「活見鬼」的人交往，我有幸被她「叫魂」，否則，母親還不明白，我爲什麼常在夜裡無緣無故被可怕的惡夢驚醒，原來是落井的剎那，被嚇得「魂不附體」啊！

西元二〇〇九年，離開外家六十多年之後，首次重回外家訪舊，特別要求海平表姪帶我們去看村邊那兩口水井，這對我太有回憶的價值了，眞沒有想到，當時年少匆匆一別，如今，白首初回，其中我落井的那口飲水井，仍然水清如鏡，親切照人，表姪說，這口井，目前村人還在用（我們來訪時，村中正在興工，準備鋪設水管，使大竹園進入自來水的新時代。）它是生命之泉，不分日夜，不論寒暑，爲村人提供了生命之需，這種深潛於地下的「資源」，如今，隨著現代化建設，把「深潛」的天然資源，不分日夜地送到千門萬戶，我在迎新兼懷舊的情懷下，對井畔那些鋪地的石板，有更多的依戀，從形狀上看，依稀如故，只是歲月滄桑，雖是頑石，也應被前來挑水的村人，留下了無數的履痕，那塊厚重的花崗石，定是我當年站著啜泣的舊物，它不僅留下了我的驚恐，恐怕也留下了我的淚痕，此日重來，古井有靈應識我！

與水井只隔一條小路的，是一座樹林，就地形上說，樹林地勢略高於水井，形成一個陡坡，延伸到後面的，是一片平地，也是兩株皀莢樹和一片竹林的「共生地」，有趣的是：一個有固定的榮枯季節，一個終年常青，同樣的一塊地，卻孕育兩種物種，也給村人賞以兩種不同的物用。兩株皀莢樹，從它的蒼勁老健來看，應屬百年以上的古樹，兩株高度都在四、五丈以上，夏天枝葉茂盛，交織成一大片樹陰，兩株各保持約丈把遠的間距，和周圍的竹林相比，當然顯得「出類拔萃」了，李時珍本草綱日說：「嫩葉可食」，我沒有嘗過，不知其味，也沒有聽村人說誰吃過皀莢的嫩葉，可能村人不知嫩皀莢葉可食，或許樹太高摘不到，倒是它所結的皀莢，形狀扁平，有七、八寸長，深秋以後，由青綠色變成深咖啡色，給村人帶來不少的使用價值，據本草綱目說：「皀莢結實有三種：一種小如豬牙，一種長而肥厚，多脂而黏，一種長而瘦薄，枯燥不黏，以多脂者爲佳。」外家的皀莢樹，很明顯的，屬於第二類。

以前農村用皀莢洗衣，由來已久，先民發現有去污的功效，但其樹似不多見，我生長在山區，方圓幾十里內，除了大竹園的兩株外，別的地方我沒有發現，似是稀有物種，對皀莢的使用方法，有人說，先在鍋裡熬出汁，再用來洗衣，可是外家所見到的，先把皀莢放在衣服上，再用棒槌（洗衣用的木棒子，約一尺多長，前端扁平而厚實，唐詩中常見的「擣衣聲」，如李白的子夜秋歌：「長安一片月，萬戶擣衣聲」，就是村婦洗衣時，棒槌下去的聲音。）把皀莢槌出帶有一點怪味暗黃色的汁來，沾到手上有些滑溜，和肥皀近似，皀莢經過幾番槌打之後，外表一層咖啡色的皮，幾已變成一張殘破的「網」，藉著帶有韌性的纖維組織，大致保持了原來的樣子，但已無洗衣的功效了。

每到秋來葉落，獨留光禿禿的皀莢，一排排地掛在高枝上，由於堅硬的外殼，早已僵化乾了，裡面十幾粒扁形的種子，也堅硬得如其外殼，當一陣秋風來襲，因空高樹大，很遠就聽到皀莢在枝上互相撞擊的聲音，還可以聽到一群種子在裡面「內應」，一起發出一陣陣不同的「凡響」，爲寧靜的村野帶來了另類的「秋聲」。村童們常爭著去搶落下的皀莢，不怕它打破頭（實在它輕微得無此「力道」，只怕它不落到自己的頭上，因爲大家約好，落到一個人頭上的不能搶，「天」注定就是屬於他。）若沒有撿皀莢多少的得失心，在秋晚，獨自佇立林邊，放懷天地，靜聽陣陣秋風呼嘯而來，吹動了竹葉的沙沙聲和竹葉的芬芳氣，也摧下了大小的肥皀莢，橫七豎八地在空中交錯，好似一場戈矛的相遇，但沒有威逼的殺氣，只不過順著時序的推遷，散作飄零罷了。

這兩棵古老的皀莢樹，到了深秋，葉子和皀莢都凋零盡了，每到午夜時分，萬籟俱寂，就自動發出一聲接一聲的呻吟——「哼」（一種很蒼老的聲音），當狗先聞到，疑有人接近，就對著大樹的方向，狂吠不已，待村人偷偷地靠近時，很奇怪，即自動寂然無聲，我小時在外家，夜裡常跟隨舅父輩去刺探「樹情」，當躡手躡腳走到村莊的拐角，就很清楚地聽到「哼」，舅父輩叫我不要出聲，他們拿斧頭，甚至帶著鞭炮，有次還有人拿著自製的土槍，去爲古樹驅「魔」，要消滅這個莫名其妙的「怪聲」。令人不解的，爲何白天沒有，都是安靜無聲，又爲何下雨天、陰天也沒有，只有秋天晴天的夜晚才有，是一株在「哼」，還是兩株都「哼」，因人不能接近，無法確定，它又如何「知道」有人來了，難道眞有什麼「感應」嗎？鄉人認爲皀莢樹是稀有物種，値得珍惜，而且對村民又有一定的「貢獻」，何況它已「陪伴」了好幾代村人，大家實在不忍心加以「斧鉞之誅」，鄉人認爲一棵老樹無緣無故地「哼」，一定是不祥的「徵兆」，但又無重要的事故可資印證。在鄉下，我看過不少的古樹，先後都不幸遭到雷電的襲擊，獨這兩棵皀莢樹，年年春發青枝，秋收皀莢，直到一九四七年春，我辭別外家之前，從未遭受任何天災地變，但它給我的疑惑，直到如今，也沒有得到確切合理的解答。

和皀莢樹靠近的河埂旁邊，有一條通往村外的大路，路邊有一間茅草作頂，土磚作壁的雜貨店，是堂舅彭榮朝獨自經營的，這位堂舅，身材高大，西裝頭中分，經常穿一件藍布長袍，待人親切爽朗，談吐文雅，左手指間經常夾一根「前門牌」紙煙（香煙），右手純熟地撥著算盤，他謹守和氣生財的古訓，凡是他的顧客，不論本村或外村的，不論年長或年幼的，他幾乎都認得出，並且很清楚地記住他們的消費習慣，有時老客人來了，不等客人開口，就先說：「很對不住（家鄉土語，即對不起），某某貨，剛賣完了，過幾天我外出販新貨進來！」這種「先意希旨」的作生意手法，倒有幾分像以前北方「掌櫃」的氣派，一點沒有作小買賣，那種浮而不實的油腔滑調味，他沒有跟老行家當過學徒，是他自己體悟出來的「生意經」，他的店名，習慣上，大家都叫它「河埂小店」，沒有正式店名，當然更沒有店招了，有鄉人建議，用一塊木板寫個店名掛在門口，讓人好認識，也有一個正式稱呼，堂舅說：「我的店名就是無名」，眞是夠令人想像了。店裡賣的是一些南北雜貨，以各類食品爲主，用品則包括祭祀用的香紙、蠟燭、爆竹和洋火（火柴）之類，種類和數量都比食品少。爲了隔斷潮濕，店堂內鋪了地板，南北雜貨存放的時間雖長短不一，但由於管理保存，謹慎周到，都沒有發霉腐敗的，舅父常常晚上回家宣布：「河埂小店」某月某日殺豬，那時鄉下豬肉是昂貴的，屬於「奢侈」品，板橋老家一年到頭，不外出買豬肉（實在也無處可買），只有過農曆年時宰一頭豬，平常日子無新鮮豬肉上桌。外家「河埂小店」有不定期屠宰，買得起豬肉的人家是少數，爲了使新鮮的豬肉在一天內買完（鄉下沒有冷凍設備，冰箱是我一九四九年到台灣以後才聽到的名詞），先前十天左右，鄉下憑口耳相傳，把「銷路」打開，找到「客戶」，先作一番「預售」估計，再進行屠宰，否則，懵懵懂懂，不顧供需相應，到最後只有自己認賠了。我在外家吃肉的機會比板橋自家多，就是因爲「河埂小店」有不定期的屠宰，否則，比孔子「三月不知肉味」還要長。我每次跟舅父去「河埂小店」，堂舅看我來了，他一面和舅父談話，一面隨手打開就在他跟前洋鐵皮（一種不生銹的白鐵）做的銀白色圓形或方形的鐵罐子，伸手摸一塊芝麻餅給我，這種圓扁形的芝麻餅，比茶杯口略大，中間有一點凝固了的紅糖漿和一點我不知名的添加物，外層黏著黑白芝麻，吃起來很脆、很甜也很香，舅父常叫堂舅不要再給我，說：「不要給他，你是做生意的！」堂舅說：「外甥嘛！」其實，我跟舅父來，就是爲了要貪吃店裡的芝麻餅，我吃完了不敢再討，堂舅只顧和舅父談話，把我「晾」在一邊，其實店內我喜歡吃的還很多，如：桂圓、荔枝、紅棗，還有冰糖，這些堂舅從來不給我，在南北貨中，都是比較貴的。

「河埂小店」也是附近幾個村莊，在地方上交遊較廣，知名度較高，有「體面」，孚「眾望」的地方名流，互相交際的場合，他們常在買油買鹽之後，巧遇熟人，就乘機談上半天，櫃台外邊的「廳」比櫃台裡邊的空間大，放了兩條長板凳，供客人坐下來歇腳、聊天，有時堂舅走出來，加入他們的「談話會」，客人來了，又去招呼客人，他常常櫃台內外兩頭忙。堂舅小店櫃台上有一方硯台，一枝毛筆，還有一本印有朱絲線的毛邊紙帳本，鄉里的熟人，一時手邊拮据，可以先取貨，後付款，堂舅就記在帳本上，大部分是現金交易，因爲交易的金額都不高嘛，「賒帳」是少數，鄉里的熟人都非常愛「面子」，「賒帳」是情非得已，下次來店裡買貨時，就把前次欠帳一同付清，鄉下交易，幾乎雙方都是熟人，雙方都很講義氣，眞正的不欺不騙，俗語說：「無商不奸」，堂舅經營小店的態度，應該是個例外。太陽下山以後，店裡暗了，把店門一鎖，拍拍兩袖，就回家了，這個四周無靠的獨立小店，從來也沒有聽說遭到偷搶，鄉村民風非常純樸，民情和睦，社會人際關係有限，見到的不是熟人，就是親戚或鄰居，不作興幹偷雞摸狗的事，而且村鄰（不論那一姓）都是從遠祖起，就定居在這裡，一旦鄉里傳聞某人作賊，就如俗話說的「十目所視，十手所指」，一輩子在父老面前，鄉里之間，抬不起頭來，所以在無形的民風約束下，一直保持「民德歸厚」（論語學而）。我一個人第一次到「河埂小店」去，是舅母叫我去買「洋火」（火柴），上海某火柴公司出品的，「洋火」頭是土紅色的，堂舅把「洋火」遞給我，並囑咐說：「中午太陽很大，洋火很危險，不要邊走邊拿出來玩，要趕快回家！」

「河埂小店」，就我記憶所及，也賣過幾次牛肉。每當秋末冬初，農事告一段落，於是就有人向農家「活動」買牛，準備買來屠宰，由於牛體積大，一般屠牛不在屋內，而在戶外某一個隱蔽的角落。在鄉下有一個傳統而值得表揚的觀念，不問宰殺家禽或豬牛，一律不准兒童看到那種血腥的場面，生怕影響兒童心理健康，家裡過年殺豬時，祖父和母親他們，就大聲喝斥：「你們孩子統統到稻場上去玩！」當時不了解親人的「用心」，原來那就是「愛的教育」。在外家，我記得的一次，從皀莢樹向右邊走去，是一片竹林，竹林的一個角落地勢稍低，與一家菜園爲鄰，這個角落有不少瓦礫碎石，幾乎看不到土壤，竹子因此就生得稀疏，地顯得非常空曠，冷清，屠夫選在此處屠牛，我們村童在黃昏時去撿皀莢，無意間，發現此處滿地都是牛毛牛血，空氣裡瀰漫一股羶腥味，一張血肉模糊的黃牛皮還沒有運走，和那些滿地的枯枝敗葉堆在一起，大概是今天清晨才屠宰的，村童都掩鼻而過，也不管它那兒有沒有飛來的皀莢。深秋的天氣已經寒氣逼人了，沒有蒼蠅，也不見野鼠出沒，後來聽說，詹家沖製作大鼓的人，受到客戶的委託，要按時交鼓，需要牛皮，所以趕緊屠牛交貨。在舊日農業社會，牛是農家不可或缺的「忠實幫手」，一年到頭出力最多，不論耕種多少畝田地，都要靠牠的勞力，因此農家特別愛護耕牛，農曆年前後，農村中，常有幾個送「春牛圖」的人來討賞錢，這種木刻的「春牛圖」，因送的人不同，雕刻牛的造型也各異，有的站著，有的躺著，有的正在耕田，但都同樣印在「黃表紙」上，祖父接到一張就貼一張，貼到門板上（兩扇門對開對貼），儼然牛有受寵的樣子。不僅農人「愛牛」，齊宣王也是「愛牛」人士，當他坐在堂上，看到有人牽牛從他面前經過，牛因將被宰，而害怕不已，就問牽牛的人，他回答要殺牛取血去祭新鑄成的鐘，齊宣王既「愛牛」，也重視禮制，救下這一頭他「不忍」見死不救的牛，換一頭他沒有看見的羊，去完成「祭鐘之典」（孟子梁惠王篇），在中國傳統的農村觀念裡，牛是耕田的，不是殺來吃肉的，因此農家絕不屠牛，當然更不忍心食肉了，甚至認爲牛已經爲主人奉獻了勞力，再吃牛肉，是何其忍心！定有罪過的。我在板橋老家，生活了十四個年頭，放過牛，也在牛欄裡餵過牛，撿過牛糞，從來沒有聽說要屠牛，更別提買牛肉，吃牛肉了，我幾次吃牛肉都在外家，是從河埂小店買回來的，外家做的牛肉，不管是外祖母自己，或是兩位舅母，烹飪的廚藝工夫，從肉的味道和火候來說，是無分軒輊的，我平生對牛肉味道的偏好，完全自幼受外家先入爲主的影響，早已根深柢固，雖只有僅僅的那麼幾次，卻使我終生難忘，以後凡有吃牛肉的場合，潛意識裡總拿來和當年的外家相比，明知味有千家異，手也有千人巧，各有匠心獨運，不能定於一尊，多年頑固，何可稍移，就讓我先得的那一抹流涎，永遠屬於外家吧！

從外家的後門，順著右邊的山路走去，約有一華里之遠，有一個小村莊，叫作「茅屋」（實際上，也就是茅草蓋的屋，名實相符），習慣上，稱作「茅屋三爹」（即三外祖父），因爲中國傳統上，家族有大排行（堂兄弟排行）和小排行（同父母兄弟排行）之分，唐朝人尤其注重，如杜少陵詩中常見的，如：「送二十四舅赴青城」，「送二十三舅之攝郴州」，「奉送十七舅下邵桂」，「王閬州筵酬十一舅」，「寄李十二白」，「寄高三十五書記」，「送李二十九弟入蜀」、「送十五弟侍御使蜀」等，這些數字都表示大排行。究竟外祖父兄弟幾人，他又排行第幾，我小時常在外家，就是不知道，也不懂得去「求知」去問，或許母親曾告訴過我，但早已忘記，直到二〇一一年，從海平表姪寄來的長信上，才知道外祖父兄弟五人，他排行第四。

茅屋，當然就是茅草蓋的房子，茅草在鄉野之間，物賤易得，滿山滿谷，有取之不盡，用之不竭的好處，它莖長質堅，根根直挺，極耐日晒雨淋，較稻草爲優，更不像稻草的速朽，一九四七年以前，在農村，茅屋已不多見，只有燒磚瓦人暫住的工寮是茅屋，普通一般人家，都是磚造瓦房，不過三外祖家的茅屋，僅屋頂是茅草，四周的牆壁仍是黃泥磚砌的，怕狂風掀掉茅草屋頂，伸展到屋簷邊的屋頂，幾乎和土磚牆壁齊平，因此，牆壁被雨水沖刷得大槽小溝，看起來很不堅固，很不美觀。如果外牆也是茅草編織的，就等於門戶洞開，沒有任何安全可言了。茅屋的好處，冬暖夏涼，冬天，冰雪侵不透，夏天，烈日晒不透，因爲屋頂年年加新茅草於舊茅草之上，頻年累積的結果，厚度早已盈尺，遠看屋頂像一個小草堆。茅草屋裡面的隔間，也是茅草編織的牆，平整、結實，仔細看，縱橫交錯，還能編出花紋圖案來，既富「野趣」，又多「美觀」，小時在茅屋吃過飯，也玩耍過，三外祖母最提防我在廚房裡玩火，只要我一走進廚房，她在後面就跟著來，她說：茅草就和柴火一樣，碰到火就自動燒起來，他們送進竈台裡的柴火，都一律砍得短短的，不能在竈門口，裡一半，外一截，一定要完全送進竈，要處處時時，慎防火災，說的也是，茅屋一旦失火，就像燃燒一堆乾柴，幾乎沒有一點搶救的機會了。

茅屋的轉角處，有一棵不太高的桃樹，結的桃子不少，累得樹枝都下垂了，鄉人稱作「毛桃」，顧名思義，外皮有一層很厚的絨毛，吃在嘴裡，味道酸澀，沒有人採摘，留在樹上，反讓成群麻雀，爭先恐後飛來啄食，牠們似乎不等毛桃變黃變紅，三外祖母說：我家能餵麻雀的，除了這一樹我們不想採收的酸毛桃外，還有什麼呢？就讓牠們吃個飽吧！這群麻雀飛來群集樹上，邊啄毛桃，邊吱吱喳喳，把一樹毛桃啄得七零八落，有的才剛啄了幾口，發覺得味口不對，把吃了一半的丟下，再去啄另外一個，也有兩隻麻雀爭啄一個毛桃，由於可以挑食的毛桃太多，讓麻雀淺嘗即止，無法眞正吃出口味來。被麻雀啄過的毛桃，當時並沒有落地，經過一兩天烈日曝晒之後，帶著衰竭的褐色，紛紛掉落地上，讓那些剛學飛的雛雀，爭相啄食，牠們的小嘴也有力量把毛桃推來滾去，尋找可以下口的「弱點」，「就地」解決了牠們的飢腸。毛桃樹不高，但分枝極多，影響所及，毛桃樹散布的面積就很廣了，這也是麻雀多的原因。茅屋的前面，是一座人工池塘，鄉人好講風水，三外祖母依風水先生的建議，在村前開鑿了一座池塘，就便利用那一塊自然低窪的大地溝，在地溝的前端築一道土堤，就成了池塘，鄉人相信，池塘不僅有聚水防旱的自然功能，最要緊的，是它還有改運的命理功能，剛好離毛桃樹不遠處，有一股山泉，就把那股山泉活水引到池塘裡，這股泉水是從山邊亂石叢中滲透出來的，稍加疏引，水量大增，水質也更加清澈了，三外祖母家日常用水，就是從源頭小水塘裡挑回去的，靠近水源這一帶，栽了一些垂柳，遮住了泉源，外人不易發覺，當春天來臨，只見滿塘碧波盪漾，映著岸邊的垂柳，斜斜的，細長的柳影，在水面上輕輕滑動，有伸展的，也有收縮的，有交錯的，也有分歧的，各有姿態，但都不關彼此的事，徜徉岸畔，雖無淙淙泉聲，相反地，卻可靜靜地從垂柳中，窺探到泉水不停湧動的物態，那不必有奪人的聲色，卻一樣向人展現山泉初出造物者懷抱的聖潔，爭著張口迎接這山泉之美的，是那群跳躍的池魚，有幸生長在這山野的池塘，永遠不會想到，遭受城門失火殃及同類的悲哀，我站在垂柳下，隨手把玩柳絲輕輕從我身邊滑過，從我額際掃過，總是那樣的輕柔、細膩，畢竟受地形的限制，塘柳只是那幾株，比起迤邐不絕的河柳，自然要顯得孤寂、遜色多了。雖有山風的輕拂，一樣也顯出輕盈的柳姿，但就是缺少了那一點醉人的微醺，也缺少了柳絮群飛時搖颺物魂的嫵媚。我在板橋老家，年年看盡了河柳的渾然嬌嬈，也曾有過追逐柳絮的清狂，但三外祖母家的塘柳，卻給我帶來了手牽柳絲，眼觀游魚的另一種怡然自得之樂。

每年稻作秋收之後，池魚經過一年多的餵養，肥美可食，準備驗收——「打漁」了，這是三外祖母家一年的盛事，依例要「竭澤而漁」（爲求行文生動，雖然典出淮南子本經，但此處只取其字面意思，而不及其他），打開池塘底下的涵洞（池塘無其他放水涵洞，僅此一個，平常用一塊大石封緊），水即傾瀉而出，選擇這個時機，是因爲先前下方仰賴它灌溉的稻田，早已收割完畢，這時放水到田，不會造成任何農作物的損失，池塘的蓄水很快放完了，所養的魚，不論大小，不是身陷塘底爛泥裡，動彈不得，就是全擁擠到泉水口，張口動鰓，不停喘息，各個都在爲生存奮力掙扎，茅屋主人們帶著大篾籃，赤腳走到乾涸的池塘裡，一條一條地抓起來，往籃子裡丟，有的經不起水乾，已經翻肚朝天了，有的還在擺動頭尾，池塘主人在開始放水時，就已經小心保護小魚苗，每撈到一尾，就放進清水桶裡，等到塘水集到一半，就放回池塘裡，鄉下沒有專門販賣魚苗的行業，池塘主人一般都知道預先作好保存小魚苗的工作，不使小魚苗受到任何傷害。泥鰍也是池塘另一類「產品」，池塘越靠近塘底、爛泥越厚，氣味也越腥臭，泥鰍就潛隱在爛泥裡，只要發現泥外有小洞，泥裡必有泥鰍，池塘底沉泥很厚，爲保持一定蓄水量，也趁便把塘底的沉泥挖到塘埂上，有趣的，在塘埂的爛泥裡，往往「鑽」出泥鰍來！

茅屋每年「打漁」，是一件例行事，也是一件樂事，由於平時餵得勤快（早晚各一次），漁獲量都很可觀，大竹簍子都要裝兩三簍，是否也出賣一些，如果不賣，那麼多的魚又是如何「保鮮」的，都非當時的我所能懂得了，我只記得三外祖父自己提一大籃子魚送給外家，並順便向外祖父說明打漁的經過情形，這種自家池塘養的魚，雖帶有一些泥腥味，卻是塘魚的特色，比從青草塥買回來的江魚，不僅肉多有彈性，而且味道鮮美，外祖母及兩位舅母都是烹魚的高手，爲使魚皮不焦不脫，魚頭完整，都是先用蒸籠蒸熟，再將滾熱的調味汁澆上去，蓋緊鍋蓋悶一兩分鐘，起鍋後，眞是香氣四溢啊！很遺憾的，我當時不懂得向三外祖母問清楚魚的類別名稱，兒時記憶到如今，這件事也懵懂到如今！

大竹園和茅屋有一段山路距離，外祖母很少到茅屋來，可能是山路崎嶇，不利於小腳行走，卻常常吩咐我把吃的（包括生的和熟的）送去，我幾乎每一兩天就要跑一趟。外祖母對茅屋的愛和關懷，不等他們開心，都自動地給，自動地幫助，有次她偷偷地告訴我，三外祖父生下來就智能不足，其實早年在交通閉塞的鄉下，智障問題常見，並不稀奇，但由於「家醜不可外揚」的舊傳統觀念，都不願主動說出家有「智障」人，惟恐不光彩，甚至認爲「因果報應」，把一個遺傳學上的問題，扯上道德善惡問題，眞是太不切實際了。那時鄉下沒有專門教育或輔導各類智障的人，如盲啞弱智等的學校，只能在家裡跟隨父兄去務農，離開了父兄，離開了家庭，即無處可以收留，可以生活，而一般家庭也常因家裡有殘疾人，拖累了家庭經濟和歡樂的氣氛。智障問題的產生，現代醫學研究，大致已明瞭原因，一部分因母親懷孕時亂服藥物或酗酒。在鄉下，多半因近親互相通婚、血統太近，使遺傳基因產生汰優存劣的後果。三外祖母家，舉凡有關「文字」的問題，都交由外祖父及兩位舅父代爲處理、解決，老一輩的手足情誼，行事風範，往往就是不分彼此的，過去我在心裡一直很納悶的問題，但又不敢問，如今外祖母終於自動為我解答了，現在我明白了，為什麼茅屋的一切對外人情應酬，以及日常生活的張羅安排，都是三外祖母一肩承擔，從無怨言，不是什麼「能者多勞」，實在有推卸不了的苦衷，好在，三外祖母人情練達，身體很健康，也很健談，賢良恭儉，鄉里都以能幹稱譽她，三外祖父一副莊稼漢打扮，身體結實硬朗，古銅色的皮膚，經常戴一頂斗笠，收工回家時，斗笠掛在背上，煙癮不小，平素不多言語，和我沒有說過幾次話，應該知道我和他們的關係，他不懂得如何去逗小孩玩，表面看來，是一個很木訥的人，不論見到生人或熟人，向少親熱表情，只是不帶感情的默默微笑，真像「君子之交淡如水」，由於家中人手少，勞動力有限，田地似乎也不多，生活就顯得不十分寬裕了，他們日常主食以紅薯（地瓜）為主，往往早上煮一鍋紅薯，連帶到午飯。三外祖母很愛面子，特別看重人情往來。只要外祖母送東西給她，一定要答謝外祖母，但每次答謝的，幾乎都是雞蛋，說實話，除了自家養雞有雞蛋（節省下來的）可以回報外，更無他物可以回報了。有次叫我用長袍（除夏天外，我平常都穿長袍）的下襬，兜著三、四個雞蛋回來給外祖母，三外祖母把我的藍布長袍的下襬拉在手上，提著，然後輕輕地把雞蛋放下去，她一邊放，一邊告訴我走路要小心，不要跑，不要跳，不要把雞蛋打破，她教我用兩隻手分別抓緊下襬的兩個角，千萬不能放手，要我回去交給外祖母，長袍的下襬拉起到胸前，剛好擋住我的視線，我就看不到腳下的路，走起來高一腳，低一腳，這一段路雖不算太長，但彎道多，路也很窄（一邊是山壁，一邊是陡坡），如對面來人，彼此都要慢步通過，所幸路沒有太大的高低起伏，下雨時，山上的雨水流到路上，由於路邊沒有排水溝，任由凶惡的水流，到處亂流亂竄，把路面沖刷得不是坑，就是洞，因爲這條山路，不是交通要道，鄉人經過的少，也就無人在意「路況」的好壞了。這段路因爲是熟路，我平常經過時，從來不注意腳下有沒有坑洞，走著走著，身體失去平衡，突然往前「暴衝」，「驚」了一下，知道碰到坑洞了，仍然前進！現在情況不同，我長袍兜著雞蛋，提醒自己要特別小心，但還是難免高一腳，低一腳，兜的幾個雞蛋，自己也預感到「凶多吉少」，我不敢低頭看，怕交不了「差」，外祖母接到我，就說：「幾個雞蛋擠在一起，那有不破的，不怪你，情意到了就好了。」不但吃不到雞蛋，還要麻煩外祖母替我洗長袍，後來改用小竹籃，破的機會就少了。

茅屋在原地已改建成磚瓦房了。辭別大竹園外家之後，六十年來，初回外家祭外祖父母，路經茅屋，陪著隨行的海平表姪，指路邊一棟陌生的房子說，這地方就是當年的茅屋，頓時令我爲之一驚，立刻把我拉回到六十多年前的「場景」，一棟很古樸的茅屋，前門不高，但有很高的門檻，還有兩步石頭台階，對我們小孩進出很不方便，每次三外祖母提醒我，過門檻要小心，不要跌倒，門前那塊空地，似乎比以前要窄些，是不是新屋基沒有謹守「舊規」向前移了，三外祖母喜歡坐在靠門裡邊那一張長板凳，對外靜靜地看日影的輕移，雞群的來去，她說：屋子窗戶少，亮光不夠，坐在門口舒服，她作針線活，幾乎都在門口，日影移遠了，她的背影也跟著消失了，但她慈祥的身影卻永遠印在我的記憶裡。門前那口池塘，似已成了廢塘，四周的荊棘雜草，爭相繁衍伸展，如果我不是舊時的過客，誰又知道它曾經有過碧波盪漾，風光旖旎的動人歲月，如今，春波息影，岸柳收風，六十年時光流轉，老外孫亂後初回，無清波可以鑑影，無叮嚀可以聆聽，茅屋新一代的主人，可能知道我們是舊主人的外孫，等著和我們打招呼，但匆促中，忘記問他們是三外祖家的第幾代孫，歲月的變遷，戰亂的分離，使我們和眼前的親情，竟成了隔代的「陌生人」，所幸「土親」，彌補了「人事生疏」的遺憾！

十四

彭氏外家在龍山方圓幾十里之內，清望卓著，義重一方，雖無顯要的官職名位，但卻有一定的影響力與向心力，舉凡鄉長到任之初，不論是本地人士，或外來的，要想政通人和，得到鄉民的普遍認同和支持，先要到大竹園拜候「松喬老先生」（外祖父名松喬），鄉里因他熱心助人，公正不阿，在民間慢慢養成了領袖地位和聲譽。早年受邀到安徽來安縣，擔任私塾教席，由於他才思敏捷、學養旁通，一位東家遂以女兒許配給我的小舅父為妻，和我的外祖父結為秦晉通家之好，他在來安，除了作育一方英才之外，更意外地得到一房兒媳，頓時鄉里傳為佳話。他雅愛書法，擅長行草，我在南京曾見過外祖父在抗戰初起，寄給遠在西北工作的父親的一封家書，握管揮毫，自然飄逸不羈，父親常帶在身邊，想必勝利返鄉，也一起回過大竹園和板橋，可惜那封有紀念價值和意義的家書，在南京匆匆見過後，就沒有再見過第二次，可能兵火紛飛中，就已經不知它究竟失落何方，更不知何時失落，在戰亂的年代，多少寶貴的歷史文物，往往遭到這類「浩劫」，對懷念外祖又憑添一份惆悵，地方上有重要宴會，都邀請他與會，他也很愉快地接受，因此，白天幾乎很少在家，有人要請他主持公道，評理論事，也都安排在晚上，那時沒有法院，也沒有調解委員會這類組織，只要鄉里有糾紛，有意見，當事人前來求助於他，必先吩咐家人倒杯茶，坐定後，再請來客靜下氣來細說事情的原委，中間絕不打斷來客的談話，他只凝神靜聽兩方的意見，並注意觀察他們說話的神情和語氣，眞有點像孟子說的：「存乎人者，莫良於眸子，眸子不能掩其惡，胸中正，則眸子瞭焉，胸中不正，則眸子眊焉」（孟子離婁篇）。他本著沉潛的個性，冷靜默察一個人言語的眞僞，然後再就兩方爭辯的事實背景，作一番徹底而公正的了解，他常掛在嘴邊的一句話：「來者是客」，不偏袒任何一方，尤其對當事雙方爭辯堅持的結果，所造成的得失，分析得最讓他們心服口服，在所有紛爭當中，以家務事居首，所謂「清官難斷家務事」，尤其是大家庭，一點小事都能引起很大的衝突，傷及親情，外祖父憑著他深刻的觀察力，敏銳的反應以及明智的判斷，解決了多少鄉里之間的紛爭，「難斷的家務事」，在他的愛心與耐心之下，「斷」以情與理，事後常有人酬謝他，一概推辭或退回，只提醒他們：「照我的話去做，就是酬謝」，古人說：「片言折獄」，是以智慧解決別人的紛爭，不是憑一己的好惡與權威，外祖父在鄉里之間，好像也有這種功力和信譽，所以才能普遍贏得鄉人的尊敬，從外表看來，極有威儀，孔子說：「君子不重則不威」（論語學而），他似乎深有體會，可能教書時，切已體會到的，高大的身軀（約有一百八十多公分身高），表現於外的溫文儒雅，對人向無疾言厲色，平常與客人交談，習慣性地，一手輕輕捋住閃閃有光，飄逸及胸的長髯（龍山地方上一般民眾，背後都暱稱彭大鬍子），一手捧著黃銅做的水煙筒，不疾不徐的言辭，永遠表現鎮靜自在，他說話的遣詞造句，大概受到早年教書的影響，看對方領悟和反應的遲速，而有所不同，有典雅的，也有俚俗的，有柴米油鹽，也有文章詩賦，不定於一格，眞可以稱作「因材施教」、「看人說話」，他常說，做事沒有公式，待人也沒有公式，只有情理不變。外祖父擅交遊，好賓客，影響所及，外祖母及兩位舅父，既好賓客，又好助人，外家經濟情況並不豐裕，但憑著輕財重義的作風，經常是「座上客常滿，樽中酒不空」，好像從來不爲生活發愁，老子說：「既以爲人己愈有，既以與人己愈多」（老子八十一章），外家的生活態度，處世情懷，可以印證老子的智者之言，梁任公在他「爲學與做人」這篇演說詞中，特別提出老子這兩句話，以宏偉超越得失的心胸，來勉勵青年學子，也足見一代宗師的德範仁風。

外祖父當年可能就是如此教導或影響兩位舅父和母親的，綜觀母親一生行事，堅毅無畏，樂善好施，有擔當，有智慧，也有與時俱進學習新事物的能力，所可惜的，外祖父囿於當時的舊傳統、舊觀念，沒有認清新時代已經來臨，他應讓母親上「洋學堂」，接受新式教育，母親常在和我們言談中，悔恨自己沒有念書，變成睜眼瞎子（鄉間對文盲的稱呼），一個大字不識，否則憑自己的才智能力，也可能闖出一片天，成就一番事業，證諸她平素的表現，雖是不平之鳴和帶一些自負，卻也不無幾分近似，可惜時代的錯誤，的確埋沒了不少女性人才，斷送了女性的錦繡前程，我爲母親的大賦未展，感到惋惜，也爲時代的封閉、錯誤，感到悲哀！

我在外家，常聽到外祖父告訴母親，孩子就是孩子，不要憑著自己的想法，把一個兩三歲活潑無邪的孩子，教養、塑造成一個循規蹈矩，暮氣沉沉的「小大人」，完全泯沒了孩子本來的幼稚和天真，孩子就是會犯錯，會狂野的，會不拘禮法的（他們也不懂什麼叫禮法），只要沒有安全上的顧慮，不必過分限制他們的行動。教導孩子要多教導正面的，比喻說，勇敢，要不怕人，不怯場，勇於任事，千萬不能教成縮手縮腳，畏首畏尾，一副怕事、沒有膽量的樣子，外祖父從來沒有告誡過我們，這個不能動，那個不能碰，要我們隨時遇事訓練膽量，他告訴母親，男孩子不要給他太多的約束，讓他從學習中成長，在外面闖了禍，出了紕漏，人家告到家裡，這時作父母的，先試著冷靜了解事實的眞象，如果是自己孩子的錯，就千萬不可護短，要誠懇和氣地向人家道歉、陪禮，作一個明理、講是非的父母，如果不是自己孩子的錯，也要很謙虛地向人家解釋清楚，絕不可表現一種不屑、不耐煩，或驕橫的樣子，要隨時注意作父母的修養，這次不是孩子的錯，但不能保證下次，對於孩子惹了禍，先指出他錯在哪裡，並說明錯的原因，要緊的，告訴他以後不能再錯，不要眞象還沒有明瞭之前，就克制不住胸中的怒氣，把孩子痛打或痛罵一頓，孩子常常覺得打或罵都莫名其妙，施教的效果還沒有見到，孩子活潑的天性和「初生之犢不畏虎」的勇氣，恐怕就受到很大的摧殘了，最後變成一個「屙屎打腳後跟」的人（這是家鄉最流行的一句諺語，鄉下沒有馬桶，都是蹲在糞坑上屙屎，譏笑一個沒有出息的人，連屙屎都沒有「衝勁」），外祖父的教導，其實是教導一個孩子如何成爲有用，有作爲的人，不要安於現實，墨守成規，要奮鬥進取，力爭上游。

前文曾提到外祖父有吸水煙筒的習慣，其實他還有一個吸大煙（故鄉稱鴉片煙爲大煙）

的不良嗜好，但不是每天都吸，主要是陪賓客，好像是把它當作社交應酬的工具，那時鄉下一般有點名望的士紳都有此嗜好，爭相以吸大煙來表示自己的社會地位和交遊層次，龍山鄉長也有此同好（我不知其姓名，外祖母告訴我，他是鄉長），經常和外祖父對臥在煙燈旁（床上放一個小托盤，中間擺一盞底部有燈架的油燈，一點點的火焰在扯動，眞是名副其實的「一燈如豆」，燈是銅製的，很精美，專供吸鴉片用），我很好奇，但又不敢問，爲什麼一定要對臥在床上吸大煙，爲什麼不能坐著吸，是否煙癮來了坐不穩，一定要躺著，難道不怕萬一棉被著了火燒起來。一把煙槍，只有幾寸長，看起來有點發亮，「造型」極講究，賓主兩人把煙槍交來換去的輪流吸，以現代衛生眼光來看，是不合衛生的，可是那時只顧「氣味」相投，彼此都不嫌棄，我不知道一粒等同一小顆豌豆的「煙泡」能吸多久，在煙燈旁有一個小瓷碟，裝著一顆顆圓圓淨淨的「煙泡」，要準備取用時，還在指尖上「掄」兩下，似乎嫌它不夠「圓滑」，還備有一小壺好茶，但沒有茶杯，是嫌茶杯麻煩，還是無處可放，我不知道，也是兩人就著壺嘴直接喝，兩人吸大煙的「氣味」相同，共飲一壺茶，不必分杯別飲，也就不足怪了。大煙是一種興奮劑、麻醉劑，無論他們在床鋪上臥多久，既不會睡著，也不會累，更不會感到飢餓，天南地北，古往今來，有談不完的話題，彼此陶醉忘憂在各自的心靈境界，虛空境界，有時彼此望著煙燈，沉默良久，好像把人生又推向一個更高的境界，透過大煙的「毒」引力，往往催化了無窮的幻想力，但，也悄悄地剝奪了一個人的生命力！

母親告訴我，抗戰期間，龍山有人種罌粟（鴉片），爲觀賞用，因花大而豔麗，有紅、白、粉紅等多種顏色，但爲量不多，爲時不久，即遭令禁，不准栽種，此後即種絕無聞了，罌粟是一種草本植物，約有四、五尺高，結橢圓形的果實，未完全成熟時，用刀割開，即流乳白色的汁，和空氣接觸後，就變成咖啡色，並漸漸從液態變成固態，家鄉稱這種「固態」叫「煙土」（即生土），也就成了「交易」的對象，我大概六、七歲時，在外家常聽到「煙土」這個名詞，要把「生土」變成「熟土」，要經過一番熬煮的功夫（如何熬煮，用什麼鍋，用多大的火，要熬煮多久，這都是七十多年前的往事，我已完全記不清了。）鴉片的味道很特殊，它對空間似乎有很強的「穿透」力，老遠就可聞到它特有的香氣，即或不吸，也有魂移神搖的感覺，這種奇妙的感染力，一旦惹上，就潛入骨髓，要捨它、忍它，眞是「戛戛乎！其難哉！」（韓昌黎語），一般的紙煙（香煙），點著火以後，可以看到火，大煙很特別，只能有煙（青煙）有味（香氣），不能見火。

一九四一年，太平洋戰爭爆發，跟著吹來新一波更嚴厲的禁煙風潮，不僅煙價飛漲，而且貨源斷絕，外家的「煙客」幾乎已成絕跡了，外祖母頓時也落得清閒，不必忙著煮茶待客了，外祖父的「嗜好」在形勢的逼迫下，自然也跟著「熄燈」了，一時香消影散，「煙」滅無聞了，到處瀰漫著無可奈何的氣氛，一切回歸舊日，可是外祖父昂揚健朗的身軀，在煙毒無形的戕賊下，恐怕早已剝蝕、摧毀了，一九四三年，農曆二月，一個天氣晴朗，稍帶點春寒的下午，那時我也正在外家，眼看外祖父自外歸家，一踏進門，就告訴外祖母，身體不大舒服，先在餐廳角落，一個稻草編織的大「太師椅」上躺一會，還是覺得不對勁，外祖母和我扶著外祖父，從「太師椅」上起身，準備回到自己的房裡，還不到一小時，外祖父的病情急轉直下，變得越來越嚴重了，大舅父剛從外面回來，他的「太氅」（即大衣）還來不及脫下，就趕快跑到村外去請郎中，不久郎中趕到了，仔細把脈後，開了醫方（即處方箋），藥剛剛買來，還沒有拆包煎藥，外祖父就已陷入昏迷，不省人事，叫也沒有反應，完全失去了知覺，沒有留下任何遺言，就這樣匆匆離開了人世，前後不到三、四小時，享壽僅六十二歲，當時郎中是如何診斷的，外祖母及兩位舅父一定知道，我年幼，不可能懂外祖父的病。就現代醫學常識來研判，似是急性心肌梗塞，或腦血管病變，應與任何癌症無關，他平時反應機警靈敏，步履穩健，雖經常攜帶手杖，只是增加他的「威儀」罷了，屬「配件」性質，與行動無關，平常幾乎很少聽到他有任何病痛，總是以健者勇者的姿態示人，就以外在的表情來看，絕對看不出他有任何難治的宿疾，令人很遺憾的，他染上鴉片的毒癮，已經很深很久了，就我記憶所及，他盡量克制自己，只因有很多「同好」的朋友常上門，基於好客的緣故，他「開燈」待客，有一件事，我不懂也不敢問，從來沒有看到外祖父一個人臥在床上吸「悶」鴉片，不管煙癮來了，如何令他難以忍受，也不會一個人去吸，一定有一位賓朋相陪，大概兩人對吸，就像飲酒，要兩人對飲才有情趣，以如此昂貴的代價來「招待」賓朋，又非我所能了解了。漸漸地，鴉片恐已經嚴重影響外祖父的健康，只是他無力自拔，並非不自知，不自覺。外祖父匆匆謝世以後，鴉片也立刻跟著不進外家的門了，主人已不在了，當年的「賓客」也不再上門了，兩位舅父從無此嗜好，後來舅父的賓客，都以清茶淡飯相待，照樣高朋滿座，雖缺少一「味」，也足以暢敘幽懷了。

在外家，我常被鴉片的香味吸引，偷偷地，躲在床角外邊看外祖父和客人邊吸鴉片，邊飲茶，狀極悠然自得，有次外祖父起身入廁（那時一般鄉下廁所都在戶外，另蓋一間茅棚），那位賓客忽然招手叫我到床前，他把煙槍遞給我，叫我吸一口，我好奇莫名其妙地吸了一口，那時大概七、八歲左右，當時可能有感覺，童年「偷嘴」，早已不知其味了，客人的意思，本意是逗我好玩，也有可能是「討好」外祖父，表示喜愛他的外孫，等外祖父回來，察覺客人犯了他的「規矩」，竟毫不客氣地加以責怪，客人絕沒有料到這一件小小的「兒戲」，外祖父竟然如此嚴肅認眞起來，使客人一時坐立皆不是，尷尬萬分，只有放低姿態，一再地「陪禮」，闖禍了，我也被嚇呆了，只聽外祖父對我大聲斥令：「以後我有客人，不許再到屋裡來！」這是外祖父第一次對我疾言厲色，外祖母在外邊聽到，忙拉著我過去：「你闖禍了？」我一時也不知怎麼回答，一口「好玩」的鴉片，竟惹得外祖父勃然大怒，令我記憶難忘！

外祖父生平仗義輕財，交遊廣闊，不別賢愚，雖在抗戰時期，一般鄉人生活都很艱難，但兩位舅父和一些親朋故舊，都認爲外祖父在鄉里間排難解紛，早已身率群倫，飾終之典，仍以隆重爲是，不可過於從簡，甚至有些鄉親晚輩，競相自動向兩位舅父自我推薦，願意聽從隨時差遣，都以能參與外祖父治喪大典爲榮，因人數太多，怕禮不周到，隨手記下他們的姓名，到時好分配「任務」，這在故鄉是空前的。依故鄉傳統習俗，出殯後（只是暫厝地面，並未正式入土下葬），設靈位於廳堂東邊或西邊的一個角落，每七日一祭，謂之「應七」，祭滿七七四十九天，才正式「送靈」（佛教雖在漢明帝時已傳入中國，但民間喪葬儀式，仍遵奉傳統道教儀規，如各種紙紮及焚燒紙錢等），兩位舅父把鄉里最有名的紙紮技藝師父（道士兼）江瀾波先生以重禮邀請，從「二七」開始到家裡來（江師父從不接受邀請到家，這次爲外祖父之葬，接受兩位舅父的邀請，屬於例外），在自家的廳堂裡（這個廳堂很大，一年到頭空閒時間多，我和兩位表弟把它當作「遊戲」場），展開各種紙紮工作，江師父穿一件藍布長袍，年約四十歲，言行舉止，極溫文儒雅，不像只會畫符念咒的道士，很有點藝術家的氣息（如果捨去宗教的迷信不談，這些紙紮無論在構圖、著色、神彩等各方面都能表現出匠心獨運，呈現了另類的藝術美。）他喜好吸黃煙（一種鄉村土產煙絲，金黃色，故名），癮不小，也好飲茶，他早出晚歸（住在另一個村莊，與外家大竹園，中間只隔一座小山崗），中午由外家供應午餐，所有紙紮的材料，請江師傅一一列出清單，由兩位舅父照單採購，小舅父有藝術天分，他在一旁幫助繪畫、雕刻（把五顏六色的紙，鏤空成各種圖案花紋），剪紙、設計、裱糊，江師傅技藝好，動作快，紮出富麗堂皇的廳堂，還能分出一進二進，與人間的實景建築幾無分別，威武的兵馬，惟妙惟肖，武器類的刀槍劍戟，似乎都能傷人，還有各司其職的僕役多名和一兩枝極形似的「煙槍」，只差沒有點火的「煙燈」，躺臥的床鋪，也完全與實景的一樣，使外祖父在另一個世界，仍可繼續享受吸鴉片的樂趣，只要兩位舅父想得到的，在「陽間」有的，江師傅都能紮得出來，整座廳堂幾乎擺滿了各類型大小不一的紙紮，有時從天井吹下來的風，把紙紮吹得搖搖擺擺，要倒不倒，江師傅告訴兩位舅父，要把大型的紙紮搬到二進大廳去，免得被風破壞，修補起來總不及原來的「美」，剩下的空間還有新的紙紮要存放，堂廳的三進，則是道士將來要搭台誦經作齋，不能占用，四十九天滿「七」，三日三夜莊嚴隆重的「花齋」，當天下午就在道士「起水」（一種作齋之前的祭路神儀式）之後，正式開始，家中開流水席接待前來弔孝的親友，所有的這些飯菜，兩位舅父都早已作充分準備，各項工作人員，前文提到，都是自動自發的來幫忙。外祖父及兩位舅父，都擅長文墨，而且下筆極快，不用起草，在那個文盲遍地的年代，自然享有很高的影響力、號召力及親和力，不知不覺中，培養了外家在鄉里之間獨尊的人望。

從我懂得記憶以來，外祖母給我的印象，就是彎腰駝背，大概很早就有脊椎病變的毛病，不知早先有無看過大夫，但我沒有看過外祖母吃過藥，看過大夫，背雖已經彎到近九十度，走路非常吃力，但身體仍很硬朗，仍然喜歡到處走動，展現無比的意志力和樂觀的生活態度，僅從兩位舅父及母親姊妹的身材來推斷，外祖母應該身軀高大，只是病變，讓她「矮」了許多，和外祖父站在一起，還不及外祖父的肩膀，但處事的明快有力，仍和外祖父一般。當兩位舅父分伙以後（外祖父已謝世），外祖母自己另立一個廚房（實在是臥室兼廚房，她的臥室很大，廚房只限一隅，由於仍在兩位舅父家輪流吃，幾天不起火，有時甚至長達半月，使人幾乎感覺不到爐竈的存在。）她老人家最拿手的一道食品，是酸菜絲加棉籽油炒飯，可口無比（棉籽油即棉花籽油，現代化學分析並證實，棉花籽油含有棉酚，屬弱毒性油類，前文已提到，它有礙健康，那時誰懂得棉籽油的化學成分和醫學常識，由於棉花產量少，棉籽油產量跟著少，外祖母給我吃的次數不多，量也少。）是我最愛吃的一道菜飯。外祖父謝世後，吃和睡都跟著外祖母，有次她看到家中的客人穿著一雙很時髦的鞋子，我還沒有注意到，她已經注意到了，外祖母認爲她的外孫也應該有一雙，就立刻託人爲我買了一雙「力士鞋」（乳白色，就是現在的球鞋），抗戰期間，「洋貨」不但特別貴，而且還買不到，我不知外祖母是如何拜託人買到的，我也不懂得問，他把鞋子交給我，要我立刻穿給他看，我知道這鞋子很貴，堅持不肯接受，不肯穿，外祖母急著生氣了，她的老話又來了：「你這孩子，怎麼和小德海（父親的譜名，也是小名）一樣的脾氣！」她拉拉已經串好的白鞋帶，叫我坐在靠她身邊的小板凳上，硬要逼我穿上，幫我繫好鞋帶，要我站起來走走看，並問我腳緊不緊，痛不痛，外祖母駝著背，一直盯著我的腳，是她高興終於實現了她對外孫的心願，我也終於在外祖母的慈暉前，邁出了新的一步！這一段往事，不知怎的，當時的情景，我記得特別深刻，此時握筆追懷往事，仍難掩老來激動的情緒，回溯此生，親情之中，獨缺祖母之愛，從小很自然地，就把外祖母當作祖母，直接稱呼「奶奶」，而絕口不叫「外婆」，她買給我一雙「力士鞋」，不同於一般世俗的「敝屣」，而是帶著隆重的親恩，永遠不離腳的一雙無形的「萬里鞋」，它跟我浪跡天涯，陪著我踏雪履霜，更支持著我逃離劫難，出死入生，這一雙合腳的「力士鞋」，我從十一歲穿到如今，直到我走完這一生的艱難歲月！

七、八歲時，我看到大人們吸「紙煙」（現稱香煙），一支接一支，覺得很好玩，嘴裡冒煙，前面還有火，很想自己也來試試，外祖母爲了滿足我的好奇心，託人替我買了一包「紙煙」（好像是「前門」牌，十支裝），包裝盒印得很精美，裡面附有一張彩色的圖片，大小和紙煙盒相等，圖片的背面有文字說明圖片的內容，多半是三國演義和西遊裡的故事人物，說明的文字不少，我認得一些，也有些不認識，我拆開「抽」了一支（這是我此生第一次吸「紙煙」），味道很辣，很刺激喉嚨，引起咳嗽，不如想像的好「玩」，有些失望，隨手把那一包放進長袍口袋裡，因爲每天只顧玩耍，到處跑跑跳跳，躲躲藏藏，完全忘記口袋裡還有「紙煙」，它是經不起亂七八糟擠壓的，幾天之後，看到別人呑雲吐霧，想起了我的紙煙，伸手摸出來看時，早已扭曲變形，煙絲破裂外露了，甚至多日悶在口袋裡，受袋內溫度影響，已經聞到霉味了，聞一聞，還是放回袋中，不敢丟掉，怕外祖母追問，果然外祖母看我好久不「抽」，就問：「你的紙煙呢？抽完了？」我趕緊從口袋裡掏出一些面目全非的「廢物」，外祖母問：「這就是紙煙？你抽了幾支？」我說：「只抽了一支，還沒有抽完，丟掉了，太辣了！」外祖母的老話：「當眞的！」外祖母一邊說，一邊替我把長袍口袋翻過來，拍拍打打，頓時一股霉味煙味全抖了出來。外祖母疼愛我這個彭家長外孫，卻又不知從何疼愛起，她讓我「玩」抽紙煙，完全是基於我幼稚好玩，討外孫的歡喜，投其所好罷了，她並不知道紙煙的性質和它的毒害，所幸我對「煙」無緣，聞到有吸煙的人，就自動保持一定的距離，否則，從小板橋老家，每年都要依例邀請煙匠來家製作一次黃煙，兩大籮筐的煙絲，早已讓我吸上了癮，在全球先進諸國都在倡導禁煙的今天，我的個性給我帶來了「先見之明」，也給我省了一筆不小的「煙費」，這種燒「錢」的行爲，的確爲一般人所嫌棄，難怪公共場所，都一律禁煙！

外祖母比外祖父年長兩歲，在彼此的外形上就可以感覺到年齡的差距，尤其外祖母背駝完全挺不直腰桿，抬不起頭，更顯出老態。我應該有兩位舅父三位姨母，不幸的，其他兩位姨母早殤，小姨比母親小十歲，這中間可能就是兩位早殤姨母的出生年代，從小姨寄給我們她八十歲生日時的照片看來，無論外貌、神態都和母親極相似，讓人一看，就知道是姊妹。

我最後辭別外家，是一九四七年的春天，這一年的秋天，板橋老家被共產黨抄家了，次年（一九四八年）在南京接到小舅父的來信，說：外祖母害了癰疽（當年項羽的亞父范增，因得不到項羽的信任，說了一句：「天下事大定矣，君王自爲之。」一怒之下，「願賜骸骨，歸卒伍。」還沒有走到彭城（今江蘇銅山縣），「疽發背而死」）（史記項羽本紀）。這種病，據現代醫學研究，是由葡萄狀球菌，侵入毛囊汗腺周圍而引起，多發生在背部或頸部。劇痛異常，以前幾乎無法醫治，現代外科手術及藥物都可治癒。外祖母生性樂觀、助人，有助健康，平時很少生病。只有在抗戰期間，害過一次牙痛，鄉下流行的俗語：「牙痛不是病，痛死無人問」，這是舊日鄉下無知之談，居然還有很多人相信，豈不知牙痛不是「獨立」的痛，它牽涉到其他神經和消化系統，可以引起病變，一樣危害生命安全，絕不可輕忽，那一次外祖母牙痛，連痛了好幾天，痛得整夜無法安眠，半夜想去投井，鄉下既沒有牙醫（有無照的土牙醫，說牙痛是牙蟲在作怪，只要把牙蟲引出來，挑剔掉，就不痛了。）又無鎮痛的藥，後來只有不停地用冷水漱口，麻木神經，劇痛減緩了一些，一般的鄉村中醫不分科，能否治牙病，我沒有聽過，也沒有見過，外祖母的牙痛後來怎麼好的，我已不復記憶了。

在外祖母四位親骨肉中，以母親最讓他老人家日夜操心，因爲父親遠在西北的甘肅寧夏，讓母親變成一個無依無靠的人，眼前唯一的依靠，就只有大竹園娘家了，八年抗戰期間，漫天烽火，交通中斷，音訊全無，母親既日夜牽掛遠方父親的禍福安危，又要一身肩負養育身邊兩名幼子的重責大任，板橋老家雖是人手眾多的大家庭，但迫於艱難歲月。求生不易，每人忙於日常生活，已經自顧不暇，那有多餘的時間和精力顧及其他。「食」可以同吃大鍋飯，「衣」就要各自去謀求解決了，傳統的大家庭，好像就只供「吃」，不供「穿」，早已成了慣例，無人敢推翻。因此，我們母子三人的「衣」，就成了外祖母的負擔，那時的「洋布」（都市裡紡織工廠織的布，平整光滑，經緯線細密均勻，質佳自不在話下，且有各種顏色、圖案，紛沓迎人，鄉下一律稱「洋布」，有別於自家手工織布機織的「家機布」），經由外地來的布販子，挑著擔子，到各地農村主動兜售，由於「洋布」價錢較貴，但在布販子如簧之舌的自吹下，也覺得「洋布」比「家機布」好，「價錢貴」已拋到腦後了，大家爭相選購，在抗戰初起，道路交通還沒有「阻礙」他們的生意，鄉下各地還有他們的身影和搖著小鼓的聲音，後來幾乎就絕跡了。一因戰火紛飛，工廠被迫關門了，遂無貨可販，二因路途封鎖，行不通，雖有錢也買不到，但「家機」布，只要有棉花、有紡紗機、有織布機、有機匠，就不愁沒有布了，在大竹園，因織布機匠是鄰居，只要自己能提供棉紗，機匠都可以隨時按量織成布，一家織完了，再輪下一家，大家依序等候，有時一個村莊居民少，布疋的需求量也小，幾天就織完了，有時一個村莊人多，布也多，可以織上兩三個月，外祖母請人爲母親早已紡好了線紗，只要機匠安排時間就可以開始織布了，由於外家的搭救，伸出援手，我們母子三人，從未穿過縫縫補補的衣服，甚至連床上的棉被套，都是外家供給的布做的，在那個物資極度缺乏，生活極艱難的年代，我們似乎沒有感受到衣不蔽體的苦況，也令一般親朋鄰居們羨慕，我們有一個可以依靠的外家，外祖母在「幕前」照顧我們，「幕後」兩位舅父也是侍母至孝，惟母命是從，只要外祖母提到或想到的，他們都支持，有時外祖母沒有想到、看到的，兩位舅父看到了、想到了就自動提出，所以使外祖母在照顧我們方面，從無「後顧之憂」。如今外祖母在風燭殘年的淒涼時刻，在親人顛沛流離的奔亡之際，帶著痛苦，帶著不捨，離我們而去了，不僅令母親一時無法接受這突如其來的噩耗，我們受她老人家辛苦提攜養育的外孫，也未能在她臨終的一刻，像平常一樣，喚一聲「奶奶」，心中的感念與不捨，又豈是筆墨和言語所能表達！她老人家是我們的外祖母兼祖母，雙重的「身分」，也給了我們雙重的「恩」與「愛」！

外祖母平生極喜愛花草，叫家中長工道三在超過一人多高的圍牆頭上，用陶瓦的長形淺盆子種了一大排「月季紅」，有紫色、有粉紅、有桃紅、有淺黃、有紅白相間，各種色彩不同的草本花，一個長盆栽一種，並列在牆頭上，幾乎都是賓客或至親晚輩送的（鄉下沒有花卉交易市場，也沒有專門培育花卉的苗圃。）外祖母也叫不出繁花的「花名」，儘管送花的人，當時曾說過那是什麼花，但時間久了，「花」樣多了，誰記得清，外祖母乾脆一律叫「月季紅」，這些草本花，從初春冰雪消融，到秋末初霜，一直不停地輪流開謝，使原本枯寂的牆頭，幾乎整年都是景色繽紛，熱鬧非凡，日影西斜後，端把竹椅，靜坐在長廊上，面對著「花牆」，舉目賞花怡情，偶爾一陣晚風拂過牆頭，由於花枝很矮，看不到輕盈搖曳的花姿，只聞到一點傳來淡淡的花香，不知哪來的蜂蝶，爭相繞著群倦飛舞，不肯歇足花間，是嫌花蜜的不夠芬芳，或嫌花態太柔弱，不夠承載彩蝶的「親臨」。外祖母常常注視「花牆」，顯示她的愛物之情，我知道她又要澆花了，她的登梯澆水的動作，受到身體的限制，無法想得到做得到，我來到她的跟前，說：「奶奶，我來澆花！」我先把梯子靠穩，拿起專用來澆水的葫蘆，灌滿了水，慢慢地，一段一段地去澆，這些草本花都很脆弱，不可太孟浪，她站在走廊邊緣看著，不停地叮嚀，不要跌下來，「奶奶！我澆好了！」我說。她老人家總要說一句口頭語：「當眞的！」枯了的花葉要我用剪子剪掉，「根是好的，不能動，過了一段時間，會再開花的」，所以叫做「月季紅」，外祖母的話的確是「當眞的」，除了冰雪的季節，都有花開。這道紅磚砌的長圍牆，母親說，是當年小舅父結婚時，請工匠特別修建的，非常有氣派，也非常堅固，無論多大多急的洪水從牆基邊經過，都撼動不了它。二〇〇九年，亂後初回外家，牆，早已隨人亡而物毀了，詢問同行的子姪輩，他們都說沒有見過圍牆，當然更不知舊址在何處了，頓時令白頭外孫，興感無從，遙想當年在牆頭上和外祖母蒔花澆水和賞花的一幕。對著眼前的一片廢墟，不禁潸然欲淚！

圍牆外邊是一座稍見斜坡的土坎，約有丈把高，因爲從來沒有發生坍方和滑坡，證明土坎是穩固的，外家就在土坎的下方離地面約一尺的地方，開鑿一個山洞（爲預防洪水灌進洞內，洞口與地面要保持一定的高度），收藏紅薯（地瓜）和芋頭（芋頭有旱芋和水芋之分，外家種的是水芋，旱芋味道稍遜，但體積較水芋爲大。）洞很深，也很寬，但卻不高，人進出都需彎腰，洞內沿邊都挖了小水溝，預作排水用，實在洞內很乾燥，無水可排。那時沒有冷藏設備，過冬的糧食（地瓜和芋頭），只有藏之於山洞，爲防積雪壓垮洞口，對洞採用較粗的槎枝，縱橫地搭一個「網」作爲襯底，上面再墊些稻草或茅草，最後堆上泥土，使洞內在冰天雪地的環境下，仍保持一定的溫度，紅薯和芋頭才不致凍壞。冬季，連朝大雪紛飛，陽和退隱，處處是一片銀白色的世界，隱逸了原有的地形地貌，讓人訪「舊」爲難，因此，預先在洞口作一記號，縱使白茫茫一片，也容易找到洞口的位置，不致於在雪深數尺的惡劣環境中，盲目地東尋西探，徒然增加體力的耗費，我常跟著長工道三去挖開洞口，到裡面去搬運紅薯，由於洞內堆滿了紅薯和芋頭，空間小了許多，道三身材壯碩，只容他一人進去，我只好忍著嚴寒，守在洞門口了，洞上方的積雪很厚，只要有一點風吹草動，大片的積雪就前仆後繼地往下滑，很快就把洞口封住一半，我趕緊用鋤頭挖去，但手已凍僵握不緊鋤柄，仍努力去挖，否則洞口積雪多了，眞「積重難返」了，阻絕空氣流通，不僅道三出不來，命也難保了，一想到這，還是努力去挖，正在努力挖著挖著，冷不防，一堆積雪「衝」下來，把我手上本已握不緊的鋤頭打落到地上。雪的承載力很有限，只要加重一點，失去平衡，就全部塌下來，滑下來了，眼看道三終於拖著一籃紅薯和芋頭出來了，他似乎悶在洞裡還有點出汗的樣子，我在洞外已經凍得滿臉通紅，嘴唇都僵痲了，試著想和道三說話，就是說不成句，我和道三僅一洞之隔，就好像處在兩個不同的世界。又是一陣大雪，看著眼前的雪花，像棉花球似的在空中翻滾，誰也不碰誰，誰也不「兼併」誰，各自滾著滾著，就「滾」到地上了，落到裝紅薯的籃子裡，殷紅色的紅薯，點綴著白色的雪花，美極了，像是一個「花籃」，道三不懂得「欣賞」，拿起籃子一抖，白色的雪花不見了，他忙著去封回原來樣子的洞口，等道三把洞口封好了，洞口積雪的速度、體積，似乎比他封洞口的速度還要快，還要多。如果不是留下一個標記，再尋找洞口眞是難啊！外家的紅薯糖分很高，鍋底常留下一層咖啡色的糖漿，因爲水已燒乾，糖漿甜味兼焦苦味，雜味並陳，並不好吃，那時鄉下一般的飲食習俗，冬季的早餐，是紅薯、芋頭和稀飯，外家再搭配自家製作的一碟豆腐乳和醃豇豆，豆腐乳有一點辣，醃豇豆有一點酸，酸辣搭配非常可口，這兩樣早餐的菜，幾乎天天如此，從沒有改變過，也從沒有缺過。

十五

大舅父的行事風格很像外祖父，他交遊廣闊，善結人緣，性格愛惡分明，剛正不阿，而魁梧的體形，俊爽的儀態，也極像外祖父，唯一不像的，是他的頭髮，「地中海」式的禿頭是他的「特色」，有次我低頭繫鞋帶，母親忽然「發現」我「禿頂」，就指著我的「禿頂」說：「你快要和大母舅一樣頭頂沒有頭髮了！」「外甥多像舅！」她又加了一句。大舅沒有外祖父及胸的長髯，他說話速度很慢，似乎吐詞用字，句句都在斟酌思考，從不輕率脫口而出，語氣鏗鏘豪邁，不似外祖父的溫恭和煦，那時一般地方名流鄉紳，都穿兩件式傳統唐裝或長袍，他卻穿起大翻領的整套西服，從大舅父的穿著，我第一次認識到所謂「西裝」，在我記憶中，我從未見過大舅父穿過西服以外的服裝，我也從未見過他打領帶或領結，冬天常披著黑色大氅（大衣），頸子上圍著一條有斜紋的大圍巾，很時髦地，也很有氣派地，一半垂到胸前，一半拖到背後，頭上戴著灰色禮帽，兩目炯炯有神，流露出精於察人，敏於治事，有膽略，講是非，說話好帶「那麼」口頭語，坦白說，在外家諸長輩中（包括外祖父母），我最怕大舅父，他對我常不假辭色，有時外祖母想袒護我，也被大舅父否決：「不可以」，在外家，大舅父的堅毅果敢，由於耳濡目染的結果，給我留下很深刻的影響，抗戰末期，他擔任保長，共產黨在地方上的勢力，正乘著抗戰期間，後方民生凋敝，民困待甦，國府正傾全力，爲國家民族存亡，堅苦奮鬥，已無餘力後顧，共產黨卻以三分抗日，七分壯大自己作爲主張，看準了廣大農村的貧窮與落後，廣大農民的善良與可欺，在以「農村包圍城市」的口號下，在各地發動「秋收暴動」，故意挑起事端，引發地主與佃農的對立、鬥爭，作爲正式展開攫取政權的起步。而國府的地方基層人員也常被誤認爲是他們攫取政權的「路障」，必除之而後快，桃嶺的施愛寬保長，在地方上普遍受到鄉親擁護，人望很高，他積極協助政府推行抗戰政令，努力完成救亡圖存大業，是一位無私奉獻，忠愛國家，熱心鄉里的公僕。當時地方士紳，或基層公職人員，對黨派的觀念，幾乎是一片空白，他們既無興趣也不懂黨派活動，當然更不懂黨派的鬥爭、傾軋，歐陽修的名作「朋黨論」，便說明了中國傳統知識分子對黨派的冷漠和「無感」，如我的小叔父在抗戰期間擔任甲長，大舅父擔任保長，他們都不是國民黨員，我們絕不能把他們對國家民族的竭智盡忠，對鄉里的熱心服務，說成是擁護國民黨，爲國民黨工作，那就太狹隘了他們服務的對象，也扭曲了他們的初衷。施愛寬保長大概有人認爲他只忠於當時執政的國民黨，而疏於爲共產黨服務，可能引起一些擁護共產黨人士的不滿，致遭共產黨逮捕，用粗麻繩子捆成「五花大綁」，由三四名佩帶紅袖章，身材不高，面無表情的武裝共產黨人，遠從桃嶺一路押到大竹園外家，因爲施保長和大舅父同爲龍山鄉保長，公私交誼深厚，我總聽到大舅父在和朋輩談話中常提到他的名字，但我並不認識其人，很不幸地，在外家，我第一次見到的施保長，竟已成了「五花大綁」的「囚犯」，一臉無辜憤恨的怒容，奪去了他本來的面目，也奪去了我認識眞正施保長的機會，我在外家親眼看到共產黨抓施保長這一幕，心想施保長究竟做錯了什麼，哪一點得罪了共產黨，偉大的蔣委員長不是管全中國的嗎？爲什麼管不了他們？讓他們無法無天亂抓人，龍山鄉長就在這附近，爲什麼也不親自來救施保長呢？鄉丁也有槍，爲什麼不敢打共產黨，這一連串的幼稚想法，在腦際盤旋久久不去。施保長年約四十多歲，雖屬中等身材，卻極健壯，身穿藍布長袍，梳著西裝頭，但頭髮已蓬亂，坐在一條長板凳上，低頭不語，背靠著牆壁，有一名神情嚴肅的共產黨緊坐在他身邊，手裡牽著連接施保長五花大綁的那條麻繩，在手腕上好像還纏繞了一兩道，大概防施保長脫逃，有的共產黨就在他的前面來回走動，這些共產黨從他們說話的口音聽來，都不是龍山本地人，大概是看管「囚犯」的緣故，他們的言語和態度都不十分和善，外家除了大舅父外，沒有人敢和他說話，大舅父遞給施保長一杯茶，他接去勉強喝了一口，就把杯子放到身邊的板凳上，一名共產黨也不問還要不要再喝，就直接把杯子收走，我無意中靠近了一點施保長坐的那條長板凳，一個佩「鋼槍」（即步槍）的共產黨，作個手勢不許找靠近他，一個佩「盒子砲」（鄉下土語，即裝在槍套裡的手槍）的共產黨人，態度稍好一點，好像低聲問他，要不要上廁所，他搖插頭，大舅父對其中一個沒有帶武器的共產黨人，大概是他們的領導，義正辭嚴地爲施保長辯護：「我和施保長都是爲地方父老服務的，共產黨也是爲人民服務的，在鄉下，要找一個服務熱心，有能力，又能知道政府法令政策的人實在不多，你們要愛國愛鄉，實在沒有理由要抓他，我敢用生命擔保，施保長絕對不會反對共產黨，做對不起共產黨的事，我懇求你們放他！」共產黨人對大舅父這番話無動於衷，決心要「除掉」他，共產黨把施保長從桃嶺押到大舅父這裡，可能是應施保長的請求，要求大舅父爲他擔保辯護，外祖母在廚房偷偷告訴我，那個人好可憐，連自己的老婆孩子，共產黨都不許他們來看他，共產黨說他反對共產黨，現在抓到了要「衝」掉他（鄉下土語槍決叫「衝」），結果共產黨趁著大舅父臨時有急事要到塔畈去，就在大舅父離開家的時候，下午三、四點鐘，太陽已偏西了，施保長被兩名武裝的共產黨人押到千門口大河灘上槍決了，我也跟著人陣送施保長「最後一程」。共產黨人還故意大聲吆喝（未敲鑼）村子裡的人老老少少去看共產黨公開殺人，他們用意很明顯，等於遊街示眾，就是要達到殺一儆百的目的，兩聲槍響，一片寂靜聖潔的沙灘，一個淒涼初秋的下午，一條寶貴的生命，一個身體強壯的施保長，在共產黨的槍下，斷送了他的一生，也斷送了他對家庭，對鄉里未竟的職責，在外家短暫的停留，我始終沒有聽他說過一句話，總是兩唇緊閉，兩目懷恨，共產黨也不讓他的家人隨行「送終」，就這樣靜靜地趴臥在河沙灘上，滿頭是血，散亂的頭髮，還在隨河風輕輕飄動，令人不忍卒睹，幾分鐘之前，還俯首坐在外家的長板凳上，此刻，他竟陳屍在冰冷的河沙灘上，死生是如此的迅速，陰陽又是如此的路近，兩足未伸，就此訣別了夫妻之愛，父子之情，幼稚的我，實在不懂黨派之間的仇恨，眞可以到水火不能相容的地步，竟然毫無理性的，肆無忌憚的公開殺人，隨意奪人性命，使人家破人亡，帶著陣陣血腥的河風，不停地掀動四周用石頭壓著一張土黃色的草紙，上面用毛筆寫了十幾行像鬼畫符似的「字」，身邊的一位長輩告訴我，那叫做「罪狀」，說明施保長所犯的

「罪行」和「犯罪」的經過，說明共產黨要抓他，要槍決他的「理由」，整篇的「罪狀」，除了「施愛寬」三個正楷字，寫得較大，位置也較突出，我認得確切，記得久遠（直到我執筆爲文此刻）外，其他的字，我既不認識（可能認得，但潦草得像鬼畫符一般，就認不得了。），自然印象不深，也就記不清了，這是我此生唯一的一次親眼看到共產黨公開殺人。一九四七年共產黨抄了我的家，想起施保長的慘死，如果不逃，必定也是同樣的結局，這場幼時在外家親身經歷的一幕，加深了我對共產黨本質的認識，這段「血腥」的往事，如今八十之年，仍歷歷在目，絲毫未因事過而「境」遷！

有時我想天下事，可能冥冥中有神助，不是人意安排就能得到的，家破後，母親帶我倉皇中逃到懷寧。在高河埠，這個舉目無親，從來沒有到過的地方，只有以往在家裡從長輩談話中，聽過這個地名，這次竟然在此巧遇三祖母娘家的姪兒，他常來板橋，認識母親，由於大舅父交遊四方，人緣廣結，他也認識大舅父，因此告訴母親：大舅父目前正在高河埠，我們意外高興得竟忘記問他是如何知道的，於是趕快帶我們去見大舅父，母親兄妹的患難親情，在他鄉不期而遇，眞是悲喜交集，就站在路邊，母親向大舅父簡單敘述板橋老家被抄家的經過，我們又是如何歷險逃到懷寧的，他對母親說，早已得知你們的家被抄了，也知道你們有驚無險的逃走了，但令我們掛慮的，就是不知道你們母子逃到哪裡，很擔心你們母子的安危，現在親眼看到你們母子，我放心了，隨手從西裝口袋裡，掏出十五萬法幣交給母親（抗戰初起，在鄉下，豬肉才兩三塊法幣一斤，現在一張從高河埠到安慶的單程車票，就要幾萬法幣，貨幣貶值之速，物價騰飛之快，早已顯現出社會的動盪傾危，人心的浮躁不安，說明國府的政權危機，已經在搖搖欲墜了，大規模的崩潰敗逃，好像隨時都有可能發生。）請三祖母的姪兒，代買兩張到安慶的車票，大舅父因急事要趕回龍山，不能親自買票送我們上車，我第一次見識到所謂「售票亭」，那是一座安放在路邊的小木板亭，憑一個小窗口，先收錢，後賣票，約等了一個多小時，車子轟隆轟隆地來了，這是我第一次「見識」到的汽車，因從未見過汽車，也從未坐過汽車，所以無從比較它的好壞了，後來我才知道，是將一輛破舊的貨車，改裝成「客車」，一路行來，不停地發出將要「解體」的怪聲，整個車子是敞開的，擺兩三行長木板凳，大概供年長的人坐的，木凳坐滿了，就只好站著或蹲著（因車上無扶手，站著容易跌倒，除坐以外就是蹲了。）我們那趟車沒有坐滿，所以我是一路坐著看山到安慶的，經過集賢關時，還有武裝崗哨下令停車檢查，帽子上是青天白日徽章，應是國軍，不是紅軍。停車檢查時，我注意到每個人衣服上，乃至於鞋子上，都被很厚的一層黃泥灰沙包裹著，這條路路況很糟，車走灰飛，乘客以有車可乘爲樂，也就不在意了。過去我們母子的日常生活，很幸運地，一直得到外家從旁協助，萬萬沒有想到，逃難到了異地，還要靠大舅父幫我們買車票，在茫茫天下，滔滔人海之中，如果不是遇到大舅父，眞不知該到哪兒，又向誰討錢買車票啊！一九四七年陰曆十二月的寒風中，我們母子和大舅在一片荒涼的鄉村大路邊話別，大舅抬頭看看四周沉鬱的陰霾，無奈地說，將來的事，誰知道，你們只有到南京去，不能再指望回板橋了，大舅一語成讖，母親此生再也沒有回過板橋，患難中的兄妹，患難中的舅甥，永遠也沒有想到，在此匆匆一別，竟成永訣！

最令我感到遺憾的，對一向輕財重義，注重親情的外家，遭遇慘事的詳細經過，由於受當時形格勢禁的影響，獲悉得太遲，已來不及告訴百歲辭世的母親，讓她六十多年來，一直放心不下外家每個人的死生禍福，只有外祖父在抗戰期間過世，是她親自送終的，其餘的親人（包括外祖母）都是她逃難離家之後，才一個個得知所遭遇的噩耗，但小舅母只一家庭婦人，竟曉然大義，為維護親情，而毅然捨生，與大舅父的仗義慷慨，赴死無畏的精神，恐怕是母親生前無法想像到的，她地下有知，也應為彭家的節烈不屈，感到驕傲與安慰。到了晚年，母親還常自歎這一生承受彭家的恩惠太多，現在竟連他們的生死遭遇都不知道，國難家難，帶給母親無限的悔恨與哀痛！

我心目中的外家，是樂觀的，正直的，與人為善的，但家鄉有句古語：「一人難中十人緣」，意思是說，不管如何誠心誠意作好人，行善事，熱心助人，就如孔子說的「博施濟眾」（論語雍也），也會在不知不覺中，難免得罪一些人，外家莫名其妙地「獲罪」，正由於此，大舅父天性勇於任事，有擔當，肯負責，做人熱情，講義氣，對日抗戰期間，擔任保長，切實奉行政令，征兵征糧，有時與一些鄉里人士因意見不同，難免起一些口角，當然就造成所謂「民怨」，於是共產黨人看到機會來了，見縫插針，肆意挑撥，一般鄉里人士，思想言行，都很善良單純，對事理往往缺乏深刻的認識與辨別分析的能力，只要有人稍加渲染混淆是非之後，就可以很輕易地加以拉攏、利用，於是他們在山區組織了一個秘密團體叫「農盟會」，趁國民黨政府地方治安失控的時候，就出來打家劫舍，兩位舅父自然就成了他們報復迫害的對象，過去在地方上享有很高聲譽名望的家庭，現在只有帶著自己的兒子開始逃難了，「農盟會」在各地撒下天羅地網，兩位舅父只有在山野荊棘中潛行露宿，平常他們都是一副鄉紳裝束，我眞不知如何能忍受這苦，結果大舅暫避難於源潭（離潛山縣城不遠的一個鄉鎮），小舅則逃到望江縣，外祖母和兩位舅母表妹等，仍留在大竹園老家，不久，「農盟會」來抄家抓人，羸弱年邁的外祖母，帶著年僅四歲的二孫女在大竹園附近躲難，大舅母則逃到源潭和大舅會合，小舅母則帶著另外兩個女兒（一個七歲，一個才八個月）逃到一個遠房的舅爹家，因人多，目標大，又冒險逃出山外（家鄉稱龍井關以外叫山外），不幸在半路上遇到「農盟會」搜山，又只好回到大柳樹一位彭姓本家去躲難，由於八個月大的女兒尿床，小舅母（她是一個勤勞，愛整潔的人）洗了床單，要拿到戶外去晒（她又是一個善良而少機警的人），很不幸的，被「農盟會」的一個成員發現了，回去向「組織」報告，就立刻派人來抓，結果把小舅母和兩個稚齡的女兒一起抓走，被關押在大柳樹，小舅母則被匪徒綁在屋邊的柱子上，不久，又被押到千門口，關在一間民宅裡，受到人世間極殘忍嚴刑逼供，「農盟會」要小舅母招出兩位舅父的藏身處，小舅母平常爲人謙和誠懇，嚴守情義是非家風，這時臨到死生禍福重要的時刻，對匪徒當然嚴詞峻拒，就連虛與委蛇，都嫌多餘，一向寡言語的所謂「婦道人家」，竟有如此耿介不苟的節烈，匪徒眼看小舅母如此倔強不移，絕不招供，已等得不耐煩，就用燒紅了的鐵瓢，燙小舅母的雙乳，要逼出口供，可憐的小舅母，遂遭到慘無人道的酷刑！人，已經痛昏過去，失去知覺，而八個月大的稚女，肚子餓了，仍如往常一樣，哭著喊著，爬到娘的身邊要吃奶，一名天眞無邪的嬰兒，她哪裡知道慈母正遭受酷刑，爲保護家人而不惜犧牲自己，可憐的小舅母，此生已無機會盡一份慈母的天職，爲她不捨的嬰兒餵奶了，後來那些喪心病狂，比類獸性的匪徒，看到天地間最悲慘、最哀痛的一幕，也暫時罷手了，小舅母因痛苦逾恆，氣結於胸，一個人竟活活地被燒死！燙死！忍痛含恨地離開人世，雖然僅匆匆走過她短短三十二歲的人生，但不屈的節概，賢良的風範，卻給後人留下永遠的景仰與哀思！

大柳樹彭氏宗親的遺孀，由於患難中，義無反顧地接納了小舅母母女在他家躲難，不幸竟因此受到無辜的牽連，「農盟會」誤認爲這位宗親是故意窩藏了小舅母母女，就遷怒宗親的遺孀，最後竟慘遭活活地毒打致死，並放火燒了死去的宗親暫厝的靈柩（家鄉的傳統習俗，人死後不立刻下葬，先在野外選一塊風水地停棺暫厝，棺外以稻草或茅草覆蓋，三年後，再撿骨改棺，正式入土下葬。）匪徒野蠻無理性的暴行，不僅株連在世的人，就連屍骨已朽的死者也不放過，猖狂殘忍，毫無人性以至於此！血脈相連的宗親，爲小舅母母女付出如此慘痛的代價，千秋高義，萬斛熱情，六十餘年之後，驚聞此言，身爲彭家外姓後裔的我，猶爲感動涕零，銘謝三生！

我的大表弟，小舅母的獨生子小安，自幼身體就很虛弱，行動緩慢，說話常常上氣不接下氣，我又偏好惹他說話，有時只顧咳嗽，就不接腔了，但小舅父夫婦，身體都很康健，他的羸弱不振，應與遺傳無關，小舅母幾乎是一位沒有個性、沒有自己的慈母，每天總是挖空心思，想爲愛子做一些合他口味的好菜，那時鄉下最容易到手的「好菜」，就是自家養的雞所生的雞蛋了，他大概在六、七歲時，就已經發現得了肺癆病（即肺病，據說，這種所謂「童子癆」好治，可是在鄉下，幾乎是無藥可治的。）也不上學了，每天專心在家裡養病，瘦得弱不禁風，小舅父夫婦爲疼憐他，一切都隨他自由，沒有任何壓力，也不忍吩咐他做任何事，事實上，他也沒有做事的體力，記得我大概九歲左右，一個天氣晴朗的下午，和表弟吵了一架，已記不得是爲何事，外祖母私下總告訴我，不要無緣無故和大表弟吵架，要好好相處，但我就是不喜歡他那種嬌生慣養的樣子，小舅母爲大表弟做菜，做多了，她會分一點給我，但我從不主動向小舅母討吃的（我從小就不喜歡伸手或開口向別人討吃的，老來故習依然），大部分時間，我在旁邊陪著他吃（那時似乎不懂，肺癆病是傳染病，不宜與病人太接近，板橋同村有一位長輩，因肺病過世，在他尚未斷氣前，用幾個雞蛋煎一個又大又厚的雞蛋餅，等快要斷氣時，趕快把雞蛋餅封緊他的嘴和鼻孔，讓肺病蟲，不致因人死了，不能在人體內活動了，趕快飛出來，再傳染給別人，所以鄉下人誤認爲肺病是人死後才傳染，生前不傳染，因此，沒有分杯分碗，隔離傳染的觀念。）那天吵架以後（在外家，言行都比較小心，很少和兩表表弟吵架），我趁小舅母正在廚房做晚飯，也沒有告訴外祖母，負氣不辭而別，一口氣跑回板橋老家，由於時間已經向晚，尤其是山區，受茂密樹林的影響，天黑得比較早，心想：一定要在天黑以前趕到家，兩地相距，一般說是二十華里，實際上，要步行大半天，尤其龍山往板橋，過了詹家沖以後，一直都是上坡，有的地方坡度很大，不小心還會倒退，非常危險，也非常難走，一個九歲左右的孩子，第一次獨自一個人行經山野，那時心裡只有「負氣」，並不知道什麼是「怕」，一面忙著打狗過村莊，一面被狗追著狂奔，最可厭的，一個村莊不只一條狗，只要有一條狗看到，或聽到腳步聲，就狂吠不停，其他的狗縱然沒有看到人，也跟著同聲狂吠，這時我才眞切體會到鄉村的諺語：「一犬吠影，眾犬吠聲」的道理。狗是合群的動物，也很機警，以前板橋家裡養狗，對狗的習慣並不陌生，被狗追，或攻擊，一定要保持冷靜、沉著，好在一路上，都可隨時撿到石塊或樹枝，對付狗，有時要作「欺敵」的假動作，狗只要看到我蹲下去撿石塊，或作撿石塊的假動作，狗就被嚇得連吠帶跑，往後倒退好幾步，有時一群狗爭先恐後倒退，還差點發生互相擁擠、踐踏，我再猛力擲過去，聽到石頭落地的聲音，知道是眞的，就退得更遠了，我就乘機趕快跑，一個九歲的孩子，始終沒有被狗嚇到、咬到。當然，一路上，也有一些好心的人，聽到屋外的狗在狂吠，走出來看看，俗話說：「狗不吠白（其實是說，狗不白吠，必有所見，有所聞，爲了順口，故意倒字爲說），不是吠鬼，就是吠賊」，看到小孩子一個人經過村莊，便把狗呼回去，有些心存應付的，看看狗所吠的是何人，隨便呼一聲，狗也不聽他的，中間馮家橫排，是一段很長的山路，路在半山腰裡，路很平坦，但不寬，上下都是茂密的樹林，路下不遠處有一個村莊，看不到房子，但可聽到大人的說話聲和嬰兒的哭鬧聲，沖淡了一點陰森的氣氛，多少也減輕了一些心裡的「怕」，知道深山中還有「人味」在，便壯了一點「膽氣」，沒有野獸，就連野兔都沒有見過，黃昏時，獨自一人經過這裡，還是第一次，深山野林是烏鴉和貓頭鷹的藏身地，尤其貓頭鷹好在黃昏時刻，發出淒厲的叫聲，乍聽起來，眞像是鬼叫，最怕人，有時幾隻貓頭鷹，彼此相對哀嚎，眞令人頭皮發麻，這一段山路最孤寂，平常很少有人經過，溝邊路邊到處都是青苔，我幾乎是跑步而過，偶爾回頭看一看，有無「東西」跟在後面，假如眞有什麼鬼物硬要糾纏，叫救命都無人應，不如勇往直前的好。回到家，母親正在做晚飯，見到我，她很驚訝，問我怎麼突然回家了，我說，和小安（表弟小名）吵架。母親又問，小舅母和外婆知不知道你跑回家？我說只有小安知道。他說，這是我的家，我就賭氣跑回家了。等我到家後，大約一個小時的光景，外家的長工道三來了，他滿頭大汗，氣喘噓噓地說：她們（指外祖母和小舅母）急得不得了，天黑了，怕大外孫在路上發生危險，要我立刻趕來，第二天一早，道三又把我帶回外家，結束了這場不辭而別的「鬧劇」。

我臨時負氣走之後，再跟著道三回到外家，前後不到二十四小時，那時任性懵懂，也不知難爲情爲何物，好在外祖母及小舅母都沒有責備我、怪我，只說：你是表哥，小安是表弟，他身體不好，你們要好好在一起玩，不要吵架。在我印象中，小安身體的確不強健，一年四季都比我們多穿件衣服，走路輕飄飄地，從來沒有看到他蹦蹦跳跳，永遠是一副「書生」的樣子，和小表弟強壯的體格相比，只要小表弟手掌一推，大表弟就會應聲倒地，還曾經吐過好幾次血，有次，正和我玩得很高興，忽然用力咳嗽一聲，接著就是低頭大吐一口，原來是鮮紅的血，由於來不及預防，遲了一點，結果一半吐在地上，一半吐在自己的長袍上，這個突然的舉動，把我嚇呆了，大叫：「小安吐血了！」小舅母急忙從廚房跑過來，立刻扶住愛子，慢慢地坐在板凳上，小安的臉色蒼白，嘴角還帶有血絲，人也虛脫了，呼吸有點接不上的樣子，身體又向前傾斜，好像還要再吐，爲娘的看到獨子的身體如此脆弱不堪，焦急的神情和痛苦，完全表現在無奈的臉上。那時鄉下肺癆病是很普遍的病（大概傳染所致），也幾乎是無法治癒的絕症，最後只拖到三十六歲的英年就去世了。

小舅母的死難，因爲抗節不屈，堅拒透露兩位舅父的藏身地點，大舅父因感懷小舅母爲他兩兄弟的安危，義無反顧的付出了生命的代價，雖然死者已仁至義盡，求仁得仁，而生者義憤正耿耿於懷，何況大舅父平素爲人，就是耿介剛烈，講是非，重道義，絕不忍受任何屈辱，誠如孟子所謂「亞聲至，必反之」（孟子公孫丑），他日夜到處明查暗訪，殺害他弟媳的匪徒，終於追查出來了，原來是彭河山裡「農盟會」的一名積極分子（女性），大舅父查明她的正確身分，便親手槍殺了這名匪徒，報了殺弟媳之仇，既告慰弟媳在天之靈，也雪了自己心頭之恨和家族蒙受之恥。外家在地方上，向來享有很高的尊崇和聲譽，擁有一定的人望和地位，無人可以隨意欺凌、踐踏的，現在家人遭到極大的屈辱而死，絕對不是自我託詞，用委曲求全，忍辱負重這類的話，所能交代、混過去的，在那個是非顚倒，黑白不分，公道喪亡的黑暗年代，既無法可依，也無理可憑，更無申訴冤曲的「管道」，大舅父從他的外表及行事風格來看，就是一個行俠仗義，不妥協，勇於打抱不平的有守有爲之士，他常在母親面前表示，對儲家「怕事」的作風，頗不以爲然，他常說的兩句土話：「人非人，自非自」，意思是說，自己無用，怪不得別人。他平生最輕視唾面自乾，庸碌怯儒的人，親手槍殺匪徒，是最直接、最有效的復仇行爲，最少在那個時代是如此，當然，大舅父必定想過，這件事將來的後果，但心中那股憤恨的怒火，不讓他就此忍耐罷休，何況過去累積的家聲威望，對他自然也有一定的壓力，手刃匪徒，快意一年多之後，即一九五一年在龍山不幸被捕，他是勇者，大概也沒有計畫遠走他鄉逃亡的打算，由於過去在地方上一直爲國民黨政府服務，匪徒認爲有很濃厚的黨派色彩，就被定罪爲「莫須有」的「反革命罪」，這一年的十月在源潭遇難，時年四十九歲。中國傳統讀書人，秉持「士可殺，不可辱」的志節，司馬遷所謂「知死必勇」（史記廉頗藺相如列傳），千古艱難唯一死，慷慨赴義，也就俯仰無愧於天地之間了。小舅父請人將大舅父的遺體，由源潭運回大竹園老家，獨子世振表弟才十五歲，一路護送大舅的遺體，並一路呼喊：「爸爸！回家了！」經過的路人看到，都不禁爲之鼻酸，在村子的水井旁，大舅母迎到了大舅父的遺體，一時悲從中來，幾乎哭倒在路旁，不忍相信這是事實，當初離家時，是一個健康活躍的人，現在再見到的，是一具冰冷的遺體，這叫大舅母情何以堪！大舅父夫婦，伉儷情深，家中常來訪客，在大舅父未到家之前，先由大舅母端茶接待，共話家常，那時沒有電話，無法預約來訪時間，如果訪客沒有急事要談要辦的，只好請先回去，改天再來了，不能讓訪客久等，耽誤其他要辦的事，大舅母對每位訪客，都以賓禮相待，眞是名副其實的「賢內助」，大舅母回憶，因爲大舅父在安慶有商務，駐足時間多，交遊廣，初識大舅母於安慶（大舅母說話有安慶腔），結婚於安慶，那時沒有自由戀愛之名（至少在鄉下如此），卻有自由戀愛之實，逃脫了父母之命，也省去了媒妁之言，彼此意氣相投，形影相隨，兩個人的穿著和說話神態，也極似「城裡人」的味道，沒有龍山鄉下的「鄉土氣」，現在忽然人天永隔，讓身體常常違和（大舅母常說「胸口痛」，應是胃病）的大舅母怎能承受，莫怪她，當場幾度昏厥！

兩位舅父雖是血脈同源的親兄弟，很明顯地，小舅父相較於大舅父，他身材瘦高，內斂沉穩，說話也不像大舅父的那般勇毅豪邁，由於個性不同，走的路線也就不盡相同，大致說來，一好從「政」，一好從「商」，小舅父對中藥材很內行，每種藥材的特殊產地，他都記得一大串（他是否也懂中醫，因爲我沒有看到他爲人把脈治病，無從得知），曾在家中廳堂內開設一個中藥鋪（沒有懸掛招牌，因爲龍山僅此一家，上門來「抓藥」的病家不少），請木匠師傅來家打造一座大藥櫃，分行分排縱橫地裝設近百個四方形的小抽屜（一九四〇年代大概還沒有要登記「藥劑師執照」這類官方許可證明文件），有很多中藥名稱，我就從他那一排排小抽屜上的字，每天來來回回認識的。小舅父的書法工整秀麗，只有認不得的字，沒有看不清楚的字，印象最深刻的「川芎」，筆畫最少，好記好認，我念「川弓」，小舅父聽我念錯了，立刻改正說，不念「弓」，要念「窮」。遇到大晴天（多半是夏天），我也幫著用篰籃（請蔑匠特別編製的圓形竹器，直徑約三、四尺，有大小兩種，平底，四周有淺淺的邊）去晒藥材，中藥材是植物，不是木本，就是草本，都含有水分，一採入中藥，就重視乾燥，最忌潮濕、發霉，變味，不但失去藥效，恐怕還因爲變質，使良藥變爲毒藥，有的藥材要研磨成粉狀，研藥材的石臼，有大小兩種，都是花崗石打磨成的，外型非常光滑美觀，小型的放在櫃台上，隨時可以用到，圓形的石杵，配圓形的石臼，小舅父告訴我，研磨有方法的，要杵不離臼，旋轉研磨，不是忽高忽低的「舂」，用巧力，不要施蠻力，速度適中，慢慢研成細細的粉末狀，否則，心煩氣躁，重一下，輕一下，研磨出來的藥，就好像摻有粗細不勻的渣滓，擣藥就有這種毛病。還有一種大型的研磨，安放在地上，臼是長形的溝槽，杵是扁平形的圓盤狀，中間鑿一個孔，穿一根木軸，操作的人坐在凳子上，兩腳分左右踏著木軸來回推動，圓盤狀的杵無法垂直，容易向左或向右偏斜，兩腳的力量要平均，維持垂直地前後來回研磨，凡是藥的劑量比較多的，粗枝形、根形，或莖形的藥材，才用得上大研磨。切片用的鍘刀很鋒利，操作不當，或注意力不專注，隨時都有傷人的危險，基於安全，小舅父從來不准我亂動，他也不教我，我只有在一旁看他操作，所以也看懂了一些箇中技巧。外祖母對草藥也懂得很多，平常我們一些小毛病，如咳嗽之類，她用草藥煎水，一喝就好。有一年，我左腿溝裡長出一個小癤子，紅腫，很痛，她到野外找一把草藥，搥成漿汁，敷到癤子上，不久癤子化膿，膿一擠出，癤子居然好了，從此再也沒有復發，當時我也不懂得問草藥的名字。有時她從外面回來，隨手帶了一把藤藤草草的，有的有草藥味，有的只是青草香，最先我還以爲隨手拔的一把野草野藤，她說這都是藥，可以治病的，並能隨口說出每種草藥的藥名、藥性及藥效，外祖母特別強調，這些草藥，只要發現了，就要拔回家，因爲它的生長和季節有關，不是一年四季都有的，害病了，再去找藥，就找不到了，也太遲了，她把草藥帶回家（大部分都是連根拔），用來洗乾淨，放在廊簷下晾乾，以備不時之需。母親在板橋老家，由於是山區，草藥種類不少，偶爾看到了，就說外祖母認得十幾二十種中草藥，她自歎沒有得到遺傳，很可惜，可能小舅父得到外祖母的遺傳。在對日抗戰期間，川康藏雲貴高原，由於地理環境的特殊，自古以來，就以出產名貴且種類眾多的中藥材著名於全國，無奈戰火阻絕了交通，無法運出藥材，至於其他的中藥材產地，也直接淪陷在日軍手中，貨源斷絕，中藥鋪難以爲繼，也就被迫歇業了，藥鋪歇業之後，小舅父的商業頭腦，並未因此跟著「歇業」，仍在不停地「轉動」，後來和人合夥在桃嶺（離大竹園不遠的一個山村）開創了一個鑄造鐵鍋的鍋爐鋪（即現在的鑄造鐵鍋工廠），鑄造各類型的大小鐵鍋，他帶我去參觀過一次，技術工人先用泥土（一種黏性特強的黃泥土）塑造各類型鍋模子，把鐵鑛砂鎔化成鐵水澆進模型裡，冷卻後，就成鐵鍋（習慣上稱生鐵鍋）。小舅父看似一個很平凡的人，其實他做一行像一行，學習能力很強，是一個多才多藝的人，能寫一筆娟秀的毛筆字，過農曆年時，村子裡每家的春聯，都請小舅父代筆，尤其能寫左右相反的所謂「反字」，他刻圖章時就要用到「反字」，有時他寫反字來考我，雖是平常字，因爲字形左右異位，就很不容易立刻認出，小舅父一個人身兼：懂中藥，擅書法，知剪紙，明鑄造，會雕刻，尤其鑄造鐵鍋，牽涉到冶金技術，要有一定的知識，他居然也很當行，隨時指點與監督工人如何操作，既要注意維護工人的工作安全，又要注意鑄造出來的鐵鍋的品質，不能有裂紋和「砂眼」（極細微的孔隙，鄉人稱「砂眼」，肉眼不易識出，盛水後乾手摸外面鍋底，才可測出。）鐵鍋行銷到省內外各地，生意很成功，甚至買到供不應求，商譽卓著，忙時，一月難得回家一次。

兩位舅父的才性，的確很不相同，所可惜的，限於時代背景（對已經來臨，新時代潮流的衝擊，還沒有體悟過來，仍然把自己局限在那個錮閉的風氣裡。）都沒有循著自己的興趣和天分，給予充分的發揮，母親常怨外祖父思想守舊，當年沒有讓她進「洋學堂」（即現在的各級學校教育，家鄉稱「洋學堂」）接受新式教育，她也一樣可以成就一番事業，無疑地，上一代遠大的指引和鼓勵，對下一代將來的成就非常重要，當然，下一代也要具備足夠的條件，來迎接指引和鼓勵，兩位舅父和母親（小姨我認識不深）的膽略和才情，只因生於鄉里，困於舊習，未能振翮奮飛，騰聲青雲，的確令人爲之歎惋！

一九五三年，小舅父因爲過去與國民黨有直接或間接的淵源，被捕後，定罪爲「反革命」，判無期徒刑，囚禁在黃柏區公所，住在黃柏的小姨，就每天跋涉二十多華里的崎嶇山路爲小舅父送「牢飯」，一想到過去幼小時，兄妹相處的歡樂情景，對照今日悲慘的遭遇，兄妹相見，就泣不成聲了，沒有多久，小舅父又被移監到潛山縣監獄，離開了黃柏，小姨再也沒有機會爲小舅父送「牢飯」了，不幸被判終身監禁的小舅父，關到第八個年頭之後，即一九六〇年，萬沒有想到，忽然得到昔日報恩貴人的搭救，在他向上級的請求下，小舅父被提早釋放出獄了。原來早期在鄉下，表面上是國民黨執政，聽國府的令，但自共產黨於西元一九二一年成立以來，國共兩黨在純樸的農村，隨即進行或明或暗的生死鬥爭，就從未停止過，尤其在一九三六年（民國二十五年）西安事變以前，共產黨（紅軍）在鄉下公開擄人勒贖的盜匪行爲，猖狂恣肆，幾乎沒有任何力量可以嚇阻，也從未看到鄉公所的人前來執行維護治安的所謂「公權力」，地方上，大約兩類人紛紛投入共產黨陣營，一類是無恆產的「貧民」，他們爲了生活「投共」，一類是政治嗅覺特別敏銳的投機分子，似乎已經嗅出國共兩黨成敗利鈍，紛紛選邊站了，國民黨在地方上的統治基礎，無形中就這樣被掏空了，後來一連串的敗退，不過是前因後果的對應罷了。西安事變結束後，接著展開全民族的抗日聖戰，國共兩黨表面上聯合救亡圖存，爲了向民族大義交代，向千秋歷史交代，暫罷「內鬥」，實在是「鴨子划水」，腳底下用力。但很不幸地，抗戰勝利後，中華大地遭受戰禍的彈坑尚未塡平，陣亡的戰士，還正淌著最後一滴鮮血，離散的親人，尚待尋獲，南京屠城的武士刀，還正血淋淋的，血染的江水也還未流盡，似乎一分鐘都不能等，一步都不能讓的「兄弟鬩牆」的悲劇，正忙著在中華民族的傷口上「加碼」演出，沾染鮮血的戎裝，還來不及洗滌，多難的炎黃子孫，艱苦地結束了民族聖戰的戰場，現在又投身到另一個黨派內鬥的戰場，苦難的民族，似乎永遠離不開「戰火」，多難的家庭，也似乎永遠無法安居，團聚！

小舅父在桃嶺所開設的鍋爐鋪，有一天，遇到國軍部隊下鄉追緝一名在逃的新四軍軍官（原共軍部隊，經國軍改編後，由國軍指揮），後來得知，這名共軍軍官在大別山一帶是有名的「人物」，很有活動、組織與領導能力的一名紅軍幹部，國軍追捕得很緊，在一時情急之下，竟毫不考慮地一頭躲進鍋爐鋪，請求避難，這名新四軍在危急存亡關頭，顧不得主人是否「敢」收留他，冒著生死一搏的勇氣與危險，作了這絕處求生的一試，小舅父當下竟也毫不追問這名軍官的身分及緊急避難的理由，在千鈞一髮之際，趕快找出一套又髒又舊的「工裝」，要他立刻換上，並在臉上、手上及脖子上，胡亂地塗抹一些柴炭灰、油漬等，僞裝成廚房作飯的伙夫，一群武裝追兵氣勢兇兇地衝進來，劈頭就問小舅父，有無姚某人躲藏在裡面，話還沒有說完，追兵就自行到處搜尋，曾幾度和姚某人對面擦肩而過（幸那時攝影術還沒有流行到鄉下，故無照片可以印證本人），嫌他擋路，還用槍托把他推開，追兵問小舅父：「你們鋪裡有多少人？」「我們鋪裡的工人就是你們看到的這幾個」，小舅父鎭定地回答。姚某人的機警、鎭靜，臨危不亂不懼，面對追兵，從容如故，沒有露出一絲的破綻，在「敵兵」的面前，救了自己一命，也救了小舅父一命，萬一被追兵識破、逮捕，不僅處死無疑，而且小舅父恐也難逃以故意窩藏「土匪」的重罪，連帶遭到重刑，甚至極刑，小舅父臨事的智勇，使姚某人安然逃過劫難，這段死生再造之恩，媒某人當然終生銘記在心，雖然當時彼此政治立場不同，但出於人性的感恩戴德之心，應無二致。國共政權易手後，這名當時冒死衝進鍋爐鋪避難的軍官，身分公開了，就是後來被中共當局重用，發表爲潛山縣首任縣委書記，不久又因成績優異，升任爲安徽省委書記的姚奎甲。他在擔任潛山縣委書記時，有一天從公告欄上，無意間看到小舅父的名字在上面，才知道幾年前在桃嶺千鈞一髮之際，救過他命的恩人不幸遭遇，親自來監獄探視，面對著小舅父，當時在桃嶺鍋爐鋪驚心動魄的那一幕，又重新浮現在眼前，證明姚奎甲受恩不忘，銘記在心，也感激在心，小舅父萬沒有想到現在來到他的面前，來探視他的，竟是他當時冒著自己的生命危險，救他一命的姚奎甲，他代小舅父申訴冤情，中共當局終於在一九六〇年，准許了姚奎甲的關說、申訴，立刻讓小舅父從無期徒刑的終身監禁，平安、無條件的釋放了，結束了已經過了七年的牢獄生活。小舅父在當時，只因姚奎甲追兵在後，禍福臨頭，間不容髮，就讓這名青年軍官進來避難，後來姚奎甲因位居省委書記，才有機會、有能力報恩，小舅父有幸遇到姚奎甲的知恩報恩，才得以提早獲釋出獄，這段小舅父因臨機決斷，冒死救人的惻隱之心，的確令人感動，姚奎甲有情，小舅父有義，這段特殊的情義結緣，也給了我這個老外甥一些做人處事的啓示和教訓。

十六

在大竹園的村莊裡，住著三位技有專長的「專家」，一位是木匠，前文已提到，另外兩位，一位是蔑匠，另一位是機匠（家鄉稱織布的人爲「機匠」），木匠只限在自家的工作場所工作，因爲他除了製作一般家具外，還要製作棺材，村人不願看到棺材陳列在公共大廳裡，心理上對它是很忌諱、排斥的，尤其對兒童心理更不好。篾匠和機匠則在村莊的公共廳堂裡工作，如果有人要向他們學手藝，也要行正式的拜師大禮，並遵守傳統的行規，要「苦熬」三年才能「出師」（即自行獨立工作，走出「師門」，不必跟師傅學習了。）他們帶的徒弟不多，爲了要負責教好他們藝精技美，通常只限一兩名罷了，「學費」由師徒之間自行約定，他們老一輩的，很看重「古風」，不講究物質金錢報酬，只要前來學藝的人，誠心學藝，虛心領教，師傅自然一點一滴的把自己的經驗和特殊技巧傳授給徒弟，絕不會「藏私」，只恨不得快點「傾囊相授」，也絕不會「打馬虎眼」，一些老師傅心態都是仁慈的，也是嚴肅的，對這一門的技藝，他負有傳承的神聖責任，不忍也不能在他的手上「失傳」，中國的「巧匠絕活」，絕少筆之於書，都是靠歷代師徒相傳下來的，是經驗的傳承，也是智慧的薪火。鄉人子弟學藝的動機，就如鄉人常說的「荒年餓不死手藝人」，因家無恆產，就要學一技之長，以利謀生，龍山地方很廣，居民多，村莊也多，但各類專業的匠人卻不多，因此，他們終年有作不完的工，較大的村莊，他們把匠人（如篾匠）請回家，輪流爲各客戶製作各種日用器具，竹材出自各村共有的竹林（也有只屬於一家的竹林，如我的板橋老家便是），如：籮筐、蒸籠、笊籬（一種半圓形的竹器，鍋中撈起食物用的）到挑牛糞的畚箕，從夏天戶外納涼用的竹床、竹椅及竹扇，到床上的竹席、竹枕。製作竹床、竹椅等家具，因要運用結構，有的竹材必須要鑿洞，便於互相連接，有的則由直變曲，成九十度，在變曲處用刀稍作修削，然後放到炭火上去「烤」，竹子遇熱，就變得柔軟，可以乘熱變形，使它彎曲，宋代文天祥正氣歌的名句：「人生自古誰無死，留取丹心照汗青」，所謂「汗青」，就是青竹簡刻好字，用火去炙（烤），使釋出水分（汗），如此便可以防腐，垂諸久遠（「汗青」，意指史冊，古人無紙，以竹爲用），但篾匠的炙，目的使它彎曲，合乎自己所需要的規格與角度，過與不及，都影響做器物的美觀與牢固，竹床與竹椅，所編成一整塊的「竹板」，要費一番工夫，因爲竹子是圓筒形的，先把竹筒剖分成細竹條，再就連而未全分開的細竹條，攤平如木板狀，在竹板的背面上下兩端（也有在中間再加兩道的），用刀鑿成小斜縫，這要靠工夫和經驗，深淺要謹慎拿捏，太淺，細竹條串連不牢，容易鬆散，太深，又容易折斷，細薄片的竹片，幾乎等同「緯線」，憑著它，從斜縫裡穿過去，使竹條平整而緊密的連在一起，還要與四周邊緣緊接無縫，使人臥下去或坐下去，不能因縫隙上下搓動而夾傷人，我小時在外家就因赤膊躺在竹床上，因貪竹床的涼爽舒適，都不鋪墊任何東西，一翻身無意中，背部就被夾到，不是瘀青，就是破皮，故印象深刻。鋪在床上的竹席，是夏天的恩物，竹有助涼的特性，相較於草席，竹席性涼，草席性溫，我在外家只記得竹席，是否也有草席，已不復記憶了。

冬天，大地一片雪覆冰封，伐竹爲難，篾匠爲使自己在漫長的冬季裡不要閒著，也照樣有竹材可用，預先砍了好幾棵大竹堆在廳堂的牆腳邊，他用竹絲把首尾捆緊，不讓它滑動（竹材不同於木材，最不易疊成堆），恐傷到人，尤其幼小村童，好在上面互相追逐遊戲。篾匠的製作屬於手工藝，實在與美觀同樣重要，他的一雙手，由於長年操作，粗糙至極（以前各類匠人，沒有戴手套的觀念或習慣，或許戴了手套，終究隔一層，無法和自己的製作，產生「切膚」的親切美感。）並時時要提防在無預警的情況下，竹片割到手，竹尖刺到手及細竹絲扎到手，尤其編籮篩等竹器時，竹絲既細，組織又要求緊密、結實，看他輕巧地盤在腿上，動在手上，靈活極了，一件精美竹器，幾個回合翻轉，就這樣很純熟地編織成了，別看他粗糙的手，製作出來的竹器，既輕巧美觀又實在。

機匠，是家鄉對操作織布機的人的稱呼，這裡專指外家一位擅長織布的長者，他是一位跛腳的慈祥堂舅，身材不高，說話輕聲細語，態度很和藹，梳著中分的頭髮，幼時，我看他在前面走，偷偷地在後面學他，由於他腳跛，轉身不易，如果猛然一回頭，容易失去重心，將會跌倒，因此他只注意往前走，很少「回顧」，他也不會想到背後有人學他，有次我還是被他發覺了，拔腿就跑，他也沒有轉身追我，只聽到他在後面喊：「你學舅舅走路，看我打你屁股！」後來大舅父知道了，告誡我：「他也是舅舅，你不可以學舅舅走路！」其實，機匠舅舅（我平常都這樣稱呼）對我很好，很「客氣」，他家經常熬麥芽糖，我經過他家門口就送我一些，尤其經過幾個回合「拉扯」過的麥芽糖最好吃。這位機匠舅舅，是一位很敬業的人，整天坐在織布機上織布，他用雙腳（跛的那隻腳，竟也能使力）互相交替踩織布機下方的兩塊踏板，一大排經線就自動相互錯開，分上下兩層，左腳踩下去，梭子從上下兩層之間的孔道投向右邊，右腳踩下去，梭子從上下兩層的孔道投向左邊，如此經線一上一下，梭子在中間穿梭，一來一往，機匠用手操控織布機的主機（如大梳子狀，懸在織布機中間），配合腳一高一低的律動，發出「夸達」「夸達」的響聲，在廳堂大門外，都可以聽到此聲音，主機重複地擠壓緊梭子穿過後的緯線，使織成的布，密得幾乎滴水不漏，也可織成簡單的花紋圖案，但主要仍以單調的白布爲主，鄉人所要求的，也只是耐穿的布，不在乎美觀。坐在織布機上織布，看似輕鬆，實則需要頭腦的冷靜，精神貫注，手腳的動作要互相協調一致，一旦分心恍神，不僅手上控制的梭子失序，腳下的踏板也跟著亂了套，所謂織布，主要靠經緯線一上一下的互相「交錯運動」，這位機匠堂舅，經驗老到，織布時，照樣和村人聊天，但手腳依然在「運作」，不妨礙織布的進度，一天工作下來，機匠面前那個捲布的圓木條，已經捲得很粗了，證明織布的進度的確不慢，鄉下手工紡的線，平常不容易看出來是否粗細一致，一旦織成布，粗細立見，而線上的疙瘩起伏，也直接影響了布的平整與美觀。一九四七年冬，倉皇離家逃難，當時身上所穿的一件藍布長袍，母親一直爲我保管，作爲逃難紀念，後來她年紀大了，交給我自己收藏，這件長袍的布料，就是當年家鄉織布機織的，我仔細看看這件七十年前的舊物，正好幫助我對往事的回憶！

外家除了同村的「三匠」以外，還有「兩匠」，也經常來大竹園。

彈棉花的「彈匠」，因爲他兼做「棉胎」（棉被內胎），所以他工作的工具有兩件：一爲彈棉花的「弓弦」，一爲壓平蓬鬆棉胎的木製圓形大轉盤，那是從一棵直徑約兩尺的大樹木上鋸下來的，約五寸厚的一個大「木餅」，周圍及上下兩面，都鉋得光滑潤潔，方便於壓平棉胎，大木餅有一面安裝一個把手，爲了好提、易拿，又爲了使棉胎看起來很很美觀，彈匠自己光腳站在大木餅上，很技巧地用腳力撥動大木餅，前後左右慢慢旋轉，要把棉胎壓得很均勻、平整，一團鬆軟不穩的棉花，彈匠不因「根基不穩」，而在上面行動自如，這不能不歸功於他的經驗，他的技巧。棉花經過軋棉機，把棉籽軋去，棉花是一朵朵的，一球球的，下一步就需要彈匠，用弦把棉球彈開、彈鬆，彈匠把弓弦左（右）肩斜揹，套著小竹筒的手指，在挨近棉花堆的弦上，用力一挑，弦即發出「綳」的一聲，棉花也就隨聲群起飛動，如果彈起的棉花少些，弦就發出清脆的聲音，彈的時間愈久，朵朵棉絮在弦的四周就不停地飛舞，形似輕盈的雪花，但又比雪花美得不帶寒意，我在一旁看得正出神時，冷不防，彈匠卻故意在我耳邊憑空「劃」了一聲，他突如其來的動作，好像是要把正在發呆的我，喚回到現實的眼前，他很得意地看著我，沒有說話，仍然繼續彈他的，我的確有些驚嚇，沒有想到彈匠會對我彈出「弦外之音」，儘管驚嚇，聲音還是很美的，聽！還有悠揚的尾音餘韻咧！彈匠不戴口罩，也不戴帽，任由彈起的棉花微塵，似有若無地纏繞著他，輕得讓他感覺不到，尤其落「塵」於眉毛上、鼻尖上、鬢角和頭髮上，其中以鼻尖那一撮，活像平劇裡的丑角，眉毛、鬌角與頭髮，也讓年方四十的壯漢，似乎提早了飛霜歲月的來臨，不要說渾身，僅這幾處，已夠改變他的「形象」了，但彈匠只專心他的工作，「形象」似已非他所能顧及的了。

理髮匠，鄉人俗稱「剃頭匠」，他的剃頭擔子，一頭帶一個火爐，隨時用木炭燒熱水給剃過頭的人洗頭，一頭是剃頭的刀剪及「披刀布」（它功用等同磨刀石，剃刀在上面來回「披」幾下，似乎就鋒利了。）鄉下比喻一人做事，自己雖盡心盡力，卻得不到大家的認同和支持，叫做「剃頭擔子一頭熱」，典故就出於此。剃頭這一行業，在傳統的舊觀念裡，沒有社會地位，他只能在走進大門的第一進（以前鄉下傳統建築分三進，每進以天井間隔，第三進地位最高，祖宗牌位就供在這裡。）一個角落裡卸下剃頭擔子，但剃頭匠心有不甘，好自抬身價，說：誰敢摸以前皇帝老子的頭，只有剃頭匠敢摸，而且爲配合剃頭的需要，還要由剃頭匠任意轉動角度，說的也是，皇帝權力再大，皇威再重，也無法爲自己剃頭呀！板橋老家的剃頭匠，爲大人們一律剃光頭，對兒童，只把周圍的頭髮剃光，中間留一塊拖到前面額頭上，叫作「鬌」，或稱「垂髫」，有點像目前一般人所謂的「瀏海」，現在流行的年畫上所畫的兒童髮型，就是那種樣子。外家的剃頭匠，除了傳統的剃刀以外，還有洋式的推剪，有了推剪，不必留鬌，可以理平頭了，我在外家生活的時間多，大半時間都理平頭，後來又流行一種髮型，叫「鵝頭包」，把頭髮修剪得像鵝頭狀，中間一堆突出，左右前後較低，形似鵝頭上的「紅冠」，樣子看起來不受「歡迎」，沒有流行多久，又恢復平頭了。板橋和龍山相距僅半日行程，板橋的剃頭匠就沒有推剪，只能剃光頭，不懂理平頭，據說，剃頭經驗豐實的剃頭匠（用推剪的剃頭匠除外），對開春以來，第一次剃頭的人，憑落下第一刀，就能預測此人未來一年的吉凶禍福，根據家鄉的長輩們說，還眞有幾分準確呢！但他不隨便預測，更不敢輕易說出來，怕影響主顧之間的感情，還是專心作自己的剃頭工作。

剃頭匠還要兼作爲客人掏耳屎的工作，他的工具爲一根粗竹絲做的小扒子（前端用微火烤過，稍見微黃，就趁熱扭彎），另外一個也是粗竹絲做的，前端裏著鵝鴨等絨毛的小撢子，當客人在長板凳上坐穩後，剃頭匠一隻腳搭在長板凳上，工作的那隻手肘，就輕輕地搭在自己的膝蓋上，大概是爲了保持手的穩定度和耐久力，眼睛則緊盯著客人的耳朵，聚精會神，絕不能有任何失誤，撢子和扒子交互使用。掏耳僅限於大人，由於謹愼、細心，所花的工夫比剃頭多，據說，這是剃頭匠最不願做的一件事，但是受傳統習俗的影響，也只好勉爲其難了，剃頭匠功夫的好壞，掏耳也是一項判斷的依據。板橋家中的剃頭匠，好像主顧之間，訂有合同，多少大人，多少小孩，一年付多少酬勞（折合稻穀），每間隔多久來一次，彼此都有明確的約定。每次剃頭匠來了，母親就抓我們兄弟去剃頭，她在一旁監督著，看著，小孩都不喜歡剃頭，尤其看到那鋒利的剃刀，在頭上比來晃去，自己既無法阻止，又看不見（我十四歲到南京，才第一次知道對鏡理髮），剃頭匠隨時提醒我們，要聽他的「號令」，他要把頭轉向西，你不能偏向東，母親也在一旁幫腔「協助」，生怕隨便一扭動，不是劃破頭皮，就是割到耳朵，一般父母幫助剃頭匠，哄住好哭好鬧的孩子，不讓他亂動，龍山剃頭匠給兒童剃頭，一律推成平頭，這比用剃刀要安全多了。

十七

外家有一位遠方的堂舅，也住在大竹園，娶的舅娘是塘坳自希堂叔的女兒，我在塘坳讀書時常看到她，按照輩分，她是我的堂姊，可是嫁到彭家，她卻變成我的堂舅娘了，如何稱呼，回到儲家，按照儲家的輩分，堂姊與堂弟的關係，到了彭家，要依照彭家的輩分，就變成堂舅娘和堂外甥的關係了。新婚那天，親友要鬧洞房，這個傳統的習俗不知起於何時何地，雖然家鄉不成文的說法，新婚三天無大小，意思是說，新婚三天，不論輩分高低，年齡大小，都可以鬧洞房，當然，外甥可以鬧舅舅的洞房，堂弟可以鬧堂姊的洞房，但在禮教上，在心理上，平時就已經自動養成所謂「分寸」「禮法」的觀念，長輩（或年長）要保持自我尊重，不輕佻，不作賤，晚輩（或年幼）也要守晚輩的分際，不能「越禮犯份」，尊卑之間，長幼之間，都不可互相胡亂取鬧，尤其民間傳統鬧洞房，還是要注意輩分的，否則將被人罵：「成何體統」。

我在鄉下沒有見過玻璃窗（第一次看到玻璃窗，是初到南京，在下關坐火車，看到車上有玻璃窗，隔著透明的車窗，看到車外過客如雲，市肆櫛比，京城之美，的確不同凡響，不是一個初來的鄉下孩子所能想像到的。）一般人家的窗戶，對內的，大半用紙糊，對外的，一律都是兩扇木板門對開，講究的，漆成和大門一樣的顏色，就是所謂「朱門」（紅漆），糊窗戶用的紙，特選纖維較多，彈性較佳的棉紙，不容易被風吹破，我那位堂舅的洞房，只有一個正方形的窗戶，而且位置在牆壁離地面三分之二的高處，一般人無法從窗戶窺到房子裡面，正對著一個小長方形的天井，應算採光良好，作爲洞房，窗紙重新糊過，牆壁也重新粉刷過。熱鬧的婚禮過後，親朋席散，那些年輕的堂舅表哥們，開始計畫鬧洞房了，我年紀小，身分也很「尷尬」，但他們不放過我，那時已是涼秋天氣，寒意初濃，穿著長袍，被他們不自主地簇擁著，午夜時分，一對新人在親友的祝福和恭喜聲中，早已入洞房了，門上和窗戶上貼的用紅紙剪成的雙喜字，在燈籠的照映下，仍依稀可辨，他們靜靜地來到窗前，新糊的窗紙，正透露著洞房裡的一對紅燭，仍發出一閃一閃微弱的燭光，窗外一群人鬧洞房的情緒，在激昂、在等待，很擔心微弱燭光快要消失，由於窗戶的高度超過他們的身高，他們先教我如何用舌尖上的口水，輕輕地戳破窗紙。然後他們把我舉起來，教我「如法炮製」，美觀、潔淨的窗紙，被我的口水無聲無息地戳破了幾個大洞，我的破壞「任務」完成了，就把我「丟」到一邊，他們互相用人抬人的方式，輪流把眼睛對準一個個小破洞，去偷窺洞房裡的「春光」，其實有羅紗帳隔著，不怕「春光外洩」，他們有的等不及「輪流」，怕燭光滅了，有的縱身一跳，只要一飽「眼福」，有的提起腳跟，圖「增長見聞」，在黑夜裡，你推我擠，想要再偷窺一次兩次，有人竟不慎跌落天井裡，半天爬不起來（天井兼作排水，深度不淺），洞房裡的一對燭光，越來越暗了，在寂靜的夜幕籠罩下，窗戶的位置，也已經接近模糊了，洞房內外的「戲」，一個正期待良宵的開始，一個正是興有未盡的結束，第二天新郎「追問」，「昨夜是誰破壞我的窗紙？」大家都把手指向我，我說：「是他們教我做的」，這是我九歲左右的「幹」的事。他們本來還打算到田野間去捉一兩隻青蛙，偷偷地塞到他們的床底下，讓突如其來的蛙鳴，「震驚」他們的「春夢」，但深秋的青蛙，不及春天求偶青蛙的善鳴、長鳴，恐達不到鬧洞房的「效果」，只好作罷了。

回到板橋老家，新娘的父親自希大叔問我：「你的堂姊（指新娘）在婆家表現可受歡迎？」一副父親對嫁出去的女兒關愛之情，溢於言表。自寬自希兩兄弟，分住同一棟屋的東西頭，我每到私塾上學，就看到這位梳著兩條長辮的堂姊在忙這忙那，由於我們的年齡懸殊，幾乎沒有說過話，如果她要到自寬大叔家，經過塾館門前的廊簷下是捷徑，但她卻繞過中間的天井，走另外一個廊簷下，她每天幫助父母操持家務，自幼就在家中養成了勤勞刻苦的習慣，以後由塘坳嫁到龍山，生活的環境變了，但已養成的習慣不變，我的這位堂舅，好像並沒有多少恆產（不動產），他常到外地去作買賣，回來的時候，也帶些南北貨送給親友鄰居，我在大竹園見到他的機會不多，堂外祖母對外家特別尊重、客氣，我夾在中間，也跟著受寵。

我的堂姐是一位標準村姑型的舅娘，但同時還有一位走在時代尖端（專就一九四二年代論）的舅娘。記得那年的夏天，正是抗日聖戰烽火連天的年代，外家突然來了一對貴賓，附近的鄉親，紛紛丟下手上的「活」，聞風趕到大竹園，要一睹這位貴賓的風采，後來才知道是安徽靈璧縣長彭象明堂舅，帶他的新婚夫人回龍山家鄉省親，這位堂舅娘，是標準新時代的女性。龍山夏天氣候炎熱，她穿短褲，戴墨鏡，包括千門口和大竹園全村的人，都爭著來外家看時髦的縣長夫人，堂舅的衣著已無人去注意了。由於那時鄉下，既無冷氣，也無電扇（連電是什麼都不知道，何況「冷氣」「電扇」），大家擠在外家的堂屋裡，實在太熱了，大家把椅子、凳子搬到屋外樹蔭下，反而比屋內涼爽多了，堂舅娘雖爲縣長夫人，態度很親切、和藹，梳著新式的髮型，和周圍一般來看熱鬧的村婦梳著髻的髮型，成了顯明的對比，話聲不斷，笑聲也不斷，是一位活潑爽朗的新女性，只是她的話不易聽懂，不知是哪一個地方的人。外祖父對姪媳婦的新潮作風，站在淳樸舊家風的立場，有點不以爲然，但基於初次見面，還是和姪媳談了一些話，問問她的家庭情況，象明堂舅也在一旁忙著接腔，幫著回答。

這場旋風式的拜見長輩，讓風氣向來閉塞的鄉下，終於見識到了什麼叫作「外面的人」（鄉下稱都市裡的人，叫「外面的人」），什麼叫作「夫人」，他們離開後，外祖父對外祖母說：「象明的媳婦，將來一定不肯住在龍山家鄉，你看她那副洋派作風、打扮！」外祖母說：「恐怕象明自己也早已住不慣鄉下了。」大家聚在一起，談論的話題，總離不開這位縣長堂舅夫婦，爲保守平靜的鄉下，帶來久久不散的餘波蕩漾，從那次返鄉以後，大概因爲太平洋戰爭爆發，美國參戰，戰爭面擴大，第二次世界大戰正式全面展開，中華民族的抗日聖戰，也就跟著進入另一個新的階段，戰火蔓延，處處交通斷絕，就再也沒有機會看到象明堂舅夫婦回到龍山了。

十八

翰周先生（舊時私塾對塾師一律稱先生，不稱老師）不幸逝世後，我的求學歷程也跟著中斷了一段時間，就在這時，四祖父家的良平叔，在離板橋約十里路的一個名叫白果樹的小村莊，開辦了一間私塾，由學東供食宿，負責教四五名鄉村兒童，良平叔看我輟學在家，經母親同意，我也跟著去了，和良平叔同食宿，大約兩個多月以後，良平叔臨時因事回板橋，留我一人獨宿，他畫了一道「符」（我也不知他畫的是什麼「符」），說是可以「鎮邪壯膽」，那天夏夜皎潔的月光映到房裡，我起來上「茅坑」（廁所在門外），覺得忽然有東西纏住我，讓我找不到門，摸索了半天，實在憋不住了，就隨地尿了（那時大概十歲，鄉下的黃土地，很快水乾氣散），良平叔回來了，我把經過情形告訴他，他除了畫符，又拿來一本「易經」，他說：「易經」裡的八卦，也可以驅邪鎮邪，過了幾天，「怪事」輪到良平叔了，午夜把我喊醒，一同來「抓鬼」，「奮鬥」了半天，總算清醒了，兩次證明眞是有「鬼」，告訴學東，房子鬧「鬼」，書不能教了，房子也不能住了，要求提早解約，學東沒有二話就同意了，是否眞有什麼不足爲外人道的「隱情」，短暫的私塾，就在鬧「鬼」聲中結束了，我沒有學到「學問」，卻學到另一類的「經驗」。

母親受父親來信催促，不能放任我在家自由浪蕩，要趕快爲我再找學堂，母親就託大舅父在龍山帶眼帶耳注意，只要某處有學堂開辦，就爲我「報名」，不久，打聽到彭仁溥堂舅，應地方鄉紳之請，在千門口一位江姓人家的樓下設立學堂。仁溥先生年約五十歲，中分髮型，已見「二毛」（古人形容鬢髮斑白），穿長袍，道貌岸然，很有讀書人的味道，他教的是經館，不是蒙館，學生年齡較大，從十七、八歲，到二十幾歲不等，有的學生已經結婚，每個學生讀的書也不同，先生看學生的天資興趣和領悟學習的能力，來決定他們讀何書，有點像孔老夫子的「因材施教」，因此，有的讀「左傳」，有的讀「詩經」，有的讀「東萊博議」（此書之名，我始聽於仁溥先生，宋代呂祖謙著，正式書名應爲：「東萊左氏博議」，祖謙與朱熹、張栻齊名，號稱東南三賢，仁溥先生說，要作好議論文，必須熟讀此書。後來我到圖書館再借讀過，又在大學時，向一位老師請益，無意中，提到我幼時在私塾讀到的「東萊博議」，這位老師說，「東萊博議」缺乏學術性和邏輯，只在字面上翻來覆去，逞口舌，可以作參考，不適合作「教科書」），有兩三名學生讀「古文備旨」（這本書不知是何人所編著，我在私塾所見到的是手抄本，我從未見到有正式出版的印刷本，其中篇目與通行的「古文觀止」多雷同），仁溥先生爲他們逐字逐句詳細講解，學生不懂，可以隨時發問，先生講解完了，依例要學生全篇背誦（背書是舊時私塾一大傳統），其中劉禹錫「陋室銘」一篇，全文很短，不足百字，學生反覆高聲朗誦，我在一旁聽多了，聽久了，也跟著背出全文，但當時不解文義，只知循聲朗誦罷了，如今八十之年，仍能照背全文，幾年前，我在電視上，看到中國大陸前領導人江澤民先生，對電視台記者，暢談他過去讀書的經過，也提到背書問題，並隨口背出「陋室銘」全文，足證背書是過去教育重要的一環，尤其童年或少年時期，心思純一，記憶力特強，對情文並茂，千秋傳誦的名篇佳作，很容易給人留下深刻的印象，只要來回隨口念幾遍，自然就能「脫口」背出，毫不困難。前人常說：「讀書千遍，其義自現」，這句話，我深有同感，中國典籍，看似深奧難懂，多讀幾遍，背熟了，在心中「發酵」，意義自然就領悟了，有的人順口成章，下筆成文，「文思湧現」，也就是熟讀和領悟互爲因果的，古人說：「熟讀唐詩三百首，不會吟詩也會吟」，「背書」是頭腦的「進貨」「盤存」，這而幫助活化腦力，不使頭腦一片「空洞」，現代新式教育不提倡背書，實在是青少年學習上一大損失，要能辭彙豐富，運理成章，除多背、多記憶，無他途。

仁溥先生教的是經館，我只有蒙館的程度，不夠資格入讀，他如不收，我就無處讀書，要「失學」了，後來經過大舅父的要求，仁溥先生總算勉強答應了，他爲我選讀「幼學故事瓊林」作爲教本，既然是講「故事」，讀起來並不乏味，他每次教我幾句，大概是占經館講解的光，也略加講解，不像蒙館翰周先生從不講解，最後仍然要熟背，「故事」懂了，背也較容易，因它有連貫性，可以想起下一句。對那些「大」學生，因爲每個人讀的書不同，領悟的程度也有深淺，他講書的口氣和態度，也因人而異，這樣教法，對先生來說是件苦事，對學生來說，恰符合各自的「條件」，應是好事。

經館的學生，要習作詩文，三日一詩，五日一文，題目由先生統一命題，大半從經書中摘出一句，命學生發揮，立論，詩題則多與季節風土有關，與農村生活經驗接近，作文題目則大異其趣，有些才思遲鈍的學生，作文時千篇一律的起首語，總不離「夫人生者，……」一句陳腔老調，當先生看到，不由得失去耐心，連後文也不看，就用墨筆一槓（以前先生改作文，都用黑墨筆，改大小楷時才有硃筆），發回重新再作，先生把命題大意稍作提示指引，鼓勵跳出套語的框架，但爲程度所限，豈能強求，先生也只好輕歎一聲了，爲防學生敷衍了事，規定一篇作文要過三百字，叫作「滿篇」，並用工整的小楷謄清在毛邊紙的簿子上，先生除教書以外，大部分時間都用來批改學生習作（包括詩和文，但偶爾也指導書法，不過經館書法已不是重要的課業了，學生寫得少，先生也批改得少。）先生一邊批改，一邊吟誦，他很重視文章的「氣韻」，他說：「氣韻」上，可以觀察出一個人的才華，有的人不善於「誘發」自己的才華，下筆時常有困頓不順的感覺，欲言欲止，這時就要有人作開導疏引的工作，難怪仁溥先生常對學生作文，半天不下筆，在那邊獨自低吟或沉思，先生說：「批改學生作文，先要摸清學生的思路，把他心裡想要表達的意思，而沒有完全表達出來的，很巧妙地牽個線，替他表達出來，改作文是要就學生原有的架構，改到通順切題即可，不是要替學生重作一篇，因此先生改作文，絕對不可作「吃力不討好的事」，儘量遷就學生的原作，能不刪的就不刪，這也等於間接鼓勵學生對作文的興趣和信心，否則，一篇作文在先生的筆下，一無是處，改得「面目全非」，學生就視作文爲畏途了，對於批改詩，更費心力，先生說：「詩從放屁起」，這句鄉野不文雅的話，令我記憶深刻，在政大讀書時，教

「詩選及習作」的成惕軒老師，也說過這句話，可見這句鄙俚的話，在以前的私塾是很流行的，用意是在鼓勵學生不要怕作詩，不要怕詩作不好，作得不像詩也不要緊，就當作是「放屁」，不必感到氣餒、畏縮，或難爲情，仁溥先生教的是「近體詩」，也就是一般人所謂的「唐詩」，學生的習作也是近體詩，我沒有作過詩，先生也不教，他只教我如何「對對子」（這是學作律詩的初步工夫之一），從一字對，到三字對，都是極簡單的對子，後來我才知道，先生教我讀的「幼學故事瓊林」就有很多「偶句」，是現成作詩的材料，無奈那時愚魯無知，不懂文意，也不知道引用，只會作些極膚淺幼稚的對子，如：天對地，雲對雨，紅花對綠葉之類，仁溥先生改詩很快，在他一面吟誦，一面搖筆之下，一首詩就改好了，他常說，作詩要有靈感，有靈感的詩才有情，有情才能動人感人，否則就是呆滯、死板的，於是有些學生，拿著先生這些話當作藉口，趁先生伏案聚精會神批改詩文時，偷偷地溜到學堂大門外的河堤上，對著緩緩流動的河水在那兒發呆，找「靈感」，時而興起，隨手撿起一塊小石，任意拋向河中間，玩起村童常愛玩的「打水漂」的遊戲，根本不是找「靈感」，分明是找「樂子」、偷懶，我無知，有時也被他們蠱惑，溜出學堂，正因對讀書沒有興趣，就跟著「大」學生胡混，回到學堂，先生責問「到哪裡去了？」「大」學生支吾以對，先生看到有的學生已經結婚生了，也不好過分責罵，就輕輕放過，他們回到座位上，仍愁眉不展，不知從何下筆。讀書作文，對一個沒有興趣，不開竅的人，眞是一件人間極痛苦的事。經館學生不多，只有七、八名左右，不論家庭遠近，一律住宿，三餐由江姓學東供應，宿舍在課堂的樓上，一間大通鋪，只有一個小窗戶，光線很昏暗，學生就直接睡在樓板上，既無床鋪，也無間隔，無個人隱私可言，不過那時鄉下也不懂什麼叫做「個人隱私」，一頂似是特別縫製的麻紗大蚊帳，七、八名學生共用，棉被也是兩三人共蓋一條，晚飯後，休息片刻，在桐油燈閃爍不定的光線下，開始夜讀，一直要讀到九點多，大部分都是溫習以前先生所教的功課，所謂「溫故而知新」（論語爲政），也有的學生手扶著額頭。在那裡對題苦思、發呆，眼看著硯台裡的墨都已經快乾了，仍不見下筆，也有的雖然交互切磋討論先生已經講解，而自己仍未完全徹底明瞭的問題，這時就可以把握不懂的「關鍵」，向先生切實請益了。

這幾位「大」學生，身分約分兩類，一類家裡雖有錢，但沒有讀書人，在地方上仍不能贏得鄰里間的擁戴，享有一定的人望。在家鄉，雖然已是民國的新時代，仍極重視士農工商傳統的排序，非常禮敬讀書人，有財富的人，可以贏得別人的羨慕，但不能贏得別人眞誠的尊重，因此，不問智愚，一定要進學堂，何況那時又沒有入學考試，這類「大」學生讀書的目的，不在「經世致用」，而在乎「面子」。另一類是家境清寒的子弟，是想藉讀書來開拓自己光明的前途，進而「光耀門楣」，家裡忍餓耐寒，寧可暫時少一個謀生的幫手，也要把子弟送到學堂來，孜孜不倦，努力進取的，多半是這類學生，作家長的希望殷切，用心良苦，作子弟的也自然體認到讀書機會得來之不易，也就特別勤奮用功了。

學東也爲仁溥先生準備了一間書房兼臥室，位置就在課堂的旁邊，先生一個月只有幾天回家外宿，其餘大部分時都留宿在學堂裡，晚上，除伴讀兼「解惑」（韓愈師說）外，就是批改學生的詩文習作了。這是作爲一位良師最傷腦筋和最繁重的工作，也是展現自己學養的最佳時機，對學生才思的啓發，創作詩文興趣的培養，都至關重要，所謂「循循善誘」，就是藉批改詩文時，摸清學生的天賦，先生自己也很用功，他極服膺「教學相長」（禮記學記）的古訓，我在千門口讀書的時間不長，但仁溥先生給我留下了身教的榜樣，他的書桌上，總是堆了一疊早已泛黃的線裝書，上面用一方銅尺鎮壓著，誰也不敢去翻，書裡夾了很多紙條，有寬的，有窄的，不論寬窄，上面都寫了很多小字，一大截拖到外面，或許就是一般讀書人所謂的「讀書箚記」吧！從露出來的那一截，可見仁溥先生的蠅頭小楷，非常工整，這分明是給自己查閱的，他也絕不敷衍潦草。先生不宿學堂時，監督學生夜讀的責任，就由學東暫代（鄉間私塾有不成文的規定，也可以說是習俗吧！學東有義務和責任，協助先生管理學堂），他認為這些「大」學生都已經是成年人了，不需要別人來管，他只是礙於「習俗」，礙於仁溥先生的囑託，勉強來「巡視」一兩趟，並一再提醒大家，在夜晚要特別小心桐油燈的安全，有的燈架老舊，結構鬆散，站立不穩，很容易傾斜，要隨時留意，不能發生任何危險，畢竟他是「當家的」，是學堂的「主人」，要求和立場，當然就更嚴於仁溥先生了，學生都記住學東的話，沒有一個人敢忽視，敢隨便。

有些「大」學生，只要是先生晚上回家外宿，由學東暫代管理，他們就睡得很晚，等學東一家人全部進入夢鄉，整個學堂一片漆黑，確定學東不再上樓「巡夜」了，三四名「大」學生就準備展開「夜賭」，他們都懂「麻將」，但不賭「麻將」，因為「砌方城」，需要堆疊在平穩的桌子上，柔軟的棉被不適合「方城戰」，他們只好改賭「牌九」了，賭的是每人兩張牌的「小牌九」（那時家鄉很流行賭「牌九」，土語叫「推牌九」，似乎還不流行賭四張牌的「大牌九」，可能還不知有「大牌九」），「牌九」輸贏快，所謂「一翻兩瞪眼」，又沒有「洗牌」的吵雜聲（「麻將」一百三十六張牌，和在一起「洗牌」，互相碰撞聲特大），蹲著，跪著，或趴著在棉被上賭錢，雖可以過賭癮，但姿勢不正常，容易疲累，但也有一兩個只看他們賭，絕不參加，我初次知道，賭「牌九」不限人數，可以兩人對賭，也可以十人八人聚賭，賭的金額不限，可以作消遣式的小賭，也可以作傾家蕩產的狂賭，時間都在頃刻之間，他們的「賭品」，似乎都很不錯，不論輸贏，言語態度都很冷靜，不爭吵，沒有叫囂，就怕驚醒學東，雖然如此，他們還是怕有「意外」，就叫我摸黑坐在樓梯口「站崗」，「監聽」樓下（指學東）的動靜，隨時向他們「通報」，交換的條件，是他們幫我改文章，仁溥先生出的作文題目，有時他只作簡單的提示，有時連提示也沒有，在塘坳的私塾裡，從來沒有作過文章，仁溥先生規定五日一文，三日一詩，對我是極大的痛苦和挑戰，但還是要忍耐對題構思，勉強湊成篇，然後交給「大」學生們替我「修改」，所謂「修改」，有時幾乎等同代作，仁溥先生根據我實在的程度，很容易看出來是「槍手」代作的，他也很有「耐心」，先不批改，只說：「文章要自己作」，幾次以後，大舅父路過千門口，順便到學堂來看看，仁溥先生把我的「文章」一字未改，交給大舅父，說：「這幾篇都是別人代作的」，大舅父帶著怒容，逐篇細看，他手上拿著「文章」責問我：「這是你作的，你進步這麼快！老實告訴我，是誰代你作的，或是從哪裡抄來的！」逼著要我回答，我不敢「供出」「槍手」（我現已忘記他的姓名），怕牽惹出賭錢問題，站在一旁的仁溥先生，也不發一語，「槍手」只好承認是他「修改」的，仁溥先生當著大舅父的面，把「槍手」痛罵了一頓，所謂「教不嚴，師之惰」，他是無可卸責的，大舅父也警告，同學固然要互相切礒、友愛，但絕對不能代他作文章，最多只能教他，針對題目，要如何去運思，發揮。大舅父要我搬回外家，他好就近管教，不准再寄宿學堂了，每天早去晚歸，「交換條件」，也就沒有機會再發生了。

從外家到學堂，路不算遠，但先要經過一座墳山，再翻過一座山崗，這座墳山都是供臨時暫厝用的，不是正式安葬的墳山，家鄉習俗，要準備正式入土下葬之前，先選擇吉日，請撿骨師開棺撿骨，將親人的靈骨，從棺材內移出，安放在臨時搭建的草棚內（鄉下沒有帳篷），據說，不能對天曝屍（骨），那將會加重亡魂的罪孽，也可能禍及子孫。空出的舊棺，再請木匠就在墳山的現場，把原先的大棺撤開，改成準備入土下葬的小棺，撿骨和改棺，都是很嚴肅費時的事，因此，這種令人起雞皮疙瘩的場景，在我來去學堂的途中，總會碰到，而且這段路往學堂去是上坡，要快走或快跑都極累人，回來是下坡，輕鬆快捷多了。天晴時，烈日底下不會有鬼物出現，我不怕，天陰雨時，看著那些「洗骨」水，曾經流過的地方，眞令我舉步維艱，生怕踏到那「不乾淨」的地方，這種精神上的「折磨」，是我不用功讀書惹來的，我沒有理由告訴外祖母，想再回學堂住宿，當然更沒有勇氣要求大舅父了，只好自吞「苦果」。

在鄉下，私塾的地位是清高的，先生是受人尊敬的，學生也是受到鄉村父老愛護的，中秋節當晚，私塾學生有「摸秋」的怪習俗，在塘坳的蒙館，大概學生年齡小，還不懂這一習俗。所謂「摸秋」，只有學生可「享受」此「特權」，一些年齡較大，且自命「風雅」的學生，往往要趁這一天去「享受」他的「特權」，我在千門口讀書僅有的一次「經驗」，是一個秋高氣清，朗月當空的中秋夜，那些「大」學生要我和他們一起去「摸秋」，他們帶著一個提籃（菜籃），午夜以前出發，銀色的月光散布在鄉間的小路上，指引著路的方向，帶路的「大」學生，不時回頭用手勢要大家安靜，走進一家靠山邊的菜園，只「摸」黃瓜，其時黃瓜已不多了，把懸在藤上的黃瓜，專選大的，「摸」到帶來的提籃裡，因黃瓜不必經過烹飪，可以生吃，其他的茄子和豆類，因要烹飪，就可以「倖免」了，可惜那時鄉下沒有西瓜，否則那將是最好的「摸秋」首選了。這種「陋習」不知始自何時，我們「摸秋」的第二天，菜園的主人發現了，就直接認定是我們「摸」走他們的黃瓜，跑到學堂向仁溥先生「告狀」，說是她菜園裡的黃瓜昨夜被學生「摸」光了，仁溥先生答道：「等我問清楚，看到了，一定要他們送還！」園主人只好看看師生一眼，心有不甘地離去。「摸秋」之前，「大」學生已經把附近的幾處菜園，實地「察看」了一遍，免得瓜果無存「摸」個空，我在千門口念書，只留下一個「把風」和「摸秋」的回憶，其他的都歸「空無」了，仁溥先生後來也因受到國共兩黨在地方的明爭暗鬥，被迫結束了學堂的教書工作，我也就從此正式結束了傳統的私塾教育，很可能，我也是這種舊式教育少有的「過來人」和「見證者」。

「摸秋」讓我見識了私塾生活「輕鬆」的一面，看「大戲」讓我初次認識了人生還有「假」的一面。我在僻野的鄉間生活了十四年，從來沒有看過一場戲，也從來不知道勞苦的現實生活之外，還有什麼叫作「戲」，就在抗戰期間，龍山地方人士，不知從哪裡請來了「戲班子」（那時演藝人員或團體，在傳統鄉下人的心目中沒有地位，不受尊敬，稱劇團爲「戲班子」，稱演藝人員爲「戲子」），據說，這次花重金特別請來的，是「京戲」班子

（用北京腔唱的戲叫「京戲」，後來北京改稱北平，「京戲」也就跟著改稱「平劇」，其他的「戲」因所在地的不同，而有不同的稱呼，如在紹興的，稱「紹興戲」，在廣東的稱「粵劇」，在安徽徽州的稱「徽戲」，在河南的則稱「豫戲，或稱梆子」，在陝西的則稱「秦腔」）要在關帝廟前，隆重開鑼登場，酬謝關帝老爺，合境平安，據鄉鄰說，以前就曾經過大戲，大概我在板橋老家，沒有到龍山來，所以沒有碰到，這次剛好遇上了。在鄉下，關帝老爺（關公）的忠義一直是受人景仰的，立廟奉祀，早已把他神格化了，他的威靈，在一般鄉民的心中，恐怕不輸阿彌陀佛（鄉人以「三牲」供奉關公，但也同樣以「三牲」供奉阿彌陀佛，他們似乎不知道阿彌陀佛是吃素的，國人的傳統宗教觀念，往往不是那樣「絕對的」、「精準的」），爲配合一般農家的作息時間，把三天大戲的開鑼時間，都安排在下午過後，上午讓農家各忙各的「活」。

戲台搭建在雜草叢生的荒地上，草窩裡還隱藏了很多大大小小的坑洞，主辦人員似乎認定了，只要是「大戲」，場地不管再怎麼不平，也不會減少看戲人的熱情。戲台的三邊和頂都用油布包圍著，既可以擋風，也可以擋雨、擋太陽，觀眾有的撐陽傘，有的戴草帽，撐陽傘看戲，恐怕是鄉下看「大戲」特有的一景，不問撐得高，或撐得低，都妨礙別人的視線，因此也常常引起一些無謂的爭執，破壞彼此看戲的心情，鬧得大家都不愉快，有的甚至還是近鄰；年長的觀眾，又是另一「景」了，一些不能久站的女性觀眾，自己從家裡帶一個板凳或一張竹椅，安坐在人群中，那恐怕不是「看戲」，而是「看熱鬧」，因爲前面一層層的「人牆」，把視線堵得緊緊的，自己坐下來，雖然舒服省力，比別人輕鬆自在，但也比別人

「矮」了一截，如何能看到前面的「戲」呢！要聽到「戲子」的唱腔也不是易事，在那種鬧哄哄的場合，沒有「麥克風」（擴聲器）的年代，要想聽清楚「戲子」的唱腔，只有靠近戲台了，眞有心想聽得清楚，其實也不難，因爲戲台邊並不擠，絕大多數的人只是來「湊熱鬧」，並不是眞有心擠到戲台前來「看」戲啊！

在台下，有人乘機作生意，其中以賣花生和花生糖的銷路最好，外祖母給我的零用錢，我也買了花生，還有不少我熟識的堂舅表哥們，他們也買了一些花生糖和花生給我，把我的長袍口袋裝得滿滿的，我看不懂戲，只管吃零食，還有一位，我想不到的江瀾波紙紮師傅，他有很精湛的紙紮技藝，過去在外家廳堂裡看他爲外祖父紮靈屋，爲元宵節紮花燈，這回竟在戲台下買起炸油條來，我眞沒有想到他還有炸油條的「絕活」，懂得這門技藝的人，在鄉下眞如鳳毛麟角，他發現我也來「看」戲，問我是自己來的，還是舅父舅母陪著來的，我說是跟鄰居一起來的，他送他兩根剛起鍋的大油條，我一手拿一根，我吃的零食太多了，背著江師傅，一轉身，把兩根油條送給陪我來的鄰居，我不大喜歡吃那種油膩膩的東西，江師傅炸的油條，火候還眞掌握得恰到好處，黃黃的，油亮亮的，整個台下，隨處飄散著油條特有的香氣，他是獨家生意，還眞是「興隆」咧！他和伙計（我不認識，不知是他什麼人）兩個人忙著不停，江師傅藝精手巧，心思細，動作快，雙「紮（炸）」他都是拿手的行家，回家告訴外祖母，她又是那句老話：「當眞的」，大舅父說：他是龍山有名的炸油條師傅，可是我一直無緣見識到他的「絕活」，這次總算見識到了。

戲，是一種兼具唱作的表演藝術，著重在生動傳神，飾演某一個角色，不僅要「形」

似，更重要的是「神」似，到了忘「我」的地步，就算「功力」到家了，據說，以前有人飾演曹操的奸詐，竟到了以假亂眞的程度，台下一名觀眾，看著看著，看到竟渾然忘我，一時「義憤塡膺」，衝上戲台，把飾演曹操的那名「戲子」狠狠地揍了一頓，被揍的「戲子」一定感到莫名其妙，自己正演得「出神」，爲何還要挨揍，其實問題正在「出神」上，看戲的太「入戲」了，誤把當前表演藝術的「美境」，當作是「實境」，藝術是表現人生，人生再回過頭來去欣賞藝術，彼此要有一定的距離才能欣賞到「美」，否則，有才華的「戲子」就要不停地挨「揍」了。這回我在龍山聽到的是另類的「吸引力」，不知是哪些村莊的女孩，一連三天大戲看下來，大戲收場了，「戲班」要走了，竟然忘我跟著「戲班」跑了，害得家裡的人還要追著「戲班」去「找」人，戲能迷人，吸引人，是「戲子」把虛假的情境「誘惑」了觀眾，觀眾竟毫不自覺地拋開眞實的情境，投身到虛假的情境，看戲看到如此地步，很多家長找到自己的孩子，居然還不想「迷途知返」，還想繼續跟著「戲子」跑，成了鄉野間一時的「奇談」。戲台下，也是抓壯丁的好「場所」、好「機會」（抗戰時期，軍隊隨便「拉伕」，鄉公所隨時下鄉「抓壯丁」，這種「戲碼」幾乎隨時上演，隨地出現），正當大家興高彩烈的來「看戲」，突然在人群中發生一陣騷動，有人大喊：「鄉公所來抓壯丁了！」那些壯丁，有的早已偷偷開溜了，有的聞聲奪路奔跑，「不要跑！」抓壯丁的鄉丁用強光的手電筒「追蹤」要抓的壯丁，台下亂成一團，有的人冷不妨，被擠倒在地，有的被衝撞得尖聲大叫，台上仍然油燈高照，輝耀得「戲子」們一個個光鮮亮麗，明眸流波，鑼鼓胡琴，仍然配合唱腔，珠走玉盤，不因台下抓壯丁而減台上聲色之美，江瀾波炸油條的爐子發出熊熊火焰，似是戲台底下唯一的「光源」，把附近的觀眾照得一閃一閃的，油條的香氣，也在人群的上空盤旋不去，隔著一層油煙的「幕」，我看到江師傅手裡拿著一雙長筷子，不停地翻動油鍋中的油條，好像不知道剛才抓壯丁的那一幕，也或許那不關他的事。

我看的這一場大戲，是在民族聖戰和國共內鬥兩個不同的背景下演出的，我當時年幼，不懂什麼是「背景」，只知道台上的戲演得很「熱鬧」，要爭著看「熱鬧」，根本不知道它是中華民族演不盡的苦難悲劇！

松竹兩依依：一個村童的回憶

2016年6月初版　　定價：新臺幣380元

著者	儲砥中
總編輯	胡金倫
總經理	羅國俊
發行人	林載爵

出版者	聯經出版事業股份有限公司
地址	台北市基隆路一段180號4樓
編輯部地址	台北市基隆路一段180號4樓
叢書主編電話	(02)87876242轉212
台北聯經書房	台北市新生南路三段94號
電話	(02)23620308
台中分公司	台中市北區崇德路一段198號
暨門市電話	(04)22312023
台中電子信箱	e-mail：linking2@ms42.hinet.net
郵政劃撥帳戶第	0100559-3號
郵撥電話	(02)23620308
印刷者	世和印製企業有限公司
總經銷	聯合發行股份有限公司
發行所	新北市新店區寶橋路235巷6弄6號2樓
電話	(02)29178022

叢書主編	沙淑芬
校對	王道
封面設計	蔡婕岑

行政院新聞局出版事業登記證局版臺業字第0130號

本書如有缺頁，破損，倒裝請寄回台北聯經書房更換。　ISBN 978-957-08-4755-0 (平裝)
聯經網址：www.linkingbooks.com.tw
電子信箱：linking@udngroup.com

國家圖書館出版品預行編目資料

松竹兩依依：一個村童的回憶/儲砥中著．初版．臺北市．聯經．2016年6月（民105年）．304面．14.8×21公分

ISBN 978-957-08-4755-0（平裝）

855 105008434